大
方
sight

拉夫尔

Лавр

Евгений Водолазкин

［俄］叶夫盖尼·沃多拉兹金 著

刘洪波 译

中信出版集团 | 北京

图书在版编目（CIP）数据

拉夫尔/（俄罗斯）叶夫盖尼·沃多拉兹金著；刘洪波译.--北京：中信出版社，2024.4
ISBN 978-7-5217-6423-9

I.①拉… II.①叶…②刘… III.①长篇小说—俄罗斯—现代 IV.①I512.45

中国国家版本馆CIP数据核字（2024）第050911号

Copyright © Evgenii Vodolazkin, 2012
The simplified Chinese translation rights arranged through Rightol Media
（本书中文简体版权经由锐拓传媒取得 Email: copyright@rightol.com）
and Banke, Goumen & Smirnova Literary Agency (www.bgs-agency.com)
ALL RIGHTS RESERVED
本书仅限中国大陆地区发行销售

拉夫尔
著者： 叶夫盖尼·沃多拉兹金
出版发行：中信出版集团股份有限公司
（北京市朝阳区东三环北路27号嘉铭中心　邮编 100020）

承印者： 北京盛通印刷股份有限公司

开本：880 mm×1230 mm 1/32　　印张：16.375　　字数：274千字
版次：2024年4月第1版　　印次：2024年4月第1次印刷
京权图字：01-2024-1532　　书号：ISBN 978-7-5217-6423-9
定价：78.00元

版权所有·侵权必究
如有印刷、装订问题，本公司负责调换。
服务热线：400-600-8099
投稿邮箱：author@citicpub.com

致中文读者

中国当代读者和俄罗斯中世纪，还有比这更为不同的东西吗？但这只是第一眼看上去可能会觉得如此。无论文学讲述了什么，它首先讲的都是人。它的题材可能是古代、登月、生产指挥棒，但叙事的中心永远是人。实质上，所有其他的事情也没有这般有趣。不同时代、不同国度的人有很多共同点。正是因此，文学的时空旅行才成为可能。在某些方面，人们看起来各不相同——他们有不同的语言和服装——但在最主要的事情上，他们是相似的。毕竟，有一些东西是任何国家和时代的人都会赞同的。例如：己所不欲，勿施于人。读者可能会问作者：如果一切都如此相似，那为什么要抛开当代生活呢？这个问题合情合理。有一些作家并没有抛开它。例如陀思妥耶夫斯基：他就没有一本历史小说。但对当代生活的态度可以是多样的，也可以用不同的方式来描绘它。可以写它里面有什么，相反，也可以写其中所没有的东西。正是为此才需要历史。因为不同的时代鲜明地显露出不同的品质。比如，俄罗斯中世纪对日常生活不太感兴趣，却非常关注永恒：永恒的生命和永恒的爱。这些人的经历难道不能对我们有裨益吗？有时我觉得，我们对日常生活思虑得太多了。

叶夫盖尼·沃多拉兹金

译 序

当代俄罗斯作家叶夫盖尼·戈尔曼诺维奇·沃多拉兹金（Евгений Германович Водолазкин）1964年出生于乌克兰基辅市，1986年基辅大学语文系毕业后，考入俄罗斯文学院（普希金之家）古俄罗斯文学部，师从俄罗斯著名学者利哈乔夫（Д.С. Лихачёв）院士。1990年副博士毕业后，入职该部。1992年赴德国慕尼黑大学进修一年，研究西方中世纪史。回到彼得堡后，继续从事古代俄罗斯的历史叙事、《圣经》诠释和使徒行传的研究工作。2000年在慕尼黑发表专著《古罗斯文学中的世界历史》，该书同年作为博士论文在俄罗斯文学院通过答辩。可以说，语文学博士沃多拉兹金首先是一位学者，古俄罗斯文学研究专家。

21世纪初，沃多拉兹金开始进行文学创作。2009年他发表长篇小说《索洛维约夫与拉里奥诺夫》（Соловьёв и Ларионов），同年入围安德烈·别雷奖

（Премия Андрея Белого），次年入围"大书奖"（Премия «Большая книга»）。2012年，长篇小说《拉夫尔》（Лавр）出版，2013年即斩获了"大书奖""亚斯纳亚·波利亚纳奖"（Премия «Ясная Поляна»）和议会"门户奖"（Премия конвента «Портал»），并进入了"国内畅销书奖"短名单（Шорт-листы премии «Национальный бестселлер»）、"俄罗斯布克奖"短名单（Шорт-листы премии «Русский Букер»）、"新文学奖"短名单（Шорт-листы премии «НОС», т.е. «Новая словесность»），被许多批评家和作家视为当年最主要的文学大事。这奠定了沃多拉兹金作为一位作家在当代俄罗斯文坛的重要地位。其后，他又陆续出版了长篇小说《飞行家》（Авиатор, 2015）、《布里斯班》（Брисбен, 2019）、《岛的辩护》（Оправдание острова, 2020）、《查金》（Чагин, 2022），以及包括剧作集《四个人的护士》（Сестра четырёх, 2020）在内的多部作品集。其中，《飞行家》和《查金》分别摘取了2016年"大书奖"第二名和2023年"大书奖"第一名。

如今，沃多拉兹金不仅在俄罗斯国内已成为继佩列文（В.О. Пелевин, 1962— ）、希施金（М.П. Шишкин, 1961— ）之后的又一位"俄罗斯首席作家"（Главный Русский Писатель），炙手可热，在国际上也有相当大的影响力，比如，2018年5月17日至19日在克拉科夫雅盖隆大学召开了一次国际学术研讨会，有19个国家的91名学者参加，议题便是："当代俄罗斯文学的标志性名字：叶夫盖尼·沃多拉兹金"。另外，他的小说《拉夫尔》还获得了国际上的多个奖项和奖项提名，如2015年获塞尔维亚"米洛万·维达科维奇"奖（Сербская премия «Милован Видакович»），2016年获意大利-俄罗斯高尔基（索伦托）奖［Итальянско-русская Премия Горького (Сорренто)］等，并且该小说已经被译成了多种文字，第一个译本是塞尔维亚语，2013年便已出版。2022年2月23日至24日，在西班牙格拉纳达大学召开了题为"沃多拉兹金的长篇小说《拉夫尔》译者国际科学讨论会"，该讨论会是为这部小说创作十周年而举办，与会者中有来自保加利亚、荷兰、格鲁吉亚、伊拉克、西班牙、美国、韩国等国家的译者，本书译者也在线上参加了这次讨论会。从会议上获悉，当时《拉夫尔》已有34种译本[①]，足见其在世界范围内受欢迎的程度。

---

① МЕЖДУНАРОДНЫЙ НАУЧНЫЙ СЕМИНАР ПЕРЕВОДЧИКОВ РОМАНА ЕВГЕНИЯ ВОДОЛАЗКИНА «ЛАВР» СОСТОЯЛСЯ В ГРАНАДЕ. https://ru.mapryal.org/news/mezhdunarodnij-nauchnij-seminar-perevodchikov-romana-evgeniya-vodolazkina-lavr-sostoyalsya-v-granade (дата обращения: 01.07.2022).

国内《世界文学》杂志 2022 年第 3 期发表了三篇沃多拉兹金作品译文：中篇小说《挚友》（Близкие друзья）和两篇随笔。中国作家网 2022 年 6 月 23 日发表了对译者吉宇嘉的访谈，其中有这样一段话：

"叶夫盖尼·沃多拉兹金是近十年开始受国际文坛关注的俄罗斯作家。他的第二部长篇小说《拉夫尔》以一位虚构的中世纪医生为主人公，讲述了爱、治愈与奉献的故事，获得俄罗斯国内外众多文学奖项。中篇反战小说《挚友》……在主题的表达上……基本沿袭了《拉夫尔》的手法……"[①]

这或许可以成为《拉夫尔》一书在我国读者中的预热，相信这本硬核小说一定会引发我国读者的兴趣。

那么，《拉夫尔》是一部怎样的作品呢？

小说主要写的是一个人的一生：一个小男孩出生在乡下，很小父母便死于瘟疫，他跟随当草药医的爷爷长大，耳濡目染，对用草药给人治病颇有心得。后来爷爷去世，他就接过爷爷的衣钵，继续行医。成年后，与一个被他从瘟疫中救活的女子相爱，女子难产去世。悲痛欲绝的他开始自我放逐，哪里有瘟疫就去哪里治病，因

---

① 《从"三人之爱"到"三人之死"——访〈挚友〉的译者吉宇嘉》http://www.chinawriter.com.cn/n1/2022/0623/c405057-32454182.html 访问日期：2022 年 7 月 1 日。

救人无数而誉满天下。他的足迹不但跑遍了俄罗斯的乡村和城市，还受人之托远赴耶路撒冷去为逝者祈福，有过很多冒险经历。与此同时，他的心灵之旅也同步展开，对生命意义的探索一直在紧张地进行。因而本书译者认为，这是一部成长主题的小说。

当然，这同样是一本关于爱情的小说，支撑着主人公活下去的最主要的精神支柱是对恋人的爱。他以自己的生命替死去的恋人活在世上。每到一个新地方，每看到一些新鲜事，或者心有所感、所悟时，他都要与恋人分享："你知道吗，我的爱……"或者："你记得吗，我的爱……"他对恋人的爱已经超越了生与死的界限，他对爱的挚诚和忠贞完美地体现了"一生一世一双人"的理想爱情。沃多拉兹金在一次访谈中就曾说："《拉夫尔》——这是一本关于时间、关于永恒之爱的书。"[①]

同时，这也是一本关于行医的小说，里面到处弥漫着草药的芳香，摆放着写在桦树皮上的各种治病的药方，记述着中世纪草药医——祖孙二人的各种行医案例，当然也不乏主人公为拯救生命而竭尽全力，几天几

---

① *Татьяна Элькина.* «Время существует в оболочке вечности». Интервью с писателем Евгением Водолазкиным. https://tvspb.ru/news/2017/12/8/vremya-sushestvuet-v-obolochke-vechnosti-intervyu-s-pisatelem-evgeniem-vodolazkinym (дата обращения: 30.08.2023).

夜不休不眠，感人至深的行医故事。

这还是一本有关信仰的书，主人公一生孜孜以求的是灵魂的救赎，救千百人，行万里路，自弃自苦，只为爱人的灵魂得救。沃多拉兹金说："开始写小说《拉夫尔》时，我想要讲一个能做出牺牲的人。不是那种一分钟热血就足以做出的伟大的、一次性的牺牲，而是每天、每小时的人生牺牲。我想要用某种其他的东西来对抗当代社会中占主导地位的成功崇拜。"①

所以，这本书是可以做多面观的，是一部多接口的小说。作者本人也说过，可以把《拉夫尔》看成是圣徒传记、心灵史、传奇故事、冒险小说，等等。也就是说，从主题上讲，这显然并非一部单一主题的作品，它涉及成长、爱情、瘟疫、冒险、死亡、奇迹、心灵、信仰、人生的目的和意义等多种主题，具有很大的现实意义。正如沃多拉兹金所说："这不是讲历史的小说，也不是讲 15 世纪的小说，它是关于当下的。……过去的时代在这里是作为镜子，让我们，今天的人们，去照，在其中看到我们的特点。"②

---

① Евгений Водолазкин о романе «Лавр». Часть 1. https://dzen.ru/a/YA-qVO3nNTwK4Zre (дата обращения: 30.08.2023).
② *Петухова Е.* Евгений Водолазкин: «Кот Мусин был соавтором большинства моих работ» [Электронный ресурс]//https://www.sobaka.ru/entertainment/books/58887 (дата обращения: 30.08.2023).

关于《拉夫尔》的体裁问题，很多人认为，这是一部历史小说。作者却直接在封面上标明："非历史小说"。诚然，历史也是沃多拉兹金在小说中思考的一个要点，他坦言："历史只是作为人物发展的背景让我感兴趣。在《拉夫尔》中，先是出现了特定类型的人，而后需要把他放到那个能将其特点最大化地揭示出来的历史语境中……总体上，我认为历史是某种类似鱼缸的东西。然而主要的是鱼。"[1] 这是他强调"非历史小说"的根本原因。也有人认为，《拉夫尔》延续了宗教小说的传统，亦即将使徒行传与长篇小说相结合的传统。还有人更为具体地指出，小说借鉴了古代文学的体裁形式：第一部分借鉴了问答体，第二部分——故事或带有行传元素的编年史，第三部分——游记，第四部分——行传。[2] 译者认为，这是一部比较典型的当代俄罗斯长篇小说，因为它具有当代俄罗斯文学的典型特点。莫斯科大学研究当代俄罗斯文学的学者克罗

---

[1] *Завгородняя Д. Корсаков Д.* Евгений Водолазкин: "Слово «подружка» гораздо красивее, чем «герлфренд». [Электронный ресурс].// Комсомольская правда URL: https://www.kp.ru/daily/26729.7/3755887/ (дата обращения: 02.07.2019).

[2] *Sempre Libera* Несколько слов о романе Евгения Водолазкина «Лавр». [Электронный ресурс] // Православие в Татарстане. 2015. https://tatmitropolia.ru/zhurnal/?id=46924 (дата обращения: 02.07.2019).

托娃（Д.В. Кротова）将20至21世纪之交的俄罗斯文学称为"新现代主义"文学，她恰巧以沃多拉兹金的《拉夫尔》为例来说明新现代主义的艺术原则，足见这部小说之典型："作家在小说中融入了不同时代（中世纪和现代）的现实，他要证明，人并不是那么强烈地依赖历史或社会环境，而且它们也并不能决定人的个性，所以不应在历史或社会环境里去寻找关于个性构成、人的命运及存在意义的答案。《拉夫尔》的主人公——阿尔谢尼和乌斯吉娜生活在15世纪的古罗斯，但是当代世界的现实却突然闯入了中世纪的现实当中。例如他们在林中漫步的时候，在陈年腐败的树叶底下找到了一个塑料瓶子。沃多拉兹金运用了有意混杂不同时代现实的艺术手法，目的就是要让小说中的事件脱离具体的历史语境。他试图证明，人的个性几百年来很少改变。人的本质一如既往，无论是住小木屋还是高楼大厦，穿长袍还是西装，在桦树皮上写字还是用电脑打字。"[1] 莫斯科大学的另一位学者格鲁布科夫（М.М. Голубков）也认同克罗托娃的观点，他

---

[1] 王宗琥：《当代俄罗斯文学发展趋势与规律》，中国社会科学网-中国社会科学报，2019年11月28日。(《拉夫尔》作者及书中人名译法有所修改) https://baijiahao.baidu.com/s?id=1651408366791562947&wfr=spider&for=pc 访问日期：2022年12月16日。

说:"沃多拉兹金的《拉夫尔》完全取消了时间。一句话以古俄语开头,接下来却是当今的行话俚语。这部小说里有一个非常有意思的场景:主人公阿姆布罗乔被土耳其马刀砍中,行将死亡,一个天使飞到他身边,要取他的灵魂送往天堂。但阿姆布罗乔在高空中看见另一个天使坐在直升机上。这关联到另一个场景,发生在当今的圣彼得堡,正在对亚历山大纪念柱顶端的天使进行修缮,这个天使用十字架保佑着冬宫广场。而这两个场景之间相隔 500 年,但是在某一个点上它们处于同一时刻。所以'取消'时间是新现代主义的重要特征。"①

关于小说的书名。在提到这部小说时,有人称之为《月桂》《月桂树》,还有人称之为《桂冠》,这都是意译。而本书选择音译,将之译为《拉夫尔》。因为在小说所描写的四段人生经历中,主人公被冠以四个不同的名字:阿尔谢尼、乌斯京、阿姆夫罗西、拉夫尔,可见,"拉夫尔"是主人公的最后一个名字,小说因之得名。虽然作为一个词(而不是一个名字),лавр 是有语

---

① 王宗琥:《当代俄罗斯文学发展趋势与规律》,中国社会科学网-中国社会科学报,2019 年 11 月 28 日。(《拉夫尔》作者及书中人名译法有所修改)https://baijiahao.baidu.com/s?id=16514083667915629 47&wfr=spider&for=pc 访问日期:2022 年 12 月 16 日。

义的，意为"月桂"或"月桂树"，但若将一个男性主人公的名字译成"月桂"会很奇怪。而且，"月桂"也好，"月桂树"也罢，在汉语中的联想域都与俄语中的不同，中国人提起"月桂"，恐怕首先想到的就是嫦娥奔月、月亮上的吴刚和他的桂花树、桂花酒，至少也是八月桂花香之类的。而作者沃多拉兹金对小说标题的解释是："拉夫尔这个名字，本身含有永恒之意，就像常青树一样。在生命的最后一个时期，主人公是个苦行修士，因而可以将他名为拉夫尔的生活视为他生命的总结，所以小说就叫这个名字。"可见，尽管拉夫尔这个名字与月桂树的常青之意有一定的关联，但是小说以"拉夫尔"为题主要还是缘于主人公这个人，缘于主人公以拉夫尔之名而经历的这段生活的重要性。因此，在翻译时，便把小说的标题按照通行的人名译法，译为"拉夫尔"。

小说在写法上自成一格。在结构上，主体文本之前有一个不长的引子，主体分为四个部分，每个部分都有标题，分别叫作"认知书""自弃书""道路书""宁静书"，显然是对《圣经》的模仿。每一部分对应主人公的一段人生。如前所述，同一个主人公在这四个部分中不仅分别叫不同的名字、有不同的身份、过不同的生活，而且每一段人生相互之间都好像是隔绝的，或者说，每一段人生仿佛都是一个新的人或者另一个人度过的。这得益于小说在叙事上的独特性。

最鲜明突出的叙事特点是作家运用了玩转时空的手法。沃多拉兹金就像一个时空魔术师，他在小说开头写主人公的爷爷克里斯托弗给自己选了一座靠近墓地的空房子住下时，就把这一空间在550年间的变迁（从墓地教堂开始，历经松树林、空地、贫民医院、契卡机关埋尸地、飞机轰炸夷为平地、军用训练场，直到"白夜"园艺企业的土豆地）以快闪的方式呈现在读者面前。这种在极短的叙事时间里快速切换同一空间在较长历史时间里的变容，是影视中常见的艺术手法。类似的时空设置方法我们在布尔加科夫的《大师与玛格丽特》中也见过。而这种空间游戏的语义，我们可以将其理解为：人就像土地一样，承载的东西会变，但作为容器的性质不变。这便牵扯到小说的主题之一：永恒。沃多拉兹金之所以用空间叠加的障眼法把时间给变没了，是因为他认为时间不重要，甚至于没有时间，或者说时间不存在。因而时间成了作家手里随意拿捏的橡皮泥，任其揉圆搓扁。小说里大量存在的梦境、幻象、奇迹都是对时间重力的摆脱。比如：

"乌斯吉娜和克里斯托弗牵着他的手，他很小，领他穿过树林。当他们在塔头上把他稍微拎起来一点时，他觉得他在飞。乌斯吉娜和克里斯托弗在笑，因为他的感觉对他们而言不是奥秘。克里斯托弗时不时俯身去采集药草，然后把它们放进一个麻布袋子。乌斯吉娜什么也不采，她只是放慢了脚步，观察着克里斯托弗的举动。乌斯吉娜身上穿的是一件红色的男式衬衣，那件她打算适时转交给阿尔谢尼的衬衣。她就是这么说的：这件衬衣将是你的，只是你要换一个名字。客观上没法成为乌斯吉娜，就叫乌斯京吧。说定了？阿尔谢尼从下面往上望着乌斯吉娜。说定了。乌斯吉娜的严肃认真让他觉得好笑，但是他没有行之于色。当然，说定了。克里斯托弗的袋子已经满了。他还在继续采集草药，随着他脚步的节奏它们散落到小路上。整条小路，目光所及之处，铺满了克里斯托弗的草药。而他一直在采集着它们。在这乍一看上去毫无意义的活动中自有其气魄和美。其丰饶，对于是否有需要漠不关心：它只听命于给予者的安排。"

再比如：生活在中世纪的人竟然在树林里看到了塑料瓶，而且是和去年的落叶、失去了颜色的破布碎片为伍的、黯淡无光的塑料瓶。或者：主人公随随便便就能透视未来，好像几十年的时间间距真的不存在一样。关于时间，小说中有这样一段话：

"自那时起，阿尔谢尼的时间彻底按照另一种方式计时了。确切地说，它直接停止了运动，而处于静止之中了。阿尔谢尼能看见世上正在发生的那些事件，但是也发现了一件事，那就是它们以一种奇怪的方式与时间分离了，再也不取决于时间了。有时候它们一个跟着一个地运动，就像以往一样，有时候采取相反的顺序。更少的时候——没有任何秩序地降临，没良心地把次序搞乱。连时间也对付不了它们。时间拒绝统率这样的事件。

这就清楚了，事件并不总是在时间里发生的，阿尔谢尼对于乌斯吉娜说。有时候它们自行发生。被从时间里抽取出去了。我的爱，这一点你是很清楚的，而我则是头一回碰到这种事。"

另一个叙事手法是将神奇的事情当作平常事来讲。主人公阿尔谢尼能看见别人看不见的东西，比如在炉火中能看到凤凰鸟，在瘟疫肆虐的村子里能看见死神的翅膀，看见"它们笼罩在房子上空，在房顶的屋脊之上煽动着灼热的空气"。他能接收到从圣像上传递出来的能量流,并且可以将自己的能量输送给病人。他还能与狼和熊无障碍沟通。更为神奇的是,他在熟睡后,灵魂可以出窍,看见别人的灵魂:

"阿尔谢尼睡得如此之熟,以至于他的灵魂时不时离开身体,悬挂在天花板下面。从这一其实不太高的高度,它注视着躺在那里的阿尔谢尼和乌斯吉娜,惊讶于它所爱的乌斯吉娜的灵魂并不在房子里。看到了死神,阿尔谢尼的灵魂说:我不能承受你的威压,我看得出,你的美并非源自此世。这会儿阿尔谢尼的灵魂看见了乌斯吉娜的灵魂。乌斯吉娜的灵魂几乎是透明的,因而不易被发现。难道说我看上去也是这样的,阿尔谢尼的灵魂想,它想要触摸乌斯吉娜的灵魂。但是死神警告的手势阻止了阿尔谢尼的灵魂。死神已经拉着乌斯吉娜灵魂的手,打算把它带走。把它留在这里吧,阿尔谢尼的灵魂哭泣起来,我和她连成一体了。习惯于分离吧,死神说,它尽管是暂时的,却是有益的。在永恒之中我们还能认得出彼此吗,阿尔谢尼的灵魂问。这在很大程度上要取决于你,死神说:在生命过程中灵魂时常会硬化,在这种情况下它们在死后就很少能认出谁来了。如果你的爱,阿尔谢尼,不是虚假的，也没有随时间的流逝而消磨，那么，请问，为什么你们在那里不能认出彼此呢，那里既没有疾病，也没有悲伤，没有遗憾，而生命是无止境的。死神拍了拍乌斯吉娜灵魂的面颊。乌斯吉娜的灵魂很小，差不多像孩童一样。"

这种写法使得《拉夫尔》中的艺术世界成为一个建立在奇迹基础上的世界。

在语言上，《拉夫尔》的文笔很独特。首先，相对于一般的俄语作品，小说的语句较短，不大用动辄占据半页纸的大圆周句，一句话往往被拆成几个独立的句子，因而许多句子都是不完整的。其次，直接引语与叙述语不加区分，也就是不用引号，甚至问句也不用问号。这两点本书译者在翻译的时候，在不影响理解的情况下，尽量保留了一些原文的行文特点。但是，原文在语言上的另一个特点——各种语体的杂糅，尤其是古俄语和现代俄语的无缝衔接，因中俄两种文化和两种语言体系的巨大差异，在翻译中没有办法一一对应地予以体现，故而采取了以不同字体分别对应古俄语和现代俄语。沃多拉兹金对最后这个特点是最为看重的，他说："在我的小说里有两种意识：中世纪的和当代的。不是作者，而是叙述者能够从一种意识转换到另一种，这在当代文学中很少见。"[1]因而，本书译者曾给作家写了一封长信，说明了自己的翻译原则，得到了作家的理解和认可。有关本书的翻译，还有一点需要说明，原书每一部分的分节都采用古法序数，为了保持这种风格，故译文也用古法加以对应。

本书古俄语部分的翻译得到了北京大学叶莲娜·马尔卡索娃教授和尹旭老师的大力帮助，我的学生们——朱华墩、姜怡杨、王鼎、姚自洋帮忙做了文字校对。感谢她/他们的无私援手。

刘洪波
2024 年 2 月 20 日
于满庭芳园

---

[1] *Лученко К.* Евгений Водолазкин: человек в центре литературы. [Электронный ресурс] https://www.pravmir.ru/chelovek-v-centre-literatury/ (дата обращения: 25.02.2019).

目录

i   致中文读者
iii   译 序

1   引 子
7   认知书
129   自弃书
251   道路书
397   宁静书

献给塔吉娅娜

引子

在不同时期，他有过四个名字。这其中可以看出一种好处，因为人的一生并非一成不变。有时候人生各个阶段之间共同之处很少，少到会让人觉得它们仿佛是由不同的人度过的。这种情况下，要是所有这些人都叫一个名字的话，那才不能不让人感到奇怪呢。

他还有过两个绰号。其中之一——"鲁基涅兹"——取自他的出生地鲁基诺村。但这个人被大多数人所熟知，却是缘于"大夫"的绰号，因为对于同时代的人来说，他首先是个大夫。应该说，在某些事情上他是比大夫更伟大的人，因为他所做的事情超出了大夫的能力。

人们推测，"大夫"[①]一词出自"开口说话"这个词，也就是"念咒"的意思。这样的词语同源[②]意味着：话

---

① 原文为斜体，在本书中均用楷体表示。（以下除非特别说明，均为译者注）
② 这里说的词语同源指的是原文中"大夫"（врач）和"开口说话"（врати）词根相同，但中译文并不能体现出这一点。

语在治疗过程中起着重要的作用。即话语本身,甭管它的含义是什么。在中世纪,由于药品匮乏,话语的作用要比现在更大。因此需要说很多的话。

大夫不停地说话。他们知晓哪些手段能应对病痛,但是他们也不放过直接与疾病交流的机会。发出有节奏的、表面上看起来没有意义的语句,他们对着疾病"念起咒来",劝说它离开患者的身体。在那个时代,大夫和巫医之间的界限是相对的。

病人不停地说话。因为缺少诊断的技术设备,他们必须详尽地描述自己痛苦的身体所经历的一切。有时他们可以感觉到,随着慢吞吞的、渗透了疼痛的话语,疾病一点一点地从身体里抽离出来。只有对着大夫,他们才能事无巨细地讲述有关疾病的事情,而他们也因此变得轻松了一些。

病人的亲属不停地说话。他们对亲人的叙述做出更加准确的补充说明,或者甚而对这些叙述进行更正,因为不是所有的疾病都允许受苦者对其所遭受的病痛给出切实可靠的说明。亲属们可以坦白地表达对疾病无法治愈的担忧,并抱怨照看病人的难处(中世纪不是感伤主义的时代)。他们也因此变得轻松了一些。

我们这里所讲的这个人,他的特点恰恰在于话很少。他记得圣阿尔谢尼的话:有很多次我为我嘴巴里说出的话追悔莫及，却从未因沉默而后悔过。他最常做的事便是无言地看着病人。顶多说上一句：你的身体还管用。或者是：你的身体已经不中用了，准备放下它吧；要知道，此皮囊①是不完善的。

他的名气很大，可谓名满天下，所以他对此避无可避。只要他一出现，周围就会聚集很多人。他用关切的目光扫过在场的人，于是这种无言就传递给了聚拢而来的人们。人群安静下来，原地不动。从千百张张开的嘴里，代替话语吐出的只是一团团的热气。他看着它们一点点消融在寒冷的空气里。能听到的只有一月的雪在他脚下发出的咯吱脆响。或者九月的树叶发出的簌簌声。所有人都在等待奇迹，人们的脸上滚动着期待的汗珠。咸味的水滴响亮地坠落到地上。人群分开，让他走近他要看的病人。

他把手放在病人的额头上。或者用它触摸伤口。很多人都相信，经他的手触摸即可痊愈。这样一来，得自他出生地的绰号"鲁基涅兹"，便又获得了一种额外的依据②。年复一年，他的医术日臻完善，并在盛年达到

---

① 原文为古俄语，在本书中均用仿宋表示。
② 这里指的是："鲁基涅兹"（Рукинец）和"鲁基诺"（Рукино）都与"手"（Рука）是同根词，因而具有"手"的意义。"鲁基涅兹"也可意译为"手先生"，而"鲁基诺"可意译为"手村"。

了人类似乎已无法企及的高度。

人们相传，他拥有不死药。时不时地甚至会有人冒出一种想法，认为有天赋治愈能力的人，不会像寻常人那样死去。这种想法是基于，他死后身体并没有腐烂的迹象。在露天里停放了很多天，它还保持着原先的样子。而后就消失了，好像拥有它的人躺累了似的，站起身就走掉了。然而，持这种想法的人却忘了，自创世以来，只有两个人是以肉体凡胎离开尘世的。因揭露敌基督而被上帝带走的以诺①，以及在火车火马中乘旋风升天的以利亚②。关于俄罗斯大夫的事，传说并没有提及。

根据他为数不多的言论判断，他并没打算久居肉体——哪怕只是因为一辈子都在摆弄它，他也不会。还有那长生不死的药，他多半也是没有的。类似的东西似乎也不符合我们对他的认知。换言之，可以很确信地说，他并没有与我们一道活在当下。同时，值得一提的是，他自己也未必总能搞清楚，哪个时间才算是当下。

---

① 以诺是《圣经》中的人物。《圣经》中有两处提到以诺被上帝带走：《圣经·旧约·创世记》第 5 章第 24 节和《圣经·新约·希伯来书》第 11 章第 5 节。
② 以利亚也是《圣经》中的人物。《圣经》中提到："忽有火车火马将二人隔开，以利亚就乘旋风升天去了。"《圣经·旧约·列王纪下》第 2 章第 11 节。

认知书

ā
甲子

他是在基里尔修道院辖下的鲁基诺村出生的。这发生在创世后 6948 年，我们的救世主耶稣基督诞生后 1440 年的 5 月 8 日，是圣阿尔谢尼纪念日。七天后，他以阿尔谢尼之名受洗。这七天他的母亲没有吃过肉，为的是让新生儿准备好行第一个圣餐礼。在产后四十天之前她没有去过教堂，等待着自己肉体的洁净。当她的肉体洁净了，她去做晨祷。在教堂的门廊叩首，伏地几个小时，只为自己的婴儿求告一件事——生命。阿尔谢尼是她的第三个孩子。早前生的都没有活过一岁。

阿尔谢尼活过了一岁。1441 年 5 月 8 日，全家在白湖的基里尔修道院做了感恩祈祷。恭敬地亲吻过圣基里尔的圣骨后，阿尔谢尼和父母一起回家去了，而克里斯托弗，他的爷爷，则留在了修道院。翌日他就年满七十岁了，所以他决定问问尼康德尔长老，接下来他该怎么办。

原则上，长老回答说，我没什么可对你说的。除了一点：吾友，住得离墓地近一些。你这么个大高个儿，要把你往那儿抬会很费劲的。总而言之：一个人住吧。

尼康德尔长老就是这么说的。

乙丑

于是克里斯托弗就搬到附近的一个墓地去住了。他在远离鲁基诺村、紧靠着墓地的围墙处找到了一座空着的木屋。木屋主人没有挺过最近的一次瘟疫。这是房子比人多的年代。但谁也没敢住进这座结实、宽敞，却已绝户的木屋。何况还是在葬满瘟死者的墓地旁边。可克里斯托弗却敢。

人们说，那时他就已然完全清晰地想象出这块地方以后的命运了。像是早在那个遥远的时候他就知道了，1495年在他的木屋所在地要建墓地教堂。教堂是为感恩1492年——创世后的第七千年顺利结束而建造的。而尽管预料之中的世界末日在那一年并未发生，但克里斯托弗的同名者——克里斯托弗·哥伦布，出乎自己和他人的意料，发现了美洲（那时人们并未注意到这件事）。

1609年，教堂被波兰人所毁。墓地陷入荒废状态，其所在的地方长起了一片松树林。时不时会有鬼魂同采蘑菇的人说起话来。1817年，商人科兹洛夫为了生产板材而拿到了树林。过了两年，在空地上建起了贫民医院。整整一百年后，县契卡①搬进了医院的楼房。主管机关在这块土地上组织了与其最初的用途相符的大规模埋葬。1942年，德国飞行员海因里希·冯·西德尔一个精确的命中将楼房从地球的表面上抹掉了。1947年，该地段被重新装备成军用训练场，并交由以克·叶·伏罗希洛夫命名的荣膺红旗勋章的第七坦克旅。自1991年起，该地属于"白夜"园艺企业。园艺企业员工从地里与土豆一起刨出了大量的骨头和炮弹，却没急着向乡公署去抱怨。他们知道，反正谁也不会给他们提供第二块地了。

看来我们命定是要在这样的土地上生活了，他们说。

这一详细的预见向克里斯托弗指明，在他有生之年土地不会有人动，而他选的房子五十四年里都将处于完整的状态之中。克里斯托弗明白，对于一个有着动荡历史的国家，五十四年——不短了。

---

① 即"肃清反革命和怠工非常委员会"。

这是一所有五面墙的房子：除去四面外墙外，在木屋里还有第五面内墙。它隔开了木屋，形成了两个房间——暖的（有炉子的）和冷的。

搬进房子后，克里斯托弗检查了一遍，看它里面原木之间是否有缝隙并重新在窗户上绷上了牛尿脬。拿做油料用的豆子和桧树果，与桧树木屑和乳香搅拌在一起，捣碎，放在木炭上，然后一整天都在鼓捣烟熏。

克里斯托弗知道，随着时间的流逝，瘟疫流行病会自己从木屋里散掉的，但是他不认为这个预防措施是多余的。他为那些可能来探望他的亲人们担心。他替他治疗的所有病人担心，因为他们总是到他这里来。克里斯托弗是个草药医生，因而来找他的人各色各样。

来者有的是被咳嗽折磨的人。他给他们的是捣碎的小麦加大麦面粉，把它们与蜂蜜搅拌在一起。有时候是煮过的双粒小麦，因为双粒小麦能拔出肺里的湿气。依据咳嗽的类型，他也会给病人豌豆汤或者煮萝卜的水。克里斯托弗是根据声音分辨咳嗽的。如果咳嗽声模糊不清且无法确定，克里斯托弗就把耳朵贴在病人的胸口，长久地细听他的呼吸。

有的是要去除瘊子的人。对这些人克里斯托弗嘱咐他们将捣碎的洋葱加盐敷在瘊子上。或者用唾液搅匀的麻雀粪涂抹。但是他觉得最有用的法子是捣碎的矢车菊籽，要把它们撒到瘊子上。矢车菊籽能把瘊子连根儿拔除，这样它们在同一个地方就不会再长了。

克里斯托弗在床笫之事上也能帮上忙。因此事而来的人他立马就能确认——从他们进门的样子和在门槛处不知该先迈哪条腿就能看出来。他们悲苦而负罪的眼神让克里斯托弗感到好笑，但他不露声色。略过长篇大论的开场白，草药医让来客们脱掉裤子，来客们默不作声地遵从了。有时会让他们到隔壁去洗洗身子，建议尤其要注意包皮。他确信，即便是在中世纪也应该遵守个人卫生的习惯，心存反感地听着水如何从舀子里时断时续地流到木桶里。

对此你又能说什么呢，他生气地在一块桦树皮上记录着。妇人们怎么就能让这样的人近身呢？噩梦。

如果私处没有明显的缺陷，克里斯托弗对问题就问得比较详细了。人们也不怕对他讲，因为知道他不多嘴多舌。遇到没有勃起的情形，克里斯托弗就建议往食物里添加贵重的茴芹和扁桃仁或者便宜的薄荷露，它们能增加精液并促进床笫之欲。同样的作用被记在一种名称不凡的草——"乌鸦脂"[①]，还有普通的小麦名下。最

[①] 可能是龙芽草或仙鹤草的俗称。

后，还有一种"拉丝草"①，有一黑一白两个根。吃了白色的根会出现勃起，而吃了黑色的勃起则会消失。这个药的缺点在于，白色的根在关键时刻需要含在嘴里。不是所有的人都会这么干的。

如果所有这些都没能增加精液并促进床笫之欲，草药医就由植物世界转向动物世界。失去性交能力的人被推荐吃鸭子或者公鸡的肾脏。在危急的情况下，克里斯托弗吩咐弄来雄狐的睾丸，在钵里捣烂并以葡萄酒送服。对没有能力完成这项任务的人，建议吃普通的鸡蛋，就着洋葱和萝卜。

克里斯托弗并非相信草药，确切点说，他相信的是，上帝对特定事情的帮助可以通过随便哪种草药送达。就如同这种帮助也会经由人送达一样。无论是前者还是后者，本质上都是工具。为什么在他认识的草药中每一种都有严格确定的品质，对于这个问题他没有想过，认为这是个徒劳无益的问题。克里斯托弗明白，这种联系是谁定下的，所以他只要了解这联系就够了。

对于亲近的人们，克里斯托弗的帮助不仅仅局限于医疗方面。他坚信，草药的神秘影响会扩展到人类

---

① 可能是红门兰的俗称。

生活的所有领域。克里斯托弗清楚,带浅色的、像蜡一样的根的"苦苣菜"能带来好运。他把它给商人们,以使他们不管去哪里,都会被以诚相待,且美名传扬。

只是不要骄傲过了头,克里斯托弗警告他们说。骄傲可是一切罪孽的根。

"苦苣菜"他只给那些他绝对确信的人。

克里斯托弗最喜欢的是红色的、有一根针那么高的草——"帝王眼"①。他总是随身带着它。他知道,开始做任何事时,怀里有它都是好的。比方说,拿着上法庭,就不会被判有罪。或者带着它坐在宴席上,就不怕异教徒对任何一个喝了酒的人所进行的暗中窥伺。

克里斯托弗不喜欢异教徒。他借助于"亚当之首"②来发现他们。在沼泽边采集这种草时,要一边画十字一边说:上帝啊,怜悯我,以此来庇护自己。然后,给草做完净化之后,克里斯托弗请求神甫将之放到祭台上并在那儿放上四十天。四十天过去之后,他拿着它,即便是在人群中,他也能准确无误地猜出谁是异教徒或者

---

① 可能是茅膏菜的俗称。
② 可能是狼毒茄的俗称。

魔鬼。

克里斯托弗给有嫉妒心的夫妇推荐的是"浮萍"——不是那种遮住沼泽的浮萍，而是蓝色的、覆盖着地表的草。它应当被放到妻子的床头：她睡着后，自己就会把有关自己的所有事情都讲出来，好的和坏的。还有一个办法让她打开话匣子——猫头鹰的心脏。需要把它贴到睡熟的妻子的心房处。但是很少有人走到这一步：太吓人啦。

对克里斯托弗本人，这些方法就没有必要了，因为三十年前他的妻子就过世了。在采集草药时他们遇上了雷雨，在树林边缘她被闪电劈死了。克里斯托弗站在那儿，不相信妻子死了，因为就在刚刚她还是活着的。他摇晃她的肩膀，她打湿的头发顺着他的手臂往下淌水。他揉搓她的脸颊。她的嘴唇在他的手指下无声地微动着。大睁的眼睛望向松树的树梢。他劝说着妻子站起来回家。她沉默不语。而且也没有什么能让她说话了。

在搬到新地方的这天，克里斯托弗取了一块中等大小的桦树皮并记录下：归根结底，他们已经是成年人了。归根结底，他们的孩子已经满周岁了。我觉得，没有我的话他们会更好。想了想，克里斯托弗又补上一句：而主要的是，长老是这么建议的。

下

丙寅

等阿尔谢尼满两周岁的时候，大人们开始带他去找克里斯托弗。有时吃完了午饭，他们就带阿尔谢尼一起离开。但更多时候是把阿尔谢尼留下待几天。他喜欢待在爷爷身边。这些探望成了阿尔谢尼的最初回忆。而它们也是他最后才会遗忘的。

在爷爷的木屋里，阿尔谢尼喜欢的是气味。它由许许多多在天花板下面晾晒的草药的香气构成，而且这种气味在任何地方都不曾再有过。他同样喜欢呈扇状固定在墙上的那些孔雀翎，它们是一个朝圣者带给克里斯托弗的。孔雀翎上的花纹出奇地像眼睛。待在克里斯托弗家的时候，小男孩觉得自己在被以某种方式观察着。

他还喜欢挂在救主圣像下面的圣殉教士克里斯托弗的圣像画。它在庄重的俄罗斯圣像画行列中看起来很特别：圣克里斯托弗是狗头人。孩子一连几个小时仔细地端详着圣像画，于是，透过狗头人感人的形象，渐渐显现出来的是爷爷的面容。粗长的眉毛。从鼻子处延展开来的皱纹。一直长到眼角周围的胡须。因为大部分时间都在树林里度过,爷爷更愿意融化在大自然里。他变得像狗,也像熊。像草,也像树墩。说话的嗓音也像木头一样吱吱哑哑。

有时克里斯托弗把圣像画从墙上摘下来让阿尔谢尼亲吻。孩子若有所思地亲吻了圣克里斯托弗那毛发浓密的头并用手指肚儿触摸那失去了光泽的颜料。克里斯托弗爷爷观察到,圣像画的神秘能量流在朝阿尔谢尼的手中传导。一次他做了如下的记录:小孩子具有某种特别的专注力。他的未来在我看来是出类拔萃的,但是我对这未来的察看是很费劲的。

从男孩儿四岁起克里斯托弗就开始教他草药的事情。从早到晚他们都在树林里转悠,采集各种草药。在峡谷旁寻找一种叫"侧金盏花"的草。克里斯托弗把它尖细的叶子指给阿尔谢尼看。侧金盏花对疝气和发烧有帮助。在发烧时将此草与石竹一起给,那病人就会大量发汗。如果汗是黏稠的,并散发出很重的气味,则需要(看了一眼阿尔谢尼,克里斯托弗顿了一下)为死亡做准备了。孩子那不像一般孩童的眼神令克里斯托弗感到不自在。

什么叫死亡,阿尔谢尼问。

死亡就是不动和不作声。

就是这样吗?阿尔谢尼伸直身子躺在青苔地上,眼睛眨也不眨地看着克里斯托弗。

一边把男孩儿拽起来，克里斯托弗一边对自己说：我的妻子，他的奶奶，那时也是这么躺着的，所以我现在非常害怕。

不要害怕，男孩儿喊道，因为我又是活人了。

在一次闲逛时，阿尔谢尼问克里斯托弗，他的奶奶现在在哪儿待着呢。

在天上，克里斯托弗回答说。

就在这一天，阿尔谢尼决定飞到天上去。天空早就吸引着他了，而有关他未曾谋面的奶奶在那里待着的消息，让这种向往变得不可遏止了。在这件事情上能帮到他的只有孔雀翎了，孔雀——毫无疑问是天堂之鸟。

回家后阿尔谢尼在门厅里拿了一根绳子，从墙上取下孔雀翎，就顺着靠梯爬上了屋顶。把孔雀翎分成两等份之后，他把它们牢牢地绑在了手臂上。阿尔谢尼没打算第一次上天就待很久。他只想吸一吸它那蔚蓝的空气，如果能行的话，最后再看看奶奶。可能的话，顺便再向她转达一下克里斯托弗的问候。按照阿尔谢尼的概念，他完全能够在晚饭前赶回来，而晚饭克里斯托弗正在做呢。阿尔谢尼走到屋脊跟前，扇动了一下翅膀，接着向前跨出了一步。

他的飞翔很迅疾，但不持久。在先触地的右脚上，阿尔谢尼感到了剧痛。他站不起来，便把腿缩到翅膀底下，默默地躺着。克里斯托弗出来叫男孩吃晚饭的时候，他发现摔到地上折断了的孔雀翎。克里斯托弗摸了摸他的腿，便明白是骨折了。为了让骨头快点长上，他往受伤的地方贴了带有碎豌豆的膏药。为了让腿安静地待着，他往腿上缠了块木板。为了让阿尔谢尼不仅肉体强健，还要精神强健，克里斯托弗把他带到了修道院。

我知道，你是打算上天——还未进修道室的门，尼康德尔长老就说道。但是你的行动方式嘛，很抱歉，我认为很奇葩。等什么时候我给你讲讲，这种事情一般是怎么做的。

阿尔谢尼的脚刚一能沾地，他们就又采集起了草药。刚开始只是在周边的树林里走走，但试探着阿尔谢尼的力气，一天比一天走得远。沿着河流和溪水他们采集着"睡莲"——带白色叶子的红黄色的花——解毒用的。同样是在河边，他们还找到了"鸤鹕"草。克里斯托弗教他根据黄色的花、圆圆的叶子和白色的根来辨认它。这种草用来医治马和牛。在树林边缘他们采集只在春天生长的"淘气鬼"[①]草。薅它必须得在4月的9日、22日和23日。建木屋的时候人们把淘气鬼草放在第一

———————
[①] 可能是白头翁的俗称。

根原木下面。他们也去采集"萨瓦"①草。在这件事上克里斯托弗表现得小心翼翼,因为碰到它会面临心神不安的危险。但是(他蹲在孩子前面)如果把这种草放到小偷的脚印上,被偷走的东西就会回来。他把草放到了篮子里并用牛蒡盖了起来。在回家的路上每次都采集些能驱蛇的"蛇不过"②草的荚果。

往嘴里放一粒它的籽——水就会分开一条路来,有一回克里斯托弗说。

真会分开吗?阿尔谢尼认真地问道。

加上祷告的话——会分开的。克里斯托弗变得不自在起来。要知道所有的事情都在于祷告。

那为啥还要这粒草籽呀?男孩抬起头,看见克里斯托弗在微笑。

传说如此。我的任务就是告诉你。

有一次,在采集草药的时候,他们看见了一头狼。狼站在离他们几步远的地方,直视着他们的眼睛。它的舌头从嘴里耷拉下来并由于呼吸急促而颤动着。狼很热。

咱们不要动,克里斯托弗说,它就会走开。苦难圣徒乔治啊,请帮帮我们吧。

---

① 斯拉夫神话传说中的一种神草。
② 也可译为"过"草或分水草,因为古罗斯人相信,这种草的籽可以令水让路。

它不会走的，阿尔谢尼反驳说。它就是为了和我们一起才来的。

男孩走到狼近前并抓住了它的后脖颈。狼坐下了。它的尾巴尖从两条后腿底下支棱出来。克里斯托弗靠向一棵松树，全神贯注地盯着阿尔谢尼。当他们朝家的方向走去时，狼也迈开了步子，跟在他们身后。它的舌头依旧像一面红色的小旗子一样一直耷拉着。在村子的边缘处，狼停了下来。

从此，他们经常在树林里遇到这头狼。他们吃午饭时，狼就坐在旁边。克里斯托弗扔了几块面包给它，狼呢，就上牙打着下牙，在空中就把它们叼到了嘴里。狼伸长四肢趴在草地上，若有所思地盯着眼前看。等爷爷和孙儿往回返时，狼把他们一直送到家门口。有时，狼会在院子里过夜，于是早晨便三个一起去寻草药。

阿尔谢尼累了的时候，克里斯托弗就把他装到背上的麻布袋里。眨眼工夫就感觉到了他的脸颊抵在自己的脖子上，于是克里斯托弗明白，男孩是睡着了。克里斯托弗轻轻地踏足在夏日温暖的青苔上。他从篮子上腾出一只手来，调整了一下肩上的背带，再给睡着的男孩赶了赶苍蝇。

到家后，克里斯托弗从阿尔谢尼长长的头发里摘掉那些带刺的植物，有时给他用碱水洗头。碱水他是用槭树的叶子和白草"以诺"做的，这种草是他们一起在高地上采的。碱水使得阿尔谢尼的金发变得柔软如丝。在太阳光下它们闪闪发亮。克里斯托弗在其中编入了欧白芷的叶子——好叫人们喜欢。同时他发现，人们本来也很喜欢阿尔谢尼。

这孩子的出现能令人情绪高涨。鲁基诺村的全体居民都感受到了这一点。当他们抓起阿尔谢尼的手时，就不想松开它了。当亲吻他的头发时，他们觉得，自己是贴近了泉源。阿尔谢尼身上有某种东西，能让他们那艰难的生活变得轻松。因此，他们对他充满感激之情。

临睡前，克里斯托弗给孩子讲的是所罗门和半人马的故事。这个故事两个人都耳熟能详，可却总像头一回讲一样。

当半人马被领去见所罗门时，他看见了一个正在买靴子的人。这人想要知道，这双靴子能不能穿够七年，半人马就大笑了起来。继续往前走，半人马看到举办婚礼，就大哭了起来。于是所罗门问半人马，他为什么笑。

在这个人身上我看到，半人马说，他活不过七天。

然后所罗门问半人马，他为什么哭。

于心不忍，半人马说，因为那个新郎活不过三十天。

有一次，男孩儿说：

我不明白，半人马为什么笑。因为他知道，这个人会复活吗？

不知道。不确定。

克里斯托弗自己也觉得，半人马不笑的话会更好一些。

为了让阿尔谢尼容易入睡，克里斯托弗往他的枕头底下塞了"水柳"①草。因此，阿尔谢尼很容易就睡着了。而且他的梦境也是恬然无惊的。

А
丁卯

在阿尔谢尼生命中的第二个七年之始，父亲把男孩领到了克里斯托弗那里。

村里不安宁，父亲说，将有瘟疫。就让孩子在这里待一阵，远离所有的人。

你也待一阵，克里斯托弗建议道，还有你媳妇。

父亲，我还有麦子需要收割，不然冬天去哪儿弄吃的呢？他只是耸了耸肩。

克里斯托弗捣碎了热硫黄给他带走，以便加入蛋黄里，以野蔷薇汁送服。嘱咐不要开窗，而早、晚要在院中用橡木柴火点几堆篝火。等烧成炭了，往上扔些艾

---

① 也称千屈菜。

蒿、柏枝和芸香。就这些。这就是全部能做的事了。克里斯托弗叹了口气。从这场瘟疫中保全下来，儿子。

看着父亲向大车走过去，阿尔谢尼哭了起来。父亲个子不高，走路的步态一蹿一蹿的。他半坐到车帮上，把腿搭在大车的干草上。操起缰绳，吆喝马匹。马打着响鼻，脑袋往前使着劲，缓缓地拖动起来。马蹄在被踩实的泥地上发出沉闷的响声。父亲轻轻地摇晃着。回过身子，挥着手。背影变得越来越小，然后与大车融为一体。变成了一个点。消失了。

怎么哭了，克里斯托弗问男孩。

我在他身上看到了死亡的印记，男孩回答说。

他哭了七天七夜。克里斯托弗默不作声，因为他知道，阿尔谢尼是对的。他也看到了征兆。而且他还知道，他的草药和话语在这种情况下无能为力。

第八天中午，克里斯托弗牵起男孩的手，往鲁基诺村去了。天响晴响晴的。他们走着，没有把草压得倒伏，也没有扬起尘土。就像踮着脚尖而行似的。就像走进的是停尸房一样。在接近鲁基诺村时，克里斯托弗从衣袋里掏出一根浸了酒醋的欧白芷根并将之掰成两段。一半给自己，另一半给了阿尔谢尼。

呐，含在嘴里。上帝的力量与我们同在。

村子以狗吠和牛叫声迎接了他们。克里斯托弗很熟悉这些声音，不会把它们与任何东西弄混。那是鼠疫的音调。爷爷和孙儿缓缓地沿着街道走着，只有一些狗从拴着的链子上使劲挣着朝他们迎面扑过来。没有人。等他们靠近了阿尔谢尼的家，克里斯托弗说：

不要往前走了。死神在这里的空气中。

男孩点点头，因为他看到了它的翅膀。它们笼罩在房子上空。在房顶的屋脊之上煽动着灼热的空气。

克里斯托弗画了个十字后走进了院子。在围墙边倒伏着没有脱粒的麦捆。木屋的门是敞开的。在八月的太阳下，这个大张着嘴巴的长方形看上去很骇人。白天的所有色彩中它只吸纳进了黑色。所有可能的黑色和寒冷。进到那里面去，怎么可能还会活着？犹豫了一下，克里斯托弗向门里迈了一步。

站住，黑暗中响起了一声叫喊。

这嗓音像是他儿子的嗓音。但也仅仅是像而已。仿佛有什么人，而非他的儿子，冒用了这一嗓音。克里斯托弗没听他的，又向门口迈了一步。

站住，不然我打死你。黑暗中传来轰隆一声巨响，然后一把锤子砸在了门框上，就像从什么人的手里脱手而出一样。

让我给你们检查一下，克里斯托弗声音嘶哑地说。

他喉头哽住了。

我们已经死了,那嗓音说。便与活人无干了。别进来,为了让阿尔谢尼活下去。

克里斯托弗停下了脚步。他听见额角的血管突突跳动的声音,明白儿子说的是实情。

水,母亲在黑暗中呻吟了一声。

妈妈,阿尔谢尼喊了一声就向木屋里扑过去。

他从木桶里舀了水就递给了从板凳上摔下来的母亲。他亲吻着她凝胶状的脸,但她好像睡着了,睁不开眼睛。他试图把她从地板上拽起来,手掌恰好触碰到了她腋下发炎的淋巴结。

好儿子,我已经无法醒来了……

父亲的一只手抓住了阿尔谢尼并把他甩向了门槛。而把他从门槛处拽出来的已经是克里斯托弗了。阿尔谢尼用前所未有的声音叫喊起来,但是村里没有谁能听到了。等安静下来,他在门槛处看到了父亲的尸体。

戊辰

从那时起,阿尔谢尼就在克里斯托弗那里住了下来。男孩无疑是有天赋的,有一次,克里斯托弗记录道。他什么都能飞快地掌握。我把草药的事情都传授给了他，他可以靠它过活。我传给他许多其他的知识，以扩展他的视野。要让他知道，世界被创造成了什么样子。

在十月的一个星夜里，克里斯托弗把男孩儿领到了草地上，将天与地的交接之处指给他看：

起初神造天地。为的是让人不要以为天地没有起始。神把光暗分开了。神称光为昼，称暗为夜。[①]

草亲热地蹭着他们的腿，而头上有陨石划过。阿尔谢尼用后脑勺感受着克里斯托弗手掌的温热。

神造太阳普照白昼，造月亮和星星普照黑夜。[②]

光体大不大，男孩儿问。

嗯，总的说来……克里斯托弗皱起了额头。月亮的圆周有近十二万斯塔季[③]，而太阳的圆周——当然啦，是近乎——三百万斯塔季[④]。它们只是看起来小，但它们真正的大小甚至难以想象。你登上高山朝原野俯瞰。那里的牧群在你眼中不是像蚂蚁一样吗？光体便是如此。

接下来的几天他们谈论光体和预兆。克里斯托弗给男孩儿讲了他平生不止一次讲过的双太阳：它出现在东

---

① 参见《圣经·旧约·创世记》第1章。
② 参见《圣经·旧约·创世记》第1章。
③ 即近2.4万公里。斯塔季（стадий）为古代长度单位，1斯塔季约等于200米。
④ 即近60万公里。

方或在西方，预示着大雨或者大风。有时候太阳会让人觉得是血色的，但这是由于雾气弥漫的蒸汽，指示着湿度很大。有时候太阳的光线像头发一样（克里斯托弗抚摸着阿尔谢尼的头发），而云彩好像在燃烧，那就预示着风寒了。要是光线朝太阳偏垂，而云彩在日落时变黑——预示着阴雨天。日落时太阳净而无云——预示着平静而晴朗的天气。新月后第三天的蛾眉月，如果它又细又净，也预示着晴朗的天气。要是它很细，但是像被火烧红了一样——预示着强风，而当月亮的两个尖角是拉平的，并且北边的尖角是干净的——预示着西风平息。在满月黯淡的情况下你就等着下雨吧，而在它从两侧都变薄的情况下——会刮风，而月亮周围有光晕——是阴雨天的征兆，光晕发黑——是很严重的阴雨天。

既然男孩儿很明显对此感兴趣，为什么不给他讲一讲这些呢，克里斯托弗心说。

一次他们来到了湖边，于是克里斯托弗说：

神说，水要滋生在深渊里游动的鱼，还有在天空中飞翔的鸟。不管是前者还是后者被造出来都是为了在属于它们的自然之中活动。神还说，地要生出活物来——四条腿的。在堕落之前，动物是驯服于亚当和夏娃的。可以说，它们是爱人的。而现在——这种情形非常罕见。不知怎么的，一切都搞糟了。

克里斯托弗爱抚地拍了拍跟在他们后面小步跑着的狼的脖颈。

认真说起来的话，鸟类、鱼类和动物在许多方面都很像人。这其中，你看到没有，有我们普遍的关联性。我们互相学习。阿尔谢尼呀，母狮子产下的小狮崽总是死的，但是在第三天公狮子来给它吹进生命。这提示我们，人类的孩子在受洗前对于永生而言也是死的，而随着受洗才活过来。还有多脚鱼。它游近什么颜色的石头，自己就会变成什么颜色：靠近白色的——就变成白色的，靠近绿色的——就变成绿色的。孩子，有些人也是这样的：与基督徒在一起他们是基督徒，而与不信教的人在一起——就是不信教的人。有一种凤凰鸟，它既没伴侣也没孩子。它什么也不吃，只是在欧雪松中间飞翔，使自己的翅膀充溢着雪松的香气。等它老去，就一飞冲天，以天火自燃。然后，降落下来，点燃巢穴并焚毁自身，然后在自己巢穴的灰烬中重生为虫子，从虫子再慢慢长成凤凰鸟。就这样，阿尔谢尼，为了基督承受磨难的人会在天国的荣耀中重生。最后，还有白羽鸟，通体都是白色的。如果有谁生了病，可以从白羽鸟那里得知，他会活下去还是会死掉。如果他会死掉，白羽鸟会扭过脸去，如果他会活下来，那么白羽鸟则会快活地朝着太阳飞上天空——所有人就都明白了，是白羽鸟把病者的毒带走并将之在空中散掉了。我们的**主耶稣基督**也是这样升上十字架并为我们赎罪而流尽了自己洁净无罪的血。

可我们在哪儿能抓到这种鸟呢,男孩儿问。

你自己来做这种鸟吧,阿尔谢尼。你不是会飞一点儿嘛。

男孩儿若有所思地点点头,克里斯托弗因为他的认真而变得不自在起来。

最后的叶子被从岸上吹落到了湖那黑乎乎的水里。叶子仓皇之中在玄褐色的草上滚动着,而后在湖水的涟漪中颤抖。越游越远。紧靠水边能看见打鱼人深深的靴印。靴印里蓄满了水,像是自古以来就有的。一经留下便亘古不变。其中也漂浮着叶子。打鱼人的船在离岸不远处摇晃着。打鱼人冻得通红的手拽着网。他们的额头和胡子都汗湿了。他们衣服的袖子因为湿了水而变得沉甸甸的。网里一条中等个头的鱼在挣扎。它在秋天暗淡的太阳下闪着光,在船的周围激起水花。打鱼人对捕获物很满意,互相之间大声喊着什么。他们的话阿尔谢尼听不懂。打鱼人的话他尽管听得很清楚,但一个字也重复不上来。词语抛开了意义的外壳,不慌不忙地变成声音并融化在了空间里。天空是没有颜色的,因为已经把所有的色彩都给了夏天。散发着炉火的烟气味道。

阿尔谢尼感到高兴,因为一到家,他们也会烧上炉子并享受秋天独有的舒适。他们也和周围所有的人一样，是以无烟道的方式取暖的。生火后木屋的墙是暖的。粗大的原木能把热度保持很久。黏土造的炉子能把它保持得更久些。在远端的炉壁旁摞着的那些石头烧得赤热通红。烟升腾到高高的天花板下面，然后缓慢地穿过开在门上面的烟洞出去了。阿尔谢尼觉得烟就像个活物。它的不紧不慢让人心安。烟生活在木屋上面被烟熏黑的部分。下面的部分是华丽而又亮堂的。木屋的上、下部分被搁板——一些宽木板，烟子从上面散落到它们上头——分开来。如果生火方法得当，烟是不会降落到搁板以下的。

生炉子是阿尔谢尼的责任。他从劈柴棚里拿来一些桦木劈柴并把它们在炉子里摞成小房子的形状。把干树枝塞在劈柴之间。火要借助阴燃的炭生起来。他把它们从炉额——特殊的壁坑，那里面在灰烬层下面存放着点火用的炭——里弄出来。他把炭埋进干树叶，然后用尽全力地吹着。树叶慢慢变了颜色。内里已经在燃烧了，可它们仍旧做出一副无所谓的干缩模样，但是随着每一个瞬间的流逝，这对它们而言变得越来越难了：火突然间一下子从四面八方把它们围困了。火从叶子跳跃到干树枝上，从干树枝——跳到劈柴上。劈柴开始从侧面燃烧。如果它们是湿的，就噼啪作响，迸溅出一束束火花。在火的风暴里孩子看见了凤凰鸟并把它指给坐在近旁的狼看。狼时不时皱皱眉，但是搞不懂它是否真的看见了鸟。心存疑虑地不时打量着狼，阿尔谢尼向克里斯托弗报告说：

它坐得很不自然，叫我说，是很紧张。我觉得，它就是在担心自己的皮毛。

男孩儿是对的。从炉子里飞溅出来的一簇簇火花确实令狼很不安。只有等到火烧到后面平稳了，狼才在地板上伸展四肢，并像狗一样把头放在前爪上。

我们对驯熟的动物是要负责的，克里斯托弗看着狼，说。

望着炉子，阿尔谢尼在那里有时会看到自己的脸。它被灰白的、在后脑勺收拢成一束的头发围着。脸上布满皱纹。别看如此不像，男孩儿却明白，这就是他自己的映像。只不过是许多年以后的。而且是在另外的环境之下。这是那个人的映像，他坐在火旁，看见一个浅色头发的男孩儿的脸，而不想让进来的人打扰到他。

进来的人在门槛处跺着脚，把手指贴在嘴唇上，偏过头对着后面的什么人低语，说全俄的大夫此刻正忙着呢。在观察炉火。

让她进来，梅列季，长老说着，并没有回转身子。女人，你想要什么？

我想要活，大夫。请你帮帮我。

那你是不想死了？

有些人是想死的，梅列季解释说。

我有个儿子。可怜可怜他吧。

就像这个一样吗？长老指着炉膛，那里火焰的轮廓中可以看到一个男孩儿的形象。

公爵夫人，你多余下跪（梅列季激动不安，还啃着指甲），要知道他不喜欢这样。

长老将目光从火焰上移开。走到跪着的公爵夫人跟前，在她旁边也跪了下来。梅列季倒退着走了出去。长老抬起公爵夫人的下颌，看着她的眼睛。用手背抹去了她的泪水。

女人，你的脑袋里有一个瘤。因此你的视力变差了。听力也下降了。

他搂着她的头并使之贴紧自己的胸膛。公爵夫人听见他心脏的跳动。老人的那种艰难的呼吸。透过他的衬衫感觉到贴身挂着的十字架的微凉。他胸骨的硬度。令她自己都感到惊奇的是，她能发现这一切。门关着。在门外，梅列季在切割着松明。他的脸上没有表情。

信主和他圣洁的母亲吧，你就会得到帮助。长老用干瘪的嘴唇触碰她的额头。而你的瘤子会变小的。平安地去吧，不要再悲伤了。

你为什么哭呀，阿尔谢尼？

我哭是因为高兴。

阿尔谢尼默不作声地朝狼扭过头去。狼舔去了他的泪水。

己巳

人是由尘土而造出的。也要归于尘土。但是在人活着时赋予他的那具身体是美好的。你应该尽可能地熟知它，阿尔谢尼。

克里斯托弗一边这么说，一边在送已逝的诺夫哥罗德人安德罗恩回故乡前给他涂抹防腐油。在鲁基诺村的一个浴房里，克里斯托弗往安德罗恩的皮肤里揉入掺了蜂蜜和盐的雪松树脂。由于克里斯托弗的触碰，安德罗恩整个身子都在抖动，看起来像活人一样。逝者的大号阴茎加强了这一印象，它好像与身材矮小的安德罗恩不相符，尽管他的体格很结实。阿尔谢尼觉得，安德罗恩马上就会站起身来，感谢一下克里斯托弗的忙碌，然后走到户外新鲜的空气中去。但是安德罗恩没有起来。经历了夜晚的斗殴之后，他躺在那里，颅骨被打穿了，背部现出第一拨尸斑。外来的安德罗恩对村里姑娘们产生了兴趣（还是昨天的事），这成了斗殴的原因。今天安德罗恩准备踏上最后的回诺夫哥罗德之路了。

在小小的人类身体里（克里斯托弗说）显露着神无边的智慧，就像太阳反射在一滴水里一样。每一个器官都考虑得细致入微。比如说，心脏以血供养全身，所以其中，就像人们所说的，集中着我们的情感，这就是为什么它要被胸骨可靠地保护着。牙齿——得咀嚼，因此它们由坚硬的骨头构成。舌头——得辨味，因此柔软而多孔，像海绵一样。耳朵被造成贝壳形，为了捕捉乱飞的声音。顺便说一句，招风耳（克里斯托弗的手指拂过安德罗恩的耳朵）——是说空话的标志。但是还有看不见的内耳。它将声音从外耳引向大脑，然后大脑将声音变成言语。通向大脑的还有来自眼睛的血管，于是大脑又要把字母变成词语。大脑——整个身体的王，位于最上面，因为在地上的所有造物中只有人——是有理智和直立行走的。它那无躯壳的思想，位于身体之中的同时，向天上攀升并理解此世的完善。头脑——心灵的眼睛。当这双眼睛受损时，心灵就变盲目了。

什么是心灵，阿尔谢尼问。

就是主吹进身体里的东西，是使我们有别于石头和植物的东西。心灵把我们造就成活着的人，阿尔谢尼。

我把它比作是火焰，那种来自尘世的蜡烛，却没有尘世的本性，而是力求向上去接近相同本性的火焰。

如果心灵能造就活着的人，就意味着，在动物身上它也存在啦？阿尔谢尼一指身旁站着的狼。

是的，动物也有灵魂，但是它与动物的身体本性相同并锁在它们的血液里。而且要记住：在大洪水之前人们是不吃动物的，可怜它们的灵魂，因为动物的灵魂会和它的肉体一道死去。人的心灵有着与肉体不同的另一种天性，因而不会随肉体而死亡，因为人的心灵是由造物主本人吹入神恩的，而非由其他东西而来的。

人的身体会怎么样？

我们的身体会化为尘埃。但是从尘土造就了身体的主，会把我们消散的身体重新合为一体的。你知道吗，这其实只是看上去好像身体会分解得无影无踪，与其他元素混合在一起，变成了泥土、河流、草。我们的身体，阿尔谢尼，就像洒出来的水银，它摔成小小的圆球，躺在地上，但是不会和泥土混合在一起。它就那么躺着，直到某个能工巧匠到来，把它重新收回到容器里。那至高无上的神也是这样，为了共同的复活而把我们分解了的身体重新收集起来的。

克里斯托弗的劳动使安德罗恩身体的腐烂暂缓下来。身体泛着暗淡的光并散发着雪松的味道。它是一种很不真实的白色。脸和手肘以下的手臂构成了例外，保持着不久前晒过的痕迹。完成了涂油的揉搓之后，克里斯托弗开始用粗麻布条将安德罗恩缠起来。它们是被他从一块麻布上撕扯下来的，带着很大的刺啦声。在油膏里浸透，然后紧紧地缠到死者的身体上。安德罗恩没有反抗。闭得不紧的眼睑给他增添了一种尖刻嘲讽的、甚至是某种满不在乎的神情。就好像安德罗恩在嘲笑汗流浃背的克里斯托弗所付出的努力一样。他像是在以自己的整个面貌让人明白，在任何情况下，诺夫哥罗德他都是一定能到达的。

克里斯托弗没有看安德罗恩的脸。他一根接一根地用麻布条把他的身体缠上，把布条尾端系结实。

既然说起了身体，克里斯托弗道，我就给你讲讲，孩子们是怎么孕生的。说到底，你自己也已经不是小孩子了，你也是时候了解自从亚当和夏娃堕落以来，人们不再是主所造就的了，而是自己生下自己的孩子。之后呢他们会死去，因为与生的馈赠一起获得的还有死的馈赠。小孩子是由男精女血孕生的。男精给的是骨骼和血管的硬度，而女血呢，给的是肉体的柔韧度。血，正如你所了解的那样，是红色的并且沿着血管流动，而男精在这里（指了指安德罗恩那硕大的睾丸之后，克里斯托弗就把它们和大腿裹在了一起），而且它是白色的。

阿尔谢尼知道精子是什么颜色，但是这一点他没有对克里斯托弗说。这件事他是在忏悔的时候对尼康德尔长老说的。

把手放在被罩上面，尼康德尔长老建议说。

这不是发生在家里，而是在墓地里，阿尔谢尼说。

够可以的呀，长老打了个呼哨。还是在墓地里。那里可是躺着大活人呢。

我见到的都是死人。

对神来说都是活人。

阿尔谢尼扭过头去：

可我开始害怕死亡了。

长老用手抚摩了一下阿尔谢尼的头发。说：

我们中的每一个人都在重复亚当之路，失了贞才意识到是必死的。哭泣并祷告吧，阿尔谢尼。也不要害怕死亡，因为死亡——这不仅仅是离别之苦，这也是解脱之乐。

3
庚午

阿尔谢尼很早就学会阅读了。克里斯托弗指给他看的那些字母，他几天工夫就记住了，并且很快就毫不费力地用它们组词了。乍开始令他困惑的是，大部分书里的词都是彼此不分的，而是一个接着一个连成串的。一次阿尔谢尼就问，为什么它们不分开来写。

可它们难道是分开来说的吗？克里斯托弗反过来问他。我再给你多说一点。有时候啊，话是谁说的和怎么说的已经不紧要了。重要的只是它被说出来这件事。至少是被想过这件事。

阿尔谢尼最初和最爱的读物是克里斯托弗写在桦树皮上的笔记。这有好几个原因。桦树皮文献是用又大又清楚的笔迹写成的。它们尺寸不大。它们是最触手可及的读物，因为木屋里到处都是。最后，阿尔谢尼亲眼看到它们是如何做成的。

春天，在树汁输布的时节，克里斯托弗进行桦树皮的加工。他将它从树干上剥下，呈宽宽的、方方正正的条状，然后在盐液里煮上好几个小时。桦树皮就变软了，失去了脆性。加工完，克里斯托弗将桦树皮切成大小均匀的页片。现在它制好备用，完全可以替代昂贵的纸张了。

克里斯托弗没有专门用于书写的时间。他可以在早上、白天、晚上写。有时候，如果他脑子里出现了重要的想法，他会夜里起来把它记录下来。克里斯托弗记录在书中读到的东西：*所罗门王有妻七百，而姬妾三百，*

书八千。记录自己的观察：九月的第十天阿尔谢尼掉了一颗牙。记录医生的祷告词、药方、药草的说明、自然界异常现象的知识、天气征兆和简短的训诫语句：防备恶人的沉默，就像防备暗中下嘴的恶犬。在桦树皮的内侧用骨笔画出字母。

克里斯托弗不是因为害怕遗忘才写的。甚至到了年迈之时，他也没有忘记任何东西。他觉得，抄写下来的话能够将世界整理就绪。使它的流动性停下来。不让概念被冲蚀。正是因此，克里斯托弗的兴趣范围很广。按照书写者的想法，这一范围应该与世界的宽度相当。

通常克里斯托弗把自己的笔记留在它们被做好的地方——板凳上，炉炕上，柴垛上。它们掉到地上时也不捡起来，模模糊糊地预见到它们最后会在考古中的文化层被发现。克里斯托弗明白，写下来的词语会永远这样留存下去。无论到后来发生什么事情，只要被记录下来了，这个词语就已经实现了。

阿尔谢尼一直留意着克里斯托弗的位移，所以他已经知道去哪儿找他的笔记了。有时候同一天里在已经找到过文献的地方会放着另一份文献，甚至还不止一份。有时候阿尔谢尼觉得爷爷就像一只怀着金蛋的母鸡，要做的就是及时把它们捡起来。男孩儿甚至学会了根据克里斯托弗脸上的表情来猜测所记载的东西的性质。皱起的眉头让人推测，当前的文献中揭露的是异教徒。安静喜悦的表情多半是伴随着训诫的语句。按照阿尔谢尼的观察，在标明高度、体积和距离时，会若有所思地搔一搔鼻子。

孩子出声地读着桦树皮文献。总的说来，在中世纪人们多半是出声地阅读的，至少是翕动着嘴唇。更为喜欢的笔记被阿尔谢尼叠放在一只特别的篮子里。如果谁被骨头卡住，就吁请圣弗拉西来帮忙。大巴西勒讲了，亚当在天堂里待了四十天。不近女色，也就不会欲火焚身。信息的多样震撼了孩子的想象力。

但他的阅读范围并不局限于桦树皮文献。在摆放圣像的红角，一幅圣像之下放着《亚历山大大帝传》——关于马其顿王亚历山大的古代小说。这本书是克里斯托弗的爷爷费奥多西在某个时候抄写的。这是我，有罪的费奥多西，为了纪念勇敢的人而抄写的一本书，为使他们的事迹不被遗忘。费奥多西如此这般在扉页上写给晚生后代。他在阿尔谢尼身上找到了自己最为感恩图报的读者。

阿尔谢尼小心地将圣像挪开，双手从托架上把书取下来。对着书脊吹了一下上面的灰尘，用手在它发黑的皮面上抚过。书脊上并没有灰，但是阿尔谢尼见克里斯托弗这么做过。然后男孩儿抓住铜搭襻,弄出咔嗒一声轻响。这是我,费奥多西……笔记下部有一幅由高祖完成的亚历山大肖像画。这位英雄头戴皇冠,以一种别扭的姿势坐着。

阿尔谢尼在不停地读《亚历山大大帝传》。他在长凳上坐着也读,在炉炕上躺着也读,胳膊肘夹在膝盖中间,手掌撑着头,早也读,晚也读。有时,在夜里,就着月光读。克里斯托弗没有反对:他喜欢男孩儿多读书。一开始读《亚历山大大帝传》,狼就走到阿尔谢尼身旁。它在他的脚边安顿下来,听着不同寻常的讲述。和阿尔谢尼一道关注着马其顿王的生活事件。

原来,来到东方之后,亚历山大在那里发现了一些野人。他们的个头有四米多高,而脑袋(阿尔谢尼的手放在狼的头上)是毛烘烘的。过了六天之后,在荒原深处,亚历山大的军队又遇到了一些令人惊异的人,这些人每人有六足六手。亚历山大打死了他们中的许多人,又活捉了许多。他想将他们带到人界,但是谁也不知道这些人吃什么,于是他们都死了。那片土地上的蚂蚁,个头大得抓住一匹马就把它拽进了自己的巢穴。于是亚历山大命令拿来稻草火烧蚁穴,就把蚂蚁烧光了。然后,又过了六天,亚历山大见到一座山,山上用铁链子绑着一个人。这个人有两千多米高,四百多米宽。看到他，亚历山大吃了一惊，没敢走近前去。而这个人在哭，又过了四天，他们还能听见他的声音。从那里亚历山大来到了一处丛林密布的地方，见到了另外一些奇怪的人：腰部以上是人，腰部以下是马。当他想要把他们带到人界的时候，一阵冷风朝他们吹过来，他们就全都死了。然后亚历山大从那个地方又走了一百天，靠近了宇宙的边缘，感觉到烦闷。

阿尔谢尼合上了这本他在墓地借着西坠的阳光阅读的书。天还不冷。白天晒暖的石头散发着温热。男孩儿在墓石上抻直了身子，用整个身体感受着它。墓石是无名的。

为什么坟墓上没有名字，有一次阿尔谢尼问道。

因为即便如此上帝也熟知他们，克里斯托弗回答说。而后代们并不需要名字。一百年过后已经没人想得起来它们属于谁了。有时候五十年过后就没人想得起来了。而也许，甚至三十年过后就没人想得起来了。

是全世界都这样记事儿，还是只在鲁基诺村这样？

大概是全世界吧。但是在鲁基诺村尤其如此。我们不建大理石墓穴，也不刻名字，因为我们的墓地是被授权要变成森林和田野的。这很令人高兴。

就是说，我们人的记忆都很短？

也可以这么说。只不过记忆不应该是太过长久的。

这也无济于事的，你知道吗。要知道，有的东西是需要忘却的。我就记得（克里斯托弗一指灰色的石条），在这里躺着的是叶列阿扎尔·维特拉杜伊。他是个有钱人，可以给自己买这样的墓石。但是即使没有墓石我也记得他。这个人稍微有点跛脚，而且说话是用尖锐的喉音。说得断断续续，时不时停下来，所以他的话也是瘸的。他害滞气之症。放屁很响。我就给他甘菊浸剂。给他茴香水，其他治胀气的药。并且禁止他夜晚喝鲜奶。但是叶列阿扎尔养了一头奶牛，特别喜欢牛奶并在晚上大喝特喝。这导致腹内之风邪。而叶列阿扎尔还喜欢在木头上雕刻。鲁基诺村没有人比他雕得好，特别是涉及窗户贴脸的时候。一边干活，一边呼哧。像是自言自语地小声说着什么。用手掌抹着嘴唇，像是终止话头。像是害怕说出来的话似的。尽管如果听清楚的话，他任何危险的话也没说。就是评论木质，说些村里所有人本就都清楚的事情：橡木硬，而松木软。阿尔谢尼，你信不信，他的贴脸还挂着呢，可是叶列阿扎尔人们已经不记得了。有时候你问个年轻人：这个叶列阿扎尔是谁呀？不会给你答案。就连老人也记得模糊不清，即便记也是冷漠无情，没有爱意地记着的。而上帝是带着爱意记着的，所以在自己的记忆中没有忽略任何的细节，所以他不需要他的名字。

阿尔谢尼躺在暖烘烘的墓石上。肚皮朝下，和他并排的是合上的《亚历山大大帝传》。他的脸被黄色的毛茛茎头触碰着。他觉得痒，于是微微笑了笑。狼儿不可见地摇晃着尾巴。

叶列阿扎尔，放个屁，男孩儿悄悄地请求说。哪怕就放一个呢。就让这个屁成为你从那边发出的信号。

叶列阿扎尔委屈地默不作声。

辛未

七月的闷热天里涅克塔里长老被杀了。长老住在离修道院不远的林间隐修区里。每天早上鸟儿都落在他的肩头，而他就把从修道院里弄到的面包给它们吃。涅克塔里长老在临死前被拷问，恶人们想要找到钱财，但是他没有钱。有的只是几本书。恶人们就把它们拿走了，把长老那受尽折磨的身体丢在隐修区的林间空地上。第二天，修道院的见习修道士们找到了长老的身体，以为它已经死掉了。然而，灵在身体里还醒着，但是它也只剩一句话了：我宽恕。而恶人们呢，一边胆战心惊地等待最后的审判，一边继续在周围游荡。他们攻击孤身的路人和偏远的田庄，谁也不知道他们长什么样，因为还没有谁从他们手里生还过。

但是有一次，他们杀了一个带着一条狗的人。他们从他身上剥下了衣服并把他的尸体抛在路上，狗呢就留下来守护自己的主人。一个经营着一间路边小酒馆的仁慈的人找到了它。他读了一段让神的奴仆安息的祷告词，他的名字呢神是知道的，然后把他赤裸的身体埋葬了。狗看到行的仁慈后，便跟他走了，就这样留在了他的小酒馆里。

有一天，一个醉鬼企图走进小酒馆，狗就没命地叫起来，不让他进。这样的事重复了好几次，人们想起这条狗的故事，开始怀疑有什么不对劲。

这个人被抓起来，用水进行了考验。被捆起来扔到水里，他开始沉没，于是所有人都以为，被考验的人，正如他自己信誓旦旦的那样，是无辜的，可是转瞬间他出现在湖水的涟漪之上，接着像没事儿人似的自顾游起水来。他喊叫着，说是比水轻的酒精托着他浮在水面上的，但是大家都明白，是妖怪在托着他。

当他的罪孽显露在所有人面前，人们又用烧红的铁对他进行了考验，他仍旧没有经受住，因为根据烫伤的特点，明显可以看出他是在撒谎。等把他狠狠地烙了一遍后，他开口了，说剩下的三个恶人应该去距此地五俄里[1]的一个被废弃的村庄里找。人们飞奔而去，五俄里当一俄里。人们包围了村庄，不让任何人走掉。在第一间木屋里就发现了两个，他们身上有从长老那里劫走的书。在捆他们时，没注意怎么就把他们给弄死了。而返回去时又得知，先头抓住的那个人因为拷问而身亡了。人们是仁爱的，都松了口气，因为给了死者以最后审判时的希望——即使不是对辩白的希望（要知道他们打死的是圣者），那也是对宽容的希望：让他们在此间经受了折磨，从而减轻在彼世的折磨。

但是第四个恶人没有落网。人们试图继续抓捕他，但这是很困难的，因为既不知道他的样貌，也全然不知道他是何许人也。

他是谁，阿尔谢尼悲伤地问。

俄罗斯人呗，还能是谁，克里斯托弗回答说。其他的人貌似也不住在这里。

有一天，当暮色渐浓，他们发现墓地里有动静。确切地说是感觉到的。从无言的乡村墓地向他们传来一股不安的气息。在闪过的阴影中阿尔谢尼仿佛看见了死人的影子，但是克里斯托弗叫他保持镇定。老人知道，应该害怕活着的人。迄今为止，他身上发生的一切不愉快

---

[1] 即8公里。1俄里等于1.6公里。

的事情正源自他们。他什么也没对阿尔谢尼解释，只吩咐他偷偷地离开家到村子里去叫人。

咱们一起走吧，爷爷。不需要留在这里。

不，克里斯托弗说着点燃了松明。我应该留下来，为了不让他起疑。快走，阿尔谢尼。

阿尔谢尼走了出去。

一分钟后他重新出现在门口。像是被外力送入一般飞进门里。这股力量很快也出现在克里斯托弗面前。在阿尔谢尼背后站着一道身影，老人立马认出了它。这是死亡。它散发着一股不洗澡的体味和那种非人的阴沉气息，这种阴沉令人心生恐惧。一切活物都感觉得到的阴沉。由于这种阴沉，窗外的树提早凋零了。鸟也掉落了。狼夹着尾巴爬到了长凳下面。

一只小鸟打算远走高飞，却只飞了没多远。

这句话他是用嘶哑粗涩的嗓音说的。一边搔着蓬乱的胡须。犹豫了一下，插上了门闩。朝着克里斯托弗走过去，后者闻到了他呼出的腐败气息。

怎么样，可怕吗，老乡？

信仰基督吗？克里斯托弗生硬地问他。

我们住林子，拜轮子。我们的信仰就是这样的。还有，老乡，我们需要钱。要不，你找找。

我怎么就成了你的老乡了？

进来的人挤了一下眼。你怎么成老乡了,你就当自己已经入土了吧。①(从靴筒里掏出了一把刀。)我这就送你到那儿去。

我给你钱,你走吧。我们不对任何人提起你。

你们是不会说出去的。(龇牙一笑。转过身去用刀柄砸了阿尔谢尼一下。阿尔谢尼倒下了。)快一点,老乡:接下来我就用刀刃捅了。

狼跳了起来。

狼跳了起来,挂在了来者手臂上。挂着,咬住手肘之上的部位不放并用爪子蹬住身体的侧面。这是没持刀的那只手。持刀的手几次陷入狼的皮毛之中,但是狼继续挂着。它永久地咬紧了自己的颌骨。在这种情况下,刀掉下去了。右手以没有生机的机械运动向左手伸去帮忙。他抓住狼的后颈,开始把它从受伤的胳膊肘上往下拽。狼脸抻长了,像是正被揪下来的面具一样。眼睛变成了两个白球。它们望向天花板的某处,反射着烧得旺起来的松明。

克里斯托弗捡起了刀,但是来人没有想刀的事。他痛苦地要把狼从自己身上拽开,并最终拽开了。狼嘴

---

① 在俄语里,"老乡"(земляк)和"土"(земля)是同根词。此处强盗称克里斯托弗为"老乡",实际上是把他当作即将入土的人看待了。

里留下的是什么东西——一块衬衫？一块肉？一块骨头？这一点狼自己也不知道。它躺在地上低吼着，没有松开牙关。只不过这并非手臂，因为来人貌似是带着手臂走的。貌似有什么东西挂在他的肩头，但是究竟是什么，已经无法弄清了。它像根藤似的挂着，既无斗志也不牢靠，阿尔谢尼觉得，它甚至可能脱落。来人撞到了门上，无论如何一直也走不出去。克里斯托弗扶住他的整条胳膊并打开了门闩。那个人出门的时候头撞在了门框上。在门斗里又撞了一下。迈着小步，把秋天的落叶弄得簌簌作响。安静下来了。消失了。融化了。

荣耀归于你，支撑一切的神，为你没有放弃我们。克里斯托弗跪下去画了个十字。俯身去看阿尔谢尼。男孩儿仍旧躺在地上，一边脸颊上和头发上都沾满了血。血在阿尔谢尼的浅色头发上看起来特别鲜艳——即便是在松明的光照下。

只不过是眉毛被划开了，没什么可怕的。克里斯托弗帮助阿尔谢尼站起身来。现在咱们就用车前草粘起来。

等等，阿尔谢尼阻止了他。你看看狼怎么了。

狼躺在血泊里。一动不动。克里斯托弗掰开了它的嘴巴，从里面掏出了一团可怕的东西。没有给阿尔谢尼看，把它带出了木屋。等克里斯托弗返回来，狼的尾巴抖动了一下。

活着呢，阿尔谢尼高兴地说。

活着吗？克里斯托弗呼哧着给狼做检查。在它身上我看不到持久的生命力。只有短时间的迹象。

狼微微颤抖着，它的头枕在前爪上。

救救它，爷爷。

克里斯托弗拿起刀就将伤口周围的毛割掉了。将药油混合剂加热后，小心地敷到被割伤的肉体上。狼抖了一下，但是没有抬头。狼体被剃掉毛的部分被克里斯托弗撒上了捣碎的橡树叶。用冰窖里拿出来加热过的火腿块盖住，然后开始用布缠起来。阿尔谢尼将狼稍微抬起来一点，而克里斯托弗则把布从它底下绕过去。狼没有反抗。它的身体还从未曾如此柔顺过。肌肉中弹性不复存在了。眼睛是睁着的，但是眼中除了痛苦，没有反映出任何东西。

阿尔谢尼生起了炉子，而克里斯托弗从柴棚里拿来了稻草。他们仔仔细细地把稻草铺在炉子旁边，然后把狼挪到稻草上。狼目不转睛地盯着炉火。炉火再也不会让它感到不安了。

阿尔谢尼感觉到，他再也没有力气了。他坐到长凳上，用双手撑着凳子。他最后记住的是克里斯托弗把枕头塞到他脑袋下面时那令人心安的触摸。

等早上他们醒来时，狼已经不在木屋里了。血迹从炉子旁边延伸到门口，从那里——到院子里。在路上光滑的、有点腐烂的树叶中失了踪迹。

它走不远，我们会找到它的。阿尔谢尼看了克里斯托弗一眼。为什么你默不作声？

它是去死了，克里斯托弗说。这是动物们的特性。

在阿尔谢尼的坚持下，他们出发去找狼。他们不知道去哪儿找，就往他们之前遇到它的地方去。但是狼没在那里。他们把狼熟悉的其他地方也找遍了，但是没有找到它。秋天短暂的白昼趋向了日暮。

在已经是半暗不明的天色中他们看到了之前来过的那人。他用脱落的下巴冲他们微笑，并好客地张开怀抱。这怀抱很不自然。在大大分开的手臂里凝固着垂死挣扎的残迹。想要起身的无望渴求。阿尔谢尼努力不去看左手那里可怕的血肉模糊的一团，但是视线却不由自主地就是要回到那里去——肩膀以下露着白森森骨头的地方。被狼咬伤的手臂已经被吃掉了。毋庸置疑，他们的出现打断了某人的晚餐。当克里斯托弗走到离死者很近的地方时，阿尔谢尼吐了。

现在会轻松些了，克里斯托弗说。

差不多一直到家门口他们都没说话。等已经走近墓地了，阿尔谢尼说：

我不知道，狼是怎么走的。裹在这布里面，这得有多艰难啊。

很艰难，克里斯托弗肯定地说。

阿尔谢尼一头扎进克里斯托弗的胸前，失声痛哭起来。他的话随着哭声说了出来。它们一顿一顿地说出来，很大声，断断续续地。打破了墓地的无语。

为什么它要走开去死呢？为什么它不能在我们中间，在爱它的人中间死去啊？

克里斯托弗以粗粝的触摸擦去了阿尔谢尼的眼泪。亲了一下额头。

它这样是警示我们，在最后时刻每一个人都要独自面对上帝。

一

壬申

圣母帡幪节时，克里斯托弗决定在基里尔修道院行圣餐礼。与来看望自己的村民商议好了行程。圣母帡幪节前夜来了一辆大车接克里斯托弗和阿尔谢尼。车上已经坐着前往修道院过节的四个人了。他们打了声招呼，于是从他们嘴里冒出了四股哈气。之后，一路上他们一声都没出，把话语都留给将要做的忏悔了。蹄子在上冻的土地上发出的声响成了他们无言的回声。车轮外缘下冻雪壳发出脆响。前一天严寒来袭，泥泞冻成了沟痕和硬雪块，把道路变成了搓衣板。阿尔谢尼听见自己牙齿的磕碰声。为了不咬到舌头，他努力地咬紧颌骨。自己都没发觉，怎么就睡着了。

醒过来是因为大车停下来了。云朵参差不齐的边缘被月光从后面照亮。疾驰穿过云层的十字架把它们切割成块。注视着黑乎乎的一大群圆顶，阿尔谢尼心想，这么高的建筑在任何地方都没再见到过。在夜晚的黑暗之中它们看起来比白天时更加可观和神秘。这是上帝的寓所。它因内部点着千百支蜡烛而流光溢彩。

来的人第一件事就是朝着圣基里尔躬身致意，从他殒没那天算起已经二十八年了。从他出名那天算起也有八年了。把蜡烛放到圣者手边后，克里斯托弗和阿尔谢尼退到半明半暗之中。从那里他们倾听着彻夜祈祷的结尾。从那里他们看见，尼康德尔长老如何走到教堂中间并开始让来的人准备忏悔。

念完祷告词，长老从紧袖长袍里掏出一个小小的——八分之一页面——的本子，标题是《信徒和神职人员所固有的中等重量之罪》。小罪没有列入本子里，因为被认为不值得宣之于口。(在自己心里悔罪吧，他教导教众们说，别用这个迷惑我的头脑。为了这种无谓的琐事你们可能无法领会主要的东西！）重罪长老也没有写下来，怕使它们永远流传。他请求把它们对着他的耳朵告诉他，然后就在这只耳朵里永远埋葬。

在中等重量之罪的清单里有参加教堂礼拜迟到，或者相反，提前从礼拜上离开。在做礼拜时交谈、在教堂里随意走动，想别的事情。不适当的持斋、笑出眼泪、骂人、说空话、挤眉弄眼、与江湖艺人跳舞、缺斤短两蒙骗买主、偷草、冲人脸啐唾沫、用脚踢人、散布流言蜚语、指摘僧侣、贪吃、醉酒、偷窥人洗澡。

阿尔谢尼觉得，他的眼皮重新往一起粘了，而尼康德尔长老的清单才只开了个头。

临到早晨，等转入个人忏悔时，阿尔谢尼和克里斯托弗几乎已经没什么可补充的了。原来，尼康德尔长老没有预见到的生活情景惊人的少。忏悔完之后，克里斯托弗顿了顿，直视长老的眼睛。

你想在我的眼睛里读出什么，长老问。

这你自己也知道，神甫。

我要对你说的只是，不是以年计。甚至也不是以月计。这一信息你要平静地接受，别鼻涕一把泪一把的，要像一个真正的基督徒应有的那样。

克里斯托弗点点头。他看到，在教堂的另一头，疲乏的阿尔谢尼靠近柱子蹲着。风从时不时开启的门外吹进来，枝形灯在男孩儿的头顶上摇晃着。蜡烛的火焰在抖动，在拉长，但是没有熄灭。根据风的湿度克里斯托弗知道，夜晚快过去时天变暖和了。他听到远处公鸡的啼叫声，但是教堂墙外被窗栅切割成一个个整齐的菱形块的黑暗依旧大张着嘴。

丅

癸酉

从修道院回来后，克里斯托弗仔细地察看了房子。两天后，从村里运来了他订购的原木和板子。用横梁撑住房顶的骨架，克里斯托弗和阿尔谢尼换下了由于雨水和蒸汽而腐烂了的原木。克里斯托弗检查了墙框原木间的接合处，重新用麻和苔堵住了多处缝隙。然后他把坏掉的地板换上了新的木板。除了草的气味，木屋里散发着新刨的木头的芳香。阿尔谢尼在克里斯托弗的劳作中感受到了一种匆忙，但是他帮着爷爷干活，什么也没问。

当暮色渐浓，克里斯托弗考了阿尔谢尼草药知识的科目。在必要时纠正或者补充了他的回答，但是这种情形很少。他给阿尔谢尼讲过的所有东西，阿尔谢尼都记得很牢。

其他的夜晚克里斯托弗翻看藏书和文献。有的东西他快速翻过，在一些页面上停下来，读一读它们，好像是在沉思中一般。嘴唇翕动。有时候从书页上移开目光，长久地望着松明。这让阿尔谢尼很吃惊，因为在家里通常一切都是出声诵读的。

你这是在读什么，克里斯托弗？

非源自《圣经》的《亚伯拉罕书》。

念出声，让我也听一听。

于是克里斯托弗就念了。他按照老年人的方式把手稿移到离眼睛更远一些的地方，念了关于上帝如何派天使长米迦勒到亚伯拉罕那儿去的事。

上帝说：

告诉亚伯拉罕，就说他离开此生的时候到了。

天使长米迦勒出发去找亚伯拉罕又重新返回来。

向亚伯拉罕，神的朋友通报死讯，他说，这并不容易。

在这种情况下，一切便在梦中对以撒——亚伯拉罕的儿子——揭示了。于是以撒在夜间爬起来，开始敲父亲的房门，说：

给我开门，父亲，因为我想看见你还在这里。

当亚伯拉罕打开门，以撒扑到他的脖子上，哭着亲吻他。在亚伯拉罕家里过夜的天使长米迦勒呢，看到他们在哭泣，也和他们一起哭了，他的眼泪像石头一样。克里斯托弗也哭了。阿尔谢尼看着书页上的墨迹在克里斯托弗的泪滴里变得鲜艳起来，他哭了。

于是上帝吩咐天使长米迦勒用大美装点正走向亚伯拉罕的死神。于是亚伯拉罕看到，死神正在向他逼近，就非常害怕，因而对死神说：

请求你，告诉我，你是谁？请求你离开我，因为看到你，我的灵魂陷入了慌乱。我不能承受你的荣耀，而且我看到，你的美并非源自此世。

每到夜里，当男孩儿已经睡着了，克里斯托弗就在桦树皮上写着草药的特性，那些草药先前因为孙子年幼他没有完全写出来。他写关于让人失忆的草药，写推动床笫之念的草药。写用来撒在痔疮上的土茴香，写防妖术的艾草，写治猫咬伤的捣碎的洋葱。写在洼地生长的**鹦鹉草**（在你想求财或者粮食的地方，随身携带；如果是向男性求，就放在右侧怀里，如果是向女性求则是左侧；如果江湖艺人在表演，把此草扔到脚下，他们就会互相打架）。为了赶走诱惑和淫荡的幻想要喝薰衣草煎剂。为了检验童贞——喝泡了三天玛瑙的水：喝下玛瑙水之后，失去童贞的人存不住这种水。如果身上带着绿松石的话，它能够预先防止谋杀，因为从未在被杀的人身上见过这种石头。公鸡胃里的石头能够归还被敌人夺走的国家。谁在身上带着磁石，就会得到女人们的喜爱。金子研成末内服可以治愈那些自言自语，自问自答，以及陷入沮丧的人。将野猪肺晾干，研碎，并用水调开。谁喝下这种水，在酒宴上不会喝醉。就是这些。

1455年12月的一个早晨，克里斯托弗一反常态地没有离开床铺。他欠起身子坐在床铺上，但是再往下就没有力气动了。克里斯托弗对因某种需要来找他的人说：

不要跟我说任何尘世的事情了，因为我与活人再无共同之处。我四肢无力，而这除了意味着行将就木和未来即将来临的最后审判外，别无他意。

于是来的人走了。

接近中午的时候阿尔谢尼帮助克里斯托弗出门出恭。只有在这个时候他才明白，老人已经几乎无法走路了。把克里斯托弗的一只手甩到自己的肩上，阿尔谢尼拖着他走过院子。克里斯托弗的双腿无力地拖动着。按照老习惯它们仍旧在交替着运动。把新下的雪扒到了一起。在回到木屋时阿尔谢尼问：

该拿什么给你，爷爷？

让我喘口气，孩子。克里斯托弗弓着背，坐在床铺的边缘。汗在他的脑门上冒了出来。让我喘口气。

躺下吧,爷爷。

如果我躺下去,马上就会死掉。

不要死,爷爷,因为我就会孤零零一个人留在这世上了。

就是因为这个缘故啊,孩子,死亡的恐惧才笼罩了我。我的心都碎了,把你扔下我心里难过啊,但是,照先知的说法,我把自己的悲伤献给上帝。从此他将是你的爷爷。我这就要离开此世了,阿尔谢尼。用草药救治世人吧,以此为生。但最好去修道院,在那儿成为献给上帝的蜡烛。你在听我说吗?

不要死,爷爷。不要死……阿尔谢尼吸一口气,哽噎得喘不上气来。

这让我怎么办呢,克里斯托弗用最后一丝力气喊道,如果我一躺下就会死掉?

我来撑着你,爷爷。

三天两夜克里斯托弗坐在床铺上,一条腿耷拉到地板上,另一条横放在长凳上。阿尔谢尼帮助他保持坐着的姿势。他用自己的脊背支撑着爷爷的背,用贴近爷爷的心脏平复着他的心跳,恢复急促起来的呼吸。男孩儿总共只暂时离开了几次——喝口水和出恭。

第三天尼康德尔长老从修道院赶来,吩咐阿尔谢尼

从屋里出去。他和克里斯托弗一起坐了相当长时间。走的时候看了看阿尔谢尼是如何支撑克里斯托弗的。他说:

放开他吧,阿尔谢尼。他这是因为你而不敢离去呀。

但是阿尔谢尼只是更牢地用脊背撑住爷爷的后背。

和他一道坚持到半夜,长老说,而后放开吧。

接近半夜的时候,阿尔谢尼觉得克里斯托弗变轻了。还有他呼吸得也已经不那么沉重了。阿尔谢尼看到爷爷的微笑,惊讶于能够用后背感知到它。心情轻松地盯着,看爷爷在房间里走动,触碰了一下挂在角落里的蜡菊。所有挂在天花板下面的草药因此全都摇动起来。摇动起来的还有天花板本身。摸了摸男孩儿的睡颜,克里斯托弗对上帝说:

把我的灵交付于你手,请你怜悯我并赐予我永恒的生命。阿门。

画了个十字,与孙子并排躺下,接着闭上了眼睛。

阿尔谢尼醒来的时候是清晨。看了一眼并排躺着的克里斯托弗。猛抽一口气,吸进了木屋里的全部空气,接着喊叫起来。在修道院里听到喊声后,尼康德尔长老对阿尔谢尼说:

不要这么大声地喊叫,因为他的离世是平和的。

村子里听到喊声后,人们放下生计,朝克里斯托弗住所的方向移动。他们被治愈的身体保留着对克里斯托弗所行善事的记忆。

没有克里斯托弗的第一天开始了,而这一天的头半天阿尔谢尼是哭过去的。他望着前来的村民,但是泪水把他们的脸冲刷掉了。下半天被痛苦折磨得精疲力竭的阿尔谢尼睡着了。

等他醒来时,已经入夜了。他想起来,克里斯托弗再也不在了,就又哭了起来。克里斯托弗躺在长凳上,他的前端放着一根蜡烛。另一根蜡烛照亮了原本放在架子上的永恒之书。持蜡烛的是尼康德尔长老。他背对克里斯托弗,和阿尔谢尼站在一起,并用低沉的嗓音对圣像念着《圣经》。

你来读一下吧,长老头也没回地说,而我要去睡一会儿。做个守护者,请别再号啕大哭了。

阿尔谢尼从长老手中接过蜡烛,站到了《永恒之书》前面。瞥见长老把克里斯托弗轻轻推了一下,和他并排在长凳上安顿了下来。《诗篇》的字行兀自在眼前浮动,声音却听不到。阿尔谢尼清了清嗓子,开始念。你要踹在狮子和虺蛇的身上,践踏狮子和大蛇。[①]阿尔谢尼边读边想,也许,这些行为注定是要克里斯托弗去完成的。阿尔谢尼朝尼康德尔长老转过身。

---

① 参见《圣经·旧约·诗篇》第91篇。

这个丑蛇是谁？

但长老睡了。他和克里斯托弗肩并肩躺着，两人的手都交叠在胸前。他们的鼻子在烛光下暗淡地发亮。两人同样地一动不动，好像两人都是死人。然而，阿尔谢尼知道，他们中死了的只有克里斯托弗。尼康德尔一时的死相是声援的表现。为了支持克里斯托弗，他决定和他一道迈出赴死的第一步。因为第一步是最难的。

ai
甲戌

克里斯托弗的葬礼是在第二天举行的。当往墓穴里扬土时，尼康德尔长老说：

在墓地旁边的家里度过自己生命时日的人，自己死亡的时日他将在家旁边的墓地里度过。我确信，死者对类似的对称只会欢迎。

墓地是寂静的。从最近的一次瘟疫时起就少有人光顾它了，因为先前来这里的人，现在已经待在另外的地方了。随着克里斯托弗搬到墓地住，它的安宁就变成全方位的了。

葬礼之后，心怀感激的村民叫阿尔谢尼搬去他们那里住，但是阿尔谢尼谢绝了。

关于克里斯托弗的记忆，他说，应该保留在他最后居住的地方，这地方他曾尽力在周围修建过。这里的每一面墙，他说，都珍藏着他目光的暖意以及他触摸的粗粝。不由要问一句，我怎么能够从这里离开呢？

人们没有劝他。在某种意义上，他留在克里斯托弗的房子里，大家都由此而感到更轻松。大夫那个熟悉而习惯的住处就这样保留了下来。从克里斯托弗家里继续向外分发着必需的草药，阿尔谢尼自己在人们的眼中不知不觉变成了克里斯托弗。甚至那条村民们为了得到药而不得不开辟的路，都因为坚定地意识到一切都会继续按部就班地运行下去而得到了补偿。

这一意识立马使得大夫和他的患者之间的关系变得简单了。不管是男人还是女人，当着阿尔谢尼的面宽衣解带都轻松得和先前当着克里斯托弗的面宽衣解带一样。有时候阿尔谢尼觉得，这件事女人们做起来甚至比男人们更加轻松，而这时他就体验到一种窘迫了。第一次触摸她们的肉体用的是指尖，但是很快就已经没有任何不安地把整个手掌放到它上面了——因为毕竟涉及是生病的肉体，而如果需要的话，还会挤压和揉搓哩。

善于庄严地放上一只手，用手庄严的放置来减轻病痛，这在某种程度上确立了阿尔谢尼的第一个绰号——

"鲁基涅兹",即"手先生"。实质上,这个绰号对于他的地区而言是很典型的。外人都是这么称呼鲁基诺村村民的。远道而来的人们也管克里斯托弗叫"鲁基涅兹"。

对于村民来说这个绰号没有意义,因为他们全都是鲁基涅兹。事情到阿尔谢尼这儿就不一样了。就连在村子内部他也被认定为"手先生"。这被当作是一种荣誉市民身份的授予,就好像把他喜爱的亚历山大命名为马其顿人一样。当阿尔谢尼神奇之手的名声传到从未听说过鲁基诺村的地方(而这样的地方是大多数),绰号又失去了自己的意义。这种情况下人们开始称阿尔谢尼为"大夫"。

孩童胖乎乎的手掌在少年阿尔谢尼那里获得了优雅的轮廓。手指拉长了,关节微微突出,而皮肤下面爆出了先前看不到的血管。手部的动作变得从容不迫,手势——富于表现力。这是一双音乐家的手,这个音乐家获赠了乐器中最为神奇的一种——人体。

触摸到病人的身体时,阿尔谢尼的手就失去了其物质性,它们好似在流注。它们里面有某种泉流般的、使人清凉的东西。在阿尔谢尼早年的时候来找他的人们很难说,他的触摸是否可以治愈疾病,但是早在那个时候他们就坚信,这种触摸是很舒服的。人们习惯了治疗是伴随着疼痛的,可能在心灵深处对大夫令人愉悦的操作是否有益感到怀疑。然而，这并没有让他们止步不前。第一，阿尔谢尼治疗用的是和先前克里斯托弗治疗时相同的手段，而且他也没有更多的当众失败。第二，（而且这才是主要的）村民们根本没有另外的选择。在这种情况下，相比于不舒服的治疗，可以心安地偏爱舒服的治疗。

至于说到阿尔谢尼，那么和人们会面对于他而言也是很重要的。除了一些小钱，病人们会带给他面包、蜂蜜、牛奶、奶酪、豌豆、肉干和许多其他的东西，让他不为食物发愁。但是问题不仅仅在于也不主要在于他们保障了阿尔谢尼的饮食。这里指的首先是能令阿尔谢尼心情变得轻松一些的人际交往。

得到必要的帮助后，病人们并不离开。他们给阿尔谢尼讲述婚礼、葬礼、筑屋、火灾、代役租和收割的景象。讲来到村里的人和村民们的旅行。讲莫斯科和诺夫哥罗德。讲白湖的公爵们。讲中国的丝绸。他们发觉自己不想中断与阿尔谢尼的交谈。

随着克里斯托弗的死，突然发现了一件事：阿尔谢尼根本就没有其他的交往。克里斯托弗是他唯一的亲人、交谈对象和朋友。多年来，克里斯托弗以自身占据了他的整个生命。克里斯托弗之死将阿尔谢尼的生命变成了虚空。生命貌似留下来了，但是已经没有了填充物。生命成了空心的，如此失了重量，假使有一阵风将之带上云端之高，阿尔谢尼都不会吃惊，因为可能这样就会接近克里斯托弗了。有时候，阿尔谢尼觉得，这正是他想要的。

对于阿尔谢尼而言，与生活连接的唯一纽带就是来的这些人。对于他们的出现，阿尔谢尼无疑是高兴的。但是高兴的不是拜访本身，甚至也不是说说话的机会。阿尔谢尼知道，病人们在他身上看到的依旧是克里斯托弗，所以他们的到来每一次都像是爷爷生命的延续。阿尔谢尼一边将出现的空虚封闭起来，一边连自己也渐渐开始感觉自己是克里斯托弗了，而且这种等同也被来的人们默许了。

尽管阿尔谢尼珍视这种交往，但是与自己的拜访者们在一起时他的话并不多。发生这种情况可能是因为，他的话都用于和克里斯托弗交谈了。这些谈话占据了一天的大部分时间，并且谈话进行的形式很多样。

早晨起床后，阿尔谢尼做的第一件事就是去墓地。当然，"去"一词本身带有夸张的成分：为了到墓地去，只需走出院墙。这是家和墓地共用的围墙，围墙上从很久很久以前就有一个小门。克里斯托弗就葬在和小门并排的地方。不想在死后离家太远，早在生前他就看好了自己的安息地——而现在对此也没有后悔。他不仅知晓家里发生的一切事情，而且差不多就在家里。说差不多——是因为克里斯托弗记得死亡的相对性，清楚地知道，活人和死人的所在地注定是相隔绝的。

在用冻土块垒起来的小丘旁边有一张由村里的木匠钉成的长凳。每天早晨，阿尔谢尼都坐在长凳上和躺在小丘下面的克里斯托弗交谈。他给克里斯托弗讲述拜访者和他们的疾病。讲他对他们说的那些话，讲他浸制的草药，他研磨的根茎，讲云朵的移动，风向——总之，讲现如今克里斯托弗很难自行了解的一切事情。

对于阿尔谢尼来说，最艰难的时刻是夜晚。无法习惯火炉边没有了克里斯托弗。炉火在他那眉毛浓重和满是皱纹的脸上闪烁，这闪烁好像是某种自古就有的、古老的东西，就像火焰本身。这种闪烁是火焰的特性，是火炉无法分割的属性，就其本质而言，是那种无权消失的东西。

克里斯托弗身上所发生的事情不是驾鹤西归的那种缺席。这是躺在身边的那种缺席。严寒的时候阿尔谢尼给小丘盖上光板羊皮袄。毫无疑问，他知道，克里斯托弗现如今对寒冷是无感的，但是一想到爷爷冷冰冰地躺在那里，自己在暖烘烘的房子里住着就变得难以忍受了。夜晚时分，唯一能拯救他的是阅读克里斯托弗的文献。

所罗门说：宁可生活在荒野里，也比与爱争吵的、

话多的、爱发火的妻子生活在一起好得多。斐洛说：公正的人不是不欺负人的那个，而是可以欺负人，但不想欺负的那个；苏格拉底见到自己的朋友急着去找艺术家，想要把自己的样子刻到石头上，就对他说：你急着要把石头比作自己，为什么就不关心一下，让自己别像石头呢；腓力王委派某个人和法官们一起审判，当他得知那个人用颜料染了头发和胡须时，他解除了那人的审判工作，说：既然都能用自己的头发撒谎，那又怎么能够忠实于人民和法庭呢。所罗门说：我所猜不透的东西有三样，还有我所不知道的第四样：鹰在空中飞的道，蛇在磐石上爬的道，船在海中行的道，男儿在他年轻时的道。这一点所罗门不明白。这一点克里斯托弗也不明白。如生活所示，这一点阿尔谢尼也不明白。

乙亥

二月末的时候散发着春天的气息。雪还没化，但是北国之春的临近已经很明显了。鸟鸣变得春天般的清脆，而空气充满了一种不属于冬天的柔和。天变得明亮起来，这种明亮在这一地区自秋末就未曾见过。

你死的时候,阿尔谢尼对克里斯托弗说,自然界中已经黯淡了下去。而现在——又明亮起来了,所以我哭泣的是,这些你都看不到。如果说主要的,那就是天高远起来了,而且变蓝了。还发生了一些变化,关于它们我会随着事情的发展讲给你听的。事实上,有些东西我现在就已经可以描述了。

阿尔谢尼本想继续的,但是有什么东西让他停了下来。这是一道目光。他没等看见就觉察到了它。这道目光不是阴沉的,确切地说,是饥饿的。在很大程度上,是不幸的。它在远处的墓石后面闪烁着。追踪着它的方向,阿尔谢尼看到了一块围巾和一绺火红的头发。

你是谁?阿尔谢尼问。

我是乌斯吉娜。她不再蹲着,直起身子,有一分钟的时间默默地看着阿尔谢尼。我想吃东西。

从乌斯吉娜身上散发出不顺遂的气息。她的衣服满是污渍。

进去吧。阿尔谢尼指着木屋对她说。

我不能,乌斯吉娜回答说。我是从疫区来的。你给我拿点什么吃的出来放这儿吧。你走开,我过来拿。

进去吧,阿尔谢尼说。不然你会冻僵的。

几大滴泪珠沿着乌斯吉娜的双颊滚落下来。它们隔老远就可以看得见,所以阿尔谢尼惊讶于它们的硕大。

昨天他们不放我进村。她说，我身上带着瘟疫。难道你不怕瘟疫吗？

阿尔谢尼耸了一下肩。

我的爷爷死了，我现在很少有什么怕的了。一切都是上帝的意志。

乌斯吉娜走进去，没有抬眼。当她脱下自己那破烂的皮袄时，显而易见，许多天以来头一次这么做。一股没洗过澡的体味在木屋里散发开来。年轻的女人的身体。不新鲜的味道只是强化了它的青春和女人味，其中包含了二者极致的凝聚。阿尔谢尼感到一阵冲动。

乌斯吉娜的脸和手布满抓伤。阿尔谢尼知道，由于穿着不曾更换的衣服，身上也会有疮。需要让身体恢复清洁状态。他往炉子上坐了一只盛满水的大陶罐。在那个遥远的时代，任何东西都不在火上煮：在火旁煮。炉子就是这么设计的。

乌斯吉娜坐在角落里，双手抱在膝头上。打量着地板，那上面铺着撒了一层烟黑的稻草。她的衣服看起来是这种稻草的延伸——黑色的和蓬乱的。而且甚至不是衣服——而是某种并非给人穿的东西。

等水面开始聚集起细小的水泡时，阿尔谢尼操起最大的一根炉叉，小心翼翼地（舌尖舔在嘴唇上）把陶罐从火里取出来。在屋子中间放了一只小木桶，往里面倒了些冷水。然后从陶罐里倒了热的。加进了用以诺草混合了槭树叶制成的母液。并排放置了一只罐子，里面盛着冲洗用的凉水。

好好洗洗吧，如果你愿意的话。

他走到隔壁没有生火的房间里，并随手关上了门。乌斯吉娜把自己的衣服弄得发出窸窸窣窣的声音。阿尔谢尼听见，她如何小心翼翼地迈进木桶里，并用长柄勺碰到了桶壁。听到了水的响声。自己脑袋里的嘈杂声。背靠着蒙了一层霜的墙壁才觉得轻松一些。长出了一口气后，他观察着蒸汽如何慢慢地在空气中消散。

我穿什么呀，乌斯吉娜在门里问。

阿尔谢尼沉思起来。在他和克里斯托弗的家里没有任何女人的东西。已逝的克里斯托弗妻子的衣服被阿尔谢尼的母亲穿破了，但是瘟疫过后这一切都不得不烧掉了。转过头不看乌斯吉娜，阿尔谢尼走进了房间，打开了箱子。放在上面的一部分东西被他挪到了掀开的箱盖上。找到了想找的东西。仍旧跟前面一样，不看乌斯吉娜，伸长手把自己的红色衬衣递给她。他自己的脸也红了。

乌斯吉娜把手臂伸进了袖子，麻布轻柔地贴上她的双肩。早先阿尔谢尼穿过的衣服，如今拥抱着如此不相像的身体。这其中包含着他们奇特的结合。阿尔谢尼不知道，这种结合是否被两人同等程度地感受到了。

衬衣乌斯吉娜穿着长，于是她挽起了袖子。在敞开的箱子里看到了一块麻布。

可以吗？

当然啦。

她把麻布在衬衣上面绕着腰和大腿围了一圈。一条织布裙就做成了。用一根在箱子里找到的绳子系好。看了一眼阿尔谢尼。

他点了下头，感受到一股涌上心头的柔情投射在了他的目光中。他垂下了眼睛，脸再次红了。出于对穿上了他的衬衣的瘦瘦的红头发姑娘的同情，阿尔谢尼的喉头被一团东西哽住了。他想，他还从未曾如此动情地可怜过任何人呢。

对啦，我忘了。如果你自己身上有疮的话，给我看一看。

乌斯吉娜扯开了衬衣领子给他看脖子上的疮。犹豫了一下，解开了扣子，又给他看了腋下的一块疮。阿尔谢尼吸进了一口她皮肤的馨香。伤口不大，但是是湿的。阿尔谢尼知道，需要等它们晾干。走到放着许多破布系口的小罐子的架子跟前，思索了一会儿。找到一个盛有过火柳树皮的小罐子。往一块干净的布上倒出少许并用醋沾湿。轮换着敷到疮处。乌斯吉娜咬紧了嘴唇。

请忍着点儿。还有疮吗？

有，但我不能给你看。

阿尔谢尼把那块布递给了她。

给，自己擦一擦，我不会看的。他把头扭向火炉。

炉子旁放着乌斯吉娜的破衣烂衫，它们离火很近，这一点解决了问题。一句话没说，阿尔谢尼把它们丢进了炉子里。这是很自然的举动，因此他就做了。但是这里面也有一种义无反顾的信号。就像在某一个他从克里斯托弗那儿听到的童话里那样。看着破败的衣服被火焰笼罩，阿尔谢尼想到，他的衬衣如今要被乌斯吉娜一直穿着了。还想到，她实际上是他的同龄人。

他给了乌斯吉娜面包和克瓦斯，然后在手上感觉到了她嘴唇的触碰。

暂时就只有这个，阿尔谢尼说，同时拿开了手。

他还想补充点什么，但是感觉到，他的嗓音不听使唤了。

家里没有热的食物，因为阿尔谢尼什么也没煮。克里斯托弗曾经教会了他做简单的菜肴，但是随着爷爷的离去——阿尔谢尼是这么觉得的——这已经不再有意义了。乌斯吉娜尽力不慌不忙地吃，但是这件事她做得并不成功。她小块小块地从边上掰下来，再把它们慢慢地放到嘴里。却几乎不嚼就吞了下去。阿尔谢尼观察着乌斯吉娜并感受着她印在自己手上的那一吻。

他从口袋里把去掉了壳的整粒燕麦倒出来。倒上水后放到炉子里去蒸。晚饭他决定用粥款待乌斯吉娜。

我们村里所有的人全都死了,乌斯吉娜说,只剩下我一个。所以我好怕死亡的时刻。你怕吗?

阿尔谢尼没有回答。

乌斯吉娜突然出人意料地用有力的高音唱起歌来:

灵魂同白色的身体告别,
请原谅,我白色的身体(吸了一口气),
你呵,身体,去往潮湿的泥土里,
给潮湿的泥土做嫁妆(嗓子充血了),
给凶恶的蛆虫去啃噬。

停止歌唱后,乌斯吉娜平静地望着他。就好像没有唱过歌。正在晾干,还没有编成发辫的头发在脑袋周围蓬松地闪亮着。你的头发,像从迦南地冒出来的羊群。在那被遗忘的年代头发要比现在更令人激动,因为平常都是遮起来的。它们是近乎私密的细节。

看着乌斯吉娜,阿尔谢尼没有垂下眼睛。他惊讶于他们彼此不费力就禁得住对方的目光。惊讶于他们之间绷直的那条线要比窘迫感更高。欣赏着红色头发的闪亮。欣赏着十字架的麻绳随着呼吸在锁骨上的起伏。这是乌斯吉娜身上唯一剩下的属于自己的东西。

晚上他们吃的粥，是阿尔谢尼用麻油拌的。坐在炉灶旁，手持陶碗放在膝盖上。他最后一次这么坐着是和克里斯托弗一起。阿尔谢尼偷偷地观察着光在她近乎火焰色的头发上的嬉戏。现在它们被编成了发辫，因而看上去完全是另一种感觉了。把木勺（克里斯托弗削成的）移到嘴边时，乌斯吉娜好玩地把嘴唇向前伸着。这像是一个吻。给克里斯托弗的吻。阿尔谢尼记得，这些勺子是怎么削出来的：也是冬天，也是在火炉旁。当他又一次看向乌斯吉娜时，她睡着了。

他小心翼翼地从她手里拿走了碗和勺。乌斯吉娜没有醒。她继续坐得挺直而不安，好像在梦里也在征服着某条艰难的、只有她一个人知晓的道路。阿尔谢尼给乌斯吉娜在长凳上铺了床。努力不弄醒她，小心地把她从椅子上托起来，她的身子轻得让他吃惊。她的脑袋后仰到阿尔谢尼的手臂上。为了托住她的脑袋，阿尔谢尼把胳膊肘横支了出去。透过乌斯吉娜透明的皮肤他看到了额角的血管。感受到她嘴唇的芳香。你的唇好像一条朱红线。[①]把脸颊贴向她的额头。小心地把她放到长凳

[①]《圣经·旧约·雅歌》第4章第3节。

上，用皮袄盖好。

阿尔谢尼坐在床头，看着乌斯吉娜。开始时，双臂抱在胸前坐着，然后——手掌托着下巴。有时乌斯吉娜的脸轻微地抽搐一下。有时她突然喊叫一声。阿尔谢尼用手掌摸摸她的脸，于是她就安静下来了。

睡吧，睡吧，乌斯吉娜，阿尔谢尼轻声地说。

乌斯吉娜就睡了。麻布在她身下皱成一团。她的脸颊挨着了木凳。阿尔谢尼小心地搬起她的脑袋，以便把褶皱抚平。乌斯吉娜并没有醒，抓住阿尔谢尼的手掌把它垫到了自己脸颊下面。他不得不弯下腰，用左手支撑着右手。过了几分钟，阿尔谢尼感觉到了后背和双手上的疼痛，但是这令他很愉悦。他觉得，他在用自己轻微的痛苦从乌斯吉娜身上卸下一部分负担。他自己都没有发觉，怎么打起盹儿来了。

醒过来是由于手心里睫毛令人发痒的扇动。乌斯吉娜睁着双眼躺着。眼中闪动着炉炭的投影。阿尔谢尼的手掌是湿的，由于她的泪水。他用嘴唇轻触了一下乌斯吉娜的眼帘，觉察出它们的咸味。乌斯吉娜动了动身子，好像在给他腾地方：

黑灯瞎火的我觉得害怕。

他在长凳边缘挨着她坐下来，她就把脑袋枕到他的膝上。

陪我待一会儿,阿尔谢尼,直到我睡着。

透过衣服他感受到随着她的话语一起释放出来的她那温暖的呼吸。

我会陪你待到你睡着。

我除了你谁都没有。我想紧紧地抱着你不放。

我也想抱着你,因为我一个人害怕。

那就在旁边躺下吧。

他躺下了。他们拥抱在一起并且就这样躺了很长时间。他失去了时间的概念。他轻轻地颤抖着,尽管浑身都是汗。而且他的汗和她的汗混合在了一起。之后,他的肉体进入了她的肉体。第二天早上他们看到,麻布成了鲜红的。

丙子

阿尔谢尼开始了新的生活——充满了爱和怕。对乌斯吉娜的爱和对她会同样突然消失的怕。他不知道,怕的究竟是什么——是飓风,闪电,火灾还是不善的眼神。也许,全都有。乌斯吉娜与他对她的爱是分不开的。乌斯吉娜就是爱,而爱就是乌斯吉娜。他捧着她,就像在黑森林里捧着一根蜡烛。他害怕成千上万贪婪的夜间生物朝着这簇火焰飞拢过来，它们的翅膀会将之扇灭。

他可以一连好几个小时地欣赏乌斯吉娜。抓起她的手，然后慢慢地掀起衣袖，用嘴唇感受着几不可见的金色汗毛。把脑袋放到她的膝上，指尖沿着脖颈和下颌之间梦幻的线条游走。用舌头品尝她的睫毛。小心翼翼地从她的头上摘掉头巾，让头发披散下来。把它们变成辫子。重新打散再用梳子慢慢地梳理。想象着，头发就是湖，而梳子是船。沿着金色的湖水滑动着，在这把梳子里看到了自己。感觉到自己正在沉溺，而最害怕的却是被救。

他没让乌斯吉娜跟任何人打照面。一听到敲门声，就往乌斯吉娜身上套上克里斯托弗的皮袄，然后打发她到隔壁房间里去。目光投向木凳，寻找可能出卖乌斯吉娜的东西。但这样的东西并不存在。在克里斯托弗和阿尔谢尼的家什中一向没有任何女人的东西。确信门在乌斯吉娜身后关紧了之后，他才打开房门。

乌斯吉娜无声无息地坐在隔壁的房间里，而阿尔谢尼给病人做着检查。他的接诊变得更为简短，来访者们发现了这一点。阿尔谢尼不再搭话闲聊。不说任何多余的话，他检查和触摸着病人的肉体。聚精会神地倾听抱怨和给出医嘱。接受量力而行的报酬。当所有医疗方面的话都说完之后，便以期待的神情望着客人。病人们把这与医生不断增长的繁忙联系在一起，对他更加尊敬了。

没有人知道乌斯吉娜的事。她几乎从未在院子里露过面，而从外面透过绷着牛泡的小窗户什么也看不见。严格地说，就算从里面透过它们也什么都看不到。所以即或有什么人决定朝阿尔谢尼的窗口张望，他能探知到的东西也不多。但是其实谁也没张望过。

有一次，在接诊一个患阳痿的病人时，乌斯吉娜在墙那边打了个喷嚏。声音不大，但是——打喷嚏了，因为毕竟那个房间很冷。病人疑惑地看了阿尔谢尼一眼，问这是什么响动。阿尔谢尼回之不解的目光。建议来者不要从他的问题上分心，不然他永远也无法战胜它。

永远，阿尔谢尼强调说，然后建议他多吃胡萝卜。

送客人走的时候，主人故意把脚步声弄得很响，但是乌斯吉娜再没有打喷嚏。当她终于进来时，阿尔谢尼让她冲着皮袄里面打喷嚏，因为毛皮能压住声音。

平时我就是这么做的，乌斯吉娜说。这一次事发突然，所以我只是没来得及用皮袄遮住。

阿尔谢尼与来访者的交往中出现了某种漫不经心。阿尔谢尼的心不在焉变得越来越明显了。要是来访者知道了乌斯吉娜的事，他们就会把这些心思归咎于隔壁房间。那他们就不完全正确了。

阿尔谢尼不仅在考虑乌斯吉娜的事情。他渐渐沉浸在由他和乌斯吉娜构成的一个特殊而完满的世界里。在这个世界里，他是乌斯吉娜的父亲和她的儿子。是朋友，兄弟，但是主要的——是丈夫。乌斯吉娜的孤苦无依使所有这些责任都无人承担。而他便肩负起了它们。他自己的孤苦无依给乌斯吉娜提供了同样的责任。圆圈闭合了：他们彼此成了对方的一切。这圆圈的完整使得其他人的存在对于阿尔谢尼来说是不可能的。这是整体的两半，对于阿尔谢尼而言，任何的添加不仅是多余的，而且是不能容忍的。甚至短暂的和没有任何要求的也不行。

他们的离群索居没有让乌斯吉娜感到苦恼，阿尔谢尼从这一点上也看到了联盟的完整。他觉得，她以和他同样的洞察力看到了这种生活进程的原因和意义。就算她没有看到，那也只不过是居无定所让她无限疲倦了，而把他的常在当成是一种不应得的幸福。

每到晚上他们都念书。为了不要时不时起身去换松明，用上了油灯。它燃得昏暗，但是稳定。念的人是阿尔谢尼，因为乌斯吉娜不识字。

由于阿尔谢尼的缘故她第一次听到了安提丰对亚历

山大的预言。安提丰说，全世界的主宰将死于骨天之下的铁地之上。当亚历山大出现在铜地时，恐惧慑住了他。这种恐惧于半明半暗中在乌斯吉娜的眼中闪动。于是亚历山大命令自己的军士们研究土地的成分。研究出土地的成分后，他们在其中只找到了铜这一种成分，而没有铁。亚历山大拥有比铁还坚硬的心灵，他命令继续前进。于是他们沿着铜地前行，马蹄在铜上的敲击声让他们觉得像雷鸣……

乌斯吉娜亲热地碰了碰阿尔谢尼的肩：

你懂得你念的东西吗，还是只是翻着书页？

乌斯吉娜向他贴得更紧一些，双手抱住自己的膝盖。请求他念得别太着急。他点点头，但是不知不觉地又开始急切起来。他们专为夜晚准备的五页书一次比一次念得更快，因此乌斯吉娜一而再、再而三地问阿尔谢尼，是什么迫使他这么着急。他把脸颊贴紧她的脸颊来代替回答。出现了一个充满嫉妒的念头，那就是在夜晚的时候，亚历山大比阿尔谢尼更让她感兴趣。

有时候读半人马的故事。为了把自己的妻子藏起来不让别人发现，半人马把她装在耳朵里带着。阿尔谢尼也想把乌斯吉娜装在耳朵里带着，但是他没有这种可能。

丁丑

三月末乌斯吉娜说：

我怀孕了，因为我的月经停了。

说这话时，手掌撑在长凳上，微驼着背，目光偏过阿尔谢尼看向别处。这时阿尔谢尼正往炉子里扔劈柴。他朝乌斯吉娜跨了一步，跪在了她——坐着的人——面前。他的一只手仍然攥着一根劈柴。它掉落下来，并且声音很大地滚过地板。阿尔谢尼把脸埋进乌斯吉娜红色的衬衣里。他感觉到她的一只手放在自己的后脑勺上——这手充满爱意又优柔寡断。他用轻柔的动作把乌斯吉娜放躺下，然后慢慢地开始掀起她的衬衣——一下一下地折起来。露出肚子，用嘴唇贴紧它。乌斯吉娜的肚子是平坦的，像谷地一样。而它的皮肤是有弹性的。时隐时现的肋骨线条是肚子的边界。可是没有什么预示着改变。没有什么指示着，已经有人在其中准备着破坏这些线条了。用嘴唇在肚子上滑过的时候，阿尔谢尼意识到，只有乌斯吉娜的怀孕才能表达他无穷的爱意，意识到这是他在萌芽，透过乌斯吉娜。他感觉到幸福，因为现在他在乌斯吉娜身体里常在了。他是她不可分割的一部分了。

阿尔谢尼明白，乌斯吉娜的新状况让她更依赖自己了。也许，因此害怕失去她的恐惧变得略微少了一点，相反，他正以前所未有的浓烈度，感受着对她的柔情蜜意。看到乌斯吉娜开始吃得很香，阿尔谢尼体验到了一种柔情。她的胃口大得让她自己都觉得好笑。她扑哧一笑，面包屑飞向四面八方。当乌斯吉娜的脸变得灰暗从而使她感到不安时，阿尔谢尼也体验到了一种柔情。他拿来肉豆蔻油，用勺子喂乌斯吉娜喝。慢慢地把勺子撤向自己，注视着乌斯吉娜的嘴唇怎样在勺子上滑动。还不知疲倦地欣赏她怀孕之后变得完全不同了的眼睛。眼中出现了某种湿漉漉的、不设防的东西。让阿尔谢尼想起幼鹿的眼睛。

有时候，这双眼睛里透出一种忧伤。和阿尔谢尼一起幽居无疑是她的幸福。但是也是某种其他的东西，这一点变得一天比一天更明显。她觉得阿尔谢尼是全世界，但是毕竟无法代替全世界。与整体生活隔绝的感觉在乌斯吉娜心里生出了不安。而阿尔谢尼看到了这一点。

有一次，乌斯吉娜问她可否买一件女式的衣服。自己在阿尔谢尼家住，一直穿的是他穿过的衣服。

穿我的衣服你不开心吗，阿尔谢尼问。

我开心啊，亲爱的，很开心，只不过我也想穿自己的。怎么说我也是个女人……

阿尔谢尼答应想一想。他的确想了，但是什么也没想出来。不公开乌斯吉娜的秘密，女式连衣裙他就不能买。在这件事上他没有可以信赖的人。更谈不到让乌斯吉娜一个人去村里。首先，村民们不费吹灰之力就会打听出来，她从哪里来的；其次……阿尔谢尼长出一口气，感觉到喉头被一团东西哽住了。他无法想象，乌斯吉娜丢下他哪怕是半天时间。

过了一段时间，她提醒阿尔谢尼自己请求的事，但是没有得到答复。又过了几周，想买衣服的事已经晚了：乌斯吉娜大起来的肚子让找到合适的衣服变得不可能了。于是她就开始用阿尔谢尼的东西给自己改缝衣服。

比衣服更让他担心的是他们没有去行圣餐礼。阿尔谢尼害怕去教堂，因为通往圣餐的路需要经由忏悔。而忏悔要求讲述乌斯吉娜的事。他不知道，会怎么回复他。举行结婚仪式？他会很幸福地举行结婚仪式。可如果人家说放弃呢？或者暂时住在不同的地方呢？他不知道，人家会怎么说，因为他还未曾经历过任何类似的事情。害怕抗命不从，阿尔谢尼没去教堂，也没忏悔。所以乌斯吉娜也没去。

有一天她问：

你会娶我为妻吗？

你就是我的妻子，我爱你胜过生命。

我想成为你的妻子，阿尔谢尼，在上帝和人们面前。

再等一等，我的爱。他吻了一下她锁骨上面的小窝。你会在上帝和人们面前成为我妻子的。只是要再等一等，我的爱。

几乎每天他们都到林子里去。乍开始这完全是很不容易的，因为那里仍旧覆盖着很深的雪。他们一边走着，一边陷进齐膝的雪里，但他们仍旧走着。阿尔谢尼知道，乌斯吉娜需要新鲜的空气。除此之外，甚至这样并不轻松的散步对于她来说也比坐在家里好。穿着克里斯托弗的靴子，乌斯吉娜常常磨破脚。缠在脚上的大量碎布并没有解救困局。尽管在那个时代靴子是用软皮缝制的，不考虑区分右脚和左脚，但是鞋码还是有意义的。乌斯吉娜的脚和克里斯托弗的脚区别还是很大的。

乌斯吉娜亦步亦趋地跟在阿尔谢尼后面前行。每天早晨他们都沿着同一条小路走，每天早晨都要像第一次那样踩出它来，因为一昼夜间小路又被掩盖了。即使没下雪，踩出来的路也会被低吹雪给抹平。在墓地和树林间的开阔空间里总是刮着强风。

等他们进入林子里，风就停了。在那里他们有时能找到自己的脚印。这些脚印也被一层小雪覆盖了，有时被另一些足迹——野兽的和鸟儿的——截断，但是它们还在。没有消失得无影无踪，阿尔谢尼心想。

林子里不像来的路上那么冷。也许，甚至是暖和的。树枝上多天的积雪覆盖层让乌斯吉娜觉得是皮毛。她喜欢把雪从树枝上抖落下来，然后欣赏它披在她和阿尔谢尼的肩上的样子。

你会给我买一件这样的皮袄吧，乌斯吉娜问。

当然，阿尔谢尼回答说。一定会买。

他很想给她买一件这样的皮袄。

四月中旬的时候，雪开始融化，并一下子变成了陈旧和褪了色的。由于开始下雨而变成疏松多孔的。这样的皮袄乌斯吉娜一件不想要了。专注地看着自己的脚下，她从一个融化了的塔头墩子跨向另一个。林中全部的邂逅——去年的落叶，失去了颜色的破布碎片和黯淡无光的塑料瓶——都从雪下钻了出来。在朝阳的林间空地上，草已经破土而出了，但是在幽僻的地方，雪还很深。那里也很冷。最终，就连这雪也已经化了，但是由之而形成的水洼一直到仲夏都会存在。

五月的时候，乌斯吉娜用阿尔谢尼编的草鞋换下了靴子。乌斯吉娜喜欢草鞋，因为它们是按她的脚编成的，而且主要的是——它们是阿尔谢尼编的。他不许她弯腰，自己小心翼翼地把草鞋的系带围着她的脚绕一圈，而这也是她喜欢的。鞋很轻便，但是透水。有时候乌斯吉娜湿着脚回到家，但是她又无论如何也不想换回靴子去。

我小心点走不就行了，她对阿尔谢尼说。

他们的散步变得长了许多。现在他们不仅到附近的树林里去，而且还到克里斯托弗曾经告诉阿尔谢尼的那些远离任何人烟的地方去。在这些地方阿尔谢尼感觉自己更心安一些。在近处的树林里他们偶尔会看到人，远远地一发现他们，就赶紧藏起来。现在，走得远了，他们谁都碰不到了。

你不怕迷路吗，乌斯吉娜问阿尔谢尼。

不怕，因为从小就熟悉这些密林。

去进行这样的散步时，阿尔谢尼带着一个装有食物和水的口袋。那里面还有一张羊皮，在较长时间的休息时他们就坐在上面——阿尔谢尼注意不让乌斯吉娜过度疲劳。他们边散步，边采集那些恢复生机的大自然所萌发的草药。阿尔谢尼给乌斯吉娜描绘植物的特性，她对他知识面之宽广感到吃惊。他也给她讲人的身体构造和动物的习性，星球的运动，历史事件和数字的象征。在这样的时刻他觉得自己是她的父亲。或者，如果指的是他的知识来源——是她的爷爷。阿尔谢尼觉得红发小女孩儿是他手里的黏土,他在用它给自己塑一个妻子。

戊寅

现在要说乌斯吉娜的存在无人知晓,那未免有些夸张。就算是从远处吧,人们在树林里不止一次见到过他们俩。和乌斯吉娜当然不认不识,要认出阿尔谢尼来却是毫不费力的,就算是从远处。到阿尔谢尼家里去见他时,人们从隔墙听到了乌斯吉娜的响动,因为人不能一直无声无息。许多人都猜到,有什么人住在阿尔谢尼那儿,但是既然他要隐藏这一点,人们就什么也不问他。阿尔谢尼是他们的大夫,而人们总是害怕得罪大夫的。从自己这方面,阿尔谢尼看来也猜到了这些怀疑。自己的揣测他既没有企图去证实,也没有企图去推翻。人们什么都没问他——不管这背后是什么意思,都合乎他的心意。对于阿尔谢尼来说,任何人都不去触碰他的世界,这就够了。只有他和乌斯吉娜存在的世界。

夏初的时候,当长时间的散步开始让乌斯吉娜感到疲累时,他们越来越经常地在家附近坐着。木屋修葺之后剩下了数量不多的原木和板子，于是阿尔谢尼决定在院子里搭一个棚子。边把木板一块挨着一块地拼在一起，边心痛地回忆起，不到一年之前，同样的活计是克里斯托弗领着干的。阿尔谢尼用爷爷的嗓音请乌斯吉娜递给他这个或者那个工具，但是结果比克里斯托弗差远了。木板拼的也差不少。对他的活计克里斯托弗会说什么呢？而他又会怎么说乌斯吉娜的事呢？

棚子接在房子的背面，因而从路上是看不到的。过了几周，棚子被顺着阿尔谢尼拉的那些绳子爬上去的藤蔓严严实实地覆盖了一层。它的顶上苫着稻草，不漏雨。现在可以在任何天气里待在户外了。他们最喜欢晚上坐在棚子下面。

七月的晚上是长长的。在一个这样的晚上，乌斯吉娜请求阿尔谢尼教她认字。这样的请求一开始让他吃了一惊。他们要读的一切，他都可以读，而这是他们二位一体的一部分。揪下一朵旋花，阿尔谢尼小心翼翼地把它套在乌斯吉娜的鼻子尖上。你学这个干吗，阿尔谢尼想要问她，但没有问。他走进屋里，从那里带了《诗篇》回来。和乌斯吉娜并排坐下后，阿尔谢尼打开了书。用食指点着第一个朱砂红的大写字母。字母在落日的光线里红光闪耀。

这是字母"Б"。这里的"有福"一词便是由它开头的。

不从恶人的计谋，乌斯吉娜不慌不忙地读道。不站罪人的道路，不坐在亵慢人的座位，这人有福啊！[①]

阿尔谢尼默不作声地看了一眼乌斯吉娜。她把脑袋放到他的肩上。

很多诗篇我都会背。听来的。

这在识字的时候对她很有用。读过几个字母后，乌斯吉娜就记起了整个句子，这有助于她瞬间认识了下面的字母。阿尔谢尼甚至没有料到，学习进展得这么快。

乌斯吉娜最喜欢的是每一个字母都有名字。她默读它们，她的嘴唇一直在翕动。阿兹。布吉。维基。[②]她折下一根树枝，把字母的名字写在院子踩实的泥地上和林间小路上。格拉戈利，多布罗。[③]名字给了字母独立的生命。它们赋予了字母出人意料的意义，这令乌斯吉娜着迷。卡柯，留基耶，梅斯列捷。[④]勒茨，斯洛沃，特维尔多。[⑤]

---

① 参见《圣经·旧约·诗篇》第1篇第1节。
② 它们分别为 А、Б、В 三个字母的名称。而字母的名称是分别用以这三个字母开头的字来表示的，因而将这三个字连在一起便有"我识字"之意。
③ Г、Д 的字母名称，连在一起有"词为善"之意。
④ К、Л、М 的字母名称，连在一起有"人何思"之意。
⑤ Р、С、Т 的字母名称，连在一起有"言辞坚"之意。

最后，字母有数方面的意义。字母 а 在略语符号下面表示一，в——二，г——三。

为什么在 ā 后面是 б 呢，乌斯吉娜感到惊奇。问，那 б 去哪儿了？①

数字的表示法依据的是希腊语的字母表，而那里面没有这个字母。

你会希腊语？

不会（阿尔谢尼把两个掌心放到乌斯吉娜的双颊上，并用鼻子蹭了蹭她的鼻子），克里斯托弗是这么说的。他也不会希腊语，但是很多东西都能心领神会。

已经使乌斯吉娜感到惊奇的字母的特点，被同样令人吃惊的数字的特点加强了。阿尔谢尼告诉她，数字是如何加和减，乘和除的。它们表明人类历史的顶峰：自创世起第 ҂ЄФ（5500）年，基督诞生。它们也标志着历史的完结，这完结出现在敌基督可怕的数字中：х3s（666）。

数字有自己的和谐，反映着世界及其中全部存在的总体和谐。许许多多此类的知识乌斯吉娜是从克里斯托弗的文献中读到的，这些文献是阿尔谢尼一抱一抱给她

---

① 在俄语中，字母顺序是 а、б、в，因而乌斯吉娜认为，用略语符号加字母表示的数字也应该依照同样的顺序。

拿过来的。一周有七天，象征着人的一生：第一天是孩子降生，第二天是少年，第三天是成年人，第四天是壮年，第五天是白头，第六天是老年，第七天是去世。

不过，克里斯托弗感兴趣的不仅是数字的象征。在他的文献中乌斯吉娜还找到了对距离的说明。从莫斯科到基辅将近一千五百俄里[①]，从莫斯科到伏尔加河c̄м俄里[②]，从白湖到乌格里奇c̄м俄里。为什么他要把这些记下来呢，乌斯吉娜一边读，一边想。克里斯托弗，当然既没去过莫斯科，也没到过基辅，阿尔谢尼在脑子里回答她，在这些资料里吸引他注意力的是遇到了两次240俄里。这样的巧合（阿尔谢尼回答说）被逝者赋予了特殊的意义，尽管也没完全意识到它们的意义。重要的是，我和你已经无须言辞就能相互理解。

己卯

乌斯吉娜的妊娠过程不容易。她时不时抱怨头疼和头晕。在这种情形下阿尔谢尼用茴香油或者草莓煎剂给

---

① 即2 400公里。
② 即384公里。

她擦额角。出现了一些轻微症状，它们让乌斯吉娜有些难为情，所以她对此没言声。比方说，便秘。发现了这一点后，阿尔谢尼责备了乌斯吉娜，还说，他们如今是一个整体，她不能在他面前害羞。他给了她用接骨木的嫩叶制成的浸液。春天的时候他们一起采集了这些叶子，一起将它们在蜂蜜里煮的。

乌斯吉娜的睡眠变差了。关于她夜间会醒的事，阿尔谢尼是猜到的，因为没有听到她的呼吸声。当乌斯吉娜睡着的时候，她用鼻子呼吸——又响又均匀。为了让她恢复睡眠，阿尔谢尼临睡前给她喝树苔浸剂。

乌斯吉娜的身体显然是在考验她的精神韧性。胃灼热总是在折磨着她。她感到自己的肚子里，婴儿所在的部位，又坠又疼。鼓起来的肚子由于和阿尔谢尼的麻布衬衣摩擦而发痒。腿由于乌斯吉娜的负重而肿胀。脸部轮廓也是浮肿的。眼睛变得惺忪。乌斯吉娜的目光中出现了一种异乎寻常的精力涣散。这些变化被阿尔谢尼发现了，令他很担心。在乌斯吉娜暗淡下去的眼睛里他看到了妊娠引起的最初的疲惫感。

在头几个月，新的状态帮助她克服了不适。过了一段时间，这种状态已经不是新的了。成了习惯和累赘。而秋天又来了，北方的白天变得短了。笼罩白湖的黑暗令乌斯吉娜烦闷。她看到自然在死去，而自己无能无力。看到树上的叶子在飘零，乌斯吉娜也在掉眼泪。

对自己身体里的变化她如今仿佛是在旁观。在一个臃肿的、笨手笨脚的生物身上越来越难以看到原来的自己——灵活的、敏捷的、强健的自己。被什么人放进了一个陌生的身体里的自己。

这可不是被不知什么人，而是被阿尔谢尼放进的。想到此处，乌斯吉娜好像触了底，由此反弹，又重新游回到水面。然后在这里向围绕着她的所有快乐敞开心扉。于是乌斯吉娜的快乐就比她的痛苦更加耀眼了。

她为在她身上复苏的胃口而高兴，因为知道，不是一个人在吃，而是和孩子一起。为动不动就出现在她的乳头上的初乳而高兴。醉心于抑制不住地对未来孩子的想象并把它们与阿尔谢尼分享：

如果生的是女儿，她会长成鲁基诺村最漂亮的，而且会嫁给王公。

但是在鲁基诺村没有王公。

你知道吗，在这种情况下会来的。如果生的是个儿子——总的说来这更让人欢喜——他会是一个浅头发和像你一样聪明的人，阿尔谢尼。

我们要两个浅头发和聪明的人做什么？

我就想要这样，亲爱的，这有什么不好的呢？我觉得，其实没有什么不好的。

有一次，阿尔谢尼用手掌慢慢地在乌斯吉娜的肚子上抚过，说：

这是个男孩儿。

感谢上帝，我真高兴。男孩儿女孩儿都高兴。尤其是男孩儿。

<u>坐在凳子上时</u>，乌斯吉娜通常摩挲肚子。时不时感觉到坐在里面的小人儿在动。听了阿尔谢尼的话之后，她毫不怀疑这是个男孩儿。有时阿尔谢尼把耳朵贴在她的肚子上。

他说什么呢，乌斯吉娜问。

请求你再忍耐一些时候。到十二月初。

那好吧，既然他请求。我想，他自己也厌烦了在那里坐着。

你甚至无法想象有多厌烦。

为了让小男孩儿开心，乌斯吉娜唱起歌来：

母亲啊母亲，上帝的母亲呀，

至圣的玛利亚呀（乌斯吉娜自己画了十字，也给肚子画了十字），

母亲啊，你在哪里过的夜呀？

我在撒冷城里过的夜呀，

在上帝的教堂里在供桌后面呀，

睡了不多会儿，做了许多梦呀，
好像我生育了基督的儿子呀，
用襁褓把他裹起来了呀，
再用丝绸的襁褓带捆起来呀。

阿尔谢尼想到了，她尖细的嗓音会被路人听到，却什么都没说。就让她唱吧，他想，孩子总会觉得更高兴一些。

她在缝衣服。

给没出生的孩子缝衣服，她说，是不好的征兆。

可她仍然在缝。衣料取自克里斯托弗的东西。

也不提倡，她说，用无人继承的财产缝。

她边一针接一针地缝着，边深深地叹气，于是她的整个大肚子就动起来。襁褓、洋娃娃般大小的裤子、衬衣从她的手底下做了出来。

布娃娃也做了一些。它们是用碎布做的，而且涂上了不一样的颜色。还用稻草编了一些娃娃。所有稻草娃娃都是一样的，而且都像乌斯吉娜。当阿尔谢尼跟她说这事的时候，她号啕大哭起来。

谢谢（点点头）恭维。非常感谢。

阿尔谢尼抱住她：

我这是爱呀，你这个小傻瓜，任谁都没我这么爱，也不会这么爱的，我们的爱情是一种特殊的际遇。

把脸颊贴紧她的头发。她小心翼翼地挣脱他，说：

阿尔谢尼，我想在生产前行圣餐礼，不领圣餐我害怕生产。

他把手掌放到她的唇上。

生完了，会行圣餐礼的，我的爱。你现在这种状态怎么去教堂啊？而生产后，你知道的，我们就对所有人公开，把儿子给人们看，领受圣餐，然后就会轻松一些，因为等有了孩子，就对任何人都无须解释，他会证明一切都是情有可原的，这就像生命从一张白纸开始，你明白吗？

明白，乌斯吉娜回答。我害怕，阿尔谢尼。

她常常哭泣。努力不让阿尔谢尼看到，但是他看到了，因为所有这些个月他们都没有离开过彼此，所以她很难暗地里哭泣。

阅读对于乌斯吉娜而言变得越来越困难了。她的注意力变得分散。她坐也费力，躺也费力。不能平躺着，不得不侧躺。现在她越来越经常地请求阿尔谢尼念给她听，而他呢，当然就念了。

正好是亚历山大来到了沼泽地带。而亚历山大病了，但是在那片沼泽里甚至找不到一块可以躺的地方。从陌生的天上开始下起雪来。亚历山大就命令军士们脱掉身上的铠甲，把它们一个接一个拼在一起。这样他们就在泥泞的地方为他铺了一个床铺。他躺在上面，完全失去了力气，军士们用盾牌遮住他，给他挡雪。亚历山大突然明白了，他这是躺在骨天之下、铁地之上啊……

别再念了。乌斯吉娜艰难地翻转到另一侧，于是现在她是背对阿尔谢尼躺着了。今天咱们这里也下雪了，为啥你总是给我念这个……

我给你找点别的什么吧，我的爱。

乌斯吉娜重新转向他。

给我找一个接生婆吧。这是我很快就用得着的。

你要个愚昧无知的接生婆做什么，阿尔谢尼吃了一惊。你这不是有我嘛。

难道你什么时候接过生吗？

没有，但是关于这事儿克里斯托弗给我详细地讲解过。而且他还把一切都记录下来了。阿尔谢尼到篮子去翻找，然后从那里找出一份文献。你看。

能靠写的东西接生吗？乌斯吉娜问。而且，你知道吗，抛开所有其他的东西，我不想你看见我那个样子。不想。

可是难道我们不是一个整体吗？

当然是一个。可我还是不想。

阿尔谢尼没有争辩。但是也谁都没有找。

31

庚辰

11月27日黄昏时分，乌斯吉娜羊水破了。这一点她不是立即，而是在她的铺盖都湿了的时候才明白的。当她坐在便盆上时，阿尔谢尼重新铺上了一块粗麻布。他开始发抖。当乌斯吉娜重新躺下来时，他点燃了仅有的两盏油灯和一块松明。乌斯吉娜抓住他的手，让他坐在自己旁边。不要紧张，亲爱的，一切都会好的。阿尔谢尼用嘴唇贴紧她的额头，哭了起来。他感到了一种前所未有的恐惧。乌斯吉娜抚摩着他的后脑勺。过了一个小时，她的阵痛开始了。在半明半暗中，豆大的汗珠在她的脸上可怕地闪亮着，他认不出这张脸了。在熟悉的面容背后隐约可见某些别的特征。它们是丑的、肿的和悲剧性的。而且原先的乌斯吉娜也已经不存在了。她好像是走了，而来的是另外的一个人。或者甚至没有人来——这是原先的乌斯吉娜在持续离开。自己的完美一滴接一滴地在流失，变得越来越不完美。好像越来越原始。想到她可能完全离去，阿尔谢尼的呼吸突然中断了。他从未考虑过这一点。这一想法的重力原来如此之大。它将他向下拖去，于是他从凳子上滑落到了地板上。好像从远处听到了头磕到木头上的声音。看到乌斯吉娜很不灵活地从凳子上起身，向他俯下身来。他一切都看见了。他有意识，但是不能动弹。要是他早些知道这一想法的重量，那么害怕在村子里说出乌斯吉娜的事对他而言就会显得多么的可笑啊。阿尔谢尼慢慢地坐起来：我这就跑去村里叫产婆，我很快的。现在已经晚了（乌斯吉娜仍旧在抚摩他），现在已经不能把我一个人留下，咱们总能设法应付下来的，我只担心……我本不想说，我不确信……阿尔谢尼把乌斯吉娜安置到凳子上。他用亲吻覆盖了她的双手，而她的话语仍旧分裂成为单个词语，在他的头脑里没有集合成一个整体。他知道，这种恐怖慑住他不是偶然的。乌斯吉娜摸了摸肚子：从昨天起我就听不见他了……听不见男孩儿了。我觉得他不动了。阿尔谢尼把手掌伸向她的肚子，然后小心翼翼地从上到下摸了一遍。在肚子底部手掌僵住了。阿尔谢尼目不转睛地看着乌斯吉娜。在她的肚子里他再也感受不到生命了。那里再也没有心脏在跳动了，这颗心他这些个月一直都能听到。孩子是死的。阿尔谢尼帮她侧身躺下，并说：男孩儿在动，安心地生吧。他坐在凳子边缘，握着乌斯吉娜的一只手。一遍又一遍地换松明。往油灯里添油。夜里乌斯吉娜欠起身子：男孩儿死了，可你为什么闷声不语呢，你已经好几个小时闷声不语了。我没闷声不语，阿尔谢尼从远处的某个地方说（说了吗？）。我怎么能闷声不语呢？他奔向克里斯托弗的架子，结果打翻了夜壶。回过头，看到夜壶慢慢地滚到了凳子下面。我怎么可能闷声不语呢？但是我也没法说话。阿尔谢尼拿出艾蒿草煎剂。把这个喝了。这是什么？喝了。他把她的头抬起来一点，接着把杯子凑近她的嘴唇。听见了很响——响彻整个房间——的吞咽声。这是艾蒿草。它能清除……清除什么？乌斯吉娜呛着了，煎剂从她的鼻子里流了出来。艾蒿草能清除死胎。乌斯吉娜无声地哭了起来。阿尔谢尼从架子上取下盒子并把里面的东西倒到了炭火上。一股呛人的刺激气味在房间里弥漫开来。这是什么，乌斯吉娜问。硫黄。它的味道会加快产程。一分钟后乌斯吉娜吐了。她早就什么也不吃了，所以她吐出来的是喝进去的浸液。乌斯吉娜又躺下了。而阿尔谢尼又摩挲她。她感到阵痛恢复了。疼痛慑住了她。开始时她觉得肚子疼，然后扩散到整个身体。她觉得附近所有农庄的疼痛都集中于一点，然后进入到了她的身体里。因为她，乌斯吉娜，自身的罪孽超过了全地区的罪孽，而在某个时候是应该为此负责的。乌斯吉娜喊叫起来。这喊声是发威的吼叫。它吓到了阿尔谢尼，于是阿尔谢尼用手抓紧了她的手腕。

它吓到了乌斯吉娜自己，但是她已经无法不喊叫了。她仍旧侧身躺着，蹬了一下腿，阿尔谢尼把这条腿也抓住了。这条腿弯曲又蹬直，它好像一个单独的邪恶的生灵，不想与一动不动的乌斯吉娜有任何共同之处。阿尔谢尼用双手按着它，但是仍然无法把它按住。乌斯吉娜猛地翻过身来，于是在落下的光道里他看见，在大腿内侧有粪便在闪光。乌斯吉娜继续喊叫着。阿尔谢尼无法搞清楚婴儿是否在动。手指下感觉到她的阴毛，他记起其他时候的触摸，他祈祷上帝把乌斯吉娜的疼痛转给他，哪怕转给他一半的疼痛也好。在神志清醒的时候，乌斯吉娜感谢上帝让她为自己和阿尔谢尼而受苦，她对他的爱就是这么伟大。阿尔谢尼与其说是看到了，不如说是摸到了婴儿的头出现在乌斯吉娜的腹内。摸起来头很大，于是阿尔谢尼绝望地想，它不可能出得来。头不往外出。头顶一次接着一次出现，但是之后又重新消失。阿尔谢尼试着把手指伸到它下面，但是手指进不去。他甚至觉得，在企图把头拽出来时，他把它推得更深了。一阵燥热袭来。难以忍受的燥热，于是他直起身，一下子从身上扯掉了衬衣。婴儿的头跟先前一样看不到。乌斯吉娜的喊声小了，但是更加可怕了，是因为失去了力量，而并非因为她好过一些了。乌斯吉娜陷入了昏迷。阿尔谢尼看到，她正在离去，就开始对她喊叫，想要拦住她。他在她的两颊上拍打，但是乌斯吉娜的头毫无生机地来回晃动，从一边到另一边。阿尔谢尼把她的一条腿搭到自己的肩上，然后试图用右手探进腹内。手好像进不去，但是手指触到了婴儿。前囟。颈项。肩膀。在颈项过渡到脑袋的地方合拢。向出口移动。传来了碎裂声。阿尔谢尼已经不考虑婴儿了。不考虑他也许仍然活着。他只想着乌斯吉娜。继续抓着头往外拽，一边努力克制着涌上来的恶心头晕。看见阴唇撕裂了，听见乌斯吉娜可怕的喊叫声。婴儿在阿尔谢尼手里了。降生到世上后，他没有哭喊。阿尔谢尼用早备好的刀割断了脐带。啪地掌击了一下婴儿。他听说产婆们就是这么做的，为了刺激第一次吸气。又击打了一次。婴儿依旧默不作声。阿尔谢尼小心翼翼地把他放在褴褛里，俯身去看乌斯吉娜。阵痛还在继续。阿尔谢尼知道，这是在排出胎盘。从乌斯吉娜身体里出来的血红的黏液被他清理到了夜壶里。整块粗麻布都染上了血，他就想，这可比生产时应该出的血要多。他不知道，它应该是多少。他只看见出血没有停止。他很恐惧，因为血从腹内流出，而他不能制止。他用手指抓取擦碎的朱砂，尽可能深地伸到乌斯吉娜的腹内。他从克里斯托弗那里听说，擦碎的朱砂能够止住伤口流血。但是他没有看到伤口也不知道准确的出血点。但血并没有止住。它越来越多，越来越多，浸透了床铺。乌斯吉娜躺在那里，双目紧闭，阿尔谢尼觉得，她的生命正弃她而去。乌斯吉娜，别走，阿尔谢尼用力大喊一声，力气大得尼康德尔长老在修道院里都听到了他的叫声。长老正站在自己的修行室里祷告。恐怕喊叫已经无济于事了，长老说（他望着今年的第一波雪花从敞开的门飞进来，穿堂风吹灭了蜡烛，但是月亮正好从撕破的云朵里钻了出来，照亮了门洞），因此我将为保你的命而祷告，阿尔谢尼。最近几天我不会为任何其他的事情祷告，长老一边说，一边锁上门。一时间木屋里笼罩着一片完全的寂静，在寂静中乌斯吉娜睁开了眼睛：可惜呀，阿尔谢尼，我要在这昏暗和恶臭中离去。窗外风又重新呼啸起来。乌斯吉娜，别走，阿尔谢尼喊道，和你的生命一起终止的还有我的生命。但是乌斯吉娜已经听不见他的话了，因为她的生命终止了。她平躺着，在膝盖处打弯的一条腿向一旁撇着。一只手从凳子上垂挂下去。它曾攥紧了粗麻布的一角。她的脸扭向阿尔谢尼的方向。阿尔谢尼躺在地板上，与乌斯吉娜的凳子并排。他的生命在继续，尽管这并不明显。夜晚剩下的时间和第二天一天阿尔谢尼就是这么躺过去的。有时睁着眼，做些奇奇怪怪的梦。乌斯吉娜和克里斯托弗牵着他的手，他很小，领他穿过树林。当他们在塔头①上把他稍微拎起来一点时，他觉得他在飞。乌斯吉娜和克里斯托弗在笑，因为他的感觉对他们而言不是奥秘。克里斯托弗时不时俯身去采集药草，然后把它们放进一个麻布袋子。乌斯吉娜什么也不采，她只是放慢了脚步，观察着克里斯托弗的举动。乌斯吉娜身上穿的是一件红色的男式衬衣，那件她打算适时转交给阿尔谢尼的衬衣。她就是这么说的：这件衬衣将是你的，只是你要换一个名字。客观上没法成为乌斯吉娜，就叫乌斯京吧。说定了？阿尔谢尼从下面往上望着乌斯吉娜。说定了。乌斯吉娜的严肃认真让他觉得好笑，但是他没有行之于色。当然，说定了。克里斯托弗的袋子已经满了。他还在继续采集草药，随着他脚步的节奏它们散落到小路上。整条小路，目光所及之处，铺满了克里斯托弗的草药。而他一直在采集着它们。在这乍一看上去毫无意义的活动中自有其气魄和美。其丰饶，对于是否有需要漠不关心：它只听命于给予者的安排。随着早晨的降临阿尔谢尼注意到天亮了，但是他千方百计地不想醒过来。甚至在梦里他都害怕发现乌斯吉娜死了。他被一种特别的、清晨的恐怖慑

---

① 指湿地生态中一种高出水面几十厘米的苔草墩子。

住了：没有了乌斯吉娜，新的一天的来临对于他而言是难以承受的。他重新让自己被梦浸透直至无知无觉。梦在阿尔谢尼的血管里流淌并敲击着他的心脏。随着每一分钟的流逝他都睡得更熟一点，因为感受着对醒来的恐惧。阿尔谢尼睡得如此之熟，以至于他的灵魂时不时离开身体，悬挂在天花板下面。从这一其实不太高的高度，它注视着躺在那里的阿尔谢尼和乌斯吉娜，惊讶于它所爱的乌斯吉娜的灵魂并不在房子里。看到了死神，阿尔谢尼的灵魂说：我不能承受你的威压，我看得出，你的美并非源自此世。这会儿阿尔谢尼的灵魂看见了乌斯吉娜的灵魂。乌斯吉娜的灵魂几乎是透明的，因而不易被发现。难道说我看上去也是这样的，阿尔谢尼的灵魂想，它想要触摸乌斯吉娜的灵魂。但是死神警告的手势阻止了阿尔谢尼的灵魂。死神已经拉着乌斯吉娜灵魂的手，打算把它带走。把它留在这里吧，阿尔谢尼的灵魂哭泣起来，我和她连成一体了。习惯于分离吧，死神说，它尽管是暂时的，却是有益的。在永恒之中我们还能认得出彼此吗，阿尔谢尼的灵魂问。这在很大程度上要取决于你，死神说：在生命过程中灵魂时常会硬化，在这种情况下它们在死后就很少能认出谁来了。如果你的爱，阿尔谢尼，不是虚假的，也没有随时间的流逝而消磨，那么，请问，为什么你们在那里不能认出彼此呢，那里既没有疾病，也没有悲伤，没有遗憾，而生命是无止境的。死神拍了拍乌斯吉娜灵魂的面颊。乌斯吉娜的灵魂很小，差不多像孩童一样。她对亲热动作的回应更多的是出于恐惧，而非感激。孩子们就是这么回应那些收养者的，那些人从亲人那里接纳他们，期限不确定，和那些人在一起生活（死亡）可能不坏，但是完全是另外一种生活，失去了原先的形态、习惯的事情和说话的方式。离开的时候，他们时不时回头望，在亲人饱含眼泪的眼睛里看到自己被吓坏的映像。

辛巳

天黑下来的时候，阿尔谢尼清醒过来。他的手伸向乌斯吉娜垂下来的手。她的手是冰冷的。手不能弯曲了。炉子里的炭火早就变冷了，但是在救世主圣像下方的长明油灯里还有什么东西在几不可见地明灭着。阿尔谢尼把蜡烛凑近长明灯。他小心翼翼地持着蜡烛，生怕把家里剩下的这最后一点火弄熄了。蜡烛（不是一下子）燃起来，照亮了房间。阿尔谢尼环顾四周。他仔细地看着周围，注意到每一个琐碎的细节。扔得到处都是的东西。打碎的装着药剂的罐子。他没放过任何一个细部，因为这还能让他不去看乌斯吉娜。但之后他看向了她。

乌斯吉娜仍旧以昨天的那种姿势躺着，但是完全是另一人了。她的鼻子变尖了，睁着的双目眼白凹陷了下去。乌斯吉娜的脸是灰白色的，而耳垂是铅红色的。阿尔谢尼站在乌斯吉娜的上方，不敢去触碰她。他没有感觉到嫌恶，他的恐惧是另外一种性质的。在他面前这个大叉着腿的身体里没有任何源自乌斯吉娜的东西。他把手掌伸向她那条半蜷曲着的腿，小心翼翼地碰到了。用一根手指在皮肤上滑过：却是冰冷而粗糙的。乌斯吉娜活着时她从不曾是这样的。试图把乌斯吉娜的腿掰直，但是一点儿也没成功，就像给乌斯吉娜合上眼帘一样没成功。没敢使劲压。他触碰的一切都可能是很脆弱的。把乌斯吉娜用罩单蒙上了——除了脸，全都盖住。

阿尔谢尼开始诵读追荐亡灵的序列[1]。他请求上帝，让乌斯吉娜脱离捕鸟人的网罗和毒害的瘟疫，不怕黑夜的惊骇，或是白日飞的箭。[2] 他时不时回转身看向她的脸。他听到自己的声音从很远的地方传过来。有时其中

---

[1] 指纪念亡者时念诵的一套礼仪文本的次序。
[2] 参见《圣经·旧约·诗篇》第91篇。

带着哭腔。声音低沉地说，上帝吩咐他的使者在乌斯吉娜行的一切道路上保护她。阿尔谢尼记得，乌斯吉娜是如何拉着死神的手离开的，她的外形在没变成一个点之前是如何变小的。那时与她在一起的是死神，而非天使。阿尔谢尼从书页上移开了眼睛。

现在你应该在天使们的手里了，他胆怯地对乌斯吉娜说。他们要用手托着你，免得你的脚碰在石头上。[1]

他再次转过头，他觉得，乌斯吉娜的脸抖动了一下。他不敢相信自己的眼睛。把蜡烛擎起来点儿，走得更近一些。乌斯吉娜鼻子投下的阴影在脸上移动。动的不仅是阴影：和阴影一起变化的还有乌斯吉娜的脸。

这种变化看上去不是很自然，它与乌斯吉娜活着时的表情不符，但是这其中有着某种非死人所特有的东西。乌斯吉娜如果说不完全是活着的，那也好像不完全是死了的。

阿尔谢尼大吃一惊，也许错失了他在乌斯吉娜身上可以发现的生命迹象。比如，把它们给冻坏了。只是在此刻他才感觉到，在过去的一昼夜里木屋已经冷透了。他奔向炉子，在里面点着了火。由于激动，阿尔谢尼的双手在发抖。他突然想到，一切都取决于此刻能否尽快

---

[1] 参见《圣经·旧约·诗篇》第91篇。

生起火来。过了几分钟柴火已经噼啪作响了。阿尔谢尼仍旧没有回头看向乌斯吉娜，为了给她时间整理好自己。但是乌斯吉娜没有起来。

为了不吓到乌斯吉娜身上的生命迹象，阿尔谢尼决定装出没有发现它们的样子。他继续诵读追荐亡灵的序列。在它们之后开始念《诗篇》。他不急不忙地念着，把每一个字都咬得很清楚。念到《诗篇》结尾，沉思起来。决定把它再读一遍。黎明前念完了。出乎意料地感觉到了饿，于是吃了一大块面包。

食物仿佛打开了他的鼻孔，于是他吸入了空气。感觉到一股肉体腐败的气味。阿尔谢尼以为，气味是婴儿散发出来的。果然不错：小小的身子上腐烂的迹象已经很明显了。天亮时阿尔谢尼把它挪到靠近窗户的地方。

你从未见过太阳光，他对婴儿说，要是不让你见见光，哪怕是这么一点点光，是不公平的。

暗地里，阿尔谢尼当然是希望乌斯吉娜能参与到他和儿子的谈话中。但是她没有参与。而且乌斯吉娜甚至连躺着的姿势表面上都依然如旧。

他决定第三次为乌斯吉娜念《诗篇》。在第十段坐诵圣咏时阿尔谢尼捕捉到凳子上有动静。他用余光继续观察着凳子，但是动静没再出现。把《诗篇》念到尾后，阿尔谢尼陷入了不解。他不知道，在这种生与死之间摇摆不定的状态下,还能为乌斯吉娜念什么。根据所有迹象判断,她正处于这种状态之中。他回想起,生前她喜欢听《亚历山大大帝传》,就开始念《亚历山大大帝传》。她对讲亚历山大的小说的反应总是很活跃的,因而,阿尔谢尼认为,此刻这可以起到积极的作用。

他给乌斯吉娜念《亚历山大大帝传》直到第二天早晨。短暂思考后给她念了《亚伯拉罕的发现,印度王国的故事》和关于所罗门和半人马的故事。阿尔谢尼故意选了有趣的和能唤醒生机的东西。随着夜晚的来临他念起克里斯托弗那些不含生活指南和药方的文献来。黎明降临时,阿尔谢尼念完了最后一个文献:除了水,无法洗净玷污的法衣,而除了眼泪,不可能洗掉和清除心灵上的污秽。

他的眼泪在之前的几天流光了,再也没有了。嗓音也没了——最后的文献他已经是用小声念的了。力气也没了。坐在地板上,紧靠生着火的炉子。不知不觉就睡着了。把他弄醒的是窗口的窸窣声。在婴儿旁边坐着一只老鼠。阿尔谢尼动了动手,它就跑掉了。他明白,如果想要保存自己儿子的身体,就不该睡觉。朝乌斯吉娜看了看。她的面容肿胀了。

阿尔谢尼艰难地起身,走到乌斯吉娜跟前。当他掀起一点罩布时,一股浓烈的气味直冲他的鼻子。乌斯吉娜的肚子很大。比怀孕的日子要大许多。

如果你确实死了，阿尔谢尼对乌斯吉娜说，我应该保留你的身体。我本期待着，它在不远的将来还能为你所需，但是既然不是这样，那我们就尽一切努力，为了将来共同的复活而保存它吧。首先，炉子咱们自然是不会再生火了，那会加速机体腐烂的。即便如此这里也已经苍蝇乱飞了，尽管对于十一月来说，苍蝇不是典型现象，它们的出现，老实说，让我很吃惊。特别让我担心的是咱们的儿子，他看上去很不好。其实，咱们的任务并不像第一眼看上去那么复杂。按我爷爷克里斯托弗的话说，在距创世 7 000 年的年头很可能是世界末日。现在是 6964 年，如果以此推算的话，我们的身体还剩下三十六年需要保持。与创世以来流逝的时间比起来，这也不算很久，你同意吧？马上就冷起来了，咱们全都得稍微受点冻。然后，当然还有三十六次夏天的降临（它即便是在我们这块地方有时也很炎热），但是等到天暖的时候，我们的新状态就已经建立起来了，所以头几个月——不仅是艰难的，而且是决定性的。

从这天起阿尔谢尼不再生炉子了。他也不再吃东西了，因为他不再想吃东西了。偶尔从桶里喝点水。桶放在门口，每到早晨他都发现，里面的水被一层薄薄的冰所覆盖。有一回，在他喝水的时候，他觉得乌斯吉娜动了一下。他回过头去，看见她那条微微支起并叉开的腿现在平放在凳子上了。他走近乌斯吉娜。他所看见的东西不是错觉。乌斯吉娜的腿的确放下了。阿尔谢尼抓住这条腿，他发现，腿又能打弯儿了。他抓住乌斯吉娜垂下的胳膊，然后小心地放到了凳子上。阿尔谢尼明白，肉体的僵硬过去了，但是他抑制自己的心跳，不让它跳得更快。看向乌斯吉娜肚子的目光把任何希望都打消了。它胀得更鼓了，而且把在她死去的那天没有排出的东西从肚子里顶了出来。

阿尔谢尼什么都没有再读。他从乌斯吉娜的状态看出，现在她已经顾不上阅读了。他和她说的话也越来越少，因为他暂时还没有任何能给人以希望的东西可以告诉她。

我为咱们的男孩儿感到害怕，有一天他说，今天我在他的鼻孔里看到了白色的蛆。

说完就后悔了，因为乌斯吉娜在这里又能做什么呢，她自己也不轻松。她的鼻子和嘴唇肿胀，而眼睑浮肿。乌斯吉娜白皙的皮肤变成了油棕色，有的地方裂开了，流着脓。皮肤下面血管以一种不自然的清晰呈现出绿色。只有粘在一起的头发仍旧保持着自己那火红的颜色。

阿尔谢尼双臂紧抱着膝盖，坐在炉脚，目不转睛地盯着乌斯吉娜。现在他甚至都不起身去喝水了。有时听到敲门，他便为自己在进入一动不动状态前插好了门而感到一种窃喜。他不回应叫门声，不去注意院子里的脚步声。等它们停下来，阿尔谢尼重新沉浸在安静之中。安静的感觉包围着他，越来越深，越来越完全。而从安静最核心的某处，像羞涩的雪花莲一样，与乌斯吉娜很快见面的希望破土而出。

有一次，他发现窗边有动静。绷在窗框上的牛泡刺啦一声裂开了，一只攥着刀子的手探了进来。跟着——一张脸。但是手马上掩住了鼻子，而那张脸消失了。阿尔谢尼察觉到空气的流动，也听见了喊叫声。冲着他。他重新把头转向乌斯吉娜，不再看窗户那边。过了不长时间，响起了砸门的声音。阿尔谢尼看到了它的震动。他感到可惜的是没来得及在此之前死去。

门的上面部分被砸开了，越过高高的门槛，轰然落地。破门的人没有冲进来。他们全然没有急于入室，因为感觉到一种明显的恐惧。阿尔谢尼看清了前面的两个人。这是尼科拉·特卡奇和杰米德·索洛姆，是村民，不止一次来找他看过病。他们站在倒塌的门口，小声嘀咕着。用棉袄的领子掩着嘴和鼻子。

当杰米德向乌斯吉娜走过去时，阿尔谢尼说：

别碰。

聚集起全身的力气，阿尔谢尼站了起来。他想阻止杰米德靠近乌斯吉娜，但是杰米德轻轻用手掌推了一下他的前胸。阿尔谢尼跌倒了，再也没动了。尼科拉用木桶里的水泼了他。阿尔谢尼睁开了眼睛。

活着呢，尼科拉通报说。

架起阿尔谢尼的胳膊，把他稍微拎起来点儿，让他靠到炉壁上。阿尔谢尼的头栽向肩膀，但眼睛还是睁着的。杰米德说，找到的尸体需要运到乱葬坑去。尼科拉说，这得从村里赶一辆大车过来。他们派了一句话没说的第三个人去赶大车了。

壬午

乱葬坑是悲惨的地方。与之相比，墓地都显得要愉快一些，墓地的围墙边上就是阿尔谢尼和克里斯托弗的住处。乱葬坑，或者叫天墓，位于离克里斯托弗家两俄里远的一个山丘上。那里葬着死于瘟疫的人、朝圣的人、吊死鬼、没受过洗的婴儿和自杀的人。那些溺水而亡的，打架而死的，被杀害的和被火烧死的。突遭劫杀的，被闪电击中的，被冻死的和因各种伤势而亡的。这些不幸者的生命是各异的，不是生命将他们联结在一起的，因为他们的相似之处在于死亡。这是一种没有忏悔的死亡。

不会给这种死法的人举行教堂葬仪，也不会把他们安葬在墓地里。他们会被运到乱葬坑去。在那里，尸身被投放到深坑的底部并用松树枝埋起来。这样死者就成了坑埋者。他们葬在共同的坑里，苦恼于自己的没着没落。他们灰色的、盖了一层沙土的脸不时会从树枝下面露出来。特别凄惨的情景是在春天，融化的雪会把树枝带离原地。那时坑埋的死者就呈现出他们最不堪入目的样子——没有眼睛和鼻子，手和脚搭到相邻的尸体上——好像在相互拥抱着。

但是有上帝和我们的救主耶稣基督无边的仁慈，就连他们的命运也不是没有希望的。在复活节第七周的星期四，会有一位神甫从基里尔-白湖修道院过来，给坑埋者举行教堂葬仪。这一天称为七周祭。坑会被填上，然后再挖一个新的。而新的坑敞开到下一个七周祭。

不过，对于坑埋的死者而言，其难为之处甚至不能随着教堂葬仪一起结束。在歉收的日子里人们会想起他们。对于所有尊崇传统的人来说，坑埋的死者是灾难最常见的原因，这已不是秘密。相传，生命提前终止的人不会立马死去。潮湿的大地母亲不接受他们，把他们推离自己，迫使他们在地表找自己的安身之所。

这些死者仿佛是在自己的异在状态中过完从他们那里夺走的时间，但是在这么做的时候对周围人有很大的损害。在给自己那尚未耗尽的力量找出口的时候，他们毁坏了收成，制造了夏季的干旱。学识渊博的人们以死者（尤其是死于狂饮的）感到非人的饥渴而吸干了土里的水分来解释干旱。

在艰难的岁月，有时会把已经下葬的坑埋者从土里挖出来，不顾神职人员的反对，将他们拖进密林和沼泽。当然，也有把他们留在原地的时候，只是在这之前仍免不了被挖出来并被翻转成脸朝下。不用说，这可能让有的人觉得是治标不治本的方法，但是比起公然的无所作为，这甚至被认为是小得多的恶行。

活人的情况，如果弄弄清楚的话，也并不简单。安葬没有忏悔的人，他们会引起潮湿的大地母亲的愤怒，因而她就会报以倒春寒。不安葬呢，会引起死者本人的愤怒，因而在夏季会无情地毁坏收成。在这种复杂的情境下七周祭实质上就是巧妙而简便的解决之道。在春末之前不让死者入土，农人们毫发无损地度过寒冷的时期。复活节后的第七周完成教堂葬仪和安葬，他们可以期望复仇的死者不会毁坏已经成熟的庄稼。

乌斯吉娜现在应该与这些死者为伍了。他们打算把她，阿尔谢尼深爱的乌斯吉娜，扔到乱葬坑去。和至今尚未取名字的儿子一起。杰米德和尼科拉手上缠了破布，把乌斯吉娜从木屋里抬了出去，放到了赶来的大车上。过了一会儿，尼科拉长伸着手臂，把半腐的婴儿托了出来。村民们在大车后面慢吞吞地跟着。他们没有进屋，默默地站在路上。

此前一直漠不关心地坐在地板上的阿尔谢尼起来了，从炉炕上操起一把刀就来到了外面。他行动缓慢，但是平稳，好像没有在半昏迷状态中度过了那么长时间似的。在寂静中听得见光脚踩在泥地儿上的啪嗒声。他的眼睛是干涸的。站在大车跟前的人群迅速闪开了，因为感觉到，他的力量好像超过了人类所能拥有的。

他把一只手放到了车上：

你们不要碰。

他喊叫起来：

你们不要碰！

站着的马打了个响鼻儿。

他喊叫起来：

把她们给我留下，你们走，从哪儿来的回哪儿去。这是我的妻子和我的儿子，而你们的家在村里，你们找你们的家人去。

于是来的人不敢向他靠近。他们看见了刀把上大理石样发白的手指。看见了风在他的脸颊上抚动着绒毛。他们怕的不是刀,他们怕的是他这个人。他们认不出了。

这是锐器,请把它交给我吧。

从人群的最核心处尼康德尔长老出现了。他边走,边朝阿尔谢尼伸出一只手,还拖着一条腿。人群在他面前闪出一条道来,就像大海的波涛在摩西面前分开一样。他后面跟着一个陪伴他的僧侣。

真的,我现在状态不是很好,但是我认为必须出现在这里,把刀子从你这里拿走。

他们想要把乌斯吉娜和孩子拉到乱葬坑去,阿尔谢尼说。而且他们根本就不明白,死去的人可能眼瞅着就会活过来。

刀子从他的手中落到了长老伸出来的那只手里。

把这些尸身交给他们吧,要知道,问题不在尸身上啊,长老说。如果你把它们放进寻常的棺木里,那么这些人——他用刀指着人群对阿尔谢尼说,一定会在最近的一场干旱降临时把它们掘出来的。你们一定会掘出来的吧,不信神的人们,他问站着的那些人,他们就低下了头。肯定会掘出来的。至于说已逝上帝的奴隶们的灵魂复活和拯救的事情,这个信息我来向你提供,就是所谓的一对一。

长老示意僧侣在外面等着。他抓住阿尔谢尼的一只胳膊，阿尔谢尼一下子就瘫软了。他们上台阶的时候，长老的一只脚几次在阶梯上打滑。站着的人们看到这一幕，就哭了起来。他们发现，长老精神的坚硬和他身体的老朽处于一种不可调和的矛盾之中。他们知道这类东西通常以什么而告终。大车无声地启动了。尼康德尔长老和阿尔谢尼一起隐没在了门里。

首先我要说说死亡的事情，长老说，而然后呢，如果能行的话，再说说生命的事情。

在长凳上坐下来后，他朝阿尔谢尼一指自己身边的位置。等他坐下了，长老双手撑住长凳，垂下了头。他说着话，并不看向阿尔谢尼。

我知道，你梦想着死亡。你想着：你珍视的所有人现如今都被死亡掌握着。但是你错了。掌握着乌斯吉娜的不是死亡。死亡只是将她带到将要对她进行审判的那位那里。因此，哪怕你如今决心赴死，你与乌斯吉娜也不能结合。现在说说生命。你觉得，对你而言，生命没有剩下任何本质性的东西，所以你看不到其中的意义。然而正是此刻在你的生命中一个前所未有的、最为伟大的意义出现了。

长老朝阿尔谢尼扭过头来。阿尔谢尼眼睛一瞬不瞬地盯着自己面前看。他的手掌放在膝盖上。一只苍蝇顺着脸颊在爬。长老赶走了苍蝇，捏住阿尔谢尼的下巴，把他的头转向自己这边。

我不会可怜你：你在她的身体死亡这件事上负有罪责。在她的灵魂也有可能灭亡这件事上你也负有罪责。我本该说，在死后去救赎她的灵魂已然晚了，但是你知道吗，我不会说的。因为她此刻所在的地方，没有已然。连还会也没有。也没有时间，而有的只是上帝无尽的恩惠，我们寄予厚望的正在于此。但是恩惠应该是对努力的奖赏。（长老咳嗽了起来。他用一只手遮住嘴，而咳嗽企图冲出来，吹鼓了他的腮。）全部的问题在于，离开了身体之后，灵魂是无助的。它只有靠身体才能行动。人们只有在尘世的生命之中才能获得拯救。

阿尔谢尼的眼睛依旧冷漠：

但是我剥夺了她的尘世生命。

长老平静地看了看阿尔谢尼：

那么你就把自己的交给她。

难道我还有可能代替她活着吗？

认真说来，本义上——是的。爱使你和乌斯吉娜成了统一的整体，这就意味着，乌斯吉娜的一部分仍然还在此间。这就是你。

僧侣敲了敲门，走进来，递给了长老一个盛着燃炭的火盆。长老将燃炭撒进了炉子里。往上面丢了一些干树枝。在其上摆放了几根劈柴。过了没一会儿,火舌已经舔上了劈柴。长老苍白的脸庞变得红润了。

克里斯托弗曾建议你去修道院。我问自己,为什么你没有听他的话,但是没有找到答案……(走到阿尔谢尼跟前。)那么,就此别过吧,是不是呀,因为这是我们最后一次会面了。事情赶到这儿了,在最近一段时间里我的生命就要终止了。如果我没有搞错什么的话,一切会发生在 12 月 27 日。中午或者差不多的时候。

长老拥抱一下阿尔谢尼,然后向门口走去。在门槛处回过头来。

你有一条艰难的路,要知道你的爱情故事刚刚开始。现在,阿尔谢尼,一切都取决于你爱的力量。当然啦,也取决于你祈祷的力量。

К

癸未

那一年的冬天感觉不似往年的冬天。它既不是天寒地冻的,也不是大雪纷飞的。而是雾沉沉和白蒙蒙的——甚至不是冬天,而是深秋的模样。即便下雪,下的也是雨夹雪。居民们很清楚,这样的雪并不是此间的居民。它还未飞抵地面就融化了，所以没有给任何人带来喜悦。冬天刚刚开始，人们就已经对它感到厌倦了。人们从大自然发生的事情里看到了不好的征兆。而它被证实了。

圣诞节后又过了一天，尼康德尔长老归西了。圣诞节的彻夜祈祷结束后他告诉同道，准备在十二月的第二十七日庆祝自己的生日。长老从未庆祝过生日，所以被好奇心所吸引的同道在约定的时间聚集到了他的修道室。

生日是对永生而言的，他在角落里的木质床铺上解释说。他的手被叠放在胸前。

明白了是怎么回事后，同道们失声痛哭起来。

我跟你们说：不要为我而哭泣，因为我今天就要去面见我的主了。我也要对你，我的主说：我把我的灵魂交到你的手上，请你怜悯我并赐予我永恒的生命。阿门。

阿门，聚集在一起的人们重复道，一边看着尼康德尔长老的灵魂慢慢离开了他的身体。

他们的泪眼干了，而面庞变明亮了。修道院被附近那些期待法力的人们挤得满满当当，因为新晋的义人身上有一种特殊的力量。而他们凭借信仰可以得到它。

与此同时冬天仍旧没有开始。道路完全变得泥泞不堪了，而河流都没有结冰。

村里的人们忧心忡忡，从 A 地移动到 Б 地变得不可能或者非常困难。事实上，我们已经失去了道路，就这个词的真正意义而言，那些道路之前也不曾存在过。

然而，甚至没有路这一点也没有妨碍那个时代的主要灾难——瘟疫的扩散。疾病最先在公国的主要城市白湖被发现。它从那里慢慢地向东南推移。就像敌方的军队一样，一个接一个地占领着村庄，并在占领区表现得残酷无情。

所有人都留在了原地，因为这疾病无处可以躲避。即使是克服了泥泞不堪的道路，也不见得能得到拯救。根据传到白湖人耳朵里的流言，整个罗斯到处都是阴雨潮湿的天气，而这意味着，在任何地方都可能爆出瘟疫的病灶。正如这种事经常发生的那样，起于秋天的疾病，在冬天不能被冻死，因为冬天就没有降临。

瘟疫还没有传到鲁基诺村，但是它的居民已经焦虑不安了。预见到瘟疫将至，他们决定与阿尔谢尼商议商议。他身上发生的变故令村里人感到害怕，所以一开始他们不愿意去找阿尔谢尼。但是面对临头的危险，他们没有选择。可是等他们来到克里斯托弗的房子跟前，却发现已然人去楼空了。

门没有关，所以他们毫无阻碍地长驱直入。尽管里面秩序井然，但是很明显，房子里再也没人住了。确切地说，正是秩序井然方显得是无人居住的。村民们摸了摸炉子——它完全是冰冷的。里面甚至连一丁点儿暖意都没有，这种暖意在不久前还烧过火的炉子里是可以明显感觉得到的。村民们找了找，看看哪里有阿尔谢尼留下的字条。可是字条也没有。以防万一，他们看了长凳底下，检查了柴房，甚至把与房子紧挨着的墓地也走了一遍。阿尔谢尼的任何踪迹村民们都没找到——活不见人，死不见尸。说不定，他是融化了，就像蜡遇到火就融化一样，他们想。确切地说，他们根本就不知道，该怎么想。

自弃书

ā
甲子

但是阿尔谢尼不是消融了。就在人们在克里斯托弗的房子里找他的那一天,他已经远在十俄里[①]开外了。早两天之前他把一个麻布口袋甩在背上就离开了村庄。

他往口袋里放进了为数不多的药材和医疗器具。剩余的地方被克里斯托弗的桦树皮文献所占据。这是逝者书写的一小部分,因为他的手稿遗产是很丰富的,就算是一个大口袋也装不下。而阿尔谢尼的口袋并不大。他不得不遗憾地留下了许多重要的桦树皮文献。

出了家门,阿尔谢尼朝着恶老头村走去。从恶老头村到保罗村,从保罗村到老爷村。双脚在湿泥地上打滑,他不时陷入深水洼里,于是靴子里很快就灌满了水。阿尔谢尼的路不是笔直的,因为他并没有明确标记出来的地理上的目的地。他也不着急。每走进一个村

---

① 即16公里。

子，他就会问，村子里有没有瘟疫。他最初造访的几个村子里都没有瘟疫。在那里人们还认得阿尔谢尼，所以放他进门，甚至还款待他吃喝。

由于天黑得早，阿尔谢尼不得不在老爷村过夜。等到了早上他再度上路，来到得胜者村时，就没放他进村了。得胜者村不放任何人进入，怕人们把时疫带进村去。离得胜者村一俄里[①]远的铁匠村也没放阿尔谢尼进村。阿尔谢尼前往小后羊村，但小后羊村的入口处被原木堵上了。他往大后羊村走，但是在那里也横着同样的原木。

阿尔谢尼路途上的下一站是大庄。进大庄的路口是敞开的，但是笼罩着这个地方的那股不祥之气，立刻就被阿尔谢尼看到了。

这里散发着灾难的气息，阿尔谢尼对乌斯吉娜说。这个村子需要我们的帮助。

这是乌斯吉娜死后他第一次对她说话，所以他体验到一种震颤。阿尔谢尼没有请求她的宽宥，因为他不认为自己有权利得到宽恕。他只是请她参与到重要的事情里，希望她不要拒绝。但是乌斯吉娜沉默着。在她的沉默里他感觉到了怀疑。

[①] 即1.6公里。

相信我，我的爱，我不是在找死，阿尔谢尼说。恰恰相反：我的生命——这是我和你的希望。难道我现在能够找死吗？

第一户人家没有给他开门，说村里来了瘟疫。阿尔谢尼问，到底是哪户人家在生病，他们给他指了叶果尔·库兹涅茨家。他去敲那家的门。没有回应。阿尔谢尼从口袋里拿出一块麻布，用它捂住了口鼻并把两头在后脑勺上打个结。画了个十字后，走了进去。

叶果尔·库兹涅茨躺在长凳上。他的一只大手向下垂挂着。那手时不时地握成拳头，这表明叶果尔还活着。阿尔谢尼抓过叶果尔的手腕，想要弄清楚他身上的血脉运行是否有力。然而几乎感觉不到运行。因为触碰，叶果尔出乎意料地睁开了眼睛。

喝水。

农舍里没有水。在地板上，就在叶果尔手边，扔着一只翻倒的水罐，它下面闪亮的是最后几滴液体。很明显，叶果尔跌落了水罐，而从井里打水的力气已经没有了。

阿尔谢尼走出农舍，朝吊杆水井走过去。鹤形吊杆一幅破败相。它那用锔子固定在原木躯干上的木头长颈迎风摇摆着，嘎吱作响。阿尔谢尼把桶放进井里。地下水没有被严寒冻住，水位挺高。阿尔谢尼在里面看到了自己的倒影，但是没认出他来。他的脸变成了另一副样子。

我的脸变成了另一副样子，他对乌斯吉娜说。这些变化难以确定，但是，我的爱，它们显而易见。

回到农舍里，他给叶果尔·库兹涅茨喂了水。阿尔谢尼用一只手擎着他的头，而叶果尔盲目地喝着。边咽边呛。水顺着他的胡子流到了衬衣里。他一直喝，怎么都喝不够。用自己的一只手抓着阿尔谢尼的胳膊，阿尔谢尼勉强撑得住他的重量。这个人曾经是多么强壮啊，阿尔谢尼心想，可现在他又是这么虚弱。只几天工夫，疾病就把他变成了软弱无力的一堆肉。这堆肉过几天就会开始腐烂。他觉得，在这具身体里已经没有生命了。

没想到叶果尔睁开了眼睛。

我的死亡天使是不是你？

不是，阿尔谢尼否认说。

天使啊，请告诉我，我命定的是什么？

阿尔谢尼看着叶果尔的眼帘慢慢地合上了。

你命定的是很快就会死去，阿尔谢尼小声说，但是叶果尔已经听不见了。

他艰难地喘着气，汗珠子从他的额头上滚落下来，消失在浓密的头发里。阿尔谢尼坐在他旁边，回想起以前，他有时盯着沉睡的乌斯吉娜看的情形。她的胸口在被单下面不易察觉地微微起伏着。有时乌斯吉娜的鼻孔深吸一口气，发出响动，然后翻身转向另一侧。揉了揉脸颊。嘴唇动了动。阿尔谢尼也翕动着嘴唇。他在念临终祷告。他的目光渐渐清晰起来，于是在乌斯吉娜的面容后面他看见了叶果尔。叶果尔死了。

阿尔谢尼向邻近的人家走去。那里躺着活人和死人。他把死了的拖到外面，用粗麻布和干树枝盖上。在拖动其中的一具尸体时，阿尔谢尼在其中感受到了生命的迹象。他发现，灵魂还抓着这具身体不放。这是一具年轻女人的身体。

有什么东西在提示我，他对乌斯吉娜说，说这里的事情并非全无希望。

阿尔谢尼把女人搬回了屋里。那里暖和，因为主人早上还下得了地，烧了炉子。阿尔谢尼把病人腹部朝下放好，检查了她的脖子。肿起的腺疮呈硕大的铅红色珠串状，顺着脖子延伸开来。阿尔谢尼吹燃了炉中的炭火，往里面添了劈柴。从布袋里掏出器械，他把它们摊在长凳上。思量了一下。选出一把小矛，把它凑近火焰。等小矛烧得发红了，他走到病人跟前。用空着的那只手摸索着腺疮。选中一个最大和最软的，把矛戳进去，并用两个手指挤捏它。从腺疮中流出了一股浑浊的、味道难闻的积液。阿尔谢尼的手指感觉到它黏滞的流动，但这并没有令他觉得恶心。在他看来，顺着女人的脖颈流淌下来的脓液，就是疾病从身体里肉眼可见的撤离。阿尔谢尼体验到一种喜悦。用指腹一个淋巴结接一个淋巴结地摸索着，他把疫病从病人的身体中挤压了出来。

阿尔谢尼从脖颈转到腋下，从腋下到腹股沟。除了脓的气味，他在那里察觉到了其他的气味，而它们令他冲动。我身上有多少兽性的东西啊，阿尔谢尼心想。有多少啊。做完处理，他在腺疬最多的地方放血。那里的血是坏的，所以应该把它放掉。当阿尔谢尼刺破第一根血管的时候，女人醒转过来并呻吟起来。

忍一忍，女人，阿尔谢尼对她轻声说道，然后她又陷入了昏迷。

他在她身体的各个地方刺破血管，而她每一次都呻吟着，但是已经不再睁眼。放完血，阿尔谢尼用被子把她盖好。

那么现在——睡个长长的觉吧，积攒些力气。然后醒过来，不是为了死，而是为了生。你的预后是良好的。

说着这些话，阿尔谢尼走了出去。白天结束之前他还去了几户人家并在那里与活着的和死去的人们打了交道，看到了活人是怎么变成死人的。在一户人家里他发现系在脸上的布掉了。没有时间去找一块新的，于是他就向守护天使祈祷，因为那天使就在他的右肩处，用它的翅膀驱赶着瘟疫。阿尔谢尼时不时能感觉到天使的轻轻吹拂，这让他安下心来。现在他能够完全把精神集中在救治病患上了。

阿尔谢尼抓住病人们的手腕，专注地感知他们的血液运行。有时用手抚过胸膛或者头顶。这为他打开了一条最靠谱的路径，病人命中注定之路。如果等待病人的是康复，阿尔谢尼就微笑并且亲吻他的额头。如果他命定的是死亡，阿尔谢尼就无声地哭泣。有时候预判没有出现，这时阿尔谢尼就为病患的康复热烈地祈祷。握住卧床人的手，他把生命力输送给他。只有在他感觉到生与死的斗争是以对生有利的方式解决时，他才会放手。

在那一天，这夺走了他很多的力气，因为还从未有过一下子这么多人都需要他帮助的情形。在他走访的最后一户人家，他在病人身边睡着了。他睡着，梦见了从他身边赶走瘟疫的守护天使。

他甚至在夜里也没有收拢翅膀。阿尔谢尼惊异于天使的不知疲倦，就问他，他怎么不累呢。

天使们不会累，天使回答说，因为他们不惜力气。如果你不去想自己的力量会枯竭，那么你也不会累。阿尔谢尼，你要知道，只有不怕落水的人才能在水面上行走。

早上，阿尔谢尼和病人同一时间醒来。而病人明白，他好了。

乙丑

在大庄阿尔谢尼待了两周。他给病人治疗和清洗。他喂他们水和吃食，首要的是水。他教会康复的人如何去照顾病患。

现在你们不受瘟疫的控制了，阿尔谢尼对康复者说。那些从它的魔爪下挣脱出来的人，它再也不会碰了。

不是所有人都信他。有些人害怕疾病会回来，悄悄离开了村子到没有瘟疫的地方去了。很快他们便确信这是一个错误。他们那因疾病而虚弱无力的身体无法对抗旅途的苦楚，于是鼠疫无能为力的事情，却被路途的泥泞和冷雾完成了。而那些留下来的人（他们是大多数）相信阿尔谢尼就像相信自己一样。他是他们的救星，在他们眼里，被治愈这件事已经证实了他的话千真万确。他们和阿尔谢尼一道走进患鼠疫的人家，但是他们中任何人都没有因此而受到损害。

当阿尔谢尼有足够的助手去支持活着的人时，他开始管死去的人了。他们也不能等。即使是从屋里挪到了外面，死去的人们也在不可遏制地腐烂。死者羞人的怪样子清楚地表明，他们拿自己再也没有办法了。他们需要紧急援助。找到了一辆往上面撂尸体的大车。把它们运到最近的一个乱葬坑里去，离村子有三俄里①远，它们留在那里等待七周祭。照管死者的人们没有哭泣。在那些日子里根本没有人哭泣，因为靠眼泪减轻不了大面积死亡的痛苦。而除此之外，也根本没有泪水了。

阿尔谢尼看大庄的生活已经走上了正轨，他就决定离开它。在一月的一个晴朗的早晨，他与村民们告别，只允许把自己送到村口处。但是阿尔谢尼在大庄创出的名头已经无法局限在这块地方了。

阿尔谢尼的大名不以他本人的意志为转移，它克服了阴雨潮湿和道路不通，在城市和乡村扩散开了。阿尔谢尼动身前往路加村，但是他的荣耀在第一户人家那里就已经在迎候他了。倚靠着雕花门框，它以一个捧着大圆面包的乡村妇人的面貌站在那里。

阿尔谢尼就是你吗？妇人问道。

是我，阿尔谢尼回答说。

---

① 即 4.8 公里。

妇人把大圆面包递到他面前，于是他机械地从上面揪了一块。大圆面包很硬，所以（阿尔谢尼明白了）它烤出来很久了。

帮帮我们吧，阿尔谢尼，我们很快就要死了。

如果**上帝**愿意的话，我会帮的，阿尔谢尼没有看妇人，低声嘟哝道。

他不明白，她是打哪儿听说他的，默不作声地跟着她往村里走。泥泞在他们脚下吧唧吧唧地响，大块儿的湿雪穿过白桦树杈丫的树枝朝他们飞落下来。在白色树干的背景下看不见雪块，但是脸上的皮肤却能很清楚地感觉到。它们在脸颊上立即融化，短时间内还会挂在睫毛上。

她从哪儿知道我的，阿尔谢尼问乌斯吉娜，但是乌斯吉娜默不作声。

恐怕她是把我当成别的什么人了，阿尔谢尼停顿了一下后说。恐怕她的预期过高了。

偶尔他越过妇人去，瞟了一眼她的眼睛。那眼睛里面倒映着没有一丝光亮的灰色的天空。他抓住妇人的肩，猛地拉住她。她扭过头，看向的却是他的旁边。

你的孙子已经死了，你是知道的，那你为什么还带我去他那儿，阿尔谢尼说。

要不然我还活个什么劲儿呢，请问，妇人冷淡地问。

阿尔谢尼不知道怎么回答,而且这也不是一个问题。至少不是冲他提的问题。他沉默地看着妇人消失在雪片之后。等到看不见她了,他才往最近的人家走去。那里有工作在等着他。

在路加村阿尔谢尼比在大庄耽搁得更久一些。这里病人更多。死人也更多。在路加村充斥着一种冷漠,所以在这里要让人互相帮助是一件困难得多的事情。但是阿尔谢尼把这件事也搞定了。

他使农夫们相信,他们的康复在很多方面是取决于他们自身的。为了唤醒他们身上的活力,阿尔谢尼就向他们证明,上帝的帮助常常是经由能干的人送达的。农夫们点点头,因为他们理解的能干的人是阿尔谢尼。他们自己可不想成为能干的人。或者是不能。等到几个已经被他们哀悼过的病人痊愈了,他们心中的希望苏醒了。

于是康复的人开始帮助生病的人以及收拢死去的人。他们给孤儿们分送面包,清洗和烟熏房屋,打扫在瘟疫期间荒芜的院子和街道。看到这种情况,阿尔谢尼就丢下路加村继续前行。

阿尔谢尼路遇的下一个地方是群山村。在群山村待了一段时间后,他绕过密集湖,走了十俄里[①]的路程,

[①] 即16公里。

来到了短裤村。从短裤村出来,他的道路通向新垦村,从新垦村——到善村,从那里——到后山村。

所到之处人们都在等待着阿尔谢尼,而且当地居民已经知晓,他们应该怎么帮助大夫。他的话语就像他的荣光,走在了他的前面,现在所有人都知道了,阿尔谢尼来了之后会对他们说什么,因此他要说话的情况越来越少了。

阿尔谢尼如释重负,因为在他采取的全部措施中最费力的事情就是说话。阿尔谢尼待在后山村时,寒冷终于降临了。强冷的严寒。过了没一周,它就用一层薄而结实的冰把舍克斯纳河封住了。

再往后,阿尔谢尼已经是沿着舍克斯纳河冻结的河面行走了。他的脚时而打滑,时而绊到冻进冰里的芦苇,但是在河上走总比在没有路的地上走轻松一些。

就这样,他来到了一个叫柳庄的大村子。这是一个富裕的村子,靠捕鱼为生。在柳庄矗立着一座石头教堂,以第一个被呼召的使徒安德烈之名命名,他在成为圣徒前是个渔民。在柳庄的农舍里,与正在腐烂的尸体的气味相混合的还有渔网和咸鱼的气味。瘟疫早已在这里流行了——正如所有临河的村落一样,因为它们不仅接纳徒步而来、也接纳乘船而来的人们。

在远离水域之地长大的阿尔谢尼,每时每刻都感受着河流的存在。舍克斯纳河不大，但是水流的深度即使处于冰面之下，仍然放射着特殊的动能。这种力量在阿尔谢尼的生命中是新的，它令他感到兴奋。它在他心中唤醒了云游的念头。

下
丙寅

阿尔谢尼是在柳庄赶上春天的。使瘟疫的凶猛稍有收敛的严寒被冰雪消融的天气代替了。阿尔谢尼竭尽全力不让瘟疫再度流行。他让柳庄的居民就着野蔷薇汁浸膏，服用放入蛋黄里捣成粉的硫黄。在服药的日子里不让吃猪肉、喝牛奶和酒。白天阿尔谢尼走访有病患的人家，而夜晚就为赐予他们健康而祈祷，也为疾病不再增加而祈祷。

出现在舍克斯纳河岸上，阿尔谢尼寻思着，河面的冰很快就会开始融化。在暖和的日子到来之前他应该从河上过去，到另一个村子去。他都已经准备上路了，结果一天早晨，一架雪橇顺着舍克斯纳河的冰面来到了柳庄。看到雪橇华美的样子，柳庄的一个村民说它像公爵家的一样。这还真说对了。雪橇是米哈伊尔公爵从白湖派来的。而且是派来接阿尔谢尼的。

接我的？当人们告诉他来了架雪橇的事时，阿尔谢尼觉得奇怪。

接你的，从白湖城来的人证实说。公爵夫人和她的女儿染上了鼠疫。在白湖的地界上，你的名气很大，阿尔谢尼。你把医术露上一手，公爵会很器重你的。

我只期待着我们的救主耶稣基督的奖赏，阿尔谢尼回答说，公爵的器重对我有什么意义呢？

把头转向一旁后，他对乌斯吉娜说：

我看看，我的爱，我能为这些人做点什么。疾病并不会因为他们属于公爵一族就变得轻一些。诚然，也不会重一些。

说着这些话，阿尔谢尼坐上了纹饰精美的雪橇。座位垫着羽绒垫，带着贵重物品的格外殷勤劲儿，它把自己的柔软给予了身体。他们给阿尔谢尼裹上了盖布，而他在注视着他的柳庄人面前觉得发窘。他还从未坐过这样的雪橇呢。也未曾想过，路途会是如此方便舒适。而移动——如此迅疾。

滑木在冰面上滑动，发出轻轻的脆响，厚厚的水层从深处以低沉的钟磬之声回应这脆响。风搅雪顺着被轧平的车辙跟在滑木后面翻卷着。被惊动的鱼儿在冰面之下四散乱窜。舍克斯纳河蜿蜒曲折，而森林与村庄交互更替。

到白湖城有一条更近的路。它不像河上的路这样便利，而是要穿过一个接一个地不时出现的村子。但是来的人并不清楚那路是否被清理出来了。他们着急，就决定不去冒险，知道河上的路又快又牢靠。也可能他们不想驶进这些村子，因为那里瘟疫肆虐。白湖城的瘟疫就够他们受的了（御手严厉地看了阿尔谢尼一眼）。

当太阳失去了亮度，冰上的空间变得宽阔了。回望四周，阿尔谢尼意识到，如今只有左侧还留有河岸。目光所及，代替右岸铺展开去的是无边无际的冰雪里程。这是白湖。它的冰要比河里的更平整些，于是行驶速度加快了。等天完全黑下来了，湖平稳地过渡到了城市。迎接他们的是白湖城，公国的主城。

雪橇穿过黑暗的街道滑行。阿尔谢尼还从未见过这么长的街道和这么高大的房子呢。房子的高度他能根据上层窗户发出的亮光来判断。当他们驶近公爵的住所时，已经有人在等着他们了。他们把阿尔谢尼从雪橇上拽出来就领着他上了二层。跑过两个半暗的房间，来到了第三个房间。它灯火通明，里面站着一个人。这便是米哈伊尔公爵。

听说你是一个手段高明的大夫，公爵说。他朝阿尔谢尼走得更近些，几乎是贴着耳朵，开始小声说话。他很高,所以是居高临下地。妻子和女儿,她们昨夜发的病,你明白吗?这里的大夫什么都做不了。做不了。甚至连治牙……

这显而易见,阿尔谢尼说。你有口臭。

帮帮我的亲人们,阿尔谢尼。我觉得,你能做到。

为什么你这么想呢?阿尔谢尼问。在我救治过的人中不小的一部分都死掉了。

公爵坐到了笨重的雕花椅子上。他坐着,头顶上的一块不毛之地就显露出来了。他不自然地扭过头,看着阿尔谢尼。因为你自己没有死掉。人们告诉我说,你走过很多有鼠疫的村子,却没有死掉。我由此看出你的福气。

阿尔谢尼没吭声。

公爵领他去女人的那间屋子。当他们走近病人躺卧的房间时,阿尔谢尼让公爵止步:

接下来我一个人走。

一低头就走了进去。

两张床并排摆放着。一张上面躺着一个年轻的女人(她比公爵年轻很多),另一张上面是一个六岁左右的小女孩儿。小女孩儿昏迷不醒。公爵夫人虚弱地朝阿尔谢尼点了一下头。他先走近孩子,抓起了她的手腕。然后触摸了一下额头。

阿尔谢尼,你怎么说? 公爵夫人问。

你知道我的名字? 阿尔谢尼感到惊奇。

他在她的床铺上坐下来。即或在房间的半明半暗中也看得出来,公爵夫人是蓝眼睛的。在阳光下,阿尔谢尼想,她的眼睛应该会闪耀着天空的蔚蓝色。上帝那里才有这样的颜色。他小心地把她的头从枕头上抬起来,触摸了她的脖子。

你怎么说,她重复道。

祈祷吧,公爵夫人,**上帝**会显现自己的仁慈的。

阿尔谢尼走出去,带上了身后的门。公爵默不作声地走到他跟前。看向一旁。

见到她们了?

见到了,阿尔谢尼说。她们病得很重,但是生命还没有从她们身上离开。有上帝的帮助,到早晨的时候,我想,会轻一些的。

公爵把头靠到了阿尔谢尼的肩上。在自己脖颈处阿尔谢尼感觉到了泪水。

他回到病人们身边并在她们那里待到早晨。看到过生命是怎样与死亡搏斗的,就明白生命是需要帮助的。他让她们大量喝水,因为水会把一切不洁的东西从身体里冲刷出去。他在她们俯在木桶上呕吐时扶住她们的头。而主要的是:当感觉到她们自身的生命力不足时,他把自己的生命力输送给她们。

阿尔谢尼特别担心小女孩儿,因为孩子承受瘟疫的能力比成年人差。全部的空闲时间他都抓着她的手不放。从脉搏的跳动中分辨状态的变化和操控她身上的生死搏斗。阿尔谢尼感觉着,他何时需要果断地进行干预。在这些时刻他不遗余力地汇聚起全副精力,然后把在自身能够找到的全部生命力都转给孩子。他害怕的只是自身的力量会枯竭。

早晨,当人们来到他们的房间时,阿尔谢尼握着孩子的手,一动不动地坐在地板上。进来的人们以为他死了。以为公爵夫人和女儿也死了。但是阿尔谢尼是活着的。而公爵夫人和女儿尽管很虚弱,却是健康的了。

A
丁卯

这件事情是阿尔谢尼地位上升的开端。亲人的康复给偏爱家人的公爵留下了深刻的印象。他赠给阿尔谢尼一件貂皮袄。尽管天气尚暖,但礼物的价值是不言而喻的。公爵决定把阿尔谢尼变成宫廷医生,让他住在自己的宫殿里。

应该说，在那个一去不复返的时代，公爵的内室与我们现今有关宫殿的概念并不完全相符。俄国贵族的宅邸通常是木质的。它们与普通市民的房屋的区别首先在于规模的大小：它们更高、更宽。它们的建设从未完工。它可能中断，但一有需要便重新开始。家中一有新的婚姻，便在主建筑上增建新的部分。因为扩建厨房、仆人屋和辅助性处所的关系而出现了接建的房屋。建筑物变得更大了，但不是更漂亮了。它们令人想起蜂房或者软体动物群落。它们的主要优点就在于它们让所有者称心如意。

在公爵家住了几个星期后，阿尔谢尼到他那里去请辞。不，阿尔谢尼不想离开白湖城——那里还有许多需要救治的人，他只是请求给他提供另外一个住所。这样的请求一开始让公爵很吃惊，但是阿尔谢尼解释说，他去看其他的病患，怕把瘟疫带到公爵的宅邸来。这是真话，但并非全部是真话。在宫殿里的生活令阿尔谢尼感到压抑。

身处奢华之中，我对你的感知就弱了，他含泪对乌斯吉娜坦白说。而且，我现在为之而活着的事业在那里也无法实现。

公爵没有阻碍阿尔谢尼，因为阿尔谢尼的话对于他而言意味着很多东西。公爵认为重要的是阿尔谢尼不离开白湖城。公爵给了他一所距离宫殿不远的房子，让他按照自己的意愿生活。阿尔谢尼的意愿是应对席卷全城的疾病。在很短的时间内他就在白湖城组织起了已经康复的人对病人的帮助。他一个人可应付不过来全城的病人。

天刚一亮，阿尔谢尼就离开自己的住所去走访染上鼠疫的人家。他替他们检查，确定他们的状态以及生命体征。在他的帮助可能起决定性作用的人家，他停留的时间很长，并说服忧伤的死亡天使们再给些时间。有时，当他觉得力气完全离他而去，他就到白湖那里去。

已经是五月末了，而湖依旧封在冰下。它那无边的铅灰色空间与覆盖着绿意的湖岸形成了反差。阿尔谢尼沿着湖的冰面行走着，感受着它深处的寒意。这寒意的吹拂令他觉得是死亡的吹拂，就仿佛湖的深渊里锁着曾几何时逝去的所有白湖人一般。他可以一连几个小时地向冰下眺望，研究那在一个冬天里冻结在其中的东西：陶罐的碎片，未烧尽的木头块，倒毙的狼，草鞋的残余，还有那由于长时间搁置而失去了原初的样子从而变成了纯粹物质的东西。

阿尔谢尼以为，他在离群索居，但并非如此。他被自己的荣耀弄得无处藏身。阿尔谢尼看不见的白湖城在从岸上观察着他。这城市清楚，阿尔谢尼的紧张是一个寻常的人所无法承受的，所以没有妨碍他在独处中聚集力量。

然而有一次,从岸上分离下来一个点儿,并开始飞快地朝阿尔谢尼移动过来。阿尔谢尼注意到它,因为它明显是朝他而来的。阿尔谢尼本以为那人还离得很远,但是这只是感觉如此,因为来人很小。等他走近了,阿尔谢尼看清了,这是一个七岁左右的小男孩儿。

我是西利维斯特尔,小男孩儿说。我来是因为我妈妈病了。阿尔谢尼,你可要帮帮我们呀。他拉起阿尔谢尼的胳膊把他往岸上拽。在冰面上西利维斯特尔几次打滑,很可笑地吊在阿尔谢尼的胳膊上。他们中谁也没笑,因为他们的移动不是欢快的。移动伴随着脚下冰面的爆裂声。头上是从温暖的地方返回的鸟儿在喊叫。时不时地,岸上温暖的气浪冲向行走着的两人,在冰上的空间里暖和着他们。

我的父亲两年前死了,西利维斯特尔说。也是因为瘟疫。而母亲叫克谢尼娅。

看到西利维斯特尔望着他,阿尔谢尼点了一下头。

西利维斯特尔家差不多在城市的最边上,靠近变成了沼泽的池塘。出乎阿尔谢尼的预料,这是一座漂亮的房子。里面没有孤寂和荒芜。在迈进门槛之前,阿尔谢尼问:

她什么时候发病的?

昨天，小男孩儿回答说。

阿尔谢尼走进去。不顾警示的手势，西利维斯特尔跟在他后面迈了一步。

这是我妈妈，西利维斯特尔小声说。从她那儿不会有任何不好的东西传给我。

现在她属于的已经不是自己，而是疾病了，阿尔谢尼同样小声地说，并把小男孩儿带到了外面。

克谢尼娅闭眼躺着。阿尔谢尼默不作声地看了她几分钟。甚至连病态的浮肿都没有扭曲她面庞的端正轮廓。阿尔谢尼用手触碰了一下她的额头，自己对自身的怯生生吃了一惊。为了甩掉犹豫不决，他用手掌按了按额头。克谢尼娅睁开了眼睛。它们没有流露出任何东西，又慢慢地合上了。克谢尼娅没有力气对抗睡意。阿尔谢尼触摸着脉搏。用一只手顺着颈动脉摸下去。几次按了按下面跳动着心脏的地方。在她身上，除了生命的流逝，他没有感觉到任何东西。

在过堂里西利维斯特尔带着疑问望着他。阿尔谢尼对这种眼神非常熟悉，但是还从未在一个孩子身上见过它。他弄不懂，应该对有着这样眼神的孩子说什么。

你知道的，情况很糟糕（阿尔谢尼背过脸去）。我很难过，因为我救不了她。

可是你救了公爵夫人呀，男孩儿说。也救救她吧。

一切都在上帝手中。

你知道的，治愈她——这对于上帝而言就是小事一桩。这很简单，阿尔谢尼。让我们一起向他祈祷吧。

来吧。只是我不希望，如果她还是死了，你去埋怨他。记住，她很可能会死。

你想让我们向他请求，却并不相信他会把这个给予我们吗？

阿尔谢尼吻了吻男孩儿的额头。

不是的。当然不是。

他在过堂里给西里维斯特尔设了床铺：

你就睡在这里。

是，但是我们先要做祷告，西里维斯特尔说。

阿尔谢尼从房间里拿来救世主、圣母和大殉教士及医者潘捷列伊蒙的圣像。从架子上把瓶瓶罐罐取下来，然后把圣像放上去。他和男孩儿屈膝跪下。做了很长时间的祷告。当阿尔谢尼对救世主念完祷告词的时候，西里维斯特尔拽了一下他的袖子。

等一等。我想用自己的话说。（他将额头贴到地板上，因而他的嗓音响起要低沉得多。）上帝啊，让她活吧。我在这世上再也不需要任何东西了。完全地。我将永远感谢你。你是知道的，如果她死了，我就孤身一人了。（从两手之间看了一眼救世主。）无依无靠。

在向救世主通报可能的后果时，男孩儿不是替自己而感到害怕。他想的是母亲，因而选的是对她的康复最有力的论据。他寄希望于救世主无法回绝他。阿尔谢尼看到了这一点。并且相信，救世主也看到了这一点。

然后他们向圣母祈祷。阿尔谢尼在某个时刻没有听到西里维斯特尔的声音，回头看了一眼。西里维斯特尔跪着睡着了。倚靠在箱子上。阿尔谢尼小心地把他搬到床铺上。向医师潘捷列伊蒙祷告时阿尔谢尼已经是一个人了。夜半时分他走进屋子里，开始忙活克谢尼娅。

戊辰

几天的时间里克谢尼娅都没有好起来。但是她也没死。在这上头阿尔谢尼看到了上帝无边的仁慈和鼓励，对为她的生命而进行斗争的鼓励。于是他继续斗争。他稍稍抬起她的头，往她的嘴里灌入的不仅是对抗鼠疫的药物，还有在她与死亡的对抗中能够强健她肉体的浸液。他一边小声念着祷告词，一边握着克谢尼娅的手，感受着他向之求告的那位的助力如何通过他注入病人的体内。

他走出房间时，西里维斯特尔在过堂里迎上他。为克谢尼娅的健康祝祷完之后，他们到湖边去待了会儿。白湖的天变得热起来了，湖边的清凉很惬意。他们没有走到冰面上，因为它已经不牢靠了。由于水下流泉的作用，冰里出现了冰洞和冲蚀槽。它由蓝色变成了黑色，由结实变成了易碎。

你会娶我妈妈吧，他们沿着湖岸走时，西里维斯特尔问道。

由于出乎意料，阿尔谢尼停住了脚步。

我想要咱们永远在一起，西里维斯特尔说。

西里维斯特尔，你看哈……

本已走到前面去的小男孩儿，慢吞吞地返回到阿尔谢尼跟前。

你有别的女人吗？

你提的问题太成人化了。

那就是有了？

也可以说是这样的。

阿尔谢尼看到小男孩儿的眼里渐渐蓄满了泪水。西里维斯特尔控制住了自己，所以眼泪终究没有滚落到脸颊上。

她叫什么？

乌斯吉娜。

她住在你们村子里？

不是。

在白湖城？

她并非活在此间。

男孩儿拉住他的手，接下来他们默默前行。

病后第五天克谢尼娅开始好转。她完全无力，但死亡已经不再威胁她了。她感激地看着阿尔谢尼这个喂她喝水、用勺子给她喂粥以及帮助她出恭的人。

我对你不觉得难为情，有一次她不知怎么说起了。这让我自己也感到吃惊。

在病中肉体会失去自己的罪感，阿尔谢尼想了想，回答说。它仅仅是一个外壳，这一点变得很清楚。因而无须难为情。

我对你不觉得难为情，克谢尼娅又一次说，因为你成了我亲近的人。

克谢尼娅好起来了。在近期的一个晚上她起来了，还煮了萝卜。把萝卜切成均匀的小圆片后，克谢尼娅把它们码在碗里。用幸福的眼神望着男人们。阿尔谢尼看着西里维斯特尔：男孩儿几乎没吃。一整天他都是没精打采的，这让阿尔谢尼开始担心了。

晚饭后阿尔谢尼拉起西里维斯特尔的手腕。在朝男孩儿走近时他就已经知道，事情不妙，但是只有在摸到西里维斯特尔的脉搏时，阿尔谢尼才明白有多么不妙。阿尔谢尼觉得，他自身的血液在倒流。而且马上就要从鼻孔、耳朵、嗓子里冲出来。克谢尼娅还在继续说着话，而他已经无法张开嘴唇了。他明显感觉到自己的无能为力。他看着男孩儿，于是他又想要去死了。

夜里西里维斯特尔没睡。一种没来由的不安包围了他，他在被窝里翻来覆去。辗转反侧，无论如何找不到合适的睡眠姿势。胳膊和双腿的肌肉生疼。睡不了几分钟，他就会醒过来，询问克谢尼娅和阿尔谢尼在不在这里。他感觉，他们走了。但是他们就在身边。他们坐在他的床铺边上，目不转睛地看着他。克谢尼娅什么都没说。泪水沿着她的两颊流着。快到早晨的时候，西里维斯特尔陷入了昏迷。

克谢尼娅抬起了头。

救救他，阿尔谢尼。他是我的命。

阿尔谢尼在和她并排的地方一下子坐了到地板上，把头扎到她的膝盖上大哭起来。他哭是出于对失去西里维斯特尔的恐惧以及没有可能帮到他。他哭所有那些他没能救活的人。他感到自己对他们负有责任，可是却没有人与他分担它。他由于自身的孤独而哭，这种孤独此刻正突如其来地尖锐地烧灼着他。

他采取了克里斯托弗曾经教过他的所有对抗鼠疫的

措施，试图治好西里维斯特尔。他用了一些经他自己观察有效的药。他把孩子放在自己的膝盖上，就这样抱着他不撒手。阿尔谢尼害怕死亡天使会在他不在时来带走西里维斯特尔。阿尔谢尼知道，在关键时刻他要让孩子紧贴着自己，以便心贴着心地把生命之波灌注到他的身体里。当西里维斯特尔咳嗽时，他就变得很恐惧。在给男孩儿擦去嘴唇上的血色黏液时，他生怕他的魂会随着可怕的咳嗽从他身体里飞出来，因为它在身体里的状态是很不牢固的。

想起西里维斯特尔说的话，阿尔谢尼向上帝求告：

帮帮他，这对你而言是如此轻而易举。我知道，我的请求是一种造次。而且我甚至不能说以我的生命来抵男孩儿的命，因为我的生命已经给了乌斯吉娜，在她面前我永远有罪。可我仍旧指望你那无边的仁慈，求你：保全你的奴仆西里维斯特尔的生命吧。

阿尔谢尼五天五夜没有合眼。他没把西里维斯特尔从手中放下还因为，他的身体需要保持半坐的姿势。当男孩儿躺下时，他的肺很快就被湿气塞满，于是他就开始剧烈地咳嗽，把它咳出来。第六天，阿尔谢尼感觉到了变化。它们从表面上还看不出来，但是却瞒不过阿尔谢尼。

他什么都没解释，只吩咐克谢尼娅更卖力地祈祷。

克谢尼娅一面由于疲倦和少眠而摇摇欲坠,一面祈祷得更加卖力了。她在红角①的圣像前屈膝跪倒,然后就这样跪了几个时辰。她已经嘶哑的嗓音现在一刻也不停歇了。发绺从头巾里掉出来,但她已没有力气把它们掖好。她的眼泪流尽了,不再顺着脸颊流淌。第七天,男孩儿睁开了眼睛。

念完感恩祷告后,阿尔谢尼一头栽倒在长凳上。他睡了两天两夜仍睡不醒。他明白应该起来,于是他梦见他起来了。他想要给西里维斯特尔做个检查,于是他梦见他在给男孩做检查。检查显示,西里维斯特尔一切正常。阿尔谢尼知道,他这是在做梦,但他知道,他梦见的就是事情的真实状况。不然的话,他就会梦到其他的什么东西了。

将他唤醒的是手上清凉的感觉。这是克谢尼娅的嘴唇。看到阿尔谢尼睁开了眼睛,克谢尼娅把他的手贴向自己的额头。她的背后站着西里维斯特尔。大病了一场之后,男孩儿苍白而消瘦。透明,几乎虚幻。衬衣的褶皱像天使的翅膀一样在他的背后支棱着。他冲着阿尔谢尼微笑,但并不尝试靠近些。把自己的母亲让在前头。

---

① 古罗斯农舍中有一个角落是专门用来摆放圣像的,通常都被装饰得非常漂亮,而"红色的"(красный)这个词在古代也有"漂亮的"意思,因而家中最漂亮的角落便被称为"红角"。

己巳

湖上的冰化了，城里也立即变得暖和了起来。随着热天的到来，瘟疫开始减弱。白湖城复归平常的生活，居民们的担忧渐渐消散了。阿尔谢尼的崇高声誉没有消散，它已经响彻整个公国。人们借各种看病的理由来找阿尔谢尼，甚至没有理由也来找。与之交往时市民们明显感受到岁月静好。阿尔谢尼话不多，但他的关注、微笑、触碰本身就使他们感到充满愉悦和力量。

米哈伊尔公爵时不时就邀请他吃午饭。他又召阿尔谢尼搬到他的宅邸去，但是阿尔谢尼几次都委婉地拒绝了。公爵本想在自己的宅邸旁给他建一座大房子，但是阿尔谢尼连这个也谢绝了。要说午饭阿尔谢尼本也是想拒绝的，但是这样一来会让公爵以为是在侮辱他。

公爵是个聪明人，也就没再强求阿尔谢尼向自己靠拢。米哈伊尔公爵明白了，阿尔谢尼要的是一种特定的独立性。这之后，他便不再强迫他参与自己的社交了。公爵对于"特定的"独立性的理解是：这种独立性的边界得由他本人确立。公爵让阿尔谢尼随心所欲地在城里生活，只在一件事情上限制他——离开城市的权利。他很客气，但也很坚定地让阿尔谢尼明白了这一点。

然而阿尔谢尼的麻烦并不仅限于公爵那里的午饭。更经常和更累心的是克谢尼娅那里的午饭。几乎每天西利维斯特尔都来找他，拖他到母亲的房子里去。拒绝这些午饭要比拒绝公爵那些更为困难。特别困扰阿尔谢尼的是，他也并不想拒绝。

他来到克谢尼娅家，看到她在摆桌子。他欣赏着她不紧不慢且准确无误的动作。他与克谢尼娅几乎不讲话。和她在一起的时候，沉默并不难堪，这一点也让阿尔谢尼欢喜。有时候西利维斯特尔说话，但更多时候他让他们单独待着。午饭后他步行送阿尔谢尼回家。这一点也让阿尔谢尼感到愉快。有时他觉得，西利维斯特尔是怕他拐到别的什么人家去。

乌斯吉娜不可能做你的妻子，有一回西利维斯特尔在送阿尔谢尼时说。

为什么，阿尔谢尼问。

因为她没活在这个世上。

西利维斯特尔，我无论在哪儿都要为她负责。

阿尔谢尼把一只手放在西利维斯特尔的肩上，但西利维斯特尔扭过身去。

感到不幸的不仅是西利维斯特尔。无地自容的还有阿尔谢尼。他不能不去拜访克谢尼娅，因为没有能摆到明面上不这么做的理由。不仅如此，他发觉自己就像等待节日一般地等待着这些拜访，于是开始体会到一种羞耻。阿尔谢尼感到羞耻还在于，在白湖城他因为自己的名誉而无所遁形。而他又被禁止离开白湖城。

现在白湖人会自己找上门来。他替他们治疗跟鲁基诺村民一样的那些病痛。他不问任何人要诊金，但是鲜少有人打算免费治病。与村民们不同的是，城市居民很少用实物支付，他们更喜欢用金钱。而且他们付的诊金更多。慷慨的馈赠也常常来自米哈伊尔公爵。

阿尔谢尼有时就用这些钱买些描绘药石治疗特性的小书。其中一本是异邦的医书，于是阿尔谢尼就付钱给常去德国地界的商人阿法纳西·布洛哈，让他翻译。布洛哈的译文差强人意，这限制了书的利用价值。只有在所得验方与从克里斯托弗那里了解的一致时，阿尔谢尼才会采用。

观察着商人如何读陌生的字母和翻译由之组成的单词，阿尔谢尼对语言的相互关系产生了兴趣。阿尔谢尼从通天塔的故事中得知有七十二种语言，但是除了俄语，他这一辈子暂时还不曾听过其余的任何一种呢。翕动着嘴唇，他跟着布洛哈默默重复着音和词的别扭组合。当他得知它们的意义时，令他吃惊的是一些熟悉的东西竟可以用如此不同寻常的、主要是不便的方式来表达。同时，表达的多种可能性迷惑和吸引着阿尔谢尼。他努力记住俄语和德语单词的相互关系，还有布洛哈的那种很难说符合纯正的德语语音的发音。

有生意头脑的布洛哈很快就发现了阿尔谢尼的兴趣，于是建议给他上德语课。阿尔谢尼心甘情愿地同意了。开始的几节课与通常的语言教学完全不沾边，因为阿法纳西·布洛哈对于语言本身说不出任何明白易懂的东西。他从未思索过它的结构，更不用说了解它的规则了。一开始的时候，上课归结为商人继续出声读医书并翻译它。这些课与之前的翻译之区别仅仅在于，在每一章结束的时候，布洛哈就会问阿尔谢尼：

明白吗？

这让商人从阿尔谢尼这里拿走了双份的报酬——翻译费和授课费。阿尔谢尼没有抱怨，因为他不吝惜钱财。阿法纳西作为白湖唯一一个多多少少懂点外邦话的人而被他看重。阿尔谢尼明白，仅凭借读医书这样的方法他学不到多少东西，就决定利用自己这位辅导老师的一个确定无疑的优点——这人拥有很好的头脑和牢靠的记忆力。

布洛哈在自己前往德国地界的长途跋涉期间，掌握了在这种或那种场景中会用的词语搭配。给他提一些引导性的问题，他就能重复这些词语。阿尔谢尼向布洛哈描述一些情景，然后问他，在这些情形下人们会说什么。商人（这可太简单了！）惊奇地用一只手比画着，把他听过的所有说法都告诉了阿尔谢尼。布洛哈所说的都被阿尔谢尼记了下来。一个人的时候，他把自己的笔记整理好。他从布洛哈讲述的语句中抽取出生词并将它们列入一个特殊的小词典里。

有一回，在拍卖一个客死他乡的外邦商人的物品时，阿尔谢尼买了一部德国的编年史。这是一本厚厚的手稿，而且相当破烂了。随便翻开一页，阿尔谢尼和布洛哈便再也无法放下它了。

他们读到了被称为半羊人的那些人的故事，这些人跑起来没人追得上。它们赤裸着身子，与野兽为伍，身体长满了毛。半羊人不会说话，只会叫喊。阿尔谢尼和布洛哈读到了关于生活在大洋[①]之北的阿塔纳西人的故事。他们的耳朵长到可以毫不费力就把全身裹起来。读到了与之相反，没有耳朵，只有洞洞的希里特人的故事。读到了生活在印度地界的褐狮[②]的故事——他们的牙齿长成三排，人首狮身。

[①] 此处指太平洋。
[②] 传说中，一种有着红色的狮身、人首和蝎尾的虚构怪物。

这个世界可真是无奇不有啊，阿尔谢尼想，然后记起了《亚历山大大帝传》里类似的描写，就问自己，所列举的这些现象的发生地大致是在哪里呢。毕竟它们存在于这个被理性地建造起来的世上，总不可能（他问自己）是一场误会吧？

然而，阿尔谢尼挣的钱，大部分没有用来买书，甚至也不是用于付讲课费。阿尔谢尼主要是买了制药必须的根、草和矿石。珍贵的药品被阿尔谢尼分发给了无力购买它们的那些人。最贵的是那些从其他国家运进来的药材。其中就有那些阿尔谢尼只是从克里斯托弗那儿听到过或者在德语的医书里读到过的药材。现在得益于白湖居民的慷慨解囊，阿尔谢尼才有可能也试着将它们入药。

首先，他买了一些珍珠并把它们研碎。然后与野蔷薇制成的糖搅拌在一起，给瘟病后虚弱的人吃。用克里斯托弗的话说，这个药能恢复气力。气力确实回到了病人身上，就像它们最终也回到了其他幸存的病人身上一样。研碎的珍珠在这里面起了什么作用，阿尔谢尼仍旧不清楚。他能肯定的只有一点，那就是珍珠没有损害到病人。

阿尔谢尼买了一颗从不列颠运来的很特别的绿宝石。克里斯托弗说过，谁经常看看绿宝石，他的视力就会加强。研碎并溶于水中的绿宝石对解除致命的毒素有帮助。阿尔谢尼还一次也没有把它作为解毒剂用过，看着绿宝石的确很舒服。

他还试用了原先未曾见过的药油。为了让新鲜的伤口愈合，阿尔谢尼用了松节油，他觉得，它是有效的。关节痛的话他就用黑色的石油涂抹在难受的部位。病人觉得，阿尔谢尼的触碰让他们变得舒服了许多。说到底，阿尔谢尼给他们抹什么，他们都无所谓。对他们而言，重要的是由他给抹，因为他们自己即便是把石油涂满全身，治愈效果也差很多。不过，他们倒也没有否认石油的正面作用。

试用过原先得不到的药品后，阿尔谢尼安心了。不能说他完全放弃了它们，哪怕仅仅因为他信得过克里斯托弗。但是，阿尔谢尼考虑到，就连克里斯托弗也不是从亲身体验出发而对许多药物进行判定的。这便允许推翻他们的检验而给出自己的判断。总的说来，阿尔谢尼坚定了自己很早以前的推测，即归根结底药物的意义是第二位的。主要的作用在于大夫和他治疗的功力。

与此同时，北方短暂的夏天即将结束。晚上炉炕的舒适和松明的光亮又回来了。夜里甚至会有霜冻。阿尔谢尼在西里维斯特尔和克谢尼娅家常逗留到很晚，给他们念克里斯托弗的桦树皮文献。

大巴西勒说：童贞，到了老年时，便不是童贞了，而是由于疲弱而无淫荡的可能。亚历山大见到某个在战场上畏葸不前的同名者，说：年轻人，你要么改个名字，要么变个德性，免得把我和你弄混。当有个秃顶的人谩骂第欧根尼时，第欧根尼说：我不会以谩骂回应你的谩骂，但是我夸赞你头上的头发，因为，看到它的无脑，它们就跑掉了。有那么一个年轻人在集市上骄傲地说，他很睿智，因为和许多睿智的人交谈过，但是德谟克利特回答他说：我与许多富有的人交谈过，但是并没有因此而成为富有的人。当人们问第欧根尼，怎么才能与真理一道生活，他回答说：就像烤火一样——既不能靠得太近，让它烧到自己；也不能退得太远，让严寒冻到自己。

3
庚午

与此同时，严寒已经临近了。风从白湖城的树上扯下树叶，把它们抛到湖里。风变得一阵比一阵猛，而树叶和树枝间的维系已经完全不结实了。飞进湖中的叶子很像一群群不知何故而向北疾飞的小鸟。

阿尔谢尼继续为白湖人看病，但不限于他们。如今整个白湖公国的人被关于"大夫"的消息所吸引，都朝他汇聚而来。一开始阿尔谢尼把他们安顿在穿堂里。后来穿堂中的地方不够用了，他便吩咐在院子里放几张板凳。等到就连那里也坐不下慕名而来的人们了，阿尔谢尼就开始限制接诊人数。他只收治占到了板凳的人。可是剩下的人并没有离开。他们在院子里溜达，耐心地等待着"大夫"发慈悲。他们知道，他无论如何都会给等着的人们做检查的。

病人很多，而且他们是千奇百怪的。

驾车送来了断了骨头的人。阿尔谢尼给他们正了骨，再用涂了药膏的布把患处扎紧。这药膏是放在洋酒中煮的锦葵花。而他给的内服药是混合了捣碎的矢车菊的黑刺李汁。病人忍耐着包扎的不便并且八天里每天早晨都喝草药。然后他们的骨头就长好了。

驾车送来了在火灾中烧伤的和被开水烫伤的人。阿尔谢尼把涂有捣烂的甘蓝和蛋清的布敷在伤处。换药布时，在灼伤的部位撒些朱砂。他给烧伤的病人喝的是艾菲莉亚草浸液。过不长时间他们的伤口就开始绷皮结痂了。

受肠虫折磨的人来了。他给这样的病人开了和纯蜂蜜一起捣烂的野萝卜。开了扁桃仁。还有在醋和盐里煮的嫩荨麻。如果在这之后病人还有肠虫的症状，阿尔谢尼就饭后给他一捏矾，让肠虫彻底出来。在中世纪肠虫是很多的。

在他这儿治病的还有患痔疮的人。阿尔谢尼嘱咐他们用捣碎的茴香籽或者锑撒在患处。来找他的还有那些胸口发痒的人。他开给他们的药方是从商人那里弄来的海鲱鱼，这种鱼是成群结队行动的，而且它的眼睛夜间能发光。需要把鲱鱼纵向剖开贴在胸口。到阿尔谢尼这里来的还有患牙龈病的人们。他建议他们多在嘴里含些扁桃仁，以此来强健他们的牙龈。

西里维斯特尔像往常一样来找他，领他到自己母亲那儿去。知道阿尔谢尼一整天都要为病人忙碌，男孩儿晚上就等到挺晚了才来。阿尔谢尼自己都没发现，每到白天临近结束时他就开始着急，竭尽全力要让自己在西里维斯特尔来时闲下来。阿尔谢尼的病人们发现了这一点，就尽量不在晚上来。最终阿尔谢尼也发现了这一点。在他自己发现的那一天，他的心一紧。他沉默不语，直到太阳落山，到了晚上仍旧没准备好要读的文献。

等西里维斯特尔来了，阿尔谢尼犹豫了。男孩儿默不作声地看着他，而阿尔谢尼没能顶住这眼神。

咱们走吧，西里维斯特尔。

路上他们没有交谈。男孩儿感受到在阿尔谢尼的心里发生了某种变化，但不敢开口问。克谢尼娅那儿饭菜都已经摆上桌了。阿尔谢尼没心思吃。为了不让克谢尼娅难受，他还是吃了起来。他没把克里斯托弗的文献带在身上，而谈话进行得也不顺利。等西里维斯特尔躲到穿堂里去了，阿尔谢尼说：

我不应该总来这儿，克谢尼娅。

克谢尼娅脸上的神色没变。她一直等着这句话，对此有心理准备。这话让她感到难过。

我知道，你忠于乌斯吉娜，克谢尼娅说，而我也是因此才爱你。但是我并不谋求取代乌斯吉娜的位置。

和你在一起我觉得很好，也很高兴，阿尔谢尼说。但是乌斯吉娜是我永远的新娘。

如果和我在一起你觉得高兴，那就做我的弟兄吧。让我们因为纯粹的爱而生活在一起吧。只要能够看见你，阿尔谢尼。

我不能出于纯粹的爱而和你生活在一起，因为我很软弱。请原谅我，看在上帝的分上。

上帝会原谅的，克谢尼娅说。你沉湎于自己的记忆并表现出无限的忠诚，但是，阿尔谢尼，你要知道，你是在为了死去的人而毁掉活着的人。

问题在于，阿尔谢尼喊叫起来，乌斯吉娜还活着，孩子也活着，而且渴望着她们的罪得以赦免。谁来为她们祈求上帝的赦免呢，如果不是我这个罪人？

我们。我们仨，和西里维斯特尔一起，和你一起祈祷他会感到幸福的。还你平静他也会感到幸福的。他的祷告会合乎上帝的心意的。我们仨一起要整天整天地向上帝祷告——从早到晚。只是别抛弃我们，我的弟兄阿尔谢尼。

克谢尼娅面色苍白，并因此而有一种说不出的美丽。阿尔谢尼觉得喉咙里有一团东西在胀大。出门时看见穿堂里的西里维斯特尔，他的眼神失怙一般。阿尔谢尼因这眼神而失声痛哭起来。他用双手捂住脸，急忙跑到了外面。一边沿着松木围栏往前走，一边出声号啕着。没有人看见他，因为白湖城已经是深夜了。白湖人只是听到了他的号啕，然后心里纳闷，这能是谁呢，因为阿尔谢尼这样的嗓音他们从前可并不熟悉。

回到家，阿尔谢尼擦干了眼泪，对乌斯吉娜说：

发生了什么，我的爱，你都看见了。我已经好几个月没和你说话了，我的爱，我也没什么可辩解的。我不但没有赎我可怕的罪孽，我还在其中陷得越发深了。当我自己深陷渊薮，我可怜的小姑娘，我怎么能够让上帝赦免你的罪呢？如果毁的是我一个人，那么，你知道的，这并不可惜，可是谁来为你和孩子祈求赦免呢？我是你们此间唯一的祈祷者，只是因此我迄今还没有陷入绝望的境地。

阿尔谢尼如此这般地对乌斯吉娜说。把克里斯托弗的文献收进袋子里，指给乌斯吉娜过目并补充说：

这是装着克里斯托弗文献的袋子，实际上，这是我所拥有的最为珍贵的东西了。我可以拿起它就走，随便去哪里，远离我的名声。我的名声压倒了我，把我向土里压，妨碍与他的交流。我可以从这里一走了之，我的爱，但是此城的公爵不放我走，而主要的是克谢尼娅和西里维斯特尔。能与我一起为你和孩子祈求赦免，他们会为此而感到幸福，但是他们不明白，能够做这件事的只有我。我是这尘世上尚与你联结在一起的唯一的人，所以我是你继续活着的方式。可是克谢尼娅认为，为了死去的人我在毁掉活着的人，她希望像为逝者那样地为你祈求赦免，尽管我是知道的，你活着，只是方式不同罢了。

阿尔谢尼陷入了沉思。抚摩着装文献的袋子，它们用桦树皮的沙沙声回应他。

我要到城门那里去，你知道吧。它们这会儿是关着的，但是如果命该如此，那么天使一定会把我从这座城中领出去的。

他的目光落到公爵赠送的皮袄上。他还一次也没有穿过它呢。别看它很华美,但是皮袄既不沉,也不臃肿。阿尔谢尼穿上皮袄,在屋子里来回走了走。皮袄令他爱不释手。阿尔谢尼觉得他开始重视起贵重东西的便利之处了,这令他感到不自在。穿着皮袄站了一会儿,他决定还是不脱下它。如果他真的能上路,这样的皮袄是用得上的。他发现还有几张克里斯托弗的文献在门边的长凳上。他不愿意解开收拾好的袋子。阿尔谢尼把文献塞进了皮袄的衣兜里,就走出了房子。

街上刮着低吹雪。黑暗中什么也看不见,阿尔谢尼靠脸颊觉察出它刺人的扑打。没有一家的窗口亮着灯,这是好兆头:在他的生活中,夜晚的灯光伴随的是疾病和死亡。黑暗没有妨碍他走路。他闭着眼睛也能走完通往城门的路。

在城门跟前的开阔地要亮堂一些。阿尔谢尼发现,在广场的一个角落里有动静。犹豫了一会儿,他朝那里走过去。在新刨的栅栏前隐约可见一匹马和一个骑手。阿尔谢尼不知道,骑马的是不是天使。旁边还站着一匹马。

准备好了吗,骑手轻声问。

准备好了,阿尔谢尼同样轻声地回答。

骑手默不作声地向他一指第二匹马,于是阿尔谢尼跃上了马鞍。骑手动身朝着城门方向而去。阿尔谢尼紧随其后。在靠近城门的地方骑手下了马，敲了敲守卫的岗亭。里面发出了某种睡意蒙眬的声音作为回应。骑手进去了。从岗亭里传出了窃窃私语，伴随着钱币的叮当声。过了一会儿从岗亭里走出几个人，其中包括骑手。他重新上了马。两个人把钥匙插进锁里嘎吱一转——没料到声音那么大，传遍了无声无息的城市。另外三个人使劲推门。门开了——又是轧轧作响——开的距离正好可容马匹通过。夜行人消失在这道缝隙里。

辛未

守卫贪私，等他们远离城门时，阿尔谢尼的同行者说。

阿尔谢尼点点头，只是这个举动谁都没看见。同行者什么都没再对他说。很快他们就骑行奔进了林子里。只有到了那里才明白，什么是真正的黑暗。不得不慢慢地骑行，马匹摸索着移动脚步。一次，一根树枝打到了陌生人的脸，于是他骂了句脏话。阿尔谢尼明白了，陪伴他的不是天使。这一点从他们见面那一刻起他就怀疑了。

一刻钟过后,第二根树枝接踵而来,把骑手从马鞍上打落了下来。摔落的时候他笨拙地伸出一条腿,把它给弄伤了。他试图立刻站起来,可伤腿一着地,他就呻吟着倒在了地上。

腿……受够了,妈的。

阿尔谢尼跳下马,走到摔倒的人跟前。仔细摸了摸他的腿。

不要紧,这是脱臼。要紧的是骨头还完好。

在阿尔谢尼的嗓音响起时,陌生人的身体绷紧了。阿尔谢尼感觉到他的腿抽搐了一下。

这很容易搞定,阿尔谢尼鼓励他说。

那人一声不吭,揪住阿尔谢尼的头发拽向自己。阿尔谢尼感觉到脖子上有把刀。

你是谁,陌生人声音嘶哑地说。

我?阿尔谢尼。

我要宰了你,坏蛋。

为什么呀,阿尔谢尼问。

他自己也觉得问题没有意义。

因为处在你的位置上的应该是我哥们儿日拉。陌生人推搡着阿尔谢尼,于是刀子轻微地划伤了脖子上的皮肤。怎么,你是日拉吗?

不是,阿尔谢尼说。

那你怎么在这儿呢，你这个可恶的家伙？

不是你自己问我，准备好了吗。

那又怎样？

我是准备好了呀。

你呀你，我勒个去……这回好了，日拉一见到我准得宰了我。可我，妈的，不只是带了你，我把我们共同所有的钱都带走了……他现在正坐那儿寻思呢，我把他抛下了呢，糟糕的是这个。糟糕的是这个，我说！

他又推搡了阿尔谢尼一下，但是刀子已经不再贴着他的喉咙了。

你跟他解释一下，是我的过错，阿尔谢尼说。

哼，他等我解释就怪了。我他妈的连嘴巴都来不及张。但是在此之前我要宰了你，明白吗？

不过，从这些苦涩的话里能感觉到，他有点冷静下来了。他的语调预示了接受现实的可能性。阿尔谢尼轻柔地从自己的同行者那里把刀子拿开，然后着手治他的腿。伴着他一声短促的叫喊，一下子就把他的腿给复位了。

哪怕事先说一声呢，病人抱怨道。

不事先说更好些。

在阿尔谢尼的帮助下，这人从地上站起来，小心翼翼地用复位的腿着地：

好像轻松些了。

暂时多骑马，不要走路，阿尔谢尼说。过几天就完全好了。

林子里已经不那么黑了。这还不是黎明，只是它的预兆。同行者饶有兴趣地打量着阿尔谢尼。

也许，就该如此吧，让日拉留在白湖城，他若有所思地说。也许，这样更正确。

他抓住两匹马的笼头，开始朝林子深处走去。

你也从这里滚开吧，知道吗。身边有人，让我觉得不安，妈的。我离道路远一些再休息，然后夜里悄悄地离开……只不过，老兄，你把皮袄留下吧，你的皮袄很好。

什么，阿尔谢尼没明白。

皮袄脱下来，人可以走了。你给我把腿复位了，我放你一条生路。嘿，瞪什么眼呐？

刀光又在他手里闪烁了。阿尔谢尼脱下皮袄，把它递给了陌生人。这人脱下自己的家织粗呢上衣，扔给了阿尔谢尼：

给，穿上。

那人穿上了皮袄，试了试肩膀处窄不窄。可笑地在阿尔谢尼面前转悠了一阵。想了想，走到阿尔谢尼骑的那匹马跟前，费了挺长时间去解马鞍上的皮口袋。系带解不开。他用刀在上面一划，袋子就叮当作响地落到了地上。捡起袋子，陌生人挤了挤眼。

这是我的，而这（他把缰绳扔给阿尔谢尼）是你的。我不需要第二匹马。你爱上哪儿就上哪儿——哪怕是去白湖城呢。路上你可以好好睡一觉。马是白湖城的，不管它也能把你带到。而关于我的事儿你就忘了吧，明白吗？

阿尔谢尼没去白湖城。这座城市的城门在他背后关上了。他知道，他再也不会进这道门了。在白湖城他感觉很好，也正是因此他才逃离了它。这座城市使他与乌斯吉娜疏远了。阿尔谢尼骑到了路上，然后朝与白湖城相反的方向出发。

他沮丧地骑马走着。与之前同行者的要求相悖，阿尔谢尼无法忘记他。令阿尔谢尼伤心的不是同行者如何对待他这件事。甚至也不是把他从城里带出来的不是天使——对此，讲真，梦想过——这一再明显不过的事实。慢吞吞地朝陌生的方向往前走着，阿尔谢尼感受到一种不安。这不安貌似毫无缘由，但是分分钟变得愈加清晰，它团团升起，围绕着那个与他分道扬镳的人。阿尔谢尼知道，不该返回，因为是那个人赶走了他。而且那人一个人在那儿觉得安心。

走了个把小时，阿尔谢尼想起，皮袄里还有几张克里斯托弗的文献——那些他在最后一刻放进去的。他开始可惜文献：对于皮袄的新主人而言它们不大可能有什么价值。他也许能把它们还回来。阿尔谢尼明白，他有了一个理由再次见见自己的同行者。于是他掉转马头。他往回走，而他的不安愈加强烈了。

在应该离开道路的地方，阿尔谢尼下马步行。他把马拴在树上，朝林子里走去。隔老远就发现，在光秃的树后有动静。在两匹站在那里的马匹之间有一个人在走动，穿的是他的皮袄，但是阿尔谢尼在他身上没有认出那个夜里和他一起骑行的人。在他身上阿尔谢尼认出了日拉，尽管从未见过他。日拉左手握着一根粗棒子。大概他是个左撇子。又走了几步，阿尔谢尼也看见了自己的同行者。

那人躺在一匹马身后的地上，他的姿态很不自然。脸向上扭着，一只胳膊不知为何放在背后，而双腿痉挛地在地上蹬来刨去。一只脚后跟蹬出了一道不深的沟槽，沟槽四外圈儿都是松针。双眼失神地望向阿尔谢尼，于是阿尔谢尼不费吹灰之力便在其中读出了等待此人的是什么。

没理会日拉，阿尔谢尼朝将死之人俯下身去。这人已经不再动弹了。日拉想了想，朝阿尔谢尼的脑袋就是一棒子。

壬申

林子里半明半暗。很难确定,这是日落还是黎明。只有在稍微明亮起来时,才弄明白,这是黎明。攒足了力气,阿尔谢尼才能把头从枕着的那个硬物上挪开。这是他同行者的身体。它已经像大地一样冰冷了。

而我是温热的,阿尔谢尼对乌斯吉娜说。我这个对他的死负有罪责的人,温热且活着。现在我得救了,只为你一个人而已,但是他,就像你一样,压在我的良心上。我用说出的话毁了他。如果我不对他说准备好了,他就不会这么冰冷地躺在这里了。因为我记得圣阿尔谢尼,他不止一次后悔他的嘴说出的话,却没有一次为沉默不语而后悔过。从今往后我不想与任何人说话了,除了你,我的爱。

扶着树,阿尔谢尼站了起来。马已经不见了。显然,日拉把它们带走了。阿尔谢尼慢慢地,步履艰难地朝路边走去。被他拴住的马仍旧在原地站着。他解开它,然后为了不跌倒而抓住马鬃,往林子深处领。他走得东倒西歪。

等他们走到死尸那里，阿尔谢尼坐下来歇口气。攒足了力气后，他把死者拖到马匹跟前并试图把他横放到马鞍上。死者已经不会打弯了，几次滑落下来。落地时发出沉闷的僵硬的声响。阿尔谢尼用意志力将他的胳膊甩到马鞍上，竭尽全力地用头顶住腿，把尸身向上推。死者在马鞍上摇摇晃晃，完全不顾要保持平衡。他大睁的双眼目光所表达的也是漠不关心。他的样子是那种想让人给他安宁的神情。

阿尔谢尼成功地把死者转成脸朝前，放到了马鞍上。没有找到任何可以把他绑到马上的东西，阿尔谢尼检查了死者的靴子。一只靴子里放着那把昨天还用来威胁过他的刀子。

阿尔谢尼脱下家织粗呢布上衣，开始把它割成窄条。把它们接在一起，他就得到了一根足够长的绳子。用这根绳子把死者的腿缠到马鞍上。

阿尔谢尼把马带到了路上。

他说，你来自白湖城。你就把他带到那儿去吧，因为在那儿人们会叫他入土为安的。

马儿长时间地看着阿尔谢尼，并没有动地方。

我不走，阿尔谢尼说。他更需要你。他轻轻地拍了一下马屁股。

马儿从原地出发了，朝着白湖城方向走去。死了的骑手贴紧它的鬃毛在骑行。阿尔谢尼望着他们，然后他们变得越来越透明。变成了一个大圆圈，大圆圈又分裂成一些小的。圆圈在漂浮，互不碰撞。碰到一起时它们只是一个穿过另一个。阿尔谢尼呕吐了。他的腿再也支撑不住了。

....
....
....
....
....
....

人们心想：是死人，因为看上去不像活的。

....
....
....
....
....

十天过后日拉骑马来到了诺夫哥罗德城下。一匹马上坐着他自己，第二匹没有骑手的马稍微靠后碎步小跑着。四对马蹄在冻土上发出的嘚嘚声格外大。骑得不紧不慢，因为他没有什么急着要去的地方。把一只手伸进皮袄的衣兜，日拉掏出了克里斯托弗的文献。他翕动着嘴唇读着它们。

大卫说：罪人的死是痛苦的。所罗门说：就让你亲近的人夸奖你吧，而不是你自己的嘴巴。基里克问大主教尼丰特：为弄脏的陶器进行祷告还是只为木器祷告，而其余的应该打碎？——为木器，也为陶器，还有铜器、玻璃器、银器，尼丰特回答说，为一切进行祷告。任何一个始终如一地遵循道德准则的人，都不可能没有许多敌人。不是财富带来朋友，而是朋友带来财富。要在当场的人面前提起不在场的朋友，为了使那些听到这话的人知道，你连他们也没有忘记。日拉的所有朋友都不在场，因而他不得不孤单单地回忆起他们。

Т
癸酉

他眼睛睁开了，人们在阿尔谢尼上方说。

于是他明白，他是睁开眼睛了。在他的上方徐徐掠过交错的树枝，他还以为是做梦呢。在他的面前出现了一张不知是谁的脸。它是如此之大，把那个在他的上方漂移着的奇怪的穹隆都遮住了。阿尔谢尼看见了脸上的每一道皱纹和环绕着脸的胡子。胡子里的嘴在翕动，并且问道：

你叫啥？

原来声音是这么来的，阿尔谢尼想道。

你叫啥，那张嘴又问道。

他把三个字说得一字一顿地，好像对躺着的人的听力不信任似的。

乌斯京，阿尔谢尼用勉强能听见的声音说。

乌斯京。那脸朝什么人转了过去。他叫乌斯京。你出什么事儿了，乌斯京？

阿尔谢尼对那张脸看累了，就闭上了眼睛。他用整个身体感觉着松软的稻草。手摸索到了大车的木帮。

别问他啦，另一个声音说。我们把他拉到最近的村子，就让那儿的人去弄清楚吧。

阿尔谢尼重新睁开眼睛，但是大车的颠簸已经感觉不到了。很冷。他躺在什么梆硬的东西上。这像是劈柴。他从自己身下抽出一块劈柴，然后盯着它看了半天。光线透过开了一道缝的门。光和轧轧声。柴棚。

用胳膊肘支起身子，阿尔谢尼看见，自己的衣服完全被脱光了。和他并排放着的是他的袋子和一些破衣烂衫。犹豫了一会儿，阿尔谢尼把手伸向破衣烂衫，但立马缩了回来。他感到厌恶。他停下手不仅是因为破衣烂衫的脏。一想到它们也许被那个脱光了他的人穿过，就感到无法忍受。那人没拿——这一点甚至更让人觉得气恼——装有克里斯托弗文献的袋子。克制着嫌恶，阿尔谢尼把手伸向那堆破布，它们原来是衬衫、衬裤和腰带。

阿尔谢尼需要的不仅是衣服，还有鞋子，因为他的靴子也被脱掉了。一番思考之后他从两块劈柴上剥下了桦树皮，把桦树皮往脚上比量好。借助于牙齿，把桦树皮拗成所需要的形状。然后从破衣服中抽出腰带，开始用它在门柱上摩擦。等破旧的腰带被磨断成两半，阿尔谢尼用它把桦树皮缠到脚上。有了鞋，他发觉自己是在拖延穿衣服的时间。尽管他在发抖，可还是不愿穿上衣服。

但总不能赤身裸体地从棚子里走出去呀。阿尔谢尼拿起曾经是衬衫的那个东西，把它贴在了前胸。犹豫了一下，把手臂穿到袖子里，把头钻进洞里——领子被扯掉了。衬衫像一块没形状的破布一样挂在身上。补丁装点了它的暗淡无华。

穿衬裤是最难的。它比衬衫要稍稍完整一点，可是因此只会更糟。穿上它之后，阿尔谢尼想到，窃贼的私处碰过这破烂。他的衬裤似乎成了与之的身体接触，于是阿尔谢尼厌恶得浑身发紧。在盗抢中令人感到难受的不是失去了自己的衣服，而是得到了别人的。阿尔谢尼害怕的是从今往后他会鄙弃自己的身体,因而哭了起来。等到阿尔谢尼醒悟到,从今往后他会鄙弃自己的身体,他又笑了起来。

阿尔谢尼从棚子里走出来时情绪昂扬。穿着自己的新衣服走了几步后,对乌斯吉娜说:

你知道吗,我的爱,从我来到白湖城时起,这是真正朝正确的方向迈出的第一步。

棚子在村子边上。阿尔谢尼走到最近的农舍跟前敲了敲门。农舍中住着安德烈·索罗卡和一家子。

你是谁呀,索罗卡问阿尔谢尼。

乌斯京,阿尔谢尼回答。

乌斯京——等到赫列斯京①,索罗卡冷笑一声,砰地关上了门。

于是阿尔谢尼敲了敲季莫费·库恰家的门。季莫费仔细打量了一番阿尔谢尼,然后说:

你会把虱子给我带进来的,因为你这副样子不可能没有虱子。或者是跳蚤。我想,它们在你那儿得有满满一袋子。

袋子里只有克里斯托弗的文献,但是阿尔谢尼并没

---

① 这句话在原文中是顺口溜,赫列斯京为 крестины 的音译,意为洗礼仪式。

有着手当着季莫费的面解开袋子。

下一个是伊万·苏霍博克的房子。伊万记得亚伯拉罕的好客，不想把徒步旅行的人赶出去。但是也不想让进门里。他把他领到村子的另一头，去找耶夫多基娅老太太，她既不怕虱子、跳蚤，也不怕外乡人。

他们走进去时，耶夫多基娅在嚼着面包瓤。她没有牙，面包瓤她是用牙床在嚼，所以她的整个脸都在动。它只是在不停地颤动，折叠和展开，让人想起破旧的皮钱包。

观察了一会儿耶夫多基娅的脸，伊万说：

老太太，给你领来了一个客人，除了说他是乌斯京以外，什么都不说。这好歹也是一点信息，不是吗。

我认为，这也不少了，耶夫多基娅点点头。

她掰下来一半面包瓤，把它递给了阿尔谢尼：

吃吧，乌斯京。

伊万和耶夫多基娅默默地看着阿尔谢尼吃。

饿了，伊万看出来了。

确实，耶夫多基娅证实道。就让他留下吧。

身上暖和过来些后，阿尔谢尼感觉到，他的脑袋开始发痒。他得来的衣服满是虱子。一暖和它们就活过来了，开始爬到阿尔谢尼的头发里。他坐着，感觉到虱子顺着脖子在运动——从下到上。阿尔谢尼知道，消灭虱子是很难的，所以他开始可怜耶夫多基娅了。他不想给她的生活增添困难。他拿定主意，他不应该留在这里。站起身，阿尔谢尼深深地朝耶夫多基娅鞠了一躬。耶夫多基娅继续咀嚼。他走到外面，随手关上了门。

寒冷包围了阿尔谢尼。他仍旧握着门环。产生了一种拉住它返回温暖的屋里的愿望。但是从门前的台阶上下来之后，他明白，已经不会返回去了。暮色渐浓。阿尔谢尼走着，感受着寒冷和恐惧。他自己也不懂，为什么从温暖中走出来。他只是很清楚，等待他的是一条艰难的——如果一般说来是可以克服的——路。他也不知道，这条路通向哪里。

阿尔谢尼沿着林间的路走着，路变得越来越暗。他走着，像踩高跷一样，因为他的腿已经冻得不会打弯儿了。然后开始下雪了。这是一年中的第一场雪，它飞得有些不自信。一开始出现的是个别的雪花，稀少，但是片儿很大。它们毛茸茸的样子，好像让他感觉稍微暖和了一些。雪花落得越来越密，暂时还没变成一道密不透风的雪暴之墙。等雪暴结束了，月亮出来了，天色就变亮了。路的每一处转弯也看得清了。

随着月亮的出现，严寒好像加强了。阿尔谢尼觉得，正是月亮流泻下这银色的寒冷，它在地面上扩散着。他本来可怜起自己冷得打战的身体，但是立刻想起来，他的身体被别人的衣服和虱子玷污了，于是怜惜离他而去了。这已经不是他的身体了。它属于虱子，属于那个穿着他原先的衣服的那个人，最后，属于严寒。

仿佛寄居于别人的身体里一样，阿尔谢尼想。

即使是全心同情别人的身体，也不可能对其痛苦感同身受。一直在帮助人们的虚弱身体的阿尔谢尼知道这一点。甚至在为了减轻别人的痛苦而深入其中时，他也从来没能理解其全部的深度。而如今说的是一副他甚至没有很同情的身体。是总体而言他鄙视的身体。阿尔谢尼再也不冷了，因为居住在别人的身体里的人不可能觉得冷。相反，他明显感觉到，（并非）他的身体充满了力量，信心十足地迎着晨曦向前走去。他惊奇于他步伐的坚定和手臂挥动幅度之大。阵阵暖浪从底下的什么地方升起，涌向他的头部。摔倒在地上后，阿尔谢尼甚至都没发觉，他那不知疲倦的动作是怎么停止的。

....
....
....
....
....
....

ai
甲戌

....
....
....
....
....

我是否想要忘掉一切,阿尔谢尼心想,从今往后就这样活着,仿佛我的生活中什么都不曾有过,仿佛我刚刚降生于人世——但已经不是小孩儿,而是一下子就是大人了?或者这样:于过往的经历中只记得好的,因为记忆的特性就是摆脱掉痛苦的东西?我的记忆时不时就抛弃我,而且随时可能永远抛弃。但是从记忆中解脱出来会是我的赦免和救赎吗?我知道,不是,而且我甚至不会这么问。要知道,如果没有曾是我生命中主要幸福和主要苦难的乌斯吉娜的救赎,怎么可能有我的救赎呢?因此我求告你:不要夺走我的记忆,乌斯吉娜的希望在里面呢。如果召唤我到自己身边去,请开恩:不要凭我们的事审判她,而是凭我的渴望拯救她。并且把我所行的那不多的善事记到她的名下。

....
....
....
....

母牛的舌头很软,也不嫌弃生满虱子的人。它粗粝的爱抚部分地替代了人的温暖。人要照顾生满虱子的人和溃烂化脓的人不是简单的事。走进来的人可能在病人身旁放下一块面包皮和一杯水,但是只有从牛这里才能指望得到真正不带嫌弃的爱抚。母牛很快习惯了阿尔谢尼,把他当作了自己人。它用长长的舌头把干涸的血迹和脓疮从他的头发上舔下来。

阿尔谢尼一连几个小时地观察它乳房的晃动,有时用嘴唇贴近它。母牛(你在我的乳房那儿干什么?)对任何事情都不反对,尽管认真对待的只有晨昏的挤奶。只有女主人的双手能带给它真正的轻松。它们很有力,与阿尔谢尼的嘴唇不同。它们力求把牛奶一点不剩地全都挤进编织得很紧密的桦皮木桶里。牛奶从乳房里大声地射出来——一开始是细小的,差不多滴滴答答地,但随着桦皮木桶越来越满而获得了饱满度和冲力。一部分牛奶顺着主人的手指淌下来。一天里两度观察它们,阿尔谢尼对它们比对主人的脸记得更清楚。他知道,每根手指分别都长什么样,但是一次都没有感受过它们的触碰。

有时母牛完全停止了动作,微微翘起尾巴(它不时摆动来着),然后就在它的小刷子下面,畜栏的地面上啪啪地掉落一些热乎乎的牛粪圆饼。偶尔,这些圆饼在一股很冲的尿流下四处迸溅。落到脸上的粪液阿尔谢尼就用一束稻草揩净。

……………………………………………………
……………………………………………………
……………………………………………………
……………………………………………………
……………………………………………………

头上的伤口差不多愈合了,但是出现了头疼发作的情况。疼痛不是来自伤口,而是源自脑仁里的什么地方。阿尔谢尼觉得,那里生了一条虫,它一动就引发了难以忍受的酷刑。在发作时他用双手抱住头或者把脸埋进膝盖里。他狂暴地揉搓着脑袋,于是所产生的表面的疼痛在短时间里替代了内里的疼痛。但是内里的疼痛,就像歇了口气,马上以新的力量卷土重来。阿尔谢尼恨不得把自己的脑壳劈成两半,然后把虫子连同脑子一起从那里抖搂出去。他用力敲打自己的额头和头顶,但是里面的虫子很清楚,他够不到它。虫子的难以攻克让它趾高气扬,把阿尔谢尼折磨得快要发疯了。

………………………………………………………
………………………………………………………
………………………………………………………
………………………………………………他们问阿尔谢尼,他是什么人,但是他不作声。然后他惊奇地发现,身边的母牛不在了。

母牛在哪儿,阿尔谢尼问在场的人中离他最近的那个。它是个好伴儿,而且给了我救命的仁慈。

谁也没回答他,因为看似在场的人们并不存在。离阿尔谢尼最近的人——小小的、驼背的、灰色的——仔细打量之下,原来是犁杖的手柄。其余的也同样是弓背的和瘦骨棱棱的。巨大的马轭(不由要问,给谁套的呢?)。雪橇的滑木。车辕子及扁担。可完全是另一个所在。

有意思,阿尔谢尼在自己身下摸到了一个车轮子,便说。有意思,时间在往前走,而我却躺在车轮子上,完全不去想自己存在的最高任务。

阿尔谢尼勉力站起身,迈着不很坚实的步子走出了门外。在他的面前,陌生村庄的农舍屋顶像戴着毛茸茸的帽子,排成了队。在完全无风的天气里,从每一个屋顶都拉出一道烟。阿尔谢尼觉得,所有的农舍都被自己的烟均匀地固定到了天上。失去了烟所特有的动感后,系绳获得了不同寻常的强度。在它们比应有的长度稍短的地方，房子略微向上抬高了几俄丈[①]。有时候它们微微摇晃。这里面有某种不自然的东西，因此阿尔谢尼的头发晕了。他抱住了门柱，说：

天与地的联系并非像这个村庄里的人们以为的那样简单，看起来，他们习惯于这样以为。类似看待事物的观点我觉得太过机械了。

咯吱作响地踩着新下的雪，阿尔谢尼离开了村庄。过了一段时间，这声音吸引了他的注意力，于是他察看了一下自己咯吱作响的双脚：它们是穿着草鞋的。

可先前穿的是桦树皮呀，阿尔谢尼回想起来。就是这样的一些转变。

在他的背后，悠荡着装有克里斯托弗文献的口袋。

乙亥

阿尔谢尼走村串户，而记忆再也没有抛弃过他。头疼得轻一些了，有时完全不疼了。对于任何提问，

[①] 约10米。1俄丈（也有音译作沙绳的）约等于2.13米。

阿尔谢尼都回答说,他是乌斯京,因为他觉得当下只有这一点是至关重要的。但是即便如此大家也都明白,他是什么人以及怎么能够帮到他。阿尔谢尼已经不是从前的阿尔谢尼了。在自己漫游的这段时间里他获得了那种不需要任何解释的外表。无须任何言语,人们就会给他在柴棚(畜栏)里提供一席之地——或者不给。从温暖的农舍中给他端出来一块面包——或者不端出来。更经常的是端出来。于是他明白了,没有语言的生活是可行的。

阿尔谢尼不知道,他是在朝哪个方向走——而且总体而言,是否在朝一个方向走。严格地说,他不需要方向,因为他就没打算去什么地方。他同样不知道,从他离开白湖城时起,已经过去了多长时间。根据严寒减弱的情况判断,快到春天了。不过,即使是这件事也没有让他特别担心。居住在别人的身体里,阿尔谢尼对严寒已经习以为常了。在红村,当人家给了他一件破了洞但暖和的家织粗呢上衣的时候,他已经不确信,这东西对他来说是否必需了。在升天村他把上衣留在了一户人家旁边,对乌斯吉娜说:

你知道吗,带着所有这类破烂儿,我们就算跟在升天救主的身后也不能升天。人啊,我的爱,有许多无用的财产和向下拉扯的依恋。如果你担心我的健康,那我高兴地告诉你，暖人的——虽说暂时还是寒冷的——春天正在到来。

沿着已经发软但尚未彻底化冻的道路走着，阿尔谢尼准确无误地辨认出春天的来临。他记起在过去的生活中由于空气的变化而体验到的那股高兴劲儿。这是由于太阳的光芒给人灌注着力量，并且当它们落到他脸上时，他能感受到它们。

一次，他在春天的水洼里看到了自己的脸，就哭了起来。蓬乱的头发不再有颜色。从深陷的两腮里钻出一团团的胡须。这甚至都不是胡须，而是凌乱的绒毛，有的地方粘在皮肤上，有的地方挂着冰凌。阿尔谢尼不是为自己而哭，而是为逝去的时间而哭。他明白，时间已经一去不复返了。阿尔谢尼甚至不确信，他度过先前那些春天的地方，是否仍旧存在。不过呢，它依旧待在原地。

阿尔谢尼一边哭，一边来到了普斯科夫城。这是他见过的城市里最大的一座。也是最美丽的一座。阿尔谢尼不知道它的名字，因为他谁都不问。作为大城市的居民，普斯科夫人也什么都不问阿尔谢尼，而这让阿尔谢尼很高兴。他想，可以在这里隐居下来。

他顺着内城的城墙（鹿砦）走着，惊异于它的强大。阿尔谢尼想，看上去，在这样的城墙之内住着应该平静而安逸吧。很难料想，外敌会攻破内城的城墙。我想象不出，要够着这样的城墙，那靠梯得有多高。或者，假设说，什么样的武器能击穿这种厚度。但是（阿尔谢尼头向后仰，他觉得城墙慢慢地向他倾过来），如果内敌在这道墙里面出现的话，即便是这样的墙也消除不了危险。那时候，可以说是最坏的情形：那才是真正危机的情况。

城墙把阿尔谢尼带到了维丽卡娅河畔。河上还漂浮着一些冰块，但是总体上河水已经从冰封中解脱了出来。岸上摆渡船夫在召集人。阿尔谢尼很想到对岸去，便也上了渡船。

你交渡船费了吗，摆渡船夫中的一个问阿尔谢尼。

阿尔谢尼没有回答。

别管他要钱了，人们对摆渡船夫说，因为你面前的人是属于上帝的，难道你没看见吗？

看见了，摆渡船夫肯定道，我就是问问，以防万一。

他用篙在岸上一撑，渡船船底在沙子上擦出咯吱咯吱的响声，船离岸了。在河中间阿尔谢尼抬起了头。早先看不到的教堂圆顶从内城的城墙里显露出来了。西沉的太阳把它们的镀金层变成了双层的。当主钟敲响的时候，很明显，它的钟声是从水上响起的，因为水面上的圆顶比空中的圆顶更有生气。水面上的圆顶微微震颤，反映出它们所发出声音的力度。

从渡船上下来后,阿尔谢尼欣赏了好一会儿展现在面前的景色。

你知道吗,我的爱,我无意中疏远了生活中美丽的事物,他对乌斯吉娜说。而它在河道交汇时展现得如此出人意料,我甚至都找不到词语来形容了。你看,一方面——是我,脏兮兮的,浑身是虱子和疤痕;另一方面——是这美景。而我很高兴用我的渺小来衬托它的壮丽,因为以这样的方式我仿佛也参与到它的创造之中了。

天色黑下来了,阿尔谢尼沿着河岸慢慢地走去。最终他碰到了一堵墙。顺着墙走去,发现墙上有一道狭窄的缺口。缺口里面的黑暗较之周围的黑暗更为浓重一些。阿尔谢尼一面摸索着缺口的边缘,一面钻了进去。他的面前有几盏灯发出温暖的光。就着它们不大明亮的光亮,可以辨认出一些十字架的轮廓。这是个墓地。无论如何,这是一个多么美妙的地方啊,阿尔谢尼想。再好不过了。这正是此时此刻需要的。拿过其中的一盏灯,他把双手在它上方放了一会儿。暖意传遍了全身。阿尔谢尼把袋子垫在脑袋下面就睡着了。在梦里他有时会哆嗦一下,这时他脸颊下面的克里斯托弗的文献就簌簌作响。

丙子

鸟儿的啼啭把他叫醒。这是真正的春天的啼啭，尽管春天的到来还不是很明显。一些坟墓上还盖着雪。鸟儿促使雪融化。在它们的啼啭下，雪变成了水，向逝者渗透，把春天的喜讯也带给他们。普斯科夫的春天比白湖来得早些。白湖人总是认为普斯科夫人是南方人。至今也依然这么认为。

阿尔谢尼过夜的墓地是修道院的。他见到在墓地走动的修女后，明白了这一点。当修女们问他，他是谁，阿尔谢尼按照自己通常的做法自称乌斯京。当然，他没有对她们说更多。修女们则告诉他，他是在先驱圣约翰女子修道院的地界上。她们不确信，阿尔谢尼是否听懂了她们的话。商量了一阵子，她们给阿尔谢尼端出来一碗鱼汤。等阿尔谢尼喝完汤，她们拉着他的胳膊，把他领到了围墙外面。

一整天阿尔谢尼沿着维丽卡娅河河岸漫游。看到靠近的渡船，他决定过河到对面去。这一次摆渡船夫没朝他要钱。他说：

属于**上帝**的人，如果你愿意，就过河吧。我想，你的到来是福分。

在那岸,疯子①福马遇见了阿尔谢尼。

哎,福马喊道,我看得出,你是最正宗的疯子。真正的。你放心,我对此的嗅觉是一流的。但是你知道吗,朋友,普斯科夫土地的每一部分都只养着一个疯子?

阿尔谢尼默不作声。于是疯子福马抓住他的胳膊,拖着他在自己身后跑。他们几乎是顺着内城城墙在跑,而阿尔谢尼知道这种运动不可能停止:福马抓得非常紧。在他们面前,又出现了一条河。这是普斯科瓦河,它把自己的水注入维丽卡娅河。

在那里,普斯科瓦河对岸,疯子福马说,住着疯子卡尔普。他的话很少,也不清楚。有时候只是不停地像说绕口令似的喊出自己的名字:卡尔普,卡尔普,卡尔普。他是个很值得尊敬的人。尽管如此,平均每月我得揍一次他的脸。这发生在他过河进城的那些日子。我呢,给疯子卡尔普造成流血的伤口,提醒他不要抛下普斯科瓦对岸。你的天命,我教他,是普斯科瓦河对岸。你要考虑到,没有你它就成为孤儿了,而同时在我的城区我们的弟兄又会过剩。过剩也是不好的,而且导致精神空虚……尸位素餐!

疯子福马把双臂抱在胸前,看着对岸。疯子卡尔普

---

① 即疯修士,又称圣愚(юродивый)。

从那里冲他挥着拳头威胁着。

威胁吧，臭家伙，威胁吧，疯子福马并无愤恨地喊道。要是让我在这里发现你，我一定毫不仁慈地打断你的四肢。你一定会像烟雾消散一样消失无踪。

他们把我当成疯子了，阿尔谢尼对乌斯吉娜说。

那还能把你当成谁呢，福马惊奇道。看看你自己，阿尔谢尼。你就是疯子，给自己选择了不得安宁，又受人折辱的生存方式。

他还知道我的教名。

福马笑了起来：

怎么能不知道呢，它不就写在每个受洗者的额头上吗？至于乌斯京嘛，当然啦，猜起来要复杂一些，但是你自己在告诉所有人关于他的事啊。所以说你就疯癫吧，我亲爱的，不要害臊，不然的话他们最终也会用自己的爱敬找到你的。他们的崇拜和你的目的不相容。你回想一下，在白湖发生的事。那是你要的吗？

这个知道我秘密的人是谁？阿尔谢尼转向福马：

你是谁？

问个鸟，福马回答说。你问的都是次要的问题。而我要告诉你主要的。返回维丽卡娅河对岸去，那里在未来的共青团广场有一座先驱圣约翰修道院。我怀疑，你今天已经在修道院墓地过夜了。就留在那里吧，要相信：乌斯吉娜可能在这座修道院里。我想，她只不过没走到那里。可是你走到了呀。祈祷吧——为她和为自己。同时做她和自己。放手施为吧。成为虔诚的人轻松愉快，而你却要成为遭恨的人。不要让普斯科夫人睡觉：他们懒惰而没有好奇心。阿门。

福马抡起拳头就照着阿尔谢尼的脸打了下去。阿尔谢尼沉默地看着他，感觉着从鼻子流出的血顺着下巴和脖子往下淌。福马拥抱了阿尔谢尼，于是他的脸也成血淋淋的了。福马说：

我知道，你把自己给了乌斯吉娜，使自己的身体疲惫不堪，但是弃绝身体——这还不算完。恰恰是这一点，我的朋友，可能导致骄傲。

那我还能做什么呢，阿尔谢尼想。

做得更多一些，福马紧贴着他的耳朵悄声说。弃绝自己的个性。你已经迈出了第一步，自称乌斯京。而现在完全彻底地弃绝自己吧。

Аі

丁Ⅱ

就是从那天起阿尔谢尼在墓地住了下来。在一堵墙旁边他看到两棵长到了一起的橡树，于是他们就成了他新家的第一面墙。墓地的墙是第二面墙。第三面墙是阿尔谢尼自己建造的。顺着河走的时候，他捡了一些倒伏在那里的圆木，坍塌的墙上的砖，网的碎片和许多其他对于筑墙而言不可替代的物品。第四面墙阿尔谢尼不需要：那里是入口。

修女们关注着这项工作，但是什么都没对阿尔谢尼说。从他这里她们也没有听到任何言语。建造在双方的心照不宣的默契中进行着。完工的时候，修道院女院长在几个修女的陪同下来到了阿尔谢尼的房前。看到躺在去年的黄草上的阿尔谢尼，她说：

住在这里的人，天为盖，地当床。

是啊，这样的建筑称不上完整，修女们确认道。

只不过是他把自己主要的家建在了天上，女院长说。为我们向上帝祈祷吧，属于上帝的人。

按女院长的吩咐，修女们给阿尔谢尼端来了一碗粥。阿尔谢尼刚刚感受到碗的温热，他的手就松开了。碗随着一声闷响落下，但没有摔碎。草把粥慢慢地吞了下去。可以看得出来，新绿已经透过它的黄色乱发钻出来了。

这绿意，阿尔谢尼对乌斯吉娜说，也需要喂养。就让它生长吧，为我们的孩子扬名。

后续还不止一次地给他端来了粥，但是每一次的粥都发生了同样的情况。阿尔谢尼只是把草留给他的吃完了。他小心地从草里把食物残留抠出来，手指像耙子一样滤过草。有时候狗会从缺口处跑进墓地来，用自己红色的长舌舔舐着粥。阿尔谢尼并不撵狗，因为他明白，它们也需要吃东西。除此之外，它们让他想起他童年时的狼。他喂着它们，就好像也在喂它。关于它的记忆。狗吃的是曾经狼没有来得及吃完的东西。等它们走时，阿尔谢尼追着它们喊告别的话并请它们给狼带好。

你们是同类，阿尔谢尼喊着，所以我想，你们知道，这件事该怎么办。

看到阿尔谢尼饮食的特点，修女们开始把食物给他放到草上。他鞠躬致意，却不转向她们，然后，等她们走时，也不目送她们。他害怕在到他这来的人们脸上看不出乌斯吉娜的轮廓。

在自己的普斯科夫生活的头几周，阿尔谢尼黎明即起，然后出发去巡视维丽卡娅河对岸。他仔细观察住在那里的人们。停下来，把目光集中到他们身上，这是思想趋向不同于寻常之人的一种特殊的目光。向栅栏里张望。把额头贴到窗户上观察普斯科夫人隐秘的生活。总的来说它并不使他感到愉快。

在维丽卡娅河对岸的人家里弥漫着与蒸汽混在一起

的烟。那里晒着衣服，沸腾着菜汤。那里人打骂孩子，呵斥老人，并且在家里所有人共用的空间里性交。在饭前和睡前祷告。有时候也不祷告，倒头便睡——干活干到精疲力竭。或者喝多了酒。脚从靴子里甩出了妻子们给垫的破布片。鼾声震天。擦去睡梦中流出的口水和轰赶苍蝇。手在脸上摸一把，发出擦板的声音。用极其粗野难听的话谩骂。放响屁。所有这一切都在睡梦之中。

阿尔谢尼一边在维丽卡娅河对岸的大街小巷走着，一边朝笃信宗教的人家扔着石头。石头伴着沉闷的敲击木头声从圆木上弹飞出去。住户从房子里走出来，于是阿尔谢尼一面画十字，一面向他们躬身致意。对那些道德败坏的或者举止不成体统的人们，阿尔谢尼则会走近他们的房子。他跪下来，亲吻这些房子的墙壁，并且低声说些什么。而当许多人对阿尔谢尼的行为感到惊异时，疯子福马说：

要是弄明白的话，这有什么可奇怪的呢。我们的兄弟乌斯京非常正确，因为只把石块扔向笃信宗教的人家了。魔鬼被天使从这些房子里赶出来了。它们害怕走进去，就攀住——像实践证明的那样——房子的墙角不放。疯子福马指了一下其中的一座房子。你们看不见在墙角有很多魔鬼吗？

看不见，聚集起来的人们回答说。

可他看得见。所以用石头掷它们。在不守教规的人家，魔鬼坐在屋子里，因为本该守护人的灵魂的天使没法住在那里。天使们站在房子边上为堕落的灵魂而哭泣。我们的兄弟乌斯京就到天使跟前去请求他们不要放下自己的祈祷，以免灵魂彻底毁灭。而你们呐，狗崽子们，却以为他在和墙说话……

在听众中疯子福马发现了疯子卡尔普。卡尔普把脸对着太阳。他听福马说，无意识地微笑着。他享受着炎热的春日和自己在这个城区的现身。直到察觉到福马愤怒的眼神，卡尔普才想起破坏了禁令。他企图偷偷隐匿，尽管也明白，这个任务可不简单。卡尔普急于冲到跨越普斯科瓦河的桥那儿去，他开始并着脚步绕过人群。他觉得，侧着身子移动能够掩盖他的真实意图。几瞬之后他便已发现，通向桥的路已被福马截断了。

卡尔普，卡尔普，卡尔普，疯子卡尔普号啕起来，又并着步子往相反的方向移动了。

然而疯子福马显然比疯子卡尔普要快一些。他的手掌啪的一声落到了犯规者的脖子上，巴掌声响亮得甚至有些不自然。

我能期待此人有其他行为吗，卡尔普喊了一声就拔腿朝桥的方向跑去。

福马连踢带踹地驱赶他。到桥中间，卡尔普停了下来。等追的人靠近了，跑的人挥起胳膊给了他一嘴巴。疯子福马温顺地承受了，因为这已经是疯子卡尔普的地盘了。

戊寅

你们是我与肉体斗争时的忠实朋友，阿尔谢尼对蚊子们说。你们不让我屈从于肉体提出的条件。

在维丽卡娅河的岸上，修道院矗立着的地方，蚊子非常多。在墓地的墙内，岸边的风吹不到的地方，蚊子甚至比水边还要多。这般数量的蚊子还谁都没见过呢。吸血蚊虫是特别炎热的春天的产物。

中世纪的人裸露的只有脸和手，但是就连这也足够令普斯科夫的居民失去耐性了。

普斯科夫人抓痒，往手心里吐唾沫，把口水抹到皮肤上，以为这样可以给自己减轻叮咬带来的痛苦。不满足于身体裸露的部分，肆虐的昆虫甚至透过厚衣服叮咬。

蚊子没有让阿尔谢尼失望。在温暖潮湿的夜晚，当空气变成一片嗡嗡作响的杂音，他脱光衣服，待在自己房子前面的墓石上。手在身体上抚过,他体会到一种非同寻常的感觉。他觉得,他的皮肤覆盖上了一层浓密的毛发,就像浑身发红且长满毛发的以扫[①]那样。当他触碰到皮肤,毛发变成了血。在黑暗中阿尔谢尼看不见血,但是能感觉到它的气味及听到昆虫被捻死而发出的脆响。更多时候他不会注意到它们,因为在夜晚站立祈祷时,他十分努力地在为乌斯吉娜祷告。

他只在一天中的黑暗时段这样站着,这个时段虽短,但是对于完全失血是足够了。然而,阿尔谢尼没有失血过度。是他的血让蚊子厌弃了呢,还是——鉴于阿尔谢尼不同寻常的慷慨,吸血蚊虫决定表现出克制,反正夜晚的站立祈祷没有要了他的命。不止一次,人们在早晨找到他时,他是没有呼吸的,但是每一次他最终都苏醒了过来。

脱去了易朽的衣衫而穿上了无欲的法衣,在这样的日子女院长就会扭过脸去不看他的赤身裸体,说道。

随着时间的流逝,蚊子变少了,但是阿尔谢尼夜间的不眠并没有终止。它也不能够终止,因为对于阿尔谢尼而言,夜晚是唯一安静的祷告时间。白天充满了操劳和担忧。

[①]《圣经》中的人物,擅长打猎。

阿尔谢尼走遍了维丽卡娅河对岸，关注着它的生活走向。他向魔鬼投掷石块，与天使们交谈。知道所有洗礼、婚礼和安魂弥撒的情况。知道新的灵魂在维丽卡娅河对岸的降生。站在新生儿家的房子旁边，预见到他的命运。如果他的一生预计很长，阿尔谢尼就笑了。如果注定很快死去，阿尔谢尼便哭了。在那些日子里，除了疯子福马，谁都还不知道，阿尔谢尼为什么笑和为什么哭。福马也不急于向任何人解释这件事，而且他很少来维丽卡娅河对岸。

一次，疯子福马来到维丽卡娅河对岸，要求阿尔谢尼跟着他过河去。

我需要你的咨询意见，他对阿尔谢尼说。情况很不简单，正是因此我才把你带到自己的城区。

百人长佩列若吉家的婴孩安菲姆病了。他躺在自己的摇篮里，一声不吭地朝上看。十双眼睛随着他无声摇晃的节拍转动。至亲围着安菲姆的摇篮。当阿尔谢尼把孩子抱到手上，他拼命地喊叫起来。阿尔谢尼的双眼蓄满了泪水，他把安菲姆放回了摇篮里。躺到了地上。双手交叠在胸前。闭上了眼睛。

我们的兄弟乌斯京看到，孩子会死去，疯子福马说。医学无能为力。

安菲姆在晚霞初起时停止了呼吸。与阿尔谢尼在渡船边分手时，疯子福马给了他一耳光。

这是为了你在我的领地上出现。但是这样你会感到轻松一点，嗯？

在河的中央阿尔谢尼点了点头。当然，轻松了点儿。在半明半暗中能够看到，河水的鳞波上闪亮着一些微亮的火星。它们中最大的一股沿着波峰慢慢地移动，于是阿尔谢尼想，这是夭折的孩子的魂魄。从小小的身体里出来的魂魄来看一看夜晚。

你还有三天时间可以在这里度过，阿尔谢尼对魂魄说。习惯认为，头三天魂魄会留在他们生活过的地方。你知道吗，普斯科夫是一座很美的城市，所以为什么不就从这里离开人世呢？你看看：河岸上的人家都掌了灯，那里人们在准备睡觉。而西方的天空仍旧亮着。上面凝固着镶有参差不齐红边的云朵。一直到早上它们都不打算移动了。椴树在夜晚清新起来的风中微微抖动着。一句话，这是温暖的夏日的夜晚。

你正在离开这一切，所以你可能觉得恐惧。你看见了我，所以由于这种恐惧而喊叫了起来，对吧？我的样子告诉你，死亡临近了。但是你不要怕。为了不让你觉得自己是孤独的，这三天我会陪你一起度过，愿意吗？我住在修道院的墓地，那是一个非常安静的地方。

于是阿尔谢尼把安菲姆的魂魄领到了墓地。

他念了三天三夜祷告词。在第三天结束的时候，阿尔谢尼的嘴唇已经不会动了，但是对孩子的爱意没有减弱。而它对阿尔谢尼说：振作点。说：如果你坐到地上，你就会睡着。阿尔谢尼没有坐下去，但是允许自己用胳膊肘撑在长在一起、充当他家的一堵墙的两棵橡树上。他不想留下孩子独自面对死神。

与安菲姆的魂魄告别时，阿尔谢尼悄声说：

听着，我想请求你一件事。如果在那边你遇到一个比你还小的男孩儿……你很容易认出他，他甚至都没有名字。那是我的儿子。你对他……阿尔谢尼把额头紧贴在橡树上，感觉到迟钝正注入他的体内。你替我亲吻他一下。只是亲吻一下。

己卯

疯子卡尔普的早晨是这样开始的。他站在面包圈小贩萨姆松的房子旁边，双手背在身后。

卡尔普，卡尔普，卡尔普，疯子卡尔普冲着过路的人们说。

等萨姆松端着用带子挂住的托盘走到街上，卡尔普用牙齿叼住一个价值四分之一戈比的面包圈，然后一溜烟跑开了。对于一个牙齿间叼着个面包圈的人来说，他跑得非常之快了。必须闷声不响。手在背后不撒开。跟在疯子身后跑的是一些不富裕的人，他们知道面包圈最终会掉落。等面包圈掉下来，他们就把它捡起来。那留在疯子嘴里的就是他白天的吃食了。

面包圈小贩萨姆松没有追着卡尔普跑。甚至即便他想跑，带着沉甸甸的托盘这也是不可能的。但是面包圈小贩不想跑。他不生疯子卡尔普的气。因为和疯子卡尔普见面后他的生意就很好，面包圈卖得很快。如果疯子因为忙而来得晚，面包圈小贩萨姆松就耐心地在普斯科瓦河对岸自家房子的边上等着他。

来自维丽卡娅河对岸的面包圈小贩普罗霍尔则不是这样的。他是个有名的有点阴郁的人，也不喜欢派送面包圈。因为维丽卡娅河对岸处于阿尔谢尼的责任范围内，他不得不与面包圈小贩普罗霍尔打交道。这件事发生在夏末时节。

一看见普罗霍尔带着他的面包圈，阿尔谢尼心里就感到不安。他直愣愣地看着普罗霍尔，他的眼神变得越来越悲伤。

疯子，你干吗？普罗霍尔问。

一言不发，阿尔谢尼从底下捣了一下托盘。面包圈齐刷刷地从托盘上蹦起来，然后噼里啪啦地落到了八月的尘土里。过路人本想扑落干净面包圈据为己有，但阿尔谢尼不让。他开始把面包圈小贩普罗霍尔的面包圈掰成小块，用脚踩并碾进尘土里。等面包圈变成了脏兮兮的一团，普罗霍尔好像才醒过神来。他慢慢地走近阿尔谢尼，他的每一个拳头都像面包圈那么大。没做特别的回臂，他一拳打在阿尔谢尼脸上。阿尔谢尼倒在地上，面包圈小贩又踹了他一脚。

别动他，他是属于上帝的人，过路人喊起来。

可是把我的面包圈弄撒的人——不是属于上帝的人吗？可是用脚踩它们的人——不是属于上帝的人吗？

面包圈小贩普罗霍尔每问一个问题就用脚踢阿尔谢尼一下。躺在地上的人由于这些踢踹像一团破布一样被撞到一边去了。说不定他就是一团破布，因为在他身上，身体已经几乎不剩什么了。面包圈小贩双脚跳到阿尔谢尼的背上，随后所有人都听到了肋骨的碎裂声。这时男人们扑向面包圈小贩普罗霍尔，把他的胳膊扭到背后。有人用自己的带子捆住了它们。强壮的普罗霍尔试图甩掉捆住他双手的人，然后重新冲向阿尔谢尼。

你走吧，属于上帝的人，周围的人对阿尔谢尼说。

但是阿尔谢尼没走。他没动弹。躺着，双手摊开，从他的头发底下流出了一摊玄褐色的液体。所有人都看着面包圈小贩普罗霍尔,他慢慢安静下来了。疯子福马从渡船的方向走过来。

从今往后你的名字不是面包圈小贩,而是斗狠之徒,福马冲普罗霍尔喊道。而你们这些狗屎(他用眼睛环视了一遍站着的人们),我来让你们知道知道下列事实。昨天夜里这货和妻子行房后,没洗手就去揉面和烤自己的面包圈了。早晨他想要把不洁的食品卖给东正教教徒们,所以,如果不是我们的兄弟乌斯京,他一准儿卖掉了。

这是真的吗,在场的人问。

面包圈小贩普罗霍尔没有回答,但是他的沉默也是一种回答。所有人都知道,疯子福马只说真话。人们决定把普罗霍尔送到地牢去。对他的惩罚延迟到阿尔谢尼的生死明确之后。人们说:

如果属于上帝的人死去,这个罪孽就要着落到你的身上。

阿尔谢尼则被人们放到蒲席上,一同前往圣约翰修道院。

在修道院大门口修女们用哭声迎接他们,因为对阿尔谢尼产生了眷恋。她们已经知道了发生的灾祸。修女们抓着蒲席的边缘,小心翼翼地抬着阿尔谢尼在修道院里走，为了不给他带来额外的痛楚。但是阿尔谢尼不疼痛：他什么都感觉不到。修女们抬着他，努力用碎步步调一致地走着，而阿尔谢尼的头轻轻地摇晃着。

女院长说：

你在自己的人民中间是个外人，为了基督喜乐地忍受了一切，寻找古老的毁灭了的故园。

女院长用双手捂住了脸，因而她的声音沉闷，但是很清晰。

为阿尔谢尼腾出了最远的修道室中的一间，在那儿男性的存在不会让女香客中的任何一个感到难为情。修女们自身不会觉得难为情，因为疯子乌斯京在她们眼中是无性的，而且在某种程度上无肉身的。把病人抬进远处的修道室，她们寄希望于他的康复，也为他的离世做好了准备。

不得不悲痛地确认，女院长说，受害者伤势严重，命悬一线。不过，死亡对于我们的兄弟乌斯京而言不是全然陌生的事物：我们的兄弟乌斯京早在生前就已经把自己变成了死人。圣愚乌斯京颠沛流离，他是值得哀悼的，因为内在的人在他身上重生了。他无家可归地活着，我们的这个兄弟把自己的居所建在了天上。

一旦结局是死亡，修女们为阿尔谢尼预先安排了墓地墙边的那块地方，他早在春天就已经在那里住下了。

阿尔谢尼的住所在她们看来几乎就是现成的墓穴。舒适的和宜居的建筑物。

31
庚辰

然而阿尔谢尼活下来了。过了几天他恢复了知觉，而且他的骨头慢慢地长上了。它们的愈合阿尔谢尼感受得很清晰，就如同之前的折断一样。它是无声的，但是很明显。

修女们用勺子喂阿尔谢尼。他无声地张开嘴，而他的眼泪在顺着脸颊流淌。眼泪也顺着修女们的脸颊流淌。木匠弗拉斯被请来给起不了身的阿尔谢尼洗濯。9月1日，疯子福马来找阿尔谢尼，向他祝贺东正教的新年。他带来了一只死老鼠做礼物。福马拎着它的尾巴，而老鼠不快地摇摆着。

把老鼠放在阿尔谢尼的床头，疯子福马使它的前爪紧贴在脸上，然后对病人说：

同行，我真心高兴，你没接受这个令人不快的形象。而一切本来是朝着那个方向走的。祝你新的一年，6967年快乐，按照旧例我们在这个光明的九月的一天庆祝它，在七千年前的三十三年。

修女们对老鼠的出现很不满，但是没敢反对福马。看到阿尔谢尼的微笑，她们便不再生气了。这是他许多个月以来的第一个微笑。当疯子福马用老鼠尾巴尖搔阿尔谢尼的鼻孔时，他打了个喷嚏。

病人需要新鲜空气，福马喊道，可是你们这里，请原谅，闷得像在鬼屁股里。把他拖到河边去。那里有流动的水和空气。这对他的病愈有帮助。

女院长背过脸去翻了个白眼，但是示意修女们照疯子福马说的做。她们（阿尔谢尼呻吟了一声）把病人移到一块粗麻布上，把这块粗麻布（他又呻吟了一声）小心地抬起来。

咬牙活着吧，咬牙活着吧，沾了屎的扫帚，疯子福马嘿嘿一笑，于是女院长重新扭过脸去。修女们把阿尔谢尼抬到河边。福马指示了一下应该把病人放下的地方。阿尔谢尼被小心翼翼地放到了草上。

现在你们悄没声离开这儿吧，风骚的女人，疯子福马对修女们说。

修女们一言不发地朝修道院方向走去。风拍打着她们的衣摆，而阿尔谢尼和福马目送着她们。修女们远去的姿态表明，她们实际上没有生疯子福马的气。几乎没生气。

等修女们隐没在大门里，疯子福马说：

普罗霍尔的事我完成了你的请求。如果隔着河我正确地理解了你的意思的话，你是不想让当局对他进行惩处。

我只是为他祷告了，阿尔谢尼对乌斯吉娜说。请求说：主啊，不要把这归罪于他，因为他也不知道自己所行的是什么。你也为他祈祷吧，我的爱。

疯子福马点点头：

对于你的祷告，维丽卡娅河对岸的人们已经知晓了，我对他们说的。（他用手一指已经聚集过来的维丽卡娅河对岸的人们，而这些人证实了他所说的话。）我只怕，你这类的祷告不是最后一次。你的脸啊，朋友，还会被收拾的——而且不止一次。

不一定，维丽卡娅河对岸人反驳说。罗斯的任何一个人都知道，打疯子，那什么，不行。

福马大声地笑了起来：

我要求助于反论来解释我的想法。人们之所以打疯子，就是因为不应该打他们。众所周知，任何一个打疯子的都是恶棍。

不然还能是什么呢，维丽卡娅河对岸人同意道。

问题就在这里呀，疯子福马说。可是俄罗斯人是虔诚的。他知道，疯子应该忍受苦难，便走向罪孽，为的是确保他能有这种苦难。总得有人做恶人吧,嗯?总得有人能够打一顿或者,比如说,打死疯子吧,你们觉得呢?

唉,那什么,维丽卡娅河对岸人激动起来。打一顿——还勉强说得过去,但是打死——这难道是虔诚的行为吗?死罪呀,如果可以这么说的话。

你妈,疯子福马在心里感叹道。这就是俄罗斯人——他不只是虔诚。保险起见,我告诉你们,他还是盲目和无情的,并且什么事情在他那里都可能转变成死罪。不过这里的界限很微妙,你们这些混蛋也搞不懂。

维丽卡娅河对岸人不知道怎么回答。不知道这一点的还有站在人群里的疯子卡尔普。他张着嘴巴,完全困惑不解地听着疯子福马的话。

嗯哼,你也在这里,罪人,疯子福马喊起来,于是疯子卡尔普就开哭了。我可好久都没揍你的脸了。

福马开始朝卡尔普奔过去,但是那人已然朝修道院的方向退去,而他背后的人群闪出了一条道。

嗷,我真倒霉,疯子卡尔普喊道。

跑出人群后,他冲向修道院的大门。大门是关着的。卡尔普用尽全力敲门,同时惊恐地发现,福马正在靠近。不等门开,卡尔普把双手往后一背,往河边冲去。等门打开了,福马从门前跑过去。冲着从门里向外探看的修女们伸了一下舌头,福马继续向前跑去。修女们对视了一下,习以为常地没有感到惊奇。

没对你说吗:待在普斯科瓦河对岸,疯子福马对疯子卡尔普喊道。

卡尔普用手捂住脸,继续往前跑。他的光脚踩在草上发出啪啪的响声。在紧靠河边的地方他停了下来。刚把手从脸上挪开,就看见福马追上了他。

卡尔普,卡尔普,卡尔普,疯子卡尔普喊叫起来。

他踏上水面,然后小心翼翼地迈开步子。尽管吹着风,但是维丽卡娅河上的波浪在那一天并不很高。一开始卡尔普走得很慢,而且好像不太自信,但是他的脚步逐渐加快了。

福马跑到河边,用大拇脚趾头试了试水。慨叹地摇了摇头,他同样踏上了水面。阿尔谢尼和维丽卡娅河对岸的人们默不作声地看着疯子们如何一个跟在另一个后面走。他们轻轻地跳到波浪上,然后可笑地摆动着手臂,保持着平衡。

可见,在水面上他们只能行走,维丽卡娅河对岸的人们说。但是奔跑却暂时还没学会。

在河的中央疯子卡尔普停了下来。等到了疯子福马,他抡圆了膀子照着脸颊打了他一下子。耳光的响声沿着水面传到了站在岸上的人们那里。

他有权利,维丽卡娅河对岸的人们遗憾地双手一摊。这已经是他的领地。

一言未发,疯子福马转回身朝自己的城区走去。在秋阳的斜晖里河流的起伏不平变得明显了。镜子一样平静的水面和粼粼波光相交替。长时间注视水面的话,会觉得,河水在向相反的方向流动。可能是由于它倒映着云彩的飘动。两个小小的身影分开来,合着共同的运动节拍在河面上滑动着。留在原地的只有阿尔谢尼和围绕着他的维丽卡娅河对岸的居民们。

辛巳

临近冬天的时候阿尔谢尼已经可以很好地行走了。他的骨头长好了,只有时不时袭来的虚弱提示着得过那场病。感觉到自己好些了,阿尔谢尼就返回了自己在墓地里的家。修女们劝说他留在远处的修道室里,但是他是难以撼动的。

赞颂归于你,漂泊者和无家可归的人,女院长说,然后放阿尔谢尼到他选定的居住地去了。

回到长在一起的橡树下,阿尔谢尼明白了,他已不习惯于艰难的生活了。他像哀悼失去的东西一样，哀悼在修道室度过的几周，因为它们让他关注起了肉体。它们实质上让阿尔谢尼冷下来，所以在返回后的头些天他怎么也无法让自己暖和起来。他不知疲倦地对自己悄声说，他就像是在别人的身体里待着，但是这并没有立马奏效。奏效是在四天之后。

第七天面包圈小贩普罗霍尔来找他。他默不作声地从怀里掏出一个面包圈，然后跪倒在阿尔谢尼面前。站在自己的住所旁的阿尔谢尼走到面包圈小贩普罗霍尔跟前。在他身旁跪下，拥抱了他。而后从他手里拿过了面包圈。

我斋戒了七日，普罗霍尔说。

阿尔谢尼点点头，因为他从面包圈的形状和它的香味就明白了这一点。

宽恕我吧，蒙福的乌斯京，面包圈小贩普罗霍尔哭了。

阿尔谢尼触碰了一下普罗霍尔的脸颊，于是他的食指上留下了一滴普罗霍尔的眼泪。他把它抹在面包圈的边缘。在面包圈吸入了普罗霍尔泪水的地方，阿尔谢尼从面包圈上面咬下了一块。嚼完了咬下的一口，阿尔谢尼自己站起身，然后扶起了面包圈小贩。给他画了十字祝福，然后打发他回家了。等面包圈小贩普罗霍尔隐没在缺口处，阿尔谢尼拿起面包圈费力地走到了外面。修道院的墙边站着一些穷苦人。阿尔谢尼把面包圈掰成几半，把它分给了他们。

从那天起面包圈小贩普罗霍尔常来看阿尔谢尼。每次都带来一个面包圈，要不然就不止一个。阿尔谢尼感激地接受了面包圈。等普罗霍尔走后他就把它们带到修道院院墙那儿，分送给穷苦人。

然而，渐渐地不止他们开始期待着来自阿尔谢尼的面包圈。人们从城里和普斯科瓦河对岸过来，而且他们中的很多人被认为是有钱人。这些人并没受饥饿的折磨，但是知道，阿尔谢尼手里的面包圈异常美味和有益。据他们的观察，这些面包增力、止血，并且改善新陈代谢。

听说了分送面包的事，有一次，阿尔谢尼这里来了普斯科夫的地方行政长官加夫里尔。加夫里尔得到了半个面包圈就带着它回自己家了。得到的面包被他、他的妻子和四个不同年龄的孩子吃了。面包他们很喜欢，而且他们感觉身体更好了，虽说此前，事实上感觉身体也相当好。

这是一种奇迹，值得一切可能的支持，地方行政长官加夫里尔说。

他来到阿尔谢尼处，当着修女们的面把装着银币的钱袋交到他手上。令地方行政长官加夫里尔吃惊的是，阿尔谢尼收下了钱袋。走的时候地方行政长官在修道院附近留了一个人，要这人看一看，疯子会如何支配他给的钱财。同一天晚上，这人出现在地方行政长官加夫里尔面前，向他报告说，疯子乌斯京做的第一件事就是去了商人涅戈达那里。另行指出，疯子进到商人那儿是带着钱袋的，可出来时却没带。

于是地方行政长官加夫里尔再次去找阿尔谢尼，并问他，为什么没有把钱给穷人，而是给了商人。阿尔谢尼默不作声地看着地方行政长官。

这有什么不明白的呢，疯子福马感到奇怪，他正站在墙的缺口处。商人涅戈达破产了，他的家人由于饥饿而日渐消瘦。为了自己的面子又羞于讨饭。他和他的家人，只要还没咽气，那就得忍受，狗杂种的。这不乌斯京就把钱给了他。乞丐们自己就养活自己了，要饭——这不管怎么说是他们的职业。

地方行政长官加夫里尔对阿尔谢尼的睿智感到惊讶，就问：

你需要什么，乌斯京兄弟，为了让你的日子好过些？你问我要，我就给你。

阿尔谢尼不吭声，在这种情况下疯子福马就说道：

若是被选中的是我，不是他，你还给吗？

地方行政长官加夫里尔回答：

给。

把伟大的普斯科夫城给他吧，疯子福马说。这就够他糊口了。

地方行政长官一言不发，因为他不能给阿尔谢尼一整座城。疯子福马看到地方行政长官加夫里尔垂头丧气了，大笑起来：

你别上火呀，哎呀，妈呀。你不能给他这座城——不给呗。没有你，他也会得到它的。

壬午

到来的冬天是可怕的。这样的冬天就算是普斯科夫人也没见过，更别说是阿尔谢尼了。不过，阿尔谢尼也不记得，从他来到普斯科夫之后过了多少个冬天了。也许是一个。而也许是所有的冬天汇成了一个，与时间再无关联。变成了总体上的冬天。

一开始城里落了雪。雪白天黑夜地下，它把自己的丰沛抖落在空中和地上，把人世间变成了一整个乳白色的凝结体。雪埋住了畜栏、房屋，甚至还有不高的教堂。它们变成了巨大的雪堆，雪堆上有时能看到十字架。雪压坏了老房子的屋顶，它们随着干巴巴的折裂声塌陷了。人们落到了露天的境地，而天上没完没了地飞着雪，一天工夫就落满了受损的房屋。雪下了三个礼拜，而后严寒就袭来了。

严寒是无情的。风使它的力量增加了两倍，遭遇这样的严寒是没救了。风吹得路人站不住脚，钻进门缝，从对缝对得不严实的圆木间发出呼啸声。飞行中的鸟儿因之而丧命，小河里的鱼儿被冻死了，而树林里的野兽也倒毙了。甚至以火取暖的人们由于身体的虚弱也没能挺过这场超强的严寒。那时，在城里、周边的乡下和路上冻死了很多人和牲畜。乞丐和朝圣的人经受了巨大的灾难，从自己的内心深处发出呻吟，痛哭流涕，不停地颤抖，都冻僵了。

按照女院长的指示把阿尔谢尼移到了远处的修道室，让他在那里等待酷寒过去。过去了三天，阿尔谢尼就离开了远处的修道室，回到了自己在墓地的家。对所有让他留下来的劝说，他都以沉默回答。

你明白吗，他对乌斯吉娜说，在远处的修道室里我的肉体暖和起来，于是就开始提出自己的要求。要知道这种事，我的爱，你只要开了头就没完了。你给它一个指头，那它就会抓住整条手臂。最好啊，我的爱，我就待在外面。

为了不冻僵，我大概会在维丽卡娅河对岸到处走走。我会观察光天化日之下发生的事，因为它还从未曾这么亮白过呢。

阿尔谢尼开始在维丽卡娅河对岸转悠。当他遇到冻僵的，或者醉酒的，或者在雪堆上快要睡着的，就把他们送回他们的家里。如果谁没有家，就把他带到收容所去——天冷的时候在圣约翰修道院墙边的旧棚子里建的。

一次顺着冰封的河走着，阿尔谢尼在河里看到了疯子福马，从冰上对他说：

亲爱的朋友，城区间的界限如今以自然的方式被抹掉了。应该断定，分隔开我们的障碍临时隐没在厚厚的冰层之下看不见了。如果你愿意也在我的领地上收集冻僵的人士，我一点也不反对。

在疯子福马的这番话之后，阿尔谢尼不再局限于维丽卡娅河对岸了。他到城里，甚至到疯子卡尔普居住的普斯科瓦河对岸去。赤脚留下的脚印说明了这一点，它们从圣约翰修道院像光线一样四散开去。每天早晨都会发现新的足迹，根据它们，普斯科夫的居民就会得知，阿尔谢尼昨夜去了哪个城区。

一次，阿尔谢尼送一个夜行者回家。那人从酒馆里出来，力气全无了。他常常坐到路上，让阿尔谢尼不要烦他。这种情况下，阿尔谢尼不得不强行在雪地上拖着陌生人走。滑行得不顺利，因为前一段路陌生哈哈大笑着用靴子尖刨着雪。一个小时后他冻透了，于是快活弃他而去。他无声地抓着阿尔谢尼，明显清醒了，而且怒气冲冲。

在寻找他的住处时，他们绕着城郊的农舍打转转。接近半夜的时候天上出月亮了，这才解决了问题。在刮成的一个个雪堆中辨认出其中一个是自家的农舍后，陌生人果断地向台阶走去。同样果断地拾级而上，然后在身后砰的一声关上了门。

阿尔谢尼四下环顾。长时间的徘徊寻路把他弄迷糊了，所以他现在无法推测出城市在哪个方向。月亮重新被云朵遮上了。阿尔谢尼明白，如果他离开农舍几步，那么甚至连它也会弄丢的。他觉得，不取取暖，自己再也无法应付过去了。

现在是这种时刻，我的爱，我需要在温暖的环境里待哪怕一个小时呢，阿尔谢尼对乌斯吉娜说。你大可不必为我担心，没关系的，你也看到了，没有发生最可怕的事情。只需歇口气，我的爱，然后我就能返回了。

阿尔谢尼试图微笑，但是发现，他既感觉不到嘴唇，也感觉不到脸颊了。犹豫了一下，向农舍折回去，并走上结了冰的台阶。敲了敲门。没人给他开门,于是他又敲了一次。门开了。门槛边站着他的熟人。他后退一步,好像在给阿尔谢尼腾地方。阿尔谢尼却发愁了,因为他发现,这个人实际上是需要助跑。开门的人叫喊着趁着跑的势头,双手把阿尔谢尼推下了台阶。

等阿尔谢尼苏醒过来,月亮重新照耀了。他抓起一把雪搓了搓僵滞的脸。被他扔掉的雪上满是血迹。在月光下阿尔谢尼看见了远处房屋的轮廓。他摇晃着朝它们走去。房屋很破旧,于是阿尔谢尼知道,里面住的是穷人。听见他敲门,人们拿着棍棒出来了。他们说:

去死吧,疯子,因为从你这儿我们并不能得拯救。

在这些人身上没有发现同情心,阿尔谢尼就离开了他们。他顺着房屋走去并在街道的尽头发现了一个已经倾斜的棚子。等他的眼睛习惯了黑暗,他看清了,在棚子的角落里有几双眼睛。眼睛里反射着从棚盖的缝隙里透进来的月光。看向阿尔谢尼的是几条大狗。他四肢着地,向狗爬过去。狗低沉地怒叫起来,但是没有伤害阿尔谢尼。他躺到它们中间就打起盹来。当他醒过来时,身边的狗已经不见了。

我是有多讨嫌,阿尔谢尼对乌斯吉娜说。我被上帝和人们放弃了。甚至就连狗——既然它们走掉了——都不想和我打交道。而且我自己也嫌恶我肮脏的和发青的身体。这一切都指示着：我身体的存在是没有意义的，而且正在走向终结。如此一来，你，我的爱，便不会因我的祈祷而得到宽恕。

阿尔谢尼蹲下，双手抱住头，把头埋在膝盖里。他意识到，无论是头，还是手，还是膝盖，他都已经感觉不到了。只有一个心脏还能微弱地听得到心跳。只有心脏还没有被严寒缚住，因为位于身体的最深处。好在，阿尔谢尼想，我已经与一部分身体告别了。与还没有冻住的部分告别，看样子，将会轻松得多。

而当阿尔谢尼这样想的时候，他感觉到，一种内在的暖意渐渐充满了他。睁开眼睛后，阿尔谢尼在自己的面前看到了一个少年，样子很美。他的脸在闪耀，像太阳的光芒，而他在自己的一只手里拿着一个缀满红色和白色花朵的枝条。这枝条不像易朽的世界里的枝条，它的美是非俗世的。

手持枝条的美少年问：

阿尔谢尼，你如今身处何地？

坐在黑暗之中，被铁链束缚着，在死亡的阴影下，阿尔谢尼回答。

这时候少年用枝条在阿尔谢尼的脸上打了一下，说：

阿尔谢尼，接受你周身不可战胜的生命，还有清洁和终止你由于这次大寒所受的苦难吧。

而随着这些话语,花朵的芬芳和第二次赋予他的生命进入了阿尔谢尼的心脏。可等到他抬起眼睛,却发现,少年变得不可见了。于是阿尔谢尼明白了,这个少年是谁。他记起了赞美歌中赋予生气的词语:如果上帝愿意,自然规律就会被战胜。因为按照自然规律,阿尔谢尼应该死去。但是飞向死神的人被截住并返还给了生命。

К

癸未

自那时起,阿尔谢尼的时间彻底按照另一种方式计时了。确切地说,它直接停止了运动,而处于静止之中了。阿尔谢尼能看见世上正在发生的那些事件,但是也发现了一件事,那就是它们以一种奇怪的方式与时间分离了,再也不取决于时间了。有时候它们一个跟着一个地运动,就像以往一样,有时候采取相反的顺序。更少的时候——没有任何秩序地降临,没良心地把次序搞乱。连时间也对付不了它们。时间拒绝统率这样的事件。

这就清楚了,事件并不总是在时间里发生的,阿尔谢尼对乌斯吉娜说。有时候它们自行发生。被从时间里抽取出去了。我的爱，这一点你是很清楚的，而我则是头一回碰到这种事。

阿尔谢尼观察着，春天的雪是如何融化以及浑浊的水是如何沿着修女们打通的槽沟流向维丽卡娅河的。每个春天修女们都清理这道槽沟，因为秋天它会被叶子塞住——橡树和槭树的叶子。风也把这些叶子扫到阿尔谢尼的屋里，而阿尔谢尼不拒绝这样的羽毛褥子，因为把它看成是非人手所能创造的。

阿尔谢尼看见，清早的、六月的太阳是如何在夜雨过后露出脸来的。水还在叶子上颤动。蒸汽一团团地从先驱圣约翰教堂的圆顶上脱离，消失在蓝得异乎寻常的天空之中。修女普莉赫里娅手肘支在扫帚上，在观察水汽的蒸发。温暖的风拂到她那从头巾里掉出来的小麦色发卷上。修女普莉赫里娅沉思时挠破了胎痣，由于血液感染而死。她躺在离阿尔谢尼的家几俄丈远的新坟里。她的坟墓被雪埋住了。

在叶落的高潮期女院长来到阿尔谢尼跟前。她说：

我离开这个尘世去往永恒不老的居所的时间到了。祝福我吧，乌斯京。

树叶沙沙作响地滑落到她的衣服上。阿尔谢尼祝福了女院长。

祝福——我没有这个权利,同时他对乌斯吉娜说。这么说来,我的爱,我不是凭权利做的这件事,而是凭大胆,因为这个女人请求我这么做。与此同时,她的路途确实很远,而她也知道这一点。

女院长去世了。

夏日一个炎热的白天,先驱圣约翰教堂旁站着修女阿加菲娅,她的胳膊肘支在扫帚上。她望着教堂的圆顶,她的手伸向脸上的胎痣。半途中修女阿加菲娅的手被阿尔谢尼的手拉住了。他及时赶上了。

她会活下去,走开时,阿尔谢尼想。

他迈着坚定的步伐向神甫约翰的家走去。猛地一拉,门大敞四开。严寒那粗糙扎人的舌头跟在阿尔谢尼的后面闯了进来。神甫约翰和他的家人坐在桌子旁边。神甫的妻子正准备开饭。① 她向浑浊的窗外细看,那里除了雪什么也没有。神甫约翰望着自己的面前,好像试图看出自己未来的命运。神甫的妻子做了一个无声的手势,邀请阿尔谢尼和他们共同进餐。手势离开神甫夫人,飞出了敞开的门。阿尔谢尼没有发现它。孩子们挤到板凳上,目光盯着自己放在膝盖上的手。手指揪着衬衫粗糙的麻布。对他们而言,阿尔谢尼就像他们的父

---

① 俄罗斯东正教神甫可以结婚。

亲有一次见过的球状闪电。父亲教过他们，当球状闪电飞进来时，最好不要动，不要暴露自己。放松下来，屏息不动。他们屏息不动。阿尔谢尼从桌子上抓起一把刀子，向神甫约翰冲过去。神甫约翰继续看向自己的面前，就好像没有发现阿尔谢尼一样。实际上他全都看见了，但是不认为需要反抗命运。阿尔谢尼紧贴着神甫约翰的脸挥舞着刀子。神甫仍旧不动，也许在想球状闪电的事情。在想：它到底还是发现了他。阿尔谢尼把刀子扔到地板上，然后跑出了农舍。神甫约翰没有感觉到轻松。他明白，所发生的事情——这是一种预告。这只是电光，所以他在等着闪电的到来。而且猜到，这一次与之错过不会那么简单。

阿尔谢尼在普斯科夫河对岸走着，一群小男孩儿在守伺他。他们把他推倒在路面的木板上。几双手把他压向木板，尽管他并没有反抗。手闲着的那个把阿尔谢尼的衬衫衣摆钉在木板上。阿尔谢尼看着男孩们在笑，就也笑。每一次，当男孩儿们把他的衬衫钉到路面上，他都和他们一起笑。并且无声地请求上帝不要把这算成是他们的罪过。他本来是可以很小心地把衬衫从钉子上扯下来的，但是他没有这么做。阿尔谢尼想要取悦这些小男孩儿。他猛地站起身，于是他衬衫的衣襟刺啦一声被撕掉了。男孩子们哈哈大笑，笑得在地上直翻滚。剩下的一天时间阿尔谢尼都在垃圾堆里找碎布片和把它们补缀起来，以代替被撕掉的衣襟。看到他衬衫上新的碎布，男孩子们笑得更欢了。

等他们跑了，周围变得静悄悄的。只有一个男孩子留了下来，他走近阿尔谢尼，并拥抱了他。还哭了。阿尔谢尼知道，这个男孩子可怜他，但是羞于在大家面前显露这一点，于是阿尔谢尼的心缩紧了。他很想让这个孩子高兴，因为在他的面容中他辨认出了另一个孩子。于是阿尔谢尼哭了。他亲吻了男孩儿的额头，然后跑开了，因为他的心就要撕裂了。阿尔谢尼由于痛哭而喘不过气来。他跑着，痛哭令他发抖，而泪水从他的脸颊上向四面八方飞溅，在路边萌生出各种不起眼的植物。

春天的时候维丽卡娅河水位上涨，于是有些地方木板路面就漂浮起来。普斯科夫河对岸一片泥泞。回家的路上神甫约翰脚下和着泥。在自己身后他听见泥泞那浓稠的啪叽声。慢慢转过身。他的面前站着一个持刀的人，浑身是泥污。神甫约翰不作声地把一只手按在胸口。阿尔谢尼预见的回忆在他的脑子里闪过。他的心里响起他来不及发声的祷告词。来人捅了他二十三刀。每一次挥刀的时候，由于使劲，他都发出呼哧声和哼唧声。神甫约翰躺在了泥泞之中。来人的踪迹也在那里消失了。人们说，好像没有人，只有泥泞飞溅的声音。它在神甫约翰的背后冒出来，即刻又漫流到路上去了。没过多久响起了一声非人类的叫喊。它飞越了维丽卡娅河和普斯科瓦河，在整个普斯科夫城上空扩散。这是神甫夫人在喊叫。

地方行政长官加夫里尔打发的人来了。他们说：

乌斯京，你是一个特别的人，而且你的到访是有益的。地方行政长官的妻子牙疼了三周了，那么你能不能帮帮她呢？已经有很多医生去看过她了，但是事实上没有任何缓和。因此地方行政长官叫你去，期待着你的帮助。

阿尔谢尼看着地方行政长官加夫里尔打发来的人。他们在等。他们说，地方行政长官夫人自己本也是可以到墓地来找他，但是她恰恰不想到墓地里来。阿尔谢尼摇摇头。他把一只手伸到嘴里，从牙床上拽出一颗智齿，然后把它交给来人。那些人明白，这便是蒙福的人对他们请求的回答。他们万分小心地把阿尔谢尼的牙齿带给了地方行政长官夫人。地方行政长官夫人把它放到自己的嘴里，于是牙疼好了。

地方行政长官加夫里尔带着随从来找阿尔谢尼。他给他带来了贵重的衣服，请求阿尔谢尼穿上它们。阿尔谢尼穿上了。给他和地方行政长官加夫里尔各端来了一杯洋酒。地方行政长官喝了，阿尔谢尼则转身朝东北方向鞠了一躬，慢慢将自己那一杯酒洒到了地上。在下落时形成了一道螺旋线的酒流，流光溢彩。珍贵的水分被草丛贪婪地吸收着。太阳当头。地方行政长官加夫里尔皱起了眉。

难不成你还不明白吗，疯子福马问地方行政长官，为什么上帝的仆人乌斯京把你的酒倒到东北方了？

地方行政长官不明白，而且也没想隐瞒这一点。

人啊，你根本不知道，疯子福马说，今日在大诺夫哥罗德发生了火灾，所以上帝的仆人乌斯京正在用手边的东西浇灭它。

地方行政长官加夫里尔派自己的人手到大诺夫哥罗德去实地了解所发生的事。回来的人向地方行政长官加夫里尔汇报说，当天早晨在诺夫哥罗德的确着了一场大火，但是在中午前后被一股不明的力量熄灭了。地方行政长官什么都没说。他对来人做了一个出去的手势，于是他们鞠躬离开了。地方行政长官点上灯。站在门外的人耳中传来他祷告的低沉话语。

阿尔谢尼穿着送给他的衣服朝小酒馆走去。酒馆里的顾客扒下阿尔谢尼的衣服，打算用卖衣服得来的钱喝上三天三夜。阿尔谢尼随身带着个装旧衣服的包袱，他马上穿上了。他轻松地长吁了一口气。酒馆的顾客要了第一杯酒。阿尔谢尼见此，打掉了他们手里的酒杯。带把的杯子带着锡制品特有的声响滚动着，把里面装的东西洒了满地。顾客们要了第二杯酒，但是阿尔谢尼又一次没让他们喝到嘴里。他们中的一个人想要打阿尔谢尼的脸，但是酒馆老板禁止他这么做。酒馆老板知道，他要是打了需要负什么责，所以把顾客们推搡出去了。顾客们清醒地带着钱四散回家了。亲人们从回到家的人手里把钱拿走，却无法找到对这一现象的合理解释。他们完全不明所以。

你知不知道，疯子福马问阿尔谢尼，从你出现在此地过去了多少年？

阿尔谢尼耸了耸肩。

哦，那就是你不需要知道这个，疯子福马说。暂时就在时间之外活着吧。

阿尔谢尼把一团污泥扔到普斯科瓦河对岸的几个受到敬爱的居民身上。在他们背后他准确无误地辨别出了大的和小的魔鬼。这几个居民很不满。

慰藉只在于，阿尔谢尼告诉乌斯吉娜说，魔鬼更不满意。

有时候他往教堂院里丢石头。那里也聚集着相当数量的魔鬼。它们不敢走进教堂里面去，就挤在入口处。

看到阿尔谢尼夜间是如何祷告的，新的女院长说：

白天上帝的仆人乌斯京在世间笑，而夜晚则为世间哭。

木匠阿尔捷米的女儿叶甫普拉克希娅被抬到修道院来了。两个月前谷仓的顶棚梁砸到了叶甫普拉克希娅,所以从那时起她就躺着动不了了。疾病既不让她返回生,但也不放她去就死。叶甫普拉克希娅身边的人搞不懂,她离哪种状态更近一些。

叶甫普拉克希娅被安置在客用修道室里,并且为她念了祷告词。在晴朗的日子里,她被抬到修道院的院子里,在新鲜的空气中为她念祷告词。风轻轻地拂动着叶甫普拉克希娅的头发,但是她本人依旧不会动。阿尔谢尼走到放在院子里的叶甫普拉克希娅床铺前。他拉起叶甫普拉克希娅的一只手。

生命没有完全离她而去,阿尔谢尼对乌斯吉娜说。我觉得,她能醒过来。只是需要在这件事上帮帮她。

阿尔谢尼把手掌放到叶甫普拉克希娅的额头上。他的嘴唇微微翕动。叶甫普拉克希娅睁开了眼睛。她看到阿尔谢尼和围着她的修女们。这是一个温暖的夏日。树的阴影很清晰。它们合着太阳的运动节拍移动。椴树的叶子带着黏性,迎着风几不可察地颤动着。

我们庆祝叶甫普拉克希娅的归来,新院长说,但是也要记住,它是暂时的,这地上的一切都是暂时的。

而我曾经特别想和她说说话,哪怕再说一次呢,木匠阿尔捷米说。现在我能一直和她说话了。当然啦,是在暂时的意义上。一想到上帝无边的仁慈和降临到上帝的仆人乌斯京身上的恩典,我就会哭泣。还有我们,所有站在这里的人(无一例外),都能够闻到夏日温暖的味道和听到鸟儿的啁啾。无一例外,因为,如果不是阿尔谢尼,我的女儿叶甫普拉克希娅就可能成为这个例外了。

木匠阿尔捷米跪在阿尔谢尼面前,亲吻着他的手。阿尔谢尼把手抽出来,从冰上越过维丽卡娅河,出现在普斯科瓦河对岸。一清早,面包圈小贩萨姆松正在把自己的商品端出来。他在等疯子卡尔普,后者应该从他这儿抢走一个面包圈。疯子卡尔普出现了,抓过一个价值四分之一戈比的面包圈就从面包圈小贩萨姆松身边跑开了,把双手背在身后。面包圈小贩露出善意的面包圈式的笑容。从他的嘴里冒出的热气落在胡须上凝成了霜。他用手捋一把胡须,说:

这人是属于上帝的,你明白吗。蒙福的人。

想要完全表达情感的话,面包圈小贩(一如既往地)词汇不够。疯子卡尔普(一如既往地)把面包圈弄掉,然后穷人们把它捡起来。卡尔普把嘴里剩的面包嚼碎。

等他的嘴腾出空儿来,他喊道:

谁做我的旅伴，一起去耶路撒冷？

捡起面包圈的人们莫名其妙。他们说：

我们的卡尔普又在犯傻了。谁能从普斯科夫走到耶路撒冷去呀？

谁做我的旅伴，一起去耶路撒冷，疯子卡尔普冲着围拢来的人们喊道。

围拢来的人们回答说：

耶路撒冷，那什么，挺远的。怎么到那里去呀？

疯子卡尔普一瞬不瞬地看着阿尔谢尼。阿尔谢尼沉默不语，但是也没有转过头去。他的嗓子里堵着一团东西。他想要好好看看疯子卡尔普，他就是为此而来的。卡尔普瑟缩起来，把脑袋缩到肩里，走了。

卡尔普，卡尔普，卡尔普，他心不在焉地说。

虚弱至极的达维德被抬到了修道院里。达维德自年少时起就有病。他不能动，甚至撑不住自己的脑袋。当给达维德喂粥的时候，得把他的脑袋稍稍抬起来点。有时候粥会从他的嘴里流出来。那时就要用勺子从下巴上刮起来，再送入嘴里。达维德被送到修道院的墓地里。小心地放到与阿尔谢尼的房子并排的坟堆上。人们说：

帮帮我们吧，乌斯京，如果你能够办到的话。

阿尔谢尼什么都没有回答。他徒手在坟头上薅了些荨麻，然后把它们堆成一小捆。荨麻捆弄好了，阿尔谢尼用它抽打来人的脸和手。他们觉出，他们在这儿不受欢迎。扔下躺在坟堆上的达维德，离开了。想了想，阿尔谢尼也用荨麻抽打他。达维德皱眉，但是继续躺在那儿，因为他没有别的出路。太阳比平日更快地落山了。天空中出现了月亮。

阿尔谢尼在达维德身旁跪下来，触摸他的手。查看达维德苍白、几乎没有生气的皮肤。这皮肤是为月光而造。阿尔谢尼用手指摩挲了一下它，然后开始使劲儿地揉捏。换到另一只手。把虚弱无力的人翻转成腹部朝下。用尽全力地揉搓他了无生机的肉体，好像在把生命力注入其中。顺着脊柱搓达维德的背。把达维德的双腿揉软，因而达维德那从坟堆上耷拉下去的胳膊也在抖动。病人让人想起大个的布娃娃。新院长一夜两次来到墓地，而两次看到的都是阿尔谢尼不停歇地工作。随着清晨的第一缕阳光，达维德慢慢地站立起来。他朝着教堂的方向——他的亲人们在那里等着他——迈出了僵硬的步子。力气离开了达维德，因为他的肌肉还不习惯于行走。亲人们奔向达维德，架住了他的胳膊。他们明白，头几步是最主要的。但也是最困难的。这是怎么回事，新院长问在场的人，但是首先是问自己。是我们的兄弟乌斯京治疗措施的结果呢，还是不经由人类的作用而显现出来的上帝的奇迹呢？实际上，女院长自己已然回答了，二者互不矛盾，因为奇迹可能是劳动乘以信仰的结果。

在维丽卡娅河边和普斯科夫的树林里，阿尔谢尼采集着草药。普斯科夫的土地比白湖的靠南一些，生长着更加大量的药草。这里甚至有那些克里斯托弗当时没有描绘的药草。关于它们的作用，阿尔谢尼是根据气味和叶子的形状进行猜测的。这样的药草他在修道院的棚子里晾干，然后在自己身上进行尝试。他晾晒的还有其他的药草。

几个基督教信徒在维丽卡娅河里捞出了一条大鱼，把它送给了神甫康斯坦丁。神甫的妻子玛尔法晚饭做的鱼。她提醒丈夫，大鱼的刺很大，要他小心点。神甫康斯坦丁是一个疏忽大意的人，他漫不经心地吃着鱼，没理会它的刺。心里想的是正在建造的教区教堂。他正试图再次算一下购置的材料数量，担忧它们不够用。神甫康斯坦丁不是立即就发现，一根连着一块脊骨的弧形的刺和软嫩的鱼肉一道进入了他的喉咙。他咳嗽着，于是从他的嘴里飞出了鱼的碎块——所有的，除了鱼刺。

鱼刺以三个点钩住了喉咙。它不继续向下走，但也不往上升。要想用手指够到它，它走得又太深。神甫的妻子玛尔法击打丈夫的后背，但是鱼刺纹丝不动地待着。神甫康斯坦丁腹部朝下趴到桌子上,几乎把头垂到了地上,试图把鱼刺咳出来。从嘴里流出带血的唾液,但是鱼刺连一俄寸[①]都没移动。

找了医生捷连季来看神甫康斯坦丁。捷连季请病人张开嘴,并把蜡烛凑近嘴边。但是即便在烛光下也看不见鱼刺。捷连季试图把自己长长的手指伸进病人的嘴里,但是甚至它们也不能触摸到鱼刺。神甫康斯坦丁由于引发呕吐的动作而无声地抖动着,最终挣脱了医生的手。神甫的妻子玛尔法把捷连季从屋里赶了出去。

他们拒绝医治,医生捷连季在街上对围拢来的人们说。然后把一只手放到心脏处:他们是对的,因为鱼刺所处的深度超出了当代医学的能力。

经过了一夜的痛苦折磨,神甫康斯坦丁被送过河,到了普斯科瓦河对岸。来到圣约翰修道院的墓地,人们把神甫放到了阿尔谢尼面前。但是病人已经不能站立,他坐到了墓石上。他的喉咙肿了,因而他喘不上气来。眼中是痛苦和悲伤:他觉得,人们已经在安葬他了。他害怕他的疼痛就算在死后也不会过去。

阿尔谢尼在神甫康斯坦丁面前蹲下来。用双手在他的脖子上摸索了一遍。神甫轻声地呻吟着。突然,阿尔

---

① 一俄寸(вершок)等于4.4厘米。

谢尼抓住他的双腿就抬离了地面。出其不意地用力狂抖着。阿尔谢尼的狂怒是针对病症的。从病人的喉咙里逸出了惨叫、红色的黏液和鱼骨。

神甫躺在地上,粗重地呼吸着。用半睁的眼睛盯着自己痛苦的根源。一些碰巧出现在墓地的人想要拉他起来,但是他用一只手阻止了他们:他需要喘口气。神甫的妻子玛尔法跪在了阿尔谢尼面前。阿尔谢尼躬身抓住玛尔法的双脚,试图把她也抬起来。玛尔法叫喊着。她太沉了,而阿尔谢尼已经没有这么多力气了。

十有八九抬不起来,在场的人交头接耳,摇着脑袋。

阿尔谢尼放下神甫的妻子玛尔法,然后离开了墓地。神甫的妻子把鱼骨包在手帕里作为家庭感恩的纪念。

地方行政长官加夫里尔的女儿安娜要死了。在自己寿命的第十六个年头。在渡船上滑了一跤后,安娜掉落水中,像一块石头一样沉了底。紧随其后跳下去好几个人。他们朝不同的方向钻下去,企图猜出姑娘的身体落到了哪里。钻出来,喘息着,将肺部吸满空气,就又向水中沉潜下去。费劲地到达了维丽卡娅河的河底,但是在那里也没能找到地方行政长官的女儿。水很浑浊。水流湍急,而且长满了水草。下潜的人中有一个差一点儿溺水,然而潜水者的努力全都白费了。落水女的尸首几小时后在下游找到了,那时它被冲到了芦苇处。

地方行政长官加夫里尔因痛苦而不能自已。他想要把女儿安葬在圣约翰修道院，就到女院长这来了。女院长对他说，安娜最好葬在乱葬坑。地方行政长官加夫里尔抓住女院长的肩膀，把她摇晃了很长时间。女院长看着百人长，毫无惧色，但是带着忧伤。她允许地方行政长官把他的女儿葬在修道院。百人长吩咐给安娜戴上金银饰品，为了令她即使死了也不失自己的美丽。维丽卡娅河对岸和普斯科夫其他城区的居民们迎候着载有尸体的渡船。他们全都含着眼泪。人们让安娜入土为安，下葬时引起了一片哭声。所有人都走了，除了地方行政长官。他留下来，在新坟上一躺就是几个小时。当夜幕降临的时候，地方行政长官被带走了。墓地上只剩下了阿尔谢尼，靠在长到一起的橡树上。看起来，他也和它们长在一起了，借用了它们的树皮颜色，还有它们的岿然不动。

这种印象是错误的，因为阿尔谢尼的本质不是木质的，而是有人性和好祷告的。他的身体里心脏在跳动，而他的嘴唇在翕动。他在为新亡的安娜请求上天的恩赐。他的眼睛睁得很大。眼中映出摇曳不定地穿过墓地的烛火。火光绕过十字架，攀上土堆。到安娜的墓前停下来。一只看不见的手将之固定在墓旁的树墩上。另一只手折断一根杨树枝，用它从修道院的方向遮住烛火。

在蜡烛闪动的光圈里出现了一把铲子。它毫不费力地挖开了坟包。新培的土不需要费力气。挖掘的人已经站在墓穴里齐膝深的地方了。站在齐腰深的地方了。他的脸处在和蜡烛同一水平线上。阿尔谢尼认出了这张脸。

日拉,他小声地说。

日拉哆嗦了一下,抬起了头。他没有看到任何人。

日拉,如果你走进这座坟齐胸深的地方,那么你从那里面永远也出不来了,阿尔谢尼说。在被你偷走的文献里没有说过:罪人的死是难以忍受的吗?

日拉颤抖了。他望向黑暗的天空。

你是天使吗?

我是谁,是天使,还是人,难道有意义吗?阿尔谢尼回答说。先前你抢劫了活人,而现在成了盗墓贼。这么一来,你还在活着的时候就获得了土性,也因此可能一时之间就变成土。

那我又能怎么办呢,日拉问,如果我自己成为自己的累赘?

不停地祷告,而作为开始先把坟填上。

日拉填着坟。

如果你不是天使,你就不会知道,我叫什么,他冲上面的人说。因为今天是我在普斯科夫城的头一天。

渐渐地,有关阿尔谢尼行医天赋的名声在整个普斯科夫传开了。患有五花八门疾病的人们都来找他，请求给他们减轻病痛。他们看着圣愚的蓝眼睛，给他讲述自己的病情。他们感觉到，在这双眼睛之中他们的灾祸湮灭了。阿尔谢尼什么也不说，甚至都不点头。他专注地倾听他们。他们觉得，他的关注是特别的，因为拒绝言语的人通过听觉来表达自己。

有时候阿尔谢尼给他们草药。修女阿加菲娅在他的口袋里翻找一阵，找到相应的克里斯托弗文献，再出声地念给患者听。指示得到麦仙翁草的人将之放在加了根茎的水里煮：能拔出耳朵里的脓。给被蜜蜂蜇了的人配的是冰草，并吩咐自己涂抹上。阿尔谢尼默不作声地倾听着修女阿加菲娅的念诵，尽管并不倾向于重新评价所建议的草药的意义。医生的经验提示他，在治疗中药物不是主要的。

阿尔谢尼不是全都帮。感觉到自己无力帮助时，他听完病人的陈述就扭头离开他。有时候用额头紧贴他的额头，眼睛里流出泪水。他与病人一起分担他的痛楚以及——在某种程度上——死亡。阿尔谢尼明白，随着病人的离去，世界便不再是原来的世界了，因而他的心充满了悲伤。

假如我身体里有光，我也许就把他治愈了。关于这样的病人，阿尔谢尼对乌斯吉娜如是说。但是我因为自己罪孽深重而不能治愈他。这些罪孽不让我登上那个高度，而这个人的拯救就放在那里。我的爱呀，我是他死亡的罪魁祸首，我因此哭泣，哭他的离世和自己的罪孽。

但是就连那些阿尔谢尼不能治愈的病人，也能感觉到与他交流的良好作用。与阿尔谢尼见面后，他们觉得，疼痛减轻了，而与此同时，恐惧也减弱了。患了不治之症的人在他身上看到的是一个能够理解痛苦有多深的人，因为在探查病痛时他一直探到了其最底部。

到阿尔谢尼这里来的不仅有病人。怀孕的人也出现在墓地。他含泪看着她们，并把掌心放在她们的肚子上。与圣愚见面后，她们觉得自己好受许多，而生产也很轻松。哺乳期的女人没有奶了也来找他。阿尔谢尼给她们蓉苊草。如果草药不管用，阿尔谢尼就把女人领到维丽卡娅河对岸的某个畜栏里，让她给奶牛挤奶。看着白色的液体怎样透过因紧张而发红的手指，一滴滴地流出来。奶牛胀满的乳房如何摇晃着。后面的门里站着主人们。他们也在看着。他们知道，圣愚和女人的到来是一种祝福。阿尔谢尼示意哺乳的女人喝下牛奶。她喝着就感觉到自己的乳房胀大了。于是急忙去找自己的孩子。

阿尔谢尼要过维丽卡娅河。前往的途中发现，冰已经不见了，但是水仍旧很冷。没有被烤暖的河风从一大清早就吹向普斯科瓦河对岸，使这个城区冷透。疯子福马皱着眉，看向远处的什么地方。他的胡子被风吹得翻卷着。疯子卡尔普站着，双手捂着脸。半身侧向疯子福马。面包圈小贩萨姆松没让人久等自己，便拿着面包圈托盘出现了。嘴上带着善意的微笑。疯子卡尔普疲惫地把手从脸上拿下来，并把它们交握在背后。在他的额角上一根蓝色的血管在突突地跳着。实际上，他已然不年轻了。他的面庞很清秀。疯子卡尔普以柔和的芭蕾舞步态走近面包圈小贩萨姆松，用牙齿叼了最近的一个面包圈。从托盘离开，刚迈了一步，疯子卡尔普便转过身来。埋怨地看着萨姆松。萨姆松面不改色地摘下托盘，小心地放到了地上。朝疯子卡尔普的方向走了几步，面包圈小贩匀称的身形弯下去。他的一只手伸进靴筒。那里有一个闪亮的、冰冷的和锋利的东西。面包圈小贩走到卡尔普近前。卡尔普把身子挺直成一根弦。他比面包圈小贩高，因而脖子处感觉到他的呼吸。刀慢慢地进入圣愚的身体。天军神将啊，面包圈小贩萨姆松小声说，这一天我等了多久了呀。

道路书

a
甲子

阿姆布罗乔·弗列加出生在一个叫马尼亚诺的小地方。从马尼亚诺向东,一路骑马走到底,就是米兰,圣阿姆夫罗西之城。为了纪念圣徒就给男孩儿起了这个名字,阿姆布罗乔。在他父母的语言中是这么发音的。也可能会使人想起神食阿姆布罗奇亚,一种永生者的饮品。男孩儿的父母是酿酒师。

稍稍长大些,阿姆布罗乔开始给他们帮忙。他听话地完成了吩咐他做的所有事情,但是他在劳作时没有乐趣。老弗列加不止一次偷偷地观察儿子,越来越认定这一点。甚至光着脚在大桶里踩葡萄的时候(对于小孩子来说,还有什么比这更有乐趣的呢?),阿姆布罗乔也依然是严肃的。

作为祖传的葡萄酒酿造师,老弗列加本人也不喜欢过多的欢愉。他知道,葡萄酒的发酵——这是一个缓慢的过程,甚至是一个令人忧郁的过程,因而一定程度的沉思默想在葡萄酒酿造师身上是允许的。但是他的儿子在生产葡萄酒时所带有的那种不问世事的神态却是某种另外的东西：在父亲的眼中，它与漠不关心相近。而正宗的葡萄酒（老弗列加一边抖落掉手指上的葡萄籽粕，一边叹气）只有热心的人才能酿造。

男孩儿对家族事业的帮助来自一个出乎意料的方面。在葡萄大收前五天，阿姆布罗乔告诉他说，应该尽快收葡萄。他说，早晨，当他睁开眼睛，但好像还没醒过来时，他眼前出现了雷雨的幻象。这是一场可怕的雷雨，于是阿姆布罗乔详细地描绘了它。在描述中有忽然浓重起来的昏暗，风的呼号和呼啸着乱飞的鸡蛋大的冰雹。男孩儿讲了，成熟的葡萄串如何像沐浴球一样撞击着葡萄藤，圆圆的冰雹飞着洞穿乱舞的树叶，又在地上把掉落下来的果子砸烂。所有这一切还要加上从天而降的蓝色的、嘶嘶作响的寒冷，于是灾难之地被覆盖上了薄薄的一层雪。

这样的雷雨老弗列加平生仅见过一次，而男孩儿从未得见。但是讲述的所有细节都与父亲当时观察到的一般无二。老弗列加并没有神秘主义倾向，他犹豫了一番之后，还是听了阿姆布罗乔的话，开始收葡萄。他什么都没对邻居们说，因为怕人家笑话。但是五天过后，马尼亚诺上空果然突发可怕的雷雨，弗列加家成了那一年唯一收获了葡萄的家族。

还有别的幻象光顾了这个黝黑的少年。它们涉及了五花八门的生活领域，但是离制酒业已经相当远了。比如，阿姆布罗乔预言了法国国王和神圣罗马帝国之间在1494年爆发于皮埃蒙特领土上的战争。葡萄酒酿造师的儿子看到，先进的法国部队自西向东，从马尼亚诺旁边列队走过。法国人几乎没碰当地居民，只是为了补充给养抢走了小牲口和二十桶他们觉得不错的皮埃蒙特葡萄酒。这一信息是在1457年落到老弗列加手里的，也就是说提前太多了，因而实际上，它并没有令他从中得到可能的好处。过了一周他就把预言的战事给忘掉了。

阿姆布罗乔同样预言了克里斯托弗·哥伦布1492年发现美洲的事。这一事件也没有引起父亲的注意，因为对皮埃蒙特的酿酒业没有实质性的影响。可男孩儿本人却被幻象搞得心情激动，因为它伴随着不祥的辉光，全部三艘哥伦布航海快帆船轮廓的辉光。就连首先发现者那鹰一样的侧面轮廓也被不好的光触及了。由于情势所迫转而为西班牙服务的热那亚人哥伦布，实际上是阿姆布罗乔的同乡。不愿去想，1492年10月12日，这样一个人做了什么不妥当的事，因此孩子倾向于把光效解释为大西洋大气层的一种过度带电现象。

当阿姆布罗乔再长大一些，他表达了要到佛罗伦萨去的愿望，要在那里的大学里学习。老弗列加在这件事上没有阻碍他。那时他彻底确信，他的儿子不是为酿酒而生的。实际上，马尼亚诺的人全都已经明白，小弗列加是一个要离开家单飞的人，所以说大家日复一日地等待着他从这个小地方离开。然而，出行被阿姆布罗乔自己的决定推迟了，他能够预见到，最近两年在佛罗伦萨将有瘟疫肆虐。

最终年轻人到了佛罗伦萨。在这座城市里一切都是另外一种样子：它完全不像马尼亚诺。阿姆布罗乔来时它正在从瘟疫中复原，那里的富丽堂皇仍旧混杂着些许的张皇失措。在大学里阿姆布罗乔研究七种自由的艺术。在弄懂了三艺（文法、辩证法、修辞学）的课程之后，他转向了包括算术、几何、音乐和天文在内的四艺。

就像以前的时代所常有的那样，学习的过程是漫长的。它包括几年仔细的教学，它们与同样仔细地思考所学内容的几年交替进行，在暂时停止到校上课的时候，阿姆布罗乔就去进行环意大利的旅行。事实上，大学生与 alma mater[①] 的联系从不曾中断，甚至在前往他祖国——所幸它并不是那么大——最遥远的角落之时。

---

① 母校。

在阿姆布罗乔学习期间所接触到的一切事物中，他最喜欢的是历史。在大学里，历史不是作为一门单独的学科来研究的：在三路交叉的范围内，它是作为修辞学的组成部分进行研究的。年轻人愿意一坐就是几个小时地看历史著作。它们针对的是过去（而这使得它们与针对未来的幻象相近），这对于他来说是对当下的逃离。当下朝向两个方向的运动对于阿姆布罗乔就像空气一样必不可少，因为打破了让他窒息的时间的单维性。

阿姆布罗乔读古希腊罗马和中世纪历史学家们的著作。读史书，编年史，年代记，城市、土地和战争的历史。他了解到，帝国的兴衰，地震的发生，星辰的坠落和河流的泛滥。特别注意到预言的实现，还有征兆出现和变为现实。在这种对时间的克服之中，他看到了对地球上所发生的一切都并非偶然的确证。人们彼此遇见（阿姆布罗乔想），他们像原子一样向彼此飞撞过去。他们没有本身的轨道，因此它们的行为是偶然的。但是在这些偶然性的集合中（阿姆布罗乔想）有自己的必然性，其在某些部分可能是可以预见的。只有创造了一切的那位才完全了解它。

有一次，佛罗伦萨来了一位打普斯科夫来的商人。商人名叫费拉波恩特。在本地居民的背景下，他那长长的、两侧连鬓的胡须和大大的、有麻点儿的鼻子，令他非常显眼。在一捆捆貂皮之外，费拉波恩特带来了一个消息，说是1492年在罗斯将有世界末日。在佛罗伦萨，对待这类消息的态度总的说来是平静的。首先，佛罗伦萨人忙于一大堆当下的事情，对于不是直接威胁到自己头上的东西，很多人根本就没有时间。其次，远非所有的人都对罗斯的所在地有概念。由于费拉波恩特本人不同寻常的相貌（并不清楚，是否他家乡的所有人都有类似的胡须和鼻子），便产生了一种罗斯的所在地在有人烟的世界之外的可能性。这给了当地居民一种希望——所推测的世界末日仅仅局限于罗斯一地。

所有住在佛罗伦萨的人当中，只有一个人——阿姆布罗乔觉得商人费拉波恩特的消息是重要的。年轻人找到费拉波恩特，向他询问，他是基于什么而做出了世界末日恰好在1492年的结论。费拉波恩特回答说，这个结论不是他做出的，而是从普斯科夫的权威人士那里听来的。费拉波恩特无法对命定的日期提出什么根据，便开玩笑地建议阿姆布罗乔到普斯科夫去寻求解释。阿姆布罗乔没有笑。他若有所思地点点头，因为不排除这样的可能性。

这次谈话之后他开始向商人学习（古）俄语。老弗列加甚至都没猜到，他的钱花到了什么事情上。阿姆布罗乔本身同样也明智地什么都没有对父亲说：对于老弗列加来说，罗斯的存在要比儿子曾经对他描述的1494年战争的细节更令人怀疑。

阿姆布罗乔·弗列加与未来的航海家阿美利哥·维斯普西的相识就发生在这个时候。从维斯普西的眼神里阿姆布罗乔轻易就明白了，他的航向通往何方。很显然，1490年阿美利哥将前往塞维利亚，在那里，在詹诺托·贝拉尔迪的商行工作时，将参与资助哥伦布的探险。自1499年开始，受哥伦布成就的鼓舞，这个佛罗伦萨人自己也将进行几次旅行，而且如此成功，以致重新发现的大陆将以他的名字命名，而非以哥伦布的名字。（同样是在1499年——而关于这一点阿姆布罗乔不能告诉商人费拉波恩特——诺夫哥罗德大主教根纳季将编成罗斯的第一部完整的圣书，后来被称为根纳季圣经。）

阿姆布罗乔使阿美利哥·维斯普西注意到，预计发生在1492年的事件正离奇地临近。一方面——新大陆的发现，另一方面——将发生在罗斯的世界末日。这些事件在多大程度上有联系（阿姆布罗乔的疑惑），而如果有联系，那么——是怎样的联系？莫非（阿姆布罗乔猜想）新大陆的发现是在时间上拉长了的世界末日的开端吧？如果是这样的话（阿姆布罗乔抓住阿美利哥的肩头，看着他的眼睛），那么是否值得把自己的名字赋予这样的大陆？

与此同时，和商人费拉波恩特的课程继续进行。阿姆布罗乔读商人那儿有的斯拉夫语《诗篇》，而且应该说，里面的很多东西他都能看懂，因为拉丁语的《诗篇》文本他倒背如流。他饶有兴致地听着费拉波恩特的念诵。应他的请求，《诗篇》中的每一篇都会念诵不止一遍。这让阿姆布罗乔不仅记住了词语（还是在读的时候他就记熟了它们），而且还要将发音特点也一并记住。令费拉波恩特惊奇的是，年轻人渐渐变成了他的言语同貌人。从阿姆布罗乔说出的一些词语中，不是一下子就能猜到其俄语样板，但是有时候——这发生得越来越频繁——费拉波恩特不由一震：从一个意大利人嘴里发出了纯正至极的普斯科夫商人的语调。

阿姆布罗乔明白，他已经准备好去罗斯的那一天到了。佛罗伦萨人从他那里听到的最后一个预言是1966年11月4日注定要有一场可怕的洪水落到城市头上。在呼吁市民保持警觉时，阿姆布罗乔指出，阿诺河决堤泛滥，将会有350 000 000立方米的水量倾泻到街道上。后来佛罗伦萨忘记了这一预言，就像它忘记了预言者本人一样。

阿姆布罗乔前往马尼亚诺，把自己的计划告诉父亲。

可是，要知道，那里可是有人烟的空间的边缘啊，老弗列加说。你为什么要到那里去呢？

在空间的边缘，阿姆布罗乔回答说，也许，我能打听到关于时间边缘的什么消息呢。

乙丑

离开佛罗伦萨，阿姆布罗乔并非没有遗憾。在那个年月那里住着不少可尊敬的人（桑德罗·波提切利、莱昂纳多·达·芬奇、拉斐尔·桑西和米开朗基罗·博纳罗蒂），他们在文化史上的作用总体而言他在那时就已经清楚了。然而，他们中没有一个人能够给世界末日的问题——对于阿姆布罗乔而言唯一重大的问题——带来哪怕是极其微小的确定性。这一问题不令他们担忧，阿姆布罗乔心说，因为他们是为永恒而创作。

自己在佛罗伦萨生活的最后日子里，阿姆布罗乔承赐了几次——大大小小的——幻象。对幻象他不是完全明白，所以关于它们他对谁都没说。它们不涉及总体上的历史。他所见的事件涉及个别人的历史，由它们，阿姆布罗乔想，最终构成总体上的历史。幻象之一——

他最不明白的——涉及他要去的那个北方大国。经过某种思考之后，阿姆布罗乔决定把它讲给商人费拉波恩特听。简短截说，它由如下的情形构成。

1977年，尤里·亚历山德罗维奇·斯特罗耶夫，马上就要当上历史学副博士了，被列宁格勒日丹诺夫大学派往普斯科夫进行考古勘察。尤里·亚历山德罗维奇的学位论文已经差不多完成了，写的是俄罗斯早期编年史。只差包含着结论的结语了，学位论文答辩者不知为什么没写出来。只要他一着手写结论，他就开始觉得，它们是不完全的，使他的论文显得简易，而且在某种意义上使其化为乌有。可能，学位论文答辩者只是疲劳过度了。至少，他的导师，伊万·米哈伊洛维奇·涅奇波鲁克教授是这么认为的。就是他将斯特罗耶夫纳入考古勘察成员的。教授认为，学位论文答辩者需要稍事休息，然后他的结论自然而然就出来了。教授有丰富的指导经验。

在普斯科夫，参加勘察的成员被分别安置到私人住宅中。斯特罗耶夫的住宅位于普斯科瓦河对岸，在五一街上，离建于1487年大疫时期的天成救主像教堂不远。住宅由两个房间组成。在大一点儿的房间里住着一个年轻的女人带着一个五岁的儿子，而斯特罗耶夫就被安置在小一点儿的房间里。人家告诉他，女人叫亚力山德拉·穆勒,她是俄罗斯的德裔女人。

德裔女人向斯特罗耶夫自我介绍为萨沙。她的儿子也叫这个名字,和她一起迎接了客人。小男孩儿抱着她的腿,于是亚力山德拉的印花布连衣裙就变成了紧身裤。沉浸在有关学位论文的思绪中的斯特罗耶夫还是发现了,亚力山德拉有两条修长的腿。

斯特罗耶夫喜欢上了这所房子。这是一座红砖建造的老式商人住房。每到夜晚,它的窗户便被发黄的电灯光照亮。当斯特罗耶夫第一次从发掘地点回来时,他在台阶前站住脚,就为了欣赏一下它们的光芒。这光芒映射在停于楼旁的胜利牌轿车上。也映射在路面圆圆的鹅卵石上。

进门后,斯特罗耶夫看到,亚力山德拉和儿子在喝茶。于是他便和她们一起喝了茶。

你们的勘察是做什么呀,亚力山德拉问。

隔壁有人开始拉小提琴。

我们研究先驱圣约翰教堂的地基。在过去的几百年里它下沉得很厉害。斯特罗耶夫把手掌慢慢地贴近桌面。

小男孩儿的手掌同样差不多触到了桌面。发觉了斯特罗耶夫的目光,他开始用手指描着漆布的花纹。这是一些繁复而细碎的花纹,但是男孩儿的手指更小。这种几何形状它们应对得很轻松。

在圣约翰修道院旁边住过一个自称是乌斯京的疯子阿尔谢尼，亚力山德拉说。在墓地的墙边。

现在那里没有墙。

甚至也没有墓地。亚力山德拉给斯特罗耶夫添了茶。墓地成了共青团广场。

那死人怎么办，小男孩儿问。他们是成了共青团员了吗？

斯特罗耶夫弯腰紧贴着孩子的耳朵说：

这件事会在发掘的过程中搞清楚的。

第二天傍晚，他们去散步。穿过劳动街，走到轰鸣塔，在那儿坐在普斯科瓦河岸边。男孩儿朝河里丢着小石子。斯特罗耶夫找到几块瓷砖的碎片，把它们贴着河面扔出去，让它们做蛙跳。最大的一个在水面上蹦了五次。

第二次，他们去了维丽卡娅河对岸。沿着苏军桥越过维丽卡娅河，朝圣约翰修道院方向走去。走到教堂跟前，在掘坑边上站了好久。沿着阶梯小心地往下走。抚摩着古老的石头，它们被八月的傍晚晒得暖烘烘的。许多个世纪以来头一回被晒热。也是许多个世纪以来头一回有人抚摸它们。亚力山德拉这样想道。她想象着在这些石头旁边有一个古代的圣愚，却无法回答自己，是否真的相信她所读的关于他的故事。总的说来,那个圣愚存在过吗?而他的爱情,不由要问,存在过吗?如果存在过,那么在过去的几百年里它变成了什么呢?那么又有谁能够感受到它呢,如果相爱的人早已香消玉殒?

我和她们两个在一起感觉很好,斯特罗耶夫在自己的心里说,因为在她们两人身上我感受到了某种亲情。可以说是确定无疑的共鸣,别看她是德裔。她娴静,有着淡褐色的头发,五官端正。为什么她一个人带着自己的小男孩儿,她的丈夫又在哪里呢?她在这里做什么呢,在俄罗斯外省,在嵌入地里的不大透光的窗户、老旧的汽车、不塞进裤腰的亚麻布衬衫(带贴兜的)和被雨水冲刷、布满灰尘的(风几不可见地轻轻摇动着它们下面的针茅草)光荣榜上布满皱纹和脸色蜡黄的居民中间?我不知道她做什么,自己又回答说,因为对于这个世界而言她是不受限的。然后他想象亚力山德拉·穆勒在人声鼎沸的列宁格勒大街上,或者,比方说,在基洛夫剧院里,涨红了脸,在第三遍铃响之前,于是他的心震动了一下,因为把她带到那里去是他力所能及的事。

然后他们回到家并喝了茶,隔壁又响起了小提琴声。

这是帕尔霍缅科在拉琴,小男孩儿说。我们喜欢听他拉。

亚力山德拉耸了一下肩。

斯特罗耶夫试图看到他们——全部三个人，在窗户里，电灯黄色的光里——从街上，以想象的目光。但也许，甚至是源自列宁格勒的目光。他现在便已经知道，他将会想念这个厨房，想念窗户旁的胜利牌汽车，鹅卵石路面和帕尔霍缅科的看不见的小提琴。他已经仔细打量过他们了，坐着的，像看一张珍贵的照片，而窗框就是它的相框，吊灯的光亮洒满它，就像时间泛的黄。为什么我（斯特罗耶夫想）会预先决定事件和越过时间而提早忧伤？而且我这是怎么回事，总是提前就知道，我将会忧伤呢？到底是什么在我身上产生了这种令人惆怅的情感的？

我在中学教俄语和文学，亚力山德拉说，但是在这里很少有人对此感兴趣。

斯特罗耶夫从高脚盘里拿了一块饼干，把它贴近下嘴唇。

那他们对什么感兴趣？

不知道。沉默了一会儿，她问道：

而您为何选择了中世纪史呢？

很难说……也许是因为中世纪的历史学家不像现在的吧。为了解释历史事件他们总是寻找道德上的原因。而事件之间的直接联系却好像没有发现一样。或者没有赋予它很大的意义。

可是怎么能解释世界而无视联系呢，亚力山德拉很诧异。

他们望向日常事务之上，所以看到了最高的联系。而除此之外，所有的事件都被时间联系着，尽管这些人不认为这种联系是可靠的。

男孩儿把饼干举在下嘴唇跟前。亚力山德拉笑了：

萨沙在复制您的动作。

过了两周，斯特罗耶夫回家了。学期开始了，然而与期待相反，他并未感觉到忧伤。更晚一些时候他也没感觉到它，因为秋天的几个月他都在忙着结束论文和准备答辩的事。在紧靠年末的时候斯特罗耶夫顺利地通过了答辩。所有人都对他的论文很满意，特别是涅奇波鲁克教授，确信了派学位论文答辩者参加考古发掘是唯一正确的决定。斯特罗耶夫跨进新年的一月，已然是卸下了长期挂在他身上的负担，而且坦白地说，这负担着实荼毒了他的存在。他的心灵变得轻盈。在这种没有重量的、几乎是飞翔的状态中，它感受到了亚力山德拉·穆勒的缺席。

这并不意味着斯特罗耶夫开始时常想着亚力山德拉。更何况是采取什么措施以便见到她，因为行动不是他的强项。但是在睡前，在这个内心激动的时刻，当白天的事情已经离去，而梦境还未临近，他想起了亚力山德拉。她的厨房在他面前浮现而过，桌子上方的布灯罩和画满叶子的茶壶。躺在自己的被窝里，斯特罗耶夫嗅到了普斯科夫老房子的气味。他听到窗外过路人的脚步声和他们交谈的片段。看到了小男孩儿那原本是自己的动作。斯特罗耶夫变得安宁了，于是他睡着了。

有一次，他向自己的朋友和同事伊利亚·鲍里索维奇·乌特金讲起了亚力山德拉。

也许，这是爱情，乌特金犹豫了一下，说。

但是爱情（斯特罗耶夫挥舞了一下双手）——这是一种占据整个身心的情感，照我的理解，它简直会让人痉挛。事实上会令人翻江倒海。而我没有这种感觉。我缺她不行——是的。我想要在她身边——是的。听到她的声音——是的。但是没有疯狂。

你谈到激情，激情的确是一种疯狂。而我说的是有理性和命中注定——如果可以这么说的话——的爱情。因为当你缺了谁不行的时候，这里所指的是你自己所不足的一部分。因而你寻找与这一部分的重新结合。

听起来非常浪漫，斯特罗耶夫想，但是由于有这样的观念，它在现实生活中是什么样的呢？就比方说吧，亚力山德拉有个儿子，一个非常可爱的小男孩儿。但这不是我的儿子。关于他的父亲我一无所知。斯特罗耶夫咬了咬嘴唇。而且，严格地说，也不想知道。不排除这个人与某些不愉快的事件有关联。说不定，在亚力山德拉自身的生活中也存在某些极度痛苦的处境。但严格说来问题也不在他身上。我只是怕无法和男孩儿本人和睦相处。

大约过了一个月他对乌特金说：

我一直在想孩子的事。他不会横在我和亚力山德拉之间吧？

难道她已经同意成为你的妻子了吗？

那你觉得，她会同意吗？

这我不知道。你打个电话，问一问呗。

这类问题不是通过电话能解决的。

那就去一趟吧。

唉，伊利亚，没想到你也会说……对此我还没有准备好。

我自己也不知道想要什么，斯特罗耶夫对自己承认道。我有许多各种各样的想法和情感，但是我仍旧不能得出结论。

三月时，乌特金自己向斯特罗耶夫问了有关亚力山德拉的事。

我怕，斯特罗耶夫说，她会仅仅为了从外省离开而嫁给我。

那你不希望她离开外省以及让她的孩子有个父

亲吗？

为什么你问我这个？

因为你还没有用她的眼光看看所发生的事情。如果你能够做到这一点，就意味着，你是爱她的，因而你需要到她那儿去一趟。

在五月末的时候斯特罗耶夫对乌特金说：

你知道吗，伊利亚，我大概要去一趟。

斯特罗耶夫坐上了火车前往普斯科夫。杨絮从车厢的窗户钻进来。斯特罗耶夫一边走一边想，他在那儿已经遇不上亚力山德拉了。他走近门前，可是谁都不会给他开门了。他把额头紧抵在厨房窗户的玻璃上。为了反光不妨碍视线而把手掌贴在额角上，就会看到原先幸福的残余。灯罩，桌子。桌上空无一物。心脏就会紧缩。从隔壁的门里带有责备意味地走出帕尔霍缅科（而我给您演奏过，您明白吗），宽肩，短腿儿。原来，藏在音乐后面的就是这个人。她们不在，帕尔霍缅科会说，永久离开了。永——久。您打定主意的时间太久了。事实上，这里的问题其实也不在时间上，因为真正的爱情是在时间之外的。它能够等待，哪怕整整一生。（帕尔霍缅科叹了一口气。）日常事件的原因在于缺乏内在的火焰。您的不幸，如果您想听的话，就在于您没有得出最终结论的特质。您害怕做出的决定会使您失去接下来的选择，而这使您的意志麻痹。您到现在也不知道，为什么而来。与此同时，您错过了生活为您准备的最好的东西。我要告诉您，您具备了大自然所能够为人提供的一切条件：位于安静的普斯科夫街道上的住所，窗边的老椴树和隔壁的美妙音乐。从上面列举的东西中您什么都没有享用，所以您的此行，其实就和上次之行一样——白白浪费时间。

白白浪费时间，阿姆布罗乔若有所思地说。

白白浪费时间，商人费拉波恩特重复道。

下

丙寅

阿姆布罗乔·弗列加出现在罗斯要么是在 1477 年，要么是在 1478 年。在普斯科夫，商人费拉波恩特让他去的地方，人们对这个意大利人的接待是克制的，但是没有敌意。是把他作为一个目的不甚明确的人接纳的。等到确信了他的唯一兴趣是世界末日，对他的态度变得热情了一些。弄清楚世界末日的时间在许多人看来是一件受人尊敬的事，因为在罗斯人们喜欢宏大的任务。

就让他去弄清楚吧，地方行政长官加夫里尔说。经验告诉我，世界末日的征兆在我们这里将是最明显的。

与意大利人更为熟悉之后，地方行政长官加夫里尔开始庇护他。要是没有这种庇护的话，阿姆布罗乔会过得颇为不易，因为他什么也不生产，也什么都不买卖。实质上，他在普斯科夫过得不赖全都仰仗地方行政长官的慷慨。

加夫里尔喜欢和阿姆布罗乔交谈。意大利人给他讲述历史上有过的预兆，世界末日的征兆，著名的战役以及随便说一些关于意大利的事情。在讲述自己的祖国时，阿姆布罗乔感到难过的是，他没能传达出使意大利成为世界上最美地方的那些东西：山峦起伏的蔚蓝，空气湿润的咸味，还有许许多多其他的东西。

那你离开这样的土地不觉得遗憾吗，有一次地方行政长官加夫里尔问他。

当然遗憾了，阿姆布罗乔回答说，但是我的那片土地的美景让我不能把精力集中在主要的事情上。

阿姆布罗乔把自己全部的时间都用于阅读俄罗斯的书籍了，他试图在书里找到困扰着他的问题的答案。许多人在知道了他的追寻后，问他世界末日的时间。

我认为，这只有上帝才知道，阿姆布罗乔含糊地回答说。在我读过的书里多次提到过这一点，但里面没有一致的日期。

文献的众说纷纭让阿姆布罗乔不知所措，但是他并没有放弃弄清世界末日日期的尝试。令他吃惊的是，尽管对于世界末日而言七千年的明示是最有可能的，却没有感觉到严重事件的逼近。正相反：阿姆布罗乔的大大小小的幻象涉及的都是要晚很多的年份。事实上，他对此甚至是高兴的，但是他的不解也由此而加大了。

在6967年（阿姆布罗乔读道）将出现敌基督，还将出现这个罪孽的和凶残的时代前所未有的地震，届时整个大地将会一片哀哭。

是啊（阿姆布罗乔想），敌基督应该在世界末日前的三十三年出现。但是距创世6967年（它也是距基督诞生的1459年）早就过去了，可是敌基督的降临征兆仍旧没有感觉到。是否可以由此得出结论，世界末日无限期地延迟了呢？

有一天，地方行政长官加夫里尔对他说：

我需要一个人到耶路撒冷去。我想让他在圣墓教堂挂一盏灯，以纪念我死去的女儿安娜。而这个人也可以是你。

地方行政长官加夫里尔拥抱了阿姆布罗乔。

我知道，你在这里等待世界末日。我想，在此之前你来得及返回。

不用担心，行政长官，阿姆布罗乔说，因为如果期待的事情发生的话，那么在哪里它都会很显著的。而去耶路撒冷是令人快乐的事。

面包圈小贩萨姆松被绑起来牵着游街。

我那些招人喜欢的、可爱的面包啊，面包圈小贩哭着说。我喜欢你们，比我的和别人的命更甚，因为整个普斯科夫城我比任何一个人都更擅于看护你们。那个疯子卡尔普用自己的臭嘴叼住你们，然后弄到地上，他把你们分给那些连你的面包头都不值的人，而所有的人都在微笑，以为他在行善。我也在笑，因为不这样我还能做什么呢，如果所有的人都把我算作是善良的人，而我也是这样的人，如果追究起来的话。只不过期待于我的尺度超过了我善良的尺度，常有这样的事，这有什么可稀奇的。我这就告诉你们，被期待的和所拥有的之间的余隙，在我心里只不过被沉重的愤恨填满了。余隙在扩大，所以愤恨也在扩大，而我的嘴边却绽放着微笑，它对于我而言，信不信由你们，类似于痉挛。

你是否知道，你已经在普斯科夫度过了多长时间，疯子福马问阿尔谢尼。

阿尔谢尼耸了一下肩。

可我知道，疯子福马欢叫。你已经替利亚，也替拉结，还替第三个什么人做完工了。

只是没有替乌斯吉娜做，阿尔谢尼在自己的心里说。

福马指着被卫兵带走的面包圈小贩萨姆松喊起来：

随着卡尔普的离去，你的沉默再无意义。你能够沉默，因为卡尔普在说话。现在你没有这样的可能了。

那现在我该怎么办呐，阿尔谢尼问。

卡尔普叫你去天上的耶路撒冷，而你没有成为他的同路人。这也是可以理解的：没有乌斯吉娜你是不会到那里去的。但是到地上的耶路撒冷去吧，去向至高无上的神为她求告。

我怎么才能到耶路撒冷呢，阿尔谢尼问。

我这里有一个主意，疯子福马回答说。暂时呢，朋友，就把装有克里斯托弗文献的袋子交给我。你再也用不着它了。

阿尔谢尼把装有克里斯托弗文献的袋子交给了疯子福马，但是内心是悲伤的。交出袋子时阿尔谢尼想，原来，他还是有对财产的依恋，于是对自己的情感感到了羞耻。疯子福马明白阿尔谢尼内心的感受，就对他说：

别难过，阿尔谢尼，因为克里斯托弗收集的智慧将以非书面的途径进入你的头脑。至于对草药的描写，我觉得，对你而言，这已经是过去的阶段了。治愈病患吧，把他们的罪接纳到自己身上。我希望，正如你懂的，这样的治疗不需要草药。还有：从今往后你不是乌斯京了，而跟以前一样，是阿尔谢尼。准备好上路吧，伙计。

Ā
丁卯

很快整个普斯科夫都知道，乌斯京开口说话了。知道他的名字不叫乌斯京，而叫阿尔谢尼。于是大家都去看他，却没能见到他，因为他已经不住在墓地了，而是住进了圣约翰修道院的客房里。

你们把这儿当马戏团了还是怎么的，女院长问前来的人们。一个人在露天住了十四年，就让他恢复常态吧。

有一天，阿姆布罗乔来找阿尔谢尼。

地方行政长官加夫里尔派我到你这来的，阿姆布罗乔说。他想让你成为我去耶路撒冷的同行者。我出于这样的考虑：世界末日的到来不会早于7000年，即距基督诞生1492年。这样一来，如果一切顺利，我们来得及返回。

你以什么作为自己计算的依据呢，阿尔谢尼问他。

一切都很简单。把天比作千年，因为在第八十九篇《诗篇》中说：上帝啊，千年在你的眼中就像昨天的一天。因为一周有七天，我们就得到人世间的七千年。现在是6988年：我们可支配的还有十二年。对于悔过来说，我认为，也不算很少了。

你是否坚信，阿尔谢尼问他，现在恰是这一年，也就是说，你是否坚信，自创世至今整好过去了6988年？

如果我不是对此坚信不疑，阿姆布罗乔回答，那我大概就不会叫你一起去耶路撒冷了。你自己想一想：距我们的救世主耶稣基督诞生的5 500年，所有的王朝都以古希腊和罗马的编年史为证明。加上罗马和君士坦丁堡皇帝统治的年份，你就会得到所求的日期。

但是为什么——请原谅我，外邦人，——你认为，从创世到我们的救世主耶稣基督诞生，<u>丝毫不差地</u>过去了5 500年——不多也不少呢？这一结论的根据是什么？

我只是认真地读了《圣经》，阿姆布罗乔回答说，所以它是我主要的文献资料。比如，《创世记》在初生子诞生时都会标明每一个前辈的年纪。不仅如此，其中还会写出在初生子诞生后前辈活了多少年，还有前辈生命的总年数。你也看到了，阿尔谢尼兄弟，后面两项对于我的计算来说甚至是多余的。为了得知过去了的年代总数，只要把他们的初生子出生时前辈的年代相加就足够了。

但是要知道表示数字的字母是容易损坏的,阿尔谢尼反驳说。时间久了写的东西就会磨损而有时不可辨认。而如果这时在字母 т 中有一笔给磨掉了,那么就搞不懂是 т 还是 п 了,因此三百这个数字,就会被错认成八十。阿姆布罗乔,你说,你要以什么证明,你的计算是绝对正确的,而且我们的救世主耶稣基督的诞辰确实是在 5500 年呢?试问,你是以怎样的和音核对的这整个代数呢?①

数字嘛,阿尔谢尼,有自己的至高意义,因为反映的是那种上天的谐和,就是你所问的那种。现在请你注意听着。基督受难发生在一周的第六天的六点钟,而这指示着,救世主出生在第六个千年的中间,也就是距创世 5 500 年。同样指示着这一点的是丈量摩西方舟的总数,根据《出埃及记》第二十五章,它由 5.5 个肘长②构成。因此,基督作为真正的方舟也应该在 5500 年到来。

这个人能够正当地推理,阿尔谢尼对乌斯吉娜说。与这样的人也确实可以一起去耶路撒冷。如果相信他的计算(而我倾向于这么做),至少我们有十年的时间用

---

① 这是一个典故:在普希金的诗剧《莫扎特与萨列里》中有一句台词是"我用代数来核对和音",讽刺以理性为基础对待艺术创作,排除感情等因素的做法。这里作者反用此典,亦有微讽之意。
② 即 2.75 米。肘长(локоть)是古代的长度单位,1 肘长指自肘部到中指指尖的长度,约等于 0.5 米。

于旅行。这么一来呢，我的爱，我就要去地球的最中心了。去它最靠近上天的那个点。如果注定我的言语会飞抵天庭，那么这必将在那里发生。而我的全部言语——都是关于你。

戊辰

从那天起阿尔谢尼和阿姆布罗乔开始为去耶路撒冷的旅行做准备。地方行政长官加夫里尔给他们每个人一袋匈牙利金币做路费。金币在从普斯科夫到耶路撒冷的整个空间都通用，所以朝圣者们很高兴地拿着上路了。地方行政长官可以给他们更多，但是他知道，在中世纪钱币在旅行者手中很少能握得住的。无论是钱，还是物，都很难越过空间。他们的所有者经常财物两空地折返回家。更经常地——是有去无回。

人在路途，有时比钱更有用的是推荐信和私人关系。在那个不太平的时代重要的是有人在确定的地点等着你，或者相反，去哪儿时有人为你担保以及请人跟你结伴旅行。在某种意义上这是一种确证，证明这个人原先在生活中就有地位，他不是凭空冒出来的，而是诚实地在空间中位移。在最为广泛的意义上说，旅行是向世界证实空间的连续性，而这种连续性仍然引发着一定的质疑。

给阿尔谢尼和阿姆布罗乔下发了到几座城市的推荐信。这是一些致有公爵头衔的人物、宗教人士和商人阶层代表们的信：有事的时候他们中的任何人都能够帮上忙。每人赏赐了两匹马和两件骑马服。朝圣者们把金币缝进了上衣的底襟里。为了不让金币发出声响以及不被摸出来，他们用皮条把它们贴住了。还买了一些肉干和鱼干——数量以两匹没有备鞍的马能驮动为准。一切准备工作由阿姆布罗乔指挥，他对长途跋涉有经验。

收拾衣服和食物时，他们把握着分寸。在普斯科夫的地界上正是一年中温暖的时节，而在巴勒斯坦的地界上它却总是温暖的。温暖的和餍足的地界，这片土地的水流和小溪从幽潭流出，顺着牧场和山峦流淌，浇灌葡萄，无花果树和椰枣树，从这片土地里流出油和蜜，因为实际上这片土地是蒙祝福的，是贴近上帝的天堂的。

出发前地方行政长官加夫里尔把阿尔谢尼和阿姆布罗乔叫到自己那里，托付给了他们一盏六棱银灯。为了不引人注意，灯的个头并不大。也因为这个原因，地方行政长官在灯之外单独给了他们六颗钻石。到了地方之后，要把钻石放进灯的每一个棱上预先为它们留出的地方。放进去后，用很容易弯曲的暗销夹住。地方行政长官给他们演示了暗销是如何弯曲的：

一点儿也不复杂。

他沉默了一会儿。

我想了很久，要派谁去耶路撒冷，这才选择了你们。你们的信仰不同，但是两个人都是真正的信徒。而且你们追随的是同一个上帝。你们要在东正教的和非东正教的地界上走过，而你们的不同会帮到你们。

地方行政长官加夫里尔吻了一下灯。拥抱了阿尔谢尼和阿姆布罗乔。

这对我很重要。这对我非常重要。

他们向地方行政长官加夫里尔躬身行了礼。

己巳

马儿在岸边来回打转，害怕上船。它们不害怕在水上运动：有生之年它们不止一次横渡过河流，而且是蹚水过的。令它们害怕的是在水面之上的通行。这让它们觉得不自然。马儿被拉着缰绳拽上跳板。它们嘶鸣着，用马蹄刨着甲板的木头。看着马匹，阿尔谢尼没发现船解缆离岸了。

岸上的人群也离远了。当桨手挥动起船桨来，人群和人声都开始变得越来越小了。人群喧嚷着，变成了旋涡。围着站在其中心的地方行政长官转起来。他甚至没有挥手。一动不动地站着。在他旁边，圣约翰修道院女院长的外衣在猎猎抖动。有时黑色的呢料触到了地方行政长官的脸，但是他没有躲避。在风中女院长显得比平时要宽不少。显得稍稍膨胀了些。她缓缓地画着大大的十字，为正在离去的船祝福。

两岸随着船桨挥动的节拍在移动。它们力图追上天上滑过的云朵，但是它们的速度明显不够。阿尔谢尼享受地吸了一口河上的风，明白这是漫游的风。

多少年，他对乌斯吉娜说，多少年了，我不动窝地待在这里，而现在我乘船笔直地往南走。我觉得，我的爱，这次的行程是有好处的。它使我靠近你而远离那些人，说实话，他们的关注已经开始压迫我了。我的爱，我有一个很好的旅伴，年轻的文质彬彬的人，兴趣广泛。皮肤黝黑。头发卷曲。没有胡须，因为在他的家乡胡子是要剃掉的。他试图确定世界末日的时间，这是他的专长，虽说我不确信，但我觉得，对末世论的关注本身就值得鼓励。和我们一起乘船的是普斯科夫的船员。他们沿着维丽卡娅河把我们送到普斯科夫地界的边缘。

河很宽。船过之处，岸上的居民如果发现的话，便目送着我们。有时候冲我们挥手。我们也冲他们挥手。什么在等待着我们？我感到说不出的高兴，而且什么都不害怕。

傍晚的时候靠了岸并燃起了篝火。马匹没有从船上牵下来，因为它们已经习惯了。普斯科夫的深夜开始了。

在我们的地界，船员们说，难得有出乎意料的事情。但是再往前走，据说，会碰到长着狗头的人。我们不知道这是不是真的，但是都这么说。

别得意，阿姆布罗乔回答说，因为这里也应有尽有。比方说，你们到内城去走一趟，那里就有许多这样的人。

时不时地，船员中有人到近旁的树林里去捡折断的树枝。阿尔谢尼盯着篝火的燃烧情况。他若有所思地一根接一根添着树枝，把它们搭成金字塔形状。火一开始舔着它们。在完全包围树枝前，它好像在舌尖上品尝着它们。一些树枝在燃烧时噼啪作响。

湿的，船员们说。树林里还很潮湿。

篝火周围盘旋着蚊虫。它们结成半透明的一大群，几乎像烟一样，飞舞着。在群里画着圆圈和椭圆，这么一来给人的感觉是有谁在耍弄着它们。但是谁也没有耍弄它们。当烟转向它们的方向，它们就四下飞散了。阿尔谢尼惊奇地发现，蚊子的逃亡令他很高兴。

你相信吗，他对乌斯吉娜说，我变得挑三拣四了，还怕起吸血的蚊虫来了。像是活在别人的身体里时，我什么都没怕过。如今，我的爱，这就让我害怕了。我是不是一下子就把这些年为你收集的东西全都丢光了？

船员们说，我们听说，复活节的时候火落到圣墓上也不会烧焦。你们在复活节之后才上路，那结果就是，你们看不到火的非凡特性了。

神的任何一天对我们来说不都是复活节吗，阿尔谢尼问。

他紧贴着火焰的上方伸开了手掌。火舌从分开的手指间穿过，用粉红色的光把它们照得透亮。在已经降临的夜色中阿尔谢尼的手掌闪耀着比篝火更明亮的光彩。阿姆布罗乔目不转睛地看着阿尔谢尼。船员们画起了十字。

3
庚午

翌日，他们到达了普斯科夫地界的南部边界。吩咐的就是把朝圣者们送到这里。维丽卡娅河变小了，而且朝东拐弯了。

河正靠近自己的源头，船员们说，会越来越经常地遇到浅滩，对付它们那又是一桩头疼的事。诚实地说，不舍得与你们分手，好在回程是顺流，这一点令人欣慰。

早就发现，阿姆布罗乔证实说，顺流而下要轻松得多。那就祝你们一路平安吧。

马儿被牵到了岸上，然后阿姆布罗乔和阿尔谢尼与船员们拥抱告别。看着船渐渐远去，他们感到了不安。从这时起，远行的人就全靠自己和上帝了。等待着他们的是不易的路程。

他们向南进发。不紧不慢地骑行着——阿尔谢尼和阿姆布罗乔在前，两匹拴着缰绳的驮马在后。路很窄，地形多丘陵。下了马，为的是吃点儿东西。把肉干切成条，就着水吃。马儿急急忙忙地在歇脚的地方啃着草。蹚过小溪时，把嘴唇贴近溪水，一边打着响鼻，一边喝着。

天快擦黑时来到了小城谢别日。进城时问了，哪里可以留下来过夜。给他们指了间小旅店。小旅店里散发着一股子味道，说不上是洒了的啤酒，还是尿液的味道。店主醉醺醺的。请来客坐到一个长凳上，自己则去另一个长凳上坐下。长时间一瞬不瞬地看着他们。坐着，把两腿大大地叉开，双手撑着膝盖。对问题也不作答。阿尔谢尼碰了碰他的肩膀，才搞明白，原来店主睡着呢。他睁着眼睛睡觉。

店主的妻子出现了，把马匹带去了马栏。给客人们看了房间。

哎，切尔帕克，她唤着丈夫，但是这位一动未动。切尔帕克！女人摆了摆手。就让他睡吧。

给他合上眼睛吧，阿姆布罗乔请求说。闭着眼睛睡觉要好很多。

不用，这样更好，店主的妻子说。如果你们开始在旅店里偷摸，他就能看见你们。

切尔帕克睡——切尔帕克醒，店主干呕了一下，说。别卖弄聪明。主要的是别想侵犯我的妻子，因为她自己会侵犯你们的。他把两条腿甩到长凳上，盖好了蒲席。你们都想象不到，我不得不对什么事情睁一只眼闭一只眼。

夜间阿尔谢尼感觉到，有什么热乎乎的东西在他的肚子上移动。他想，这是老鼠，于是抖动了一下，想把它震下去。

嘘，店主的妻子悄声说。主要的是别声张，我要的不多，象征性地，我本可以完全不要，但是丈夫，你也看见这个畜生了，他认为在任何事情上我都应该是省钱的物件，你别想说服他，这个混蛋，而你其实是想要的，得啦，其实是想要的……

走开,他悄声说,几不可闻。

她继续在阿尔谢尼的肚子上来回摩挲着,于是他感觉到,在这个不年轻也不漂亮的女人的手下,所有的意志力都在丧失。他想要对乌斯吉娜说,所有这些年建立起来的东西马上要毁于一旦了,但是店主的妻子几乎可着嗓子嘶哑地说:

我知道您的小弟弟就像脱了壳的……

她的手向肚子下面滑去,阿尔谢尼跳起来,结果头撞到了什么沉重而又叮当作响的东西上,它从墙上掉下来,滚了一阵,蹦了几下,随店长的妻子一起飞出了房间。

隔壁房间点起了灯火。

不行,你看看呐,你看看,店长的妻子指着阿尔谢尼喊道。开始纠缠我了。

我稍有松懈,你就趁机作乱,店主说。他差不多酒醒了,因而很凶。

他强迫我,切尔帕克!他手里还留有我的衣角。而我挣脱出来了。

阿尔谢尼伸出了双手,它们空无一物:

我这儿没有任何人的衣物。

店主妻子看了一眼阿尔谢尼,喊叫得已经安静些了:

哼,你把手松开了,你这可不是在自己的普斯科夫。你要为侮辱而付一个金币。

这是伟大的立陶宛公国，店主说，而我，就是说，不允许任何人……

阿尔谢尼哭了起来。

你听着，切尔帕克，阿姆布罗乔说，我有一道文书，我要把它递交给你们的政府。但是我会（阿姆布罗乔走到店主身旁很近的地方）把在谢别日是怎么接待客人的事也口头向他们通报一下。我不认为，这会让他们高兴。

可我怎么了，店主说。要知道一切我都是从她的话里了解的。不愿意，那你就别为侮辱而付钱。店主的妻子用严厉的眼神扫视了他一眼：你呀你，切尔帕克。这人对我说：我要欣赏你的美貌。我就把他给骂了。如果不给金币，那随便给点什么吧。

为了你的美貌付钱给你吗，阿姆布罗乔问。

我们付钱给她吧，为了她拒绝了我，阿尔谢尼说。因为如果她在言辞上拒绝我，那么她也能够在行动上做到这一点。而一切都是我的错，这是我的堕落。请宽恕我，善良的女人，也请你宽恕，乌斯吉娜。

一个字都别说，阿姆布罗乔掏出一个金币，把它递给了店主的妻子。女人站着，垂下了眼睛。店主耸了一下肩。她看了丈夫一眼，然后不好意思地拿了金币。窗外天亮了。

从谢别日到波洛茨克他们默默无语地走着。阿尔谢尼略微骑到前面去了,而阿姆布罗乔没有追上他。

在这么多年的沉默之后,阿姆布罗乔说,你很难再次习惯于言语。

阿尔谢尼点点头。

在他们例行的一次下马时,阿姆布罗乔说:

我明白,为什么你把罪责揽到了自己身上。把世界包含在自己之中的那位为一切负责。但是你没有想到这一点:你使这个女人失去了负罪感。由于你,她确信:一切于她都是允许的。

你错了,阿尔谢尼说。你看我在自己的衣兜里找到了什么。

他把手从衣兜里拿出来,松开了拳头。在他的掌心有一枚金币。

辛未

在波洛茨克他们在耶夫罗尼西娅救世主修道院旁下了马。阿姆布罗乔把马儿拴在一棵老榆树上。阿尔谢尼则把额头抵在修道院围墙上，说：

你好，圣耶夫罗尼西娅。想必你是知道的，我和我的同路人阿姆布罗乔（阿姆布罗乔低了下头）前往耶路撒冷。无须我们告诉你，去那里的路途有多艰难，因为是你打通的它，而我们在它的最开端。不但如此，我们也不适合讲述回程有多艰难：我们甚至还没开始走呢。你啊，圣耶夫罗尼西娅，全然拒绝了它，并且蒙上帝的仁慈长眠于圣地。我们到那里去为两个女人求告，因而非常希望得到你的帮助。祝福我们吧，圣耶夫罗尼西娅。

朝圣者们鞠了一躬，然后离开了。

在波洛茨克郊区阿姆布罗乔向一个过路者问路：

我们在找通往奥尔沙的路。

奥尔沙位于第聂伯，过路人说。第聂伯——是一条大河，而这，相应地，提供了很大的可能性。

他指点了奥尔沙的方向，然后就去忙自己的事了。

阿姆布罗乔目送着过路人说，我发现，由于路不好，古代罗斯人更喜欢水路。他们，顺便说一句，还不知道罗斯是古代的呢，但是随着时间的推移会弄清楚的。特定的预见经验使我能够断定这一点。不过，就像路况不会改变这件事一样。总而言之，你的这方土地的历史将展开得相当不平凡。

难道我的这方土地的历史是书卷吗，它还需要展开，阿尔谢尼问。

任何的历史到一定程度都是至高无上的神手中的书卷。有些人（比如我）注定偶尔瞥一眼它，于是看见未来会发生的事情。只是有一点我不知道：这书卷会不会忽然被抛弃。

你指的是世界末日吧，阿尔谢尼问。

是啊，世界末日①。而同时也是黑暗的终结。在这个事件中，你知道吗，有自己的对称。

他们骑行了几个小时，没说一句话。路顺着德维纳河延伸。道路追随着河流，蜿蜒曲折，变得荒芜，有时候全然消失不见了。但是在某个更远的地方又固执地自己冒出来了。他们进入了一片松林，于是马蹄声变得更清脆了。

阿尔谢尼问：

如果历史是造物主手中的书卷，是不是意味着，我所思所做的一切——所思所做的都不是我，而是我的造物主？

不，并非如此，因为造物主是美好的，而你所思所

---

① "世界末日"亦可理解为"光明的终结"，因为在俄语里"世界"和"光明"是同一个词：свет。因而后面讲的"黑暗的终结"实际上便是暗接"光明的终结"。

做的却不仅仅是美好的东西。你是按上帝的形象和面貌造就的,所以在其他一切类似上帝的特征之中,你的相似性在于自由。

但是既然人在自己的意图和行为上是自由的,结果便是,历史是由他们自由创造的。

人们是自由的,阿姆布罗乔回答说,但是历史是不自由的。其中,如你所言,有那么多的意图和行为,以致它不能将它们合为一体,能包容的只有上帝。我甚至要说,自由的不是人们,而是人。人类意志的交错就像容器里的跳蚤:它们的运动是显然的,但是难道说它有共同的方向吗?因此历史没有目的,就像人类也没有目的一样。目的是只在单个人身上才有。而且也不是总有。

壬申

他们已经顺着河骑行两天了。骑过树林的时候,看见了一个林间空地和临水的斜坡。为了饮马,阿姆布罗乔下了马。在紧靠河边的黏土上打了个滑,跌到了水里。没想到水很深,差不多到喉咙了。阿姆布罗乔一边往外吐水草,一边笑。他长长的黑发同样让人想起水草。它们顺着他的笑脸向下淌水。阿姆布罗乔的笑声在水面上激起了太阳的光斑。

今天天儿挺暖和的，几乎算得上热了，阿尔谢尼说。我们可以把衣服洗一洗，到了晚上它就干了。

收集了桦树皮和树枝，他开始点篝火。从袋子里掏出火镰和打火石。掏出火绒，这火绒是他用灵芝做成的，裹在单独的布片里。用火石划着火镰，直到有一朵火花点着了火绒。他是根据一小缕烟发现的这一点。然后在火绒上出现了一个勉强能分辨的阴燃点，它开始扩大。阿尔谢尼把极薄的桦树皮和松针放到它上面。开始用一大块桦树皮煽火焰。等它着起来了，阿尔谢尼把细树枝放上去。然后是粗一些的树枝。

现在只剩下等待了，阿尔谢尼说，等到木头变成灰烬。我们需要灰烬，用来洗衣服。

阿姆布罗乔仍然站在水里。他的双手在水中画出两个有泡沫的半圆形。

跳下来，他朝阿尔谢尼喊叫。

阿尔谢尼犹豫了一下，然后脱掉衣服，跳进了河里。感觉到水就像什么人的轻轻触摸。温柔的、清凉的触摸一下子遍及他的全身。

阿尔谢尼感受到一种幸福，又对之感到羞惭，因为乌斯吉娜不能和他一起进入德维纳河的水中。对自己赤

293

身露体感到害臊，便用他没打算洗的一条宽腰带把自己裹了起来。

当一部分树枝烧透了，阿尔谢尼把灰烬扒拉到一边，然后浇上水。在地上铺一块布，把灰烬挪到上面。把布的末端系起来。试了试——系得挺紧的。从水里找出一块突出的石头，然后把需要洗涤的衣物放到上面。从水里出来后，阿姆布罗乔费力地脱下湿透的长外衣。除了长外衣，又从衣物里往上添了件什么，然后放到阿尔谢尼收拢的一堆上了。

把外衣和内衣浸湿之后，阿尔谢尼在石头上用装了灰烬的小包搓它们。蹲着。由于和石头的接触，长外衣里缝的金币发出沉闷的敲击声。阿姆布罗乔把洗好的衣物漂净，摊开晾在树的矮枝上。野蔷薇丛和小松树被湿淋淋的中世纪衣物的重量压弯了腰。

阿尔谢尼在离水不远的地方趴下来。他的后背感受到太阳的热度，而肚子——是草的柔软。两者对他的身体都很治愈。他本身变成了草。有小小的无名生物沿着他的手臂在爬动。它们越过他皮肤上的汗毛，清洁脚爪，然后慢悠悠地起飞了。鸭子在水面上拍打着翅膀。风儿翻转叶子，使它们反面朝上，摇动着橡树的树梢。阿尔谢尼睡着了。

醒来后，发现已经躺在阴凉里了。太阳从身后绕过他，藏在了树后。有时，随着一阵阵的风，出现在树冠的缝隙间。风从篝火上卷起灰烬，阿姆布罗乔把两根干枯的白桦树树干呈十字形放在篝火上。树干燃烧得很慢，不明亮，但是很稳当：风并不能把它们吹灭。阿姆布罗乔已经从树枝上取下了内衣，现在在摸索着长上衣。它们仍旧潮湿未干。

我想，我们要留在这里过夜了，阿姆布罗乔说。

是要留下来，阿尔谢尼点点头。

他想要永远留在这里，但是他知道，这不可能。

傍晚时，天气变得凉爽了。他们从树林里带回干树枝，并把它们堆放在篝火旁。天上起了流云，于是天彻底黑了下来。月亮和星星不见了。树林和河流不见了。只剩下篝火和它所照亮的不多的东西。木柴堆起的不规则的金字塔。两个坐着的朝圣者。树木上长着很多只手的阴影。

有长着很多只手的怪物，是真的吗，阿尔谢尼问。

没听说过有这样的，阿姆布罗乔回答说，但是，我的一个同胞在从罗斯向东旅行的时候见过怪物，它们只有一只手，而且这只手长在前胸的中间。加上一只脚。因为自己的这些特点，它们能从一张弓里射出两支箭。而且它们移动得很快，连马匹都追不上它们，尽管他们是用一条腿跳着跑。当它们累了的时候，就手脚并用地走,转着圈。你能想象吗?

阿姆布罗乔坐着,头向后仰着,因而看不到他的脸。从意大利人的声音上,阿尔谢尼觉得他在笑。阿尔谢尼则是严肃的。他对在他们背后蔓延开的巨大的黑色世界感到震惊。这个世界包含了许多不明事物,隐藏着危险,在夜风里使树叶簌簌作响,让树枝痛苦地作轧轧声。阿尔谢尼已经不知道,总的来说,这个世界是否存在;或者,至少现在,在这个动荡的时候,整个世界处于黑暗之中的时候,它是否存在。在一天中的至暗时刻,是否森林、河流和城市都被取消了?自然是否离开整齐有序而去休息了,为了攒足气力,到了早晨,再由混乱重新变为宇宙?在这个奇怪的时刻,唯一没有背叛自己的人是阿姆布罗乔,为此,一股感激的热流涌上阿尔谢尼的心头。

丁

癸酉

过了几天,他们抵达了奥尔沙。发现在路上这段时间里,他们的储备极大地减少了,所以现在在他们不需要驮马了。两匹马在奥尔沙被卖掉了。想着走水路的话,骑剩下的两匹马要简单一些。过了两天他们找到了去基辅的船，便上了船。

第聂伯河在奥尔沙还不很宽阔。不比维丽卡娅河更宽。但是阿尔谢尼和阿姆布罗乔猜测它会变宽，因为听说，不同于普斯科夫的河，第聂伯河的确很大。阿姆布罗乔本想多打听一下有关这条河的信息，但是船工们都很阴沉，也不接话茬。他们意识到，人们为运送人员和物品而付费。也猜到了，看起来，人们却不会为聊天而付费。

所以，晚上，当围坐在一起，喝一种浑浊的饮料时，他们也不说话。无论是阿尔谢尼，还是阿姆布罗乔，都不知道这些人喝的是什么，只知道，那饮料并没让他们变得开心一些。他们的脊背变得更驼了。坐着的这些人令人想起那种在夜晚闭合的硕大的、不吸引人的花朵。有的时候，他们开始低声地唱起什么歌来。他们的歌声如同他们喝的东西一样，是凄凉而含混的。

很多俄罗斯人都是阴沉的，阿姆布罗乔分享自己的观察说。

气候，阿尔谢尼点点头。

过了三天，他们在莫吉廖夫靠岸。无论是城市，还是它的名字都没有让船工们的心情变好。晚上他们喝得比平时更多，却没有躺下来睡觉。午夜时分，一辆运货马车驶近码头。从马车上传来呼哨声。船工们相互对视了一下，下船上了岸。他们是带着一些扎得紧紧的袋子返回的。马车上的人帮着他们把袋子拖上了船。阿姆布罗乔带着异邦人的好奇和直率本想要问他们袋子里装的是什么，但是阿尔谢尼把一根手指贴在了嘴唇上。

等船解缆离岸了，阿尔谢尼走到一个船工跟前。他双手拿住他的脖子问：

船工，你叫什么名字？

普罗柯比，船工答道。

普罗柯比，你有呼吸道肿瘤。你的情况很危险，但是并非无望。如果你决定祈求上帝的帮助，首先要摆脱使你有负担的东西。

船工普罗柯比没有回答阿尔谢尼，但是从他的眼里流出了泪水。

在罗加乔夫，河面变得宽阔了许多。

在柳别奇，普罗柯比走到阿尔谢尼跟前说：

我的病还谁都不知道，但是我已经开始喘不过气来了。

你是因为自己的罪孽而喘不过气的，阿尔谢尼回答说。

当他们驶近基辅时，船工普罗柯比对阿尔谢尼说：

我明白你说的话了，会按照你说的做。

在右船舷看到基辅的山丘后，船工普罗柯比喊道：

圣彼切尔洞窟修士啊，请为我们祈祷上帝吧！

伙伴们阴沉地看着普罗柯比。

他突如其来的虔诚让他们警惕起来。当船为了在基辅的波迪尔区靠岸而驶入波恰伊纳河的时候，普罗柯比对他们说：

从这条船上离开吧，因为我想要忏悔自己的罪孽并向当局自首。倘若船停靠的不是熙熙攘攘的基辅码头，倘若船上不是有两位船客，可能船员普罗柯比就无法这么轻易地弃船而去了。他完全可能根本就无法下船。但是情势站在普罗柯比这边。

他上了岸，并从那里给予了曾经的伙伴们最后的忠告。他建议他们不要沉溺于罪孽之中，而要在忏悔之后，沿着第聂伯河逆流而上，走到奥尔沙城，在那里给自己找些诚实的营生。船工们默默地听着，对普罗柯比正当的话语他们又有什么可反驳的呢。他们盯着他开开合合的嘴皮子，有些后悔，怎么没有在柳别奇附近的什么地方，扭断他的脖子，然后扔到水大而深的第聂伯河里。

港口当局的人来到了船跟前。船工普罗柯比主动告诉他们，除了朝圣者和他们的马匹、麻布衬衫和陶器，船还从莫吉廖夫运送了一批抢劫的货物到基辅来。他讲述了三周前在莫吉廖夫有一个叫萨瓦·奇吉尔的商人被打死的事。萨瓦的财产由于有被认出来的危险而无法在莫吉廖夫出售，所以被从水上转运到基辅来了。以前也是以这种途径转运了莫吉廖夫其他商人的财产，船工普罗柯比对此一无所知，他在被雇用时没得到特别的解释。尽管也感觉惊奇。自然会惊奇，因为装货是在深夜进行的，运送衬衫和陶器还要万分小心。等到这一次他在一个袋子里发现，代替陶器的是珠宝，还有被打死的萨瓦的杯子（在银杯上刻有名字），普罗柯比立即怀疑不对劲了。而且他的健康状况变差了，这件事他觉得也不是偶然的，而在朝圣者阿尔谢尼的话里他看到了上帝的指示，因而当众忏悔。普罗柯比舒了一口气。而且下一次的吸气令他感觉到比之前轻松了一些。

听了船工的坦白，港口当局上了船，但是在那里已经找不见人了。找到了一些塞满贵重物品的袋子。于是他们开始询问普罗柯比关于他的同伴们的情况，而他就把他所知道的情况全都说了。因为他气短，说话时压低了声音。

阿尔谢尼走近普罗柯比，再次把手放到他的脖子上。触摸着它，并用放在喉头上的两个大拇指按压了一下。船工咳嗽得闭了气。他把身子躬成对折，从他嘴里流出了血色的唾液。唾液黏在普罗柯比的胡子上，像一根细细的粉红色的冰锥一样悬挂在地的上方。

考虑到船工真诚的忏悔，案件他也没有参与，还有他的健康状况堪忧，当局便放过了他。

现在行圣餐礼吧——然后你就会好起来的。阿尔谢尼对他说。相信我，普罗柯比兄弟，你算是幸免了。

ai
甲戌

阿尔谢尼和阿姆布罗乔手里有一封普斯科夫地方行政长官加夫里尔写给基辅军政长官谢尔基的信。加夫里尔请求谢尔基对朝圣者们予以协助并尽可能使他们加入时不时从基辅出发的那些商队中的一支之中。当朝圣者们开始询问，他们应该去哪里找军政长官时，当地居民给他们指了指"城堡"。人们这么称呼城市里坐落在一块不大的高地上并被墙围住的部分。

城堡无论从哪里都看得见。阿尔谢尼和阿姆布罗乔抓着马的辔头，开始沿着一条街道慢慢地往上走。街道绕来绕去，但是旅行者知道不会迷路。城堡外墙焦黑的原木就悬垂在他们的上方。汗国，一个过路人指着黑乎乎的墙冲他们说。我断定你们是朝圣者，就告诉你们这烧焦的原因：就是缅格利-吉列①的汗国。直说吧，实在令人头疼。

他绽开一个大大的没牙的笑容就去忙自己的事情了。

终究俄罗斯人不是像你觉得的那么阴沉，阿尔谢尼对阿姆布罗乔说。有时候他们心情很好。比方说，在汗国离开之后。

在城堡的入口处他们遇到了守卫。他们说出自己是谁，于是守卫便放他们进去了。在城堡里坐落着基辅显贵的房舍和几座教堂。他们走到军政长官谢尔基的房子跟前，向另一些守卫进行了自我介绍。听完他们的话，其中的一个守卫消失在了房子里。过了几分钟返回并做了个手势，让搜一搜来者的身。在阿尔谢尼和阿姆布罗乔的衣着上短暂地忙碌了一番后，守卫放他们进了里面。

军政长官谢尔基是一个浓眉谢顶的人。眉毛令他那乏味的脸变得富有表现力。在任何人那里都不显眼的极其微小的情感波动，在军政长官谢尔基这里却因为眉毛而成为面部表情。军政长官冷峻地（眉毛挑起）接见了

---

① 缅格利-吉列（Менгли-Гирей, 1445—1515），克里木汗国的汗。

朝圣者，从他们手中接过了地方行政长官加夫里尔的信。随着埋头读信，读信人的脸舒展开来，直至眉毛拉成一条又平又粗的小绳子。

读到信的末尾，他将之放到桌子上并用一只手压住。另一只手的手指探进衣服的左襟下。它们在不住地弹动。

我认识地方行政长官，我会帮助你们的，军政长官谢尔基说。我让你们和最近的商队一起走。等待期间你们就住在客栈里。

那我们要等很久吗？阿姆布罗乔问。

也许一周，军政长官谢尔基回答。而也许要一个月。谁知道呢。他从天鹅状木勺里喝了一口水，然后用手掌抹了一把额头。热。

显而易见，接见结束了。已经走到门边了，阿尔谢尼说：

你知道吗，军政长官，问题不在您的心脏上。问题在脊椎上。总的来说，很多毛病都在于脊椎。事实上，与脊椎有关的毛病要比我们以为的多很多。

军政长官谢尔基的眉毛爬到上面去了。

你知道我的心脏疼？

我重复一下，这不是心脏，而是脊椎，阿尔谢尼回答道。你的一根心血管被挤住了，而你以为这是心脏。

你把衣服脱掉，军政长官，我看看，能做什么。

犹豫了一下，军政长官谢尔基开始从自己身上往下扯衣服。他的肩膀和前胸都覆盖着毛发。有点驼背，肚腩挺大，他本身就让人想起他喝水用的木勺。阿尔谢尼指了一下长凳：

趴下，军政长官，肚子朝下。

谢尔基肚子朝下趴下来，好像趴在独立于他的身体的某个东西上一样。长凳在他身下婉转起伏地发出嘎吱声。阿尔谢尼的手指陷入军政长官毛烘烘的后背。它们自上而下，一节一节地摸索着脊椎。在其中的一节上停了下来。轻轻揉了揉。让位给手掌的根部。阿尔谢尼把另一个手掌放到了这个手掌上，便开始用力地和有节奏地按压脊椎。阿姆布罗乔看着患者肥硕的后颈在一个劲儿地抖动。传来一声轻响，接着军政长官喊出了声。

好了，阿尔谢尼说。从今往后心脏疼痛和其他疼痛都会放过你了。

军政长官谢尔基从长凳上站起来，摸了摸后背。挺直身子。什么都不疼。问：

大夫，你想要点什么用以报答你的帮助？

我就请求一点：避开穿堂风，别搬抬重物，阿尔谢尼想了想，答道。它们对于你而言就是锋利的刀。

乙亥

军政长官谢尔基没让他们去客栈，而是把他们安置在自己的宅邸里。接下来的三天很多人来拜访他们。

军政长官的岳父、早已不能屈伸的费奥格诺斯特来了。他总是好像处于半鞠躬的状态，因而挂着一根不长的棍子。阿尔谢尼把病人安置在长凳上。一节一节地逐一检查完费奥格诺斯特的脊柱，找到了他不能屈伸的原因。从阿尔谢尼处离开时，费奥格诺斯特不用拄棍了。

军政长官怀孕的妻子福季尼娅来了，抱怨孩子在腹中不安生。阿尔谢尼把一只手放到她的肚子上。

你有八个月了，他对她说，会生下一个男孩儿。至于说他不安生，要知道他可是军政长官的儿子，他又怎么会是安安静静的呢？

军政长官的岳母阿加菲娅来了，自从冬天摔了跤之后，她折断的腕骨一直没有长好。阿尔谢尼用麻布把手腕紧紧地缠上，握在自己的两手之中。

阿加菲娅，不要再悲伤了，在你外孙出生前你就会痊愈的。

到阿尔谢尼这里来过的还有牙疼的执事叶列梅,头总是摇个不停的牧师的妻子谢拉菲玛,大腿上伤口化脓的小市民米哈尔科以及其他一些人,他们听说从普斯科夫来的人能施以神奇的帮助。而他治好了到他这里来的人们的病或者令其缓解,从而增强了他们在对抗制服他们的疾病时的力量,要知道与他的交流本身就有治愈效果。有的人就寻找机会触碰他的手,因为感觉到从中传导出一股生机。于是这时候,他的第一个绰号——"手先生"便以一种难以言喻的方式从白湖飞了过来。于是所有到阿尔谢尼这里来的人都知道了,他——就是"手先生"。而得知他的主要绰号——"大夫"——已经是之后的事了。

在基辅逗留的第三天夜里,阿尔谢尼和阿姆布罗乔走出了城界,前往洞穴修道院。他们顺着长满树林的山走着,而下面第聂伯河像一个暗沉沉的庞然大物一样安睡着。看不到它,但是它呼吸着,所以感觉得到,就像感觉得到海和任何大水一样。当阿尔谢尼和阿姆布罗乔走近修道院时,天开始放亮了。从山顶上可以看得见有缓坡的左岸。向东望去,视线不受任何东西的阻断,它在平原上翱翔,可达横卧在极远之处的罗斯。从那里,一轮巨大的红日眼看着在往上升,甚至好像一跃一跃地。

在修道院大门旁他们被长时间地询问,他们是谁。当得知阿姆布罗乔是天主教徒时,对方犹疑起来,是否要放行。派人去找修道院院长。修道院院长认定，拜访修道院可以给异邦人带来益处，恩准二人进去。

人们给了他们一人一根蜡烛，然后一个修士把他们领到了安东尼洞穴和费奥多西洞穴。他们见到了圣安东尼和圣费奥多西的圣骨。那里还有许多其他圣徒，有的阿尔谢尼知道，有的也不知道。陪着他们的修士走在前面。在其中的一个转弯处他回过头来，在他的眼睛里映着烛火的亮光。

波洛茨克的耶夫罗尼西娅（修士指了指圣骨匣中的一个）。她从你们要去的地方回来的。在圣地混乱时期她的圣骨被转移至此处。

祝你平安，耶夫罗尼西娅，阿尔谢尼说。而我们还真到过波洛茨克，但是，自然，没有遇到你。

她将在1910年回到波洛茨克，阿姆布罗乔推断说。圣骨将顺着第聂伯河运到奥尔沙，而从奥尔沙到波洛茨克是用手抬的。

修士什么也没说，继续往前走去。阿尔谢尼和阿姆布罗乔跟在后面走，用脚摸索着坑洼不平的地面。那里，在上面，清晨和夏天在闪闪发光，而这里只有三只蜡烛撕开黑暗。黑暗因烛火而走开，但是有些不坚决和不够远。在低矮的拱顶下方仅一臂远的距离处止息不动，并且聚集成团，准备重新合拢。在这清早的时刻，上面已经很热了，可是这里却一片清凉。

这里总是这么阴凉吗，阿姆布罗乔问。

这里既没有严寒，也没有酷热，它们实质上是极端的现象，修士回答说。永恒是平和的，凉爽是它所特有的。

阿尔谢尼把蜡烛凑近一个圣骨匣的铭文。

你好，亲爱的阿加皮特，阿尔谢尼小声地说。我是如此盼望与你的见面。

你在这里祝谁健康呢，阿姆布罗乔问。

这是圣阿加皮特，不计报酬的医生。阿尔谢尼跪下来，把嘴唇贴到阿加皮特的手上。你知道吗，阿加皮特，我的那些治愈法——那是多么奇怪的经历呀……我无法跟你讲清楚。我用草药治疗那会儿，一切还多多少少是清楚的。我给人治着病，同时也知道，是上帝的救助通过草药到来了。就是这样。而现在上帝的救助是通过我本身，你明白吗？而我本人比我的治愈要渺小，渺小很多，我自己配不上它们，因此我要么感到恐惧，要么觉得发窘。

你想说，你不如草药吗？修士问。

阿尔谢尼抬眼看向修士。

在一定程度上是不如，因为草药是无罪的。

它无罪是因为没有意识嘛，阿姆布罗乔说。难道说这里面有它的功劳吗？

就是说，需要有意识地避免罪过喽，修士一耸肩。不过就是有用而已。你们知道吗，需要的不是论断，而是敬神。

三个人继续往前走，而他们遇到的是一个又一个新圣徒。圣徒们好像不动也不说话，但是死者的静默和静止并非绝对。在这里，在地底下，做出不完全平常的举动和发出特殊的声音，都不会破坏密闭和安静。圣徒们说话用的都是圣诗的词语和自己行传里的语句，这些阿尔谢尼自幼就铭记于心了。凑近的蜡烛所产生的阴影在风干的脸和半蜷曲的褐色骨头上移动着。看起来像是圣徒们微微抬起了头，微笑着，并且几不可见地招着手。

圣徒之城，阿姆布罗乔盯着阴影的把戏，悄声说道。他们在给我们呈现生命的幻觉。

不，阿尔谢尼同样悄声地反驳说。他们是在推翻死亡的幻觉。

丙子

过了一周，有一个商队从基辅出发，前往威尼斯，于是阿尔谢尼和阿姆布罗乔就加入了其中。放他们上路时，军政长官谢尔基感到了忧伤，对此他并未加以掩饰。他很不舍得与这两个相谈甚欢的人分开。朝圣者们在他家做客的这段不长的时间里，他已经了解了普斯科夫和意大利的生活，世界历史和世界末日的时间算法。军政长官谢尔基采取一些不算强硬的措施，试图留住客人，但是没打算真的留下他们。他知道，阿尔谢尼和阿姆布罗乔是因为什么而进行这次旅行的。

商队由四十名商人、两个诺夫哥罗德的使者和三十人的护卫组成。请护卫的钱是从所有旅行者那里收集的，包括阿尔谢尼和阿姆布罗乔，考虑到他们几乎没有货物，便只收了四个金币。每个商人都带了几匹驮马，不少人还用套着犍牛的大车拉货。整装待发的商队将圣索菲亚教堂前面的广场都占满了。到处响起牛车的嘎吱声、马的嘶鸣、牛的哞叫和商队护卫们的叱骂声。正如护卫们应有的那样，他们是一群易怒的人。

两个钟头的整队和交割银钱之后，商队动了地方。行至金门处，它变窄了，好像通过瓶颈一样，开始艰难地朝外渗滤。携带货物出城是要缴费的。阿尔谢尼和阿姆布罗乔没有货物，所以也没收他们任何费用。贵重物品中他们只有银灯，但是谁都不知道这一点。

商人们运的则是毛皮、帽子、腰带、刀、盾牌、锁、犁铁、麻布、马鞍、矛、弓、箭和饰物。从站在金门处那些人的角度看，商人们有值得付费的东西。钱不是按单个货物，而是按车收取的。因而每一辆大车都是满载，有时甚至超载。在这种情况下，车被压坏了，那它们的载重，根据法律，就变成了基辅军政长官的财产。掉落的东西（从车上掉下去的，就找不回来了）同样被不讲情面地拿走了。大门处的路被车辙弄得坑洼不平。如果车辙随着时间被磨平了，它们会重新被小心地凿出来。在中世纪，和更晚一些时候一样，海关很擅长和旅行者打交道。

行至离城墙不近的一段距离后，商队停了下来。这里等着它的有十辆大车，要将一部分运出来的货物移到它们上面。以货物出城门时的状态，它们是无论如何到不了威尼斯的，而这一点商人们都明白。重新分配货物占去了几个小时。等商队彻底上路时，太阳已经西斜得很低了。

留下过夜的地方离基辅不远。商队很大，不得不同时在好几个村子里头寻找落脚的地方。等把人分别往各个村子里领的时候，护卫弗拉西走到阿姆布罗乔和阿尔谢尼跟前。他手里拿的是链锤，腰上别着战斧。

从普斯科夫来的吗，护卫弗拉西问。

是从普斯科夫，旅行者们答道。

我也是从那里来的，当护卫挣钱。咱们走吧，我给你们安置个好地方。

阿尔谢尼和阿姆布罗乔与前往克拉科夫的波兰商人弗拉季斯拉夫一起被安置在一个农舍里。他随身携带了七捆在诺夫哥罗德买的貂皮。商人弗拉季斯拉夫把全部七捆毛皮都堆放在给他铺好的长凳旁边。

毛皮是新鲜的，因而散发着刺鼻的气味。商人一边谈论自己的货物，一边揪着大耳朵的耳垂——挨个轮番揪。农舍里很热，他的耳朵发烧，于是，它们那不同寻常的尺寸愈发显眼了。在他粗壮的手指上好几枚戒指闪闪发亮。他时不时地把手指探进貂毛里，就像探进草里一样，于是宝石就像一个硕大的不能食用的草莓，从那里面隐约闪现。

顶好的毛皮，商人弗拉季斯拉夫总结说。

在克拉科夫没有这样的吗，阿姆布罗乔出于礼貌问道。

怎么没有啊，有，商人生气了。只不过价格不一样。波兰王国应有尽有。

说话人的言语已经不像我们旅程开始时那么靠谱了，在长凳上躺下来时，阿尔谢尼对乌斯吉娜说。词语现在越来越不可靠了。有些不等弄清楚就滑过去了。老实讲，我的爱，这令我有些不安。

过了片刻，阿尔谢尼就睡着了。

Aì
丁丑

清晨，商队重新上路了。跟昨天的队形差不多，但是并不完全一样。在旅行者们最后离开的村子之后，队伍才彻底形成了。商队的移动很缓慢。它由犍牛这种天生不慌不忙的动物的速度决定。犍牛长着一副沉思默想的模样，尽管实际上什么都没有想。商队走着，没留下痕迹，因为雨早就停了。它身后留下的只是一团团在干燥的空气里飞扬的尘土。

在前面不远处，阿尔谢尼和阿姆布罗乔看见了护卫弗拉西。昨天他显得年长一些，而现在看上去几乎是个小男孩儿。浅头发。灰眼睛。朝他们挥了一下手，说了句什么。由于商队的噪声他们没有听见。阿姆布罗乔指了指耳朵。

我在普斯科瓦河对岸住过，护卫弗拉西喊道。在普斯—科瓦河—对岸。他笑了一下。你们知道这个地方吗？

他们知道，于是点头：当然，普斯科瓦河对岸。

路很窄，阿尔谢尼的马时不时碰到阿姆布罗乔的

马。阿尔谢尼抓住自己同行者的马缰绳,说:

乌斯吉娜是被我害死的,很多年来我一直在试图拯救她。而我一直不明白,我的劳动是否令人满意。我一直在等待某种信号,给我指明我是走在正确的方向上的信号,但是所有这些年我连一个信号都没见到过。

按着信号走很容易,而且为此不需要勇气,阿姆布罗乔回答说。

如果事关我的拯救,那么我不会表现出急躁。我会一直往前走,一直往前走,只要我的脚还能走,因为我不怕行走和努力。我只怕,我走向的不是那里。

要知道,主要的困难,我想,不在于行走(阿姆布罗乔迎上阿尔谢尼的目光),而在于道路的选择。

商队在树林里走着。阿尔谢尼沉默不语地在马鞍上摇晃着,也不清楚,他是点头表示同意阿姆布罗乔的话呢,还是和着马匹行走的节拍在晃脑袋。当他们来到田野上时,阿尔谢尼说:

阿姆布罗乔,我只是害怕,我所有的事情都帮不上乌斯吉娜,而我的道路不是引导着我到她那里去,而是远离她。由于世界末日的临近,你该明白的,我无权迷路。因为如果我走错了路,那么我已经来不及回到正途上去了。

阿姆布罗乔解开了长外衣上面的扣子。

我告诉你一件奇怪的事。我越来越觉得，时间不存在。世上的一切都在时间之外存在着，否则的话，我如何能够知道还不曾存在的未来呢？我想，时间是出于上帝的仁慈而赋予我们的，为了使我们不混乱，因为人的意识无法把所有的事件同时放入自身之中。我们被锁在时间之中是因为我们的弱小。

就是说，按照你的想法，就连世界末日也业已存在了，阿尔谢尼问。

我不排除这一点。要知道单个人的死亡是存在的——难道这不是个体的世界末日吗？归根结底，共同的历史——这只是个人历史的一部分。

也可以反过来说，阿尔谢尼想了想，指出。

反过来也可以：这两种历史在最开始缺一不可。这里，阿尔谢尼，重要的是，对于每一个单个的人，世界末日会在其出生后的几十年——这要看给谁多少寿数——降临。（阿姆布罗乔朝马脖子俯下身去并冲着它的鬃毛吹了口气。）如你所知，令我不安的是总体上的世界末日，但是我并不害怕它。也就是说，相比害怕它，我更害怕自身的死亡。

道路变得宽一些了，于是商人弗拉季斯拉夫赶上来和他们走齐了。

我听见你们在说死亡的事情，商人说。你们，俄罗斯人，很喜欢说死亡的事情。而这使你们偏离了生命的构成。

阿姆布罗乔耸了一下肩。

可是，难道在波兰不死人吗，阿尔谢尼问。

商人弗拉季斯拉夫挠了挠后脑勺。他一脸的疑惑。

当然死啊，但是越来越少。

他一磕马刺，就朝商队的前头疾驰而去了。阿尔谢尼和阿姆布罗乔沉默不语地望着他的背影。

我一直在思索你关于时间的话，阿尔谢尼说。你记得祖先们活了多久吗？亚当活了九百三十岁，塞特——九百十二岁，而玛土撒拉——九百六十九岁。你说，难道时间不是祝福吗？

不如说，时间是诅咒，因为在天堂，阿尔谢尼，它不存在。祖先们活得那么久，是因为在他们的脸上还闪耀着天堂的超时间性。他们好像在习惯着时间，你明白吗？在他们身上还存在着不少来自永恒的东西。而后他们的年龄开始缩短。当法老问雅各长老，他多少岁时，雅各回答说：我寄居在世的年日是一百三十岁。我平生的年日又少又苦：不及我列祖在世寄居的年日。[1]

阿姆布罗乔，你说的是共同的历史，你认为它是预

---

[1] 参见《圣经·旧约·创世记》第47章。

先注定的。也许，它正是如此。但是个人的历史——要知道这完全是另一件事。人不是万事俱备才出生的。他学习、思索经验并建立起自己的历史。为此他才需要时间。

阿姆布罗乔把一只手放在阿尔谢尼的肩上。

其实我，朋友，并没有质疑时间的必要性。只不过应该记住，只有物质世界需要时间。

但是只有在物质世界才能行动啊，阿尔谢尼说。此刻我和乌斯吉娜之间的差别正在于此。因此我需要时间，如果不是为了我们俩，那么哪怕是为了她呢。阿姆布罗乔，我非常害怕，时间会终止。我们对此尚未准备好——无论是我，还是她。

对此谁也没有准备好，阿姆布罗乔轻声地说。

戊寅

过了几天，商队到达日托米尔。从日托米尔出来，它前往扎斯拉夫。自扎斯拉夫它的路通向克列梅涅兹。当离开了克列梅涅兹，商人弗拉季斯拉夫说：

再往前就是波兰王国了。

他把这话说得很慢、很大声，使得周围的人都扭过头来。想必是期待着波兰王国会有什么特别的事情发生：归根结底，在商队的路途中出现了第一个王国。情绪是有些高涨的。商队向前走着，但是道路两边依旧延伸着那些森林、田野和湖泊，与在走过的路途上陪伴旅行者们的一样。有些人认为，森林、田野和湖泊已经不是那些了。另一些人则指出与先前见到的相似之处，将之解释为波兰王国还没开始呢。

夜晚在一片旷野里迎上了商队，因而任何人，包括商人弗拉季斯拉夫在内，都无力指明，这已经是波兰地界了，还是仍旧是立陶宛。一队骑手从商队旁边疾驰而过。问骑手们，商队是在哪国的土地上行进，但是他们不知道或者不想回答。这是些相当阴沉的骑手。

在靠近树林的田野里停下来，点起了篝火。阿尔谢尼和阿姆布罗乔与商人弗拉季斯拉夫和护卫弗拉西出现在同一堆篝火旁。在躺下睡觉前，护卫弗拉西问在座的人，是否存在长着狗头的人。护卫很年轻，所以喜欢能增长知识的谈话。

从罗斯向东方旅行时，阿姆布罗乔说，意大利修士乔瓦尼·达·柏朗嘉宾见过这样的人。或者有人给他讲述过他们，当然，这不是一回事。

商人弗拉季斯拉夫清了清嗓子，加入了交谈。

在波兰王国见过一些人，其通身都是人的模样，但是腿的末端就像公牛的脚一样，而且他们的头是人的头，而脸就像狗的脸，他们说起话来，头两个字还是人类的调子，到第三个就像狗一样吠叫起来。

波兰王国不是一般的有趣，阿姆布罗乔说，只是很遗憾的是，我们路过它不能长时间停留。

而我还见过一些人，商人弗拉季斯拉夫继续说，他们的耳朵大得盖住了整个身体。

阿尔谢尼不由自主地看了一眼商人弗拉季斯拉夫的耳朵。它们也不小，但是用它们遮住身体是不可能的。

护卫弗拉西问：

那在波兰王国是否有单靠气味活着的人呢？有人给我讲过这样的人。

在波兰王国应有尽有，商人弗拉季斯拉夫回答说。有胃不大和嘴很小的人：他们不吃肉，只是煮它。煮好了肉，就趴在罐子上，吸蒸汽，就靠这个来支撑自己。

那怎么着，护卫弗拉西十分惊奇，他们完全什么都不吃吗？

就算吃，那也非常少，商人谦虚地说。

篝火燃尽了，而且已经谁都不往里面添新柴了。所有人，包括护卫弗拉西都开始安顿睡觉了。这一夜他不值守。渐渐地其他的火堆也熄灭了——除了围坐着几个护卫的那一堆之外。他们应该保持清醒一直到早晨。过了一段时间，连这堆火也熄灭了。

阿尔谢尼薅了一些柔软的草和蕨类植物，用它们弄了个地铺。放了马鞍用来枕头。马鞍散发着皮革和马汗的气味。在闷热的夜里，这是特别令人不快的。一种模糊的不安涌入他的心灵。一轮满月照进眼帘。阿尔谢尼转身侧躺，但是这样一来马鞍就硌到颧骨。犹豫一阵之后，他又仰面躺着了。

马鞍是为另一个地方造的，阿姆布罗乔看到阿尔谢尼的安置，小声说道。我有个更好的东西。

他递给阿尔谢尼一个又宽又软的腰带。阿尔谢尼本想拒绝来着，但是及时打住了。一股因阿姆布罗乔关心自己而对他产生的感激之情灼痛了他。阿尔谢尼躺在那里，心里想的是他在这么多年之后，头一回不是孤身一人。他感觉到，实在是厌倦了自己的孤独。于是哭了起来。然后挂着眼泪睡着了。

己卯

阿尔谢尼梦到了喊叫声。喊叫声既是威武雄壮的，同时也是声嘶力竭的。阿尔谢尼明白，它们是不同的人发出的。很可能，这并不是人。说不定，这是那些为争夺乌斯吉娜而搏斗的人。两股相反的力量将逝者的灵魂朝不同的方向拉扯。

阿尔谢尼睁开了眼睛，便明白了，喊声不是他梦见的。它们从田野的远端响起，那里辟了营地。阿尔谢尼看到，护卫弗拉西从腰间解下战斧，从他身旁跑过去。护卫朝着喊叫声响起的地方跑去。空中仍旧散布着黑暗，只在东边开始发亮了，商队就是从那边来的。

商队受到了袭击，近处有人喊道。

果真如此。强盗们选择了临近早晨的酣梦时刻进行袭击，这时充溢着暖意的身体意志薄弱且毫无防护。他们第一件事就是冲向守夜的护卫们。这些人没有进行抵抗，因为他们不是警醒的，相反，他们陷入了熟睡中。在熄灭的篝火旁，睡梦中的他们没有立即被唤醒。他们中的一个受了致命的伤，只来得及喊叫起来，从而唤醒了其他的护卫。这一夜和衣而眠的护卫们迅速投入了战斗。

强盗们没有料到会遭遇抵抗。他们习惯于护卫队在这种情况下四处逃窜，把全部货物留给袭击者。可是护卫队没有四散。他们沉默而凶狠地抵抗着强盗们，在战斗的过程中彻底清醒过来。坏蛋们眼看不能速战速决了，而不计代价的胜利并不在他们的计划之内。他们决定撤退,丢下了几个被打死的人。响起了不大的一声号令,于是强盗们开始离开商队的驻地。过了几分钟,一队骑手已经向着东方疾驰而去了。谁都没有去追踪他们。

等天终于完全亮了,才发现,战斗是多么可怕。在熄灭的篝火旁躺着四个被刺死的护卫。他们的手中没有武器,他们根本就没来得及醒过来。同样发现了三个强盗的尸体。根据胸前的十字架形状断定他们是俄罗斯人。

战场上充满了发狂般的喊叫声。声音一会儿沉寂下去,一会儿又以非人的力量再度响起,在这些喊叫声里已经听不出任何人类的声音了。阿尔谢尼朝喊声走去。人群围着喊叫者,但谁也不敢靠近他。一个七扭八歪的人在满是鲜血的地上滚来滚去,而他身后拖着流出的肠子,沾满了尘土和松针。当痉挛将人拉直的一瞬间,阿尔谢尼看清了,喊叫者就是护卫弗拉西。

阿尔谢尼朝弗拉西走了一步,于是人群在他面前让出路来。他们正等着看谁迈出这一步呢。他们热切的救助愿望体现在快速且宽敞地给阿尔谢尼让出一条路上。于是阿尔谢尼问自己,如今这具肉身中还有灵魂吗,然后回答,不可能没有。

阿尔谢尼用尖刀划开了伤者身上的衣服,让他的躯干裸露出来。令人们拿水来。等给他拿来一罐水，他吩咐周围的人按住弗拉西的手和脚。然后把弗拉西的肠子从地上轻轻拿起，用流水清洗它们。在它们湿滑的表面他觉察到有凝固的血块和黏液。弗拉西大叫起来，喊叫声前所未有地瘆人。阿姆布罗乔为了支持阿尔谢尼，触摸着他的后背，但是却看向一旁，因为他没有力量去看弗拉西身上发生的事情。阿尔谢尼把肠子塞进肚子里，然后用麻布把它缠起来。几个人抬起伤者放到一辆大车的毛皮之上。他的头毫无生机地悬垂着。弗拉西昏过去了。

我看到，过不长时间他就要死去，阿尔谢尼对乌斯吉娜说，而我，我的爱，无力帮助他。但是如今，这段时间他会过得好受一些。

他们决定把被打死的护卫安葬在最近的俄罗斯村落里，因为商人弗拉季斯拉夫说，在波兰王国不仅有波兰的村落，也有俄罗斯的村落，尤其是在靠近边界的地方。经过一番思索后，他们决定把劫匪的尸体也带上，但是会将他们单独掩埋。

商队动身了。由于大车的移动护卫弗拉西苏醒过来，开始呻吟。摇晃给他带来了痛苦。阿尔谢尼走到大车近旁，按住了不幸者的肩膀。这人又不省人事了。当阿尔谢尼把手拿开，弗拉西苏醒过来，再次开始喊叫。因而阿尔谢尼就走在他的身旁，不再把自己的手挪开了。

行至最近的村落，商队停了下来。决定把因车的摇晃而奄奄一息的弗拉西留在这里。这是一个波兰村落，于是商人弗拉季斯拉夫朝村里走去。在几轮无果的尝试之后，商人成功地与两位老人达成了协议。他们叫塔德乌什和雅德维加，他们没有子女。这两位好心人愿意照看病人。

当把弗拉西抬进塔德乌什和雅德维加家时，弗拉西睁开了眼睛。在自己的床铺旁看到阿尔谢尼，一把抓住了他的手，因为他抓着阿尔谢尼的手时，他的疼痛就减轻了。弗拉西只动着嘴唇问道：

这是要丢下我了吗，阿尔谢尼？

商队里的商人们看着弗拉西，他们的眼睛饱含着眼泪。他们明白，所有的人都应该随商队一起离开。

别难过，弗拉西，阿尔谢尼说。我会与你同在。

阿尔谢尼朝阿姆布罗乔转过头去。阿姆布罗乔低下头。他与商人们一起出去了，然后过了一段时间返回来，牵着两匹马。阿尔谢尼和阿姆布罗乔在塔德乌什和雅德维加家的院子里看着商队艰难地启程了。

雅德维加本想给弗拉西煮点粥，但是阿尔谢尼阻止了她。他只允许给伤者水喝。阿姆布罗乔一次又一次地

把陶杯凑近他的唇边。弗拉西一边贪婪地喝着,一边拉住阿尔谢尼的手不放。在半昏迷中度过了白天。晚上睁开了眼睛,问:

我会死吗?

我们所有人或早或晚都会死的,阿尔谢尼回答说。就让这成为你的安慰吧。

但是我死得太早了。

弗拉西的眼帘一阵轻颤。阿尔谢尼在他上面俯下身子,说:

早和晚这两个词并不决定现象的内容。它们只与现象流逝的形式——时间相关。就像阿姆布罗乔认为的那样,短暂的东西最终是不存在的。

阿尔谢尼回过头看了阿姆布罗乔一眼。

我想,阿姆布罗乔说,能够耗尽的不是时间,而是现象。现象表现自己并结束自己的存在。诗人,比方说吧,在三十七岁上死亡,于是人们为他感到难过,开始推断,他原本还能写什么。而他,或许已经功成名就,而且把自己全部表达尽了。

不知道你指的是谁,但是这里面有值得思索的东西。阿尔谢尼指了指不省人事的弗拉西。你想说的是,这个男孩儿已经把自己表达尽了吗?

这一点谁都不可能知道,阿姆布罗乔说。除了上帝。

弗拉西用一种出乎意料的力道握了一下阿尔谢尼的手：

我害怕离开这个世界。

不要怕。那个世界更好。阿尔谢尼用闲着的那只手擦掉了他额头上的汗。我自己也想离开呢，但是必须得完成一件事。

我害怕一个人离开。

你不是一个人。

母亲和兄弟们留在了普斯科夫。

我是你的兄弟。

我来到了这里当护卫。挣钱。为了什么呢？

活着总得为点什么。

可是现在不需要了。你别松开我的手。

我握着呢。

一直到最后。

将死之人合上了眼睛。

第一遍鸡叫，你听到了吗？

没有，阿尔谢尼回答，我没听到。

可我听到了。它们这是给我叫的。糟糕的是，我没行圣餐礼就要离开了。没忏悔。

对我忏悔吧。我把你的忏悔带到耶路撒冷去，然后，我相信，你的罪过会化为乌有。

但是这么做也只是在我死以后啊。难道这能给我算上吗？

我都说了：时间的存在是存疑的。也许，根本就没有以后。

于是弗拉西开始忏悔。阿姆布罗乔出去了，到塔德乌什和雅德维加坐着的穿堂里。他们用波兰语对他说了些什么。阿姆布罗乔不懂他们的话，但是点了点头。他对他们说的任何话都同意，因为看得出来，他们是善良的人。

你千万不要忘记我的任何一个罪过，弗拉西对阿尔谢尼轻声说。

不会忘的，弗拉西。阿尔谢尼摸了摸他的头发。一切都会很好的，你听到了吗？

但是弗拉西已经什么都听不到了。

3ⅰ
庚辰

将弗拉西下葬之后，阿尔谢尼和阿姆布罗乔就上路了。他们希望能追赶上商队，因而骑得很快。他们果然在半夜时分追上了，因为商队不紧不慢的。翌日早晨，阿尔谢尼和阿姆布罗乔已经与商队一起上路了。

森林重新被田野所取代，而波兰的村镇则被俄罗斯的村镇取代。在布斯克住的大都是波兰人，在涅斯鲁霍夫——俄罗斯人，而在扎佩托夫，大概是一半对一半。什么人住在利沃夫，弄不清楚。在利沃夫的街道上商队迎面遇上了小市民斯捷潘。斯捷潘醉意蒙眬，他的语言无法确定。小市民用拳头威胁骑马赶车的人们。他踩在牲口粪便上，一个趔趄，滚到了一个护卫的马下。马蹄落到了斯捷潘的手上，踩断了骨头。人们把斯捷潘平放到马车上后，派人去找阿尔谢尼。

你叫什么名字啊，好人，阿尔谢尼问，一边用麻布将斯捷潘的手扎紧。

斯捷潘动了动那只没受伤的手，说了句含糊不清的话。

从手势上看，他叫斯捷潘，商人弗拉季斯拉夫推测说。

听着，斯捷潘，阿尔谢尼说，比起你的小地方，人世间可大着呢。你最好不要用拳头威胁人。要不然你会失去一只手的。

在利沃夫之后是雅罗斯拉夫，而在雅罗斯拉夫之后——是热绍夫。

在热绍夫，阿尔谢尼对乌斯吉娜说：

当地居民，也就是热绍夫人，在他们的言语间，唏音加速明显。有时你会感觉得到一种过于饱和。

过了热绍夫就是塔尔诺夫，而塔尔诺夫之后——博赫尼亚，博赫尼亚之后——克拉科夫。在克拉科夫，阿尔谢尼和阿姆布罗乔与商人弗拉季斯拉夫告了别。商人叫他们到他的城市去做客，但是他们谢绝了。他们必须继续往前走。在告别时他们拥抱了。商人的眼中有泪。

生活由分手构成，阿尔谢尼说。而记得这一点，交往的乐趣就会更完满一些。

而我真想（商人弗拉季斯拉夫擤了一下鼻涕）把所有我遇到的善良人都聚拢在一起，不放他们走。

我想，那样他们很快就会变成凶恶的人了，阿姆布罗乔微微一笑。

从克拉科夫城出来后，商队开始顺着维斯拉河走。河面在这里还不很宽阔。与之一道弯弯曲曲走到了一个叫奥斯维辛的小地方。阿姆布罗乔说：

相信我，阿尔谢尼，过几个世纪，这个地方将引发恐惧。但是它的沉重现在就已经能感觉得到了。

再往前就是西里西亚了。就在阿尔谢尼向商人们打听关于西里西亚的事情时，不知不觉间就已经到摩拉维亚了。他着急打听所有关于摩拉维亚的事情，因为摩拉维亚没有任何东西显示它比西里西亚大。在当地居民口中，斯拉夫话与德国话和匈牙利话同等地切换着。随着向西南方进发，越来越经常听到德国话，直至把其他所有的话都挤出去为止。从这开始就是奥地利了。

德国话对于阿尔谢尼来说并不陌生。从遇到的人所说的话里，他能猜出自己在白湖城向商人阿法纳西·布洛哈学习时曾经尝试着读的字句。原来，这些说德语的人发音与阿法纳西区别很大。不过，这件事不能全怪阿法纳西。奥地利居民早在那时候就努力按照自己的音调说德语了。在 15 世纪末，奥地利人还没有确切地了解到，他们与德国人是否有区别，以及如果有区别，那么区别是什么。发音的特点最终给了他们这两个问题的答案。

辛巳

在维也纳，阿姆布罗乔为了行圣餐礼而去了圣斯蒂芬教堂。阿尔谢尼决定陪他去。与阿姆布罗乔一道去是因为他确信，反正维也纳也没有东正教教堂。他想要从内部看一看大教堂。而除此之外，也许，这是主要的，他还从未参加过天主教的弥撒呢。

印象是双重的，阿尔谢尼从圣斯蒂芬教堂里对乌斯吉娜汇报。一方面，感觉到某种亲切的东西，因为我们有共同的根基。另一方面——我不觉得自己在这里像在家里一样，因为我们的路途岔开了。我们的上帝更亲近、更温暖，而他们的更高高在上、更庄严。很可能，这是表面的印象，我的爱，是由不懂拉丁语引起的。但是在整个做礼拜的时间里我到底也没能确定，奥地利人自己是否懂拉丁语。

在维也纳，一个来自德累斯顿的法国修士雨果加入了商队。雨果兄弟因为自己修道院的事务到了波希米亚，而现在要去罗马。他骑驴而行，甚至还掰着手指讲了他为什么这么做。首先，基督（修士画了个十字）是骑驴而行的。其次，驴子比马匹要小，相应地，需要的花销也小一些。最后，驴子——是执着的动物，而执着正是一个真正的修士为了谦卑而必需的东西。

兄弟所说的一切都是真话。普通驴子的执着之所以加重了，是因为雨果兄弟不是驴子所喜欢的那类骑手。兄弟是好心肠和爱交际的，但是肥胖而又没有耐心。他常常从两侧用脚后跟磕驴子来驱赶它，可是动物最喜欢的却是不急不忙和安安静静。因而，雨果的饶舌直接把它给惹毛了就不足为奇了。每次雨果兄弟一开始说话，驴子就试图咬住他的膝盖。

和商队中的各类人都交谈过之后（这让他付出了被咬疼好几口的代价），方济各会修士凑到阿尔谢尼和阿姆布罗乔跟前。与其他许多人不同的是，他们多多少少懂点儿德语。大概是这个原因吧，雨果兄弟在和他们的交往中感觉很轻松——比他与商队的商人们交谈要轻松很多。除此之外——这也并非不重要——他觉得，有两位朝圣者在场，他的驴子变得安静些了，而且咬他的时候少了很多。

离开了维也纳，商队顺着阿尔卑斯山脉走去。田野在路和山之间延展开去。在这些山脉的卧姿中有某种令人心安的，几乎是懒洋洋的东西。然而，尽管显得宁静，它们的岿然不动却是假的。与诚实地待在自己的位置上的田野不一样，山脉是运动的。它们从右侧陪伴着商队，不靠近它，但也不远离。以商队的速度向前冲着，因而行路的人觉得，赶上它们是不可能的。

在田野远端，风在朝相反的方向梳理着黑麦——变动就是从那里开始的。这些地域依旧是平原，但已经和山脉一起运动了。在移动中山脉变了。它们变得更高耸，更陡峭了，树林变成了石头，而石头又被雪覆盖上了。阿尔谢尼头一次见到高山，于是现在目不转睛地欣赏着它们。

就这样，商队从维也纳走到了格拉茨，从格拉茨前往克拉根福。在这里，道路已经是穿山而过了。它蜿蜒着，贴着石岩的巨大褶皱。悬岩越来越紧密地贴近道路的上空。有时候它们几乎在上面合拢了，而这时天就变暗了。有时候山脉又纷纷后退了，于是在这些地方就组织休息，因为在宽阔的地方遭遇落石的危险更小一些。

每一次，雨果兄弟都往歇脚的地方撒一些能灭蛇的爱尔兰路尘，因为知道，爱尔兰摆脱了爬虫是由于圣帕特里克的祈祷。这个国家的土壤完全忍受不了爬虫，哪怕是用船运来的蟾蜍，一扔到爱尔兰的岸上，它们立马就爆体而亡。方济各会修士预先在爱尔兰收集的路尘在阿尔卑斯山也继续保卫着旅行的人们。

把驴子拴到远处的灌木上后，雨果兄弟有了安心讲述的可能，他在休息地讲起亚平宁山如何遏止住南风的酷热，而阿尔卑斯山的峭壁又如何阻止了寒冷的北风神博雷亚斯和阿尔热斯。关于极北的许珀耳玻瑞亚山[①]他也知道一些，山的表面很光滑，像镜子一样，可以很轻松地反射太阳光。山的凹陷形状使光线汇聚到一个点上，而这加热了空气。山的高度却不让这空气与北极的寒冷交汇，这本身就使气候极其怡人。因此住在那里

---

① 古希腊神话中的极北之地。

的许珀耳玻瑞亚人都很长寿，当他们以自然的方式活累了，就会没有任何原因地从高高的悬崖上跳到海里，以此终止自己的存在，当然啦，这是罪过。

找到合适的时机，雨果兄弟给自己新认识的人也讲了关于其他山脉的事情。从高处俯瞰云层的奥林匹斯山，深陷在森林里的黎巴嫩，峰顶直达天际，因而普通人无法登顶的西奈山——他也分享了关于它们的知识。身为方济各会修士，自然地，也提起了圣方济各隐修的拉维纳山，他就像以前为鸟儿祝福一样，也祝福了山。雨果兄弟的关注点也没有绕过那座亚历山大大帝从旁走过，能将勇者变懦夫而懦夫变勇者的山。亚历山大是一位充满忘我精神的旅行者，因而道路便自己在他的脚下伸展开去了。

有时候我觉得自己是亚历山大，阿尔谢尼对乌斯吉娜说。而道路自行在我的脚下伸展开去。而我，我的爱，也像亚历山大一样，不知道这路通向哪里。

有一天，商队遭遇了岩石崩塌。石头飞落，在隘口里发出千百次的回声，甚是吓人。等到一切都安静下来，所有人都看到，一匹马呼哧呼哧地在路旁的灌木丛里挣扎。它惶急地在自己身前踢蹬着蹄子，听得见树枝在它的屁股下面发出咔嚓咔嚓的断裂声。为了不让它继续遭罪，人们想要刺死它，但是阿尔谢尼阻止了那些意图这么做的人。他从灌木丛那边走近马儿，把一只手放在马鬃上。马儿不再胡乱蹬腿了。只见血从它的一只前腿里流出来。阿尔谢尼绕过马儿，摸索着它的伤腿。

这并非垂死挣扎，阿尔谢尼说，马儿踢蹬不是因为要咽气了，而是因为难以忍受的疼痛。它的腿受了重伤，但是没有断。给我一块麻布，我把腿包扎一下，把血止住。

拿着，但是你要小心，商队里的人冲他喊道，因为它的蹄子能踢死人。而且你要知道，商队可不能等着马康复。

阿尔谢尼给马儿包扎了腿，然后坐在它近旁，小心地用手在麻布上轻抚。过了不一会儿，马儿站了起来。它走得一瘸一拐，但是能走了。商人们感谢了阿尔谢尼——与其说是因为救了马，不如说是因为他们见证的不凡之举。他们明白，这里的问题并不在于马。商队继续前行。

在一下子容得下三个骑手并排骑行的宽敞明亮的峡谷里，雨果兄弟的小驴子忠实地出现在阿尔谢尼和阿姆布罗乔的马匹之间。马匹从容不迫的步伐伴随着它那像玩具鼓声一样细碎的嘚嘚蹄音。雨果兄弟的脸颊和下巴和着这断断续续的敲击声的节拍颤动着。尽管在步伐上有差距，可马和驴却是鼻孔挨着鼻孔地走着：对于后者这可是荣誉问题。而对兄弟本人而言,重要的是两个交谈者能同样清楚地听见他说话。

　　下雨的时候,雨果兄弟给他们讲乌云和白云的性质,而在晴朗的天气,则说起天上的天体——白昼的和黑夜的——沿之运行的带域。圣方济各修士一面观察着阿尔卑斯山的天气如何快速地变化着,一面也没有对阿尔谢尼和阿姆布罗乔隐瞒他了解气候对人的性格有影响的事情。从各地的气候特点中他可信地得出结论:罗马人阴沉,希腊人多变,非洲人奸诈,高卢人凶残,而英国人和日耳曼人身体强健。罗纳山谷强劲的密斯脱拉风[①]致使那里的人们反复无常、轻率和不信守诺言。一些民族随气候变化而迁徙则不可避免地导致性情的改变。比如说,伦巴底人,迁徙到了意大利,就丧失了残酷性——当然啦,部分地是因为娶了意大利女人,但是主要地,应该认为,还是由于气候条件。

　　我们要是不遇上你,雨果兄弟,阿尔谢尼说,那我们可能永远都无从得知这么多有益的东西。

　　在空间里迁徙能丰富经验,兄弟谦虚地回答道。

　　空间能压缩时间,阿姆布罗乔说。于是将它变得容量更大。

[①] 地中海北岸的干冷西北风。

01

壬午

在阿尔卑斯山旅行的人就像在迷宫里行走的人一样。他之字形地沿着峡谷的底部走着，依照着它们的形状，因而他的路任何时候都不是笔直的。峡谷有时候彼此相连，让行路人可以毫无障碍地从一个峡谷转入另一个。但是山脉并不总能预先考虑到转换的便利，对于人来说，它们多半是考验。峡谷被山封得死死的情况不在少数。在这样的情形下便只剩下一条路了——往上爬。

商队所面临的正是这种情形。路沿着缓坡延伸，于是商队慢慢地爬高。在爬得还不是很陡时，雨果兄弟讲了冰川的惊人本性，它们不仅在岩石之间往下滑，而且处于经常性的内部运动之中，于是它们上面的部分渐渐地往下走，而下面的上升到表面来，由此那些跌落到山中裂罅或者很深的裂缝中的人，他们的尸体后来被发现时已经是在冰的表面上了。雨果兄弟还讲述了有关雪崩的事情，它们因为很小的喊声而脱落，像没有形状的一个大堆，一边积聚增大，一边疾速运动，把路上遇到的一切东西——人、马、大车——全都卷入其中，而落入雪崩之中的一切再也不会浮出表面，因为雪崩过后全都永久地死去了。

坡度每小时都变得愈发陡峭，使得爬山不仅是困难的，而且是危险的。空气已经明显更冷了。路变窄了。行路者的右侧耸起陡峭的岩石，左侧的谷底则咆哮着水流，它溅起的水珠里闪耀着一道彩虹。当爬得再高一些，下起雪来了，水流的蒸汽和水滴落下来并冻结在路上，使路变得很滑。

雨果兄弟的驴子动不动腿就分家了，而且就连钉了掌的马匹也明显打滑。驴子几次前腿跪倒，于是雨果兄弟就下驴步行。他已经什么都不讲了，在阿尔谢尼和阿姆布罗乔前面一边走，一边气喘吁吁。路的宽度现在只允许两位骑手骑行了。过了一段时间，所有骑马的人都下了马，牵着马的辔头步行。大车的主人们在它们后面推，因为牛蹄子开始无助地在冰面上挠得咯吱咯吱响。

在道路例行的一个转弯处，驴子的腿向右滑去，它侧摔在地，然后可笑地滑动起来，把雨果兄弟也连带着拽了过去。驴子向下滑着，慢慢地翻转着身子，于是所有的人都目瞪口呆，看着它那白白的、有点过于肥硕的肚子颤动着，旅行袋滑到了肚皮上，它的腿无助地抖动着，这却只能加快下滑的速度，而雨果兄弟和它一起下滑，无力松开绳子……

在最后一瞬间，阿姆布罗乔一把抓住了圣方济各修士的后脖领，后者松开了绳子，而动物仍然继续下滑，在结了冰的石头上可怕地发出嚓啦嚓啦的声响，一直滑到悬崖边上。悬在空中。随着逐渐减弱的吼声落到了水流之中。

雨果兄弟站起来。默不作声地环顾了一下所有的人。朝悬崖走了几步，站着的人们已经准备去抓住他了，以为他失去了理智。但是雨果兄弟双膝跪地。不清楚他是在祈祷呢，抑或只是腿撑不住他了。等到他又站了起来，在他手里有一撮驴毛。在所有人面前他握着这撮毛，眼泪从他的眼里流了下来。

从隘口往下走，雨果兄弟哭了一路。他和其他人一起拉住一辆牛车，以防它向下移动得太快，而他的眼泪在他的脸上像小溪一样流淌。他时不时地从怀里掏出收起来的那撮毛，并把它贴到自己眼睛上。在平原地带，两个基辅商人让雨果兄弟坐上了装毛皮的大车，因为由于快步行走他开始气短。在为自己死去的伙伴伤心的同时，他出乎自己意料地发现，再也没谁咬他了。这并不能令他不计较损失了，但是在某种程度上减轻了痛苦。

下

癸未

阿尔卑斯山的最后一个峡谷出口很窄。它令人想起拱门,其上面部分是长在道路两旁的岩石上的幼树,向彼此倾斜着。在这个拱门里出现了一队骑手,拦住了商队的路。商队的队尾还继续沿着峡谷延伸,而位于前面的护卫已经不动了。它在离骑手们有一段距离的地方站下,并不做靠近他们的尝试,因为他们的样子可没预示着什么好事儿。

这是强盗,雨果兄弟坐在毛皮上说,而周围的人不能不同意他的话。

强盗们之间说的是意大利语。经过不长时间的商议,委托阿姆布罗乔去与他们谈判。几个护卫自告奋勇要随他一同前去,但是阿姆布罗乔拒绝了。他一指骑到近前的阿尔谢尼,然后说:

我们两人就够了。

三人,雨果兄弟参与说。三人。其实我也会说意大利语。此外,从今天起我已经没有什么好失去的了。

于是给了雨果兄弟一匹马,以便他在与强盗说话的时候，别一上来就仰着头，而是与他们持平。商队的人们推测，修士的样子能够软化哪怕是冷酷的心。三位骑手缓慢地朝强盗的方向出动了。

祝你们平安，雨果兄弟还离得老远就喊道。

回应没有随之而来，于是在距离更近一些时，兄弟重复了自己的招呼语。

外邦人，你说我们的语言可说得不怎么好，一个骑着白马的强盗说。

其余的强盗笑起来。说话的人应该是强盗头子。他不年轻了，很笨重。他的脸是鲜红的，就像一杯皮埃蒙特葡萄酒一样，而在秃得厉害的头顶上一道用马刀砍出来的伤疤深入头骨。他的马用一只蹄子刨着地，很显然，这表现着骑手的急不可耐。

对于上帝而言没有外邦人，雨果兄弟反驳道。

我们这就把你们打发到上帝那里去，强盗头子说，在那里你们就是自己人了。而你们的东西给我们留下。

强盗们再次笑起来，这一次要克制一些。他们自己也不知道，说的这话在多大程度上是笑话。

我们有很好的护卫队，而且它不会跑的，阿姆布罗乔说。久经考验。

久经考验，但经的不是我们。

强盗头子勒紧了缰绳，于是他的马开始嘶鸣起来。

阿姆布罗乔耸了一下肩。

不管事情如何结束，你们都会有损失的。

强盗头子什么都没回答，与几个强盗朝路边骑过去。他们商议了很久。这不是那些为了战争而打仗的人，他们明白，打起来的结果并不明朗。强盗头子拍马朝阿姆布罗乔骑过来，说：

你们从每个人——包括护卫——那里收十个金币拿过来给我们，就谁都不会流血。

阿姆布罗乔陷入了沉思。

每人一个金币，雨果兄弟说。不信教的人朝每个去耶路撒冷圣墓的人收两个金币才能放行，这是纯粹的抢劫。因为这回抢劫我们的是基督徒，我认为限于一个金币是可行的。

看起来，我们这是在讨价还价呀，强盗头子感到惊奇。

我在试图尽可能减轻你们良心的负担，雨果兄弟解释说。

在全面讨论之后找到了所有人都能接受的金额——商队里的人每人五金币。当雨果兄弟朝商队骑行过去，以便通报谈判的结果时，阿尔谢尼对阿姆布罗乔说：

和你说话的那个人正处于危险之中。他的脑袋里有很大的噪声。血压迫着他的脑血管，它们快要破裂了。

阿姆布罗乔，我看得到，它们如何由于血量过剩而膨胀。它们就像肥肥的盘成团的蚯蚓一样。在这个脑袋里血流还能够改善，但是相信我：没有其中思想的改变，什么都办不到。

听完阿尔谢尼的话，阿姆布罗乔转而对强盗头子说：

你在自己脑袋里听到的噪声，是形成于那里的思想的结果。它对你的生命很危险，但是我的同伴可以帮助你。

对头目脑袋里的噪声一无所知的强盗们，又笑开了。但是强盗头子变得很严肃。

你的同伴为此想要什么？

他是希腊-俄罗斯信仰的人，请求你改变思想，换句话说——忏悔，因为希腊语里忏悔就是 *метанойя*，字面意思就是改变思想。

你们又在讨价还价了，强盗头子冷笑道。但是讨价还价的对象只能是金钱。

这不是生意，而是条件，阿姆布罗乔摇了摇头。必要的条件，在此条件下我的同伴才能帮助你。

雨果兄弟带着钱来到了交谈者们跟前。强盗头子从他手里拿过装着金币的袋子，把它扔给一个强盗去数。已经要离开了，他又转向阿尔谢尼和阿姆布罗乔：

你们知道，我还从未接受过任何人的条件。他指了指被岩石锁住的一小块天。哪怕是老天爷。

商队默默地注视着强盗们如何离开峡谷。当最后一个强盗消失在岩石后面时，商队也出发了。所有人都明白，这一次是轻松过关了，但是并没有因此而感到高兴。

这世上什么样的人没有啊，一个基辅商人叹了口气说。

他说什么，雨果兄弟问阿姆布罗乔。

他说，人们非常不一样。

确实如此，雨果兄弟证实说。

他重新爬上了装皮毛的大车。在貂皮上坐得更舒服些之后，雨果兄弟继续说：

人们啊——他们是各不相同的。这不，听说啊，有一些人，被称为双性人。有着一面是男性的，另一面是女性的身体：这样的人右乳头是男性的，而左乳头是女性的。而有一些人，被称为半羊人。他们的住所在山林里，他们移动的速度很快：他们奔跑的时候，谁也撵不上他们。赤身露体而行，而他们的身上长满了毛发。他们不说人话，只是喊叫。人所共知，存在着巨脚人——在自己脚掌的阴影里休息的人。他们的脚掌如此之巨大（雨果兄弟抬起了自己的脚），在热天他们就用它们遮阳，就像凉棚一样。我告诉你们，这世上有很多种产物：有的人长着狗头，而有些人没有头，牙齿长在胸部，眼睛长在肘部，有的人长着两张脸，有的人有四只眼睛，有的人头上带有六只角，有的人手上和脚上长着六根指头。

如果他们确实存在，阿尔谢尼转过头来，问道，他们存在的目的是什么呢？

雨果兄弟陷入了沉思。

没有目的，有原因。所有的问题在于，在建塔之后，上帝准所有人按照他们的心意去生活。于是一些人就迷路了。依照自己的喜好去行自己的路，于是他们的外表开始与他们的思想方式相符了。一切都很合逻辑。

阿姆布罗乔笑了起来：

合逻辑？我认识有这种思想方式的人，按着这个逻辑，他们的外表应该很吓人。可其实他们看起来全都好好的。

阿姆布罗乔不等回答，用马刺一刺马儿便向前奔去。经过短暂的思考，阿尔谢尼也随之前去。

不存在没有例外的规则，雨果兄弟冲着他们的背影喊道。比如，据说在地球的背面就住着一些正好相反的人。他们中许多人看上去，想象一下吧，就和我们一样。

但是阿姆布罗乔已经听不到他的话了。

这件事你们觉得怎么样，雨果兄弟冲基辅商人说。

商人们点点头。他们一句德语也不懂。

可我不是很相信关于相反的人的说法，受到鼓励的兄弟继续说，知道为什么吗？因为要认真对待它们的话，就需要承认地球是圆的！我且不说这是荒谬的，这是亵渎神灵，这首先是可笑的。我们一经承认地球是圆的，我们简直就必须假定，在地球背面的人是大头冲下行走的！

雨果兄弟大声地哈哈笑起来。基辅商人看着他，也笑起来。雨果兄弟的笑声是如此的有感染力，没过一会儿，使得整个商队都已经在笑了。在最近一些天受到致命威胁的人们心里的不安随着这笑声释放了。在这笑声里包含着一种喜悦：前面等待他们的是威尼斯——地球上最美的城市。

第二天早晨，当商队离开夜间的休息地时，两个骑手从阿尔卑斯山方向奔驰而来。人们认出他们是之前遇到的强盗。他们看见了阿尔谢尼和阿姆布罗乔，就向他们骑过去。

我们的首领非常不好，强盗对阿姆布罗乔说。昨晚他中风了，现在躺着动不了。你的同伴有没有什么办法帮个忙？

阿姆布罗乔把他们说的话翻译给阿尔谢尼。

告诉他们，我现在无力帮助，阿尔谢尼回答说。这个人的时间屈指可数，而且今天晚上他就会死去。速死就是至高无上的主给他的仁慈。

听完了阿尔谢尼的话，强盗们说：

暂时他还能说话，他请求把这个转交给你。

强盗中的一个人从怀里拿出一个装着金币的袋子，把他交给了阿姆布罗乔。钱立即返还给了之前交出来的人。商队启程前往威尼斯。

Ка

甲申

在进威尼斯时商队被守卫拦住。向所有的人要能够证明他们是从北方来的，而不是从东南方来的路引。在小亚细亚瘟疫肆虐，所以当局害怕它被传播到威尼斯共和国。所有人都有路引，除了把它连同旅行袋和驴子一起搞丢了的雨果兄弟，但是商队的人一致证实，兄弟是和他们一起翻越的阿尔卑斯山。

翻越了，圣方济各修士叹了口气，尽管并不确定，这是一个正确的决定。

在威尼斯大家告别了。告别搞得特别真诚，因为许多人都知道，这一分手就是永不再见。那个时代分手的特点就在于此。中世纪很少有在尘世生活期间第二次使人相遇的机会。

雨果兄弟邀请阿尔谢尼和阿姆布罗乔在方济各修道院过夜。他们在威尼斯没有别的栖身之所，于是邀请就被感激地接受了。到修道院他们走了相当久，因为雨果兄弟路记得不是很牢。他和阿姆布罗乔同骑一匹马，指点着该往哪里走。街道弯弯绕绕，变成死胡同或者又引到了先前的地方。他们三次到了圣马可广场，两次到了里阿托桥。广场一个接着一个，而他们的马蹄嘚嘚声和自身的回声重叠在了一起。有时，为了让对面来的骑手过去，不得已要紧贴墙壁。阿姆布罗乔微笑着回头看阿尔谢尼。他头一回看到自己的朋友被惊呆了。

阿尔谢尼确实很吃惊，要知道他原来可没见过任何类似的东西。有一次，他甚至在桥上停下来，看一个中年威尼斯女人如何直接从自己的家门就下到贡多拉艇上去了。贡多拉艇在她的脚下摇晃起来。阿尔谢尼背过脸去。听到桨的划水声，他小心扭回头。威尼斯女人安然地坐在船尾。她没猜到阿尔谢尼的不安，因为近半个世纪她就是如此这般地出家门的。

旅行者们在修道院受到了善意的接待。雨果兄弟告诉修道院院长，阿尔谢尼不是天主教徒，而院长回之以令人费解的手势。这个手势可以有各种解释,但是它并没有直接禁止留在修道院这个意思。至少雨果兄弟是这么领会的。他把阿尔谢尼和阿姆布罗乔领到为三人预备的修道室,那里已经备好了铺盖和洗漱用的水。过了一个小时等着他们去吃晚餐。

三个人谁也没出去吃晚餐。雨果兄弟和阿姆布罗乔——赶路累得沉入了熟睡,阿尔谢尼——体验着因与威尼斯的相遇而带来的深深的震撼。它令他无法入眠。它也令他无法待在修道室里。他悄悄地下去,避开看门人,来到了外面。

修道院地处水道边上。从街上看它就是一座普通的房子,与彼此紧邻的其他房子无异。在房子和水道之间是窄窄的一条马路,所以这里不需要直接下到水里。阿尔谢尼朝水道走了几步。蹲下,观察水草如何在系船的桩子上轻轻地摆动。和他见过的其他地方比起来,这里的水散发的气味很不一样。这是一种腐烂的气味。后来一想起它,阿尔谢尼就感到一种幸福,因为这是威尼斯的气味。

天晚了。因为房子的缘故,太阳已经看不到了,但是余晖尚能照到的墙壁变成了赭石色和黄色的。阿尔谢尼顺着水道走——在能够行走的地方走——走过了一些弓形的小桥。一开始,为了能回来,他试图记住走过的路，但是过了几条街他就已经连方济各修道院所在的方向都无法确定了。他平生还从未到过这么神奇的地方呢，而且现在也无法把它安放在自己的记忆里。阿尔谢尼感受过森林的空间和田野的空间，别洛泽尔的冰原和普斯科夫的木头街道，到处都很轻松地找得到路。而现在呢，来到水道和石头交错的地方，他发现，他感受不到这个空间。在这奇怪而美妙的城市里，他是一个人，而且不懂它的语言。唯一能帮助他的那个人疲惫不堪，在睡觉，在不知道位于哪里的修道院里。但阿尔谢尼很安心。

他开始随意地走，已经不去试图记路了。有几条街一开始令他觉得熟悉。但是下一个瞬间他便发现了先前所没见过的阳台和半浮雕，于是明白了，这是相似性恬不知耻地冒充了重复。等到天完全黑了，阿尔谢尼来到了圣马可广场。升起的月亮照亮了在黑暗中像一座黑色山峰一样的教堂。它是由被洗劫的君士坦丁堡的石头建成的——阿姆布罗乔是这么对阿尔谢尼说的。他触碰了一下大理石的石柱，感受到它在一天之中吸进的热度。他想，这大概是拜占庭的热度吧。

阿尔谢尼在入口的右侧坐下来，靠着石柱。他感到累了。在他要坐得更舒服一些时，碰到了一个柔软的东西。在石柱之间的地方坐着一个姑娘，她稚气的脸庞像是半浮雕中的一个——可能是因为一动不动的缘故。阿尔谢尼抬手靠近她的眼睛,而她眨了一下眼。

祝你平安,孩子,阿尔谢尼说。我只想知道,生命是否离你而去了。

她望着他,一点也不吃惊。

我叫拉乌拉,我听不懂你的话。

我看得出,有什么东西让你感到压抑,但是我不知道你难过的原因。

有时候,别人不懂你时,说起来会更轻松。

也许,你怀孕了,而你的孩子不是合法的,因为他的父亲没有成为你的丈夫。

因为当你处于绝望之中时,你想要说出自己的痛,但是害怕它一经从你的嘴里说出,就变得人尽皆知了。

你知道的,这里面没有任何不可挽回的东西。他的父亲还可以成为你的丈夫。或者你的丈夫可以是另外一个人,有这种情况。你相信吗,为了帮助你,我就可以娶你做妻子,但是我不能这么做,因为我有永远的爱和永远的妻子。

可我,可以说,已经不害怕了。我知道了一种与所有灾难和解的方法。如果我的情况变得完全不好,我的绝望会给我力量去采用它。

在我的生命里有一个乌斯吉娜和一个没名字的小男

孩儿，但是我没能守护住她们两个。

几天前，我得知自己患了麻风病。当在手腕处出现斑点的时候，我还不知道这意味着什么。而到了夏天喉咙里开始发痒时——也没猜到。但是一个偶然在街上碰到的人看到我就说：你这其实是麻风病啊。说：离开这座城市，到麻风病人的城市去吧，免得成为你家人的诅咒。于是我就去找医生，而医生证实了，那个人是对的。

从那时起我努力地和他们交谈，但是他们总是无法回答我。男孩儿很小就死了，他也不能回答我。但是要知道连乌斯吉娜也不回答。当然，处在她们的状态下，这不是那么简单的。难道我不明白吗？明白……可我仍然在等待。哪怕不是话语——是暗示呢。有时候我非常难过。

而我已经不能回家了。我知道，我的家人不会让我走的，他们更乐意和我一起慢慢死去。

可我一直都没有陷入绝望。仍然在尽力给乌斯吉娜讲述这里发生的事情。要知道她没活到头，那么我就试图把她没有活过的事情给补上一点儿。只是这很难。生活是无法在总体上、事无巨细地讲述的，你明白吗？

在我和剩余的世界之间落下了一堵墙。暂时它还是玻璃的，因为谁也不知道我的灾难。但是之后一切都会变得明显。医生把一切全都对我说了。我觉得，这给他带来了一种满足。而也许他是想让我摆脱希望和失望。

真正可以向那里传达的只有共同的思想。所发生的事情中主要的东西。比如说，我对她的爱。

他们让我去麻风病院。随着时间的推移我就会出现马鞍形的鼻子。狮子样的脸。我会羞于让共同的阳光落在这样的脸上。我会知道，我没有这个权利。没有权利得到任何美好的东西。可能还活着就死了。

阿尔谢尼抓住拉乌拉的双手，看着她的眼睛，于是所发生的事情的实质就对他敞开了。他吻了吻拉乌拉的额头。

孩子，你会康复的。当一个人在尘世中的时候，许多事情都是可以改变的。你要知道，不是每一种病都会留在身体里。甚至是最可怕的。我无法用别的任何东西来解释这一点，除了至高无上的主的仁慈，但是我看到，麻风病一定会从你身体里面出来的。你呢，回到你的家人那里去，拥抱他们，任何时候都不要再与他们分离。

看到拉乌拉再也没有力气了，阿尔谢尼就帮助她站起身，并把她领到家。细密的夜雨开始了。月亮所在的那部分天空仍旧没有乌云。淋湿的贡多拉艇摇晃着，在月光下闪着光。水拍击着它们的船底，发出响亮的啪啪声。在自己家门口（在父母的怀抱里）拉乌拉把头扭向阿尔谢尼。

但是阿尔谢尼不见了。虚幻的城市被建造出来，就是为了消失于其中的。融化在雨中。拉乌拉知道这一点，也就没有惊奇。甚至在身旁的时候，阿尔谢尼也没有让她觉得是一个现实的存在。拉乌拉无法重复他的话，但是它们使她充满了无穷的快乐，因为它们主要的意义已经向她敞开。现在她把最近这些天理解为一场噩梦。她自己也不明白，她是怎么了，在这世上最想做的事就是醒过来。

阿尔谢尼朝修道院走。现在，当天空被乌云彻底遮住，而雨下得跟一堵墙似的时，对于他而言行走的方向或多或少变得清楚了。雨果兄弟和阿姆布罗乔不知道他不在。他们是睡着了，并且做了梦。

雨果兄弟梦见了他的驴子——很亲昵，鬃毛梳理过，装扮得很漂亮。它慢慢地在悬崖上方飞翔，样子让人想起天马帕伽索斯。白色的马衣在它的背上隐约可见地飞扬着。我知道，什么都没有从过去的事情中消失，雨果兄弟在梦中私语。不论是人，还是动物，甚至是一片叶子。*Deus conservat omnia*[①]。他的脸被泪水打湿了。

[①] 神护佑一切。

阿姆布罗乔在梦里见到了奥廖尔城的街道。在"俄罗斯亚麻"商店的台阶上五人组在拍照。从左到右：马特维耶娃·尼娜·瓦西里耶夫娜，科罗特琴科·阿德拉伊达·谢尔盖耶夫娜（上排）；罗曼佐娃·维拉·加夫里洛娃，马尔基罗夏恩·莫夫谢斯·涅尔谢索维奇，斯科莫罗霍娃·尼娜·彼得罗夫娜（下排）。1951年5月28日。为了纪念"俄罗斯亚麻"商店开业五十周年，经理马尔基罗夏恩建议集体搞个节日庆祝一下。女人们在家准备了鱼冻、肉馅菜卷、红菜头沙拉和羊肉炒饭。她们把所有这些用锅带到班上，然后分装在盘子和沙拉碗里。按顺序拌好红菜头沙拉和羊肉炒饭，舔干净勺子。莫夫谢斯·涅尔谢索维奇带来了两瓶香槟酒和一瓶"亚拉拉特"白兰地。他是佩戴着奖章来的。从女人们身上散发出香水和衣裙熨烫过的味道。散发着阳光明媚的五月天的味道。说了祝酒词，（莫夫谢斯·涅尔谢索维奇）很是快活。当商店经理举起酒杯时，他胸前的奖章发出悦耳的响声。然后摄影师来了，以商店作为背景为全体人员拍了照。2012年，尼娜·瓦西里耶夫娜·马特维耶娃一边仔细端详着发黄的照片，一边说：那时候莫夫谢斯宣布了商店的营业时间缩短。你们在照片上看到的人中，活着的只剩我一个人了。我甚至都不能去他们的墓地祭拜，因为搬到了图拉，而他们留在了奥廖尔。难道说这一切都是在我们身上发生的事情吗？我看着他们，恍若隔世。天呐，我是多么爱他们所有人啊。

KB
乙酉

过了一周，阿尔谢尼和阿姆布罗乔迈上了圣马尔谷号船的船舷。在这一周之内雨果兄弟通过修道院院长成功地从威尼斯首领乔瓦尼·莫切尼克先生那里为他们搞来了路引。这个路引要求在沿着亚得里亚海两边延伸的威尼斯共和国全境对他们加以保护。也是在这些天里阿尔谢尼和阿姆布罗乔不得不把马匹卖掉。面临的是漫长的海上之路，而且谁也不知道，动物能否经得起它的折腾。此外，运送马匹也费用不菲。

吩咐了阿尔谢尼和阿姆布罗乔要在半夜时分上船。送他们到码头的是雨果兄弟。第二天，他也要离开威尼斯前往罗马。方济各修士兄弟们又赠了他一头驴，但是他不认为这是一个等价的替换。挑剔地检查了一遍驴子并在其肩隆上轻轻地拍打了几下之后，雨果兄弟说：

在这头牲口身上没有真正的性格，所以我怕它不能征服我。

不要怕这个，雨果兄弟，方济各修士们回应他说。放下自己的忧虑，因为这个牲口会征服你的。它有性格，在某种程度上，我们和它分离的愿望便可以用来解释这种情况。

想要帮助阿尔谢尼和阿姆布罗乔把行李送到码头，雨果兄弟便把行李驮在了自己的新驴子上。实际上行李重量并不大，但是驴子连它也不想驮。一路上它都在生气地尥蹶子，企图把搭在鞍上皮口袋甩下去。它把口袋朝墙上刮蹭，还用它们钩住从身边路过的骑手们的马镫。看到这一点，雨果兄弟有点心安了。他意识到，自己还是有可能被征服的。

在码头上，雨果兄弟与即将远行的人拥抱。他哭了，说：

有时候你会想，是否值得对人产生依恋，如果之后的分别是如此难受。

拥抱着雨果兄弟，阿尔谢尼拍了拍他的背：

你知道吗，朋友，任何的相遇其实都大于别离。在相遇之前是虚空，什么都没有，而别离之后虚空便已经不存在了。一经相遇，便不可能完全地分离。人会留在记忆里，作为它——记忆——的一部分。这一部分是他创造的，而它活着，而且有时候与自己的创造者进行接触。不然的话，为什么我们隔着距离也能感受到珍贵的人们呢？

上船后，阿尔谢尼和阿姆布罗乔请求雨果兄弟不要站在码头上了，因为谁也不知道，船将在何时解缆离岸。方济各修士点着头，但是没有离开。在船的昏暗灯光下不是马上就能发现，雨果兄弟手里的绳子如何时不时就绷紧了。以及他那头不想离开码头的驴子如何绝望地反抗着。牲畜注视着威尼斯首领派往克里特服役的一百二十个步兵上了船。他们穿着全套的制服而来，于是他们的女人们在放走如此英俊的他们时感到加倍的忧伤。这样的他们，女人们想，我们还是头一回见呢。而可能也是最后一回了。

凌晨四点钟，在天亮之前，船起锚了。船慢慢地驶出了港口，而在正亮起来的天空背景下，圣马可教堂的轮廓已经依稀可见。当所有乘客在船舱里的吊床上睡觉时，阿尔谢尼几个钟头都没有离开甲板。他十分享受地听着桅杆的轧轧声和船帆的啪啪声——这是远途旅行的迷人乐音。阿尔谢尼观察着，水如何由黑色慢慢变成了粉红色，由粉红色——变成碧绿色。

他觉得，与他此前的生活中所见过的水比起来，海水完全是一种成分别样的液体。舔一舔浪花溅到手上的水珠，他感觉到了它们的咸味。海水是另一种颜色，它的气味不那么重，甚至连表现也截然不同。其中没有细小的河水的涟漪。与河水甚至是湖水的区别就像仙鹤与麻雀的区别一样。进行这样的比拟时，阿尔谢尼所指的主要不是体量，而是动作的性质。海水大浪翻涌，其动作雄壮而稳健。

见阿尔谢尼对海水感兴趣，船长——一个发福的、长着厚嘴唇的人——走到他跟前。船长听到过阿尔谢尼和雨果兄弟的谈话，于是开始用德语和他说起话来：

海水和河水根本就是两种不同的自然力。我任何时候都不会同意在淡水中行船，先生。

阿尔谢尼低下头以示对船长地位的尊重。两个来自勃兰登堡的朝圣者被有关水的议论所吸引，朝交谈者们凑过来。

完全显而易见的是，船长继续说，淡水要比咸水弱一些。如果谁在这一点上存有疑虑，那么就让他给我解释一下，为什么，比方说，海水能够击退像鲁昂的塞纳河这样强有力的淡水水流，并迫使其倒流三日呢？

可能，朝圣者威廉说，淡水觉得咸水令人厌恶，所以它就在海水面前退缩了。

而我认为，朝圣者弗里德里希反驳说，河流是对自己的父亲——海洋表示恭敬，而给它让路的。等到开始退潮时，它同样恭敬地跟在其后面。

你，异邦人，说起父子关系，你以为在如此不同的自然力之间存在亲缘关系吗，船长感到惊奇。

当然啦，朝圣者弗里德里希说，要知道海洋——是所有河流和溪水的源头，就像主耶稣基督——是任何美德和知识的源头一样。难道纯洁之念不是无一例外全都出自那同一个源头的水流吗？因而与精神的水流奔向自己的源头这一点相类似，所有的水也都要返回海洋。

你对水的回转怎么看，朝圣者威廉问阿尔谢尼。

我们的地球就像人类的身体，阿尔谢尼回答说，内部贯通着沟渠，就像身体贯通着血管。不论人在哪里开始掘地，他一定能发现水。我爷爷克里斯托弗这么说的，他能感知到地下水。

我有两个爷爷，但是我一个都没见过，船长叹了口气。两个都是海员，而且两个都淹死了。

在船长说完后，交谈者们有一段时间都沉默不语了。

淡水注入咸水，朝圣者弗里德里希小声说，我将之比作这个世界上的甜蜜最终都会变成咸和苦。

丙戌

过了一天半，圣马尔谷号从威尼斯横渡亚得里亚海，并在离帕伦佐城四分之一英里的地方下了锚。礁石妨碍了向城市靠得更近一些，但是继续向前行驶也不可能了：海上完全无风。数量众多的旅行者都待在甲板上。

帕伦佐城很美，阿尔谢尼对船长说。

它美是因为它是帕里斯建立的，船长回答说。人们是这么说的。

他们错了，朝圣者威廉说。

那为什么帕里斯和帕伦佐听起来这么像呢？在说出这两个专有名词的时候，船长的厚嘴唇喷出了唾沫。帕里斯，我来告诉你们，是在希腊人偷走了海伦时建立的城市。

希腊人没有偷走海伦，朝圣者弗里德里希说。这一切都是多神教的寓言故事。

也许，连特洛伊也是寓言故事吧，船长挖苦地问。

连特洛伊也是寓言故事，朝圣者弗里德里希肯定道。

船长两手一摊，还舔了一下湿润的嘴唇。他显然没什么可补充的了。

我不确信你是对的，亲爱的弗里德里希，阿姆布罗乔说。我有一种预感，有那么一天会有什么人找到特洛伊的。可能，这甚至会是来自你家乡的人。

那一天接近傍晚的时候刮起了顺风。乘着这风行驶了一昼夜，但是之后不得不进了达尔马提亚港口扎拉，因为开始刮逆风了，意大利人称之为西洛可风。这种风可以刮好几天，所以旅行者们必须给自己准备好耐心。对沿岸城市漠不关心的一百二十名步兵一齐掷起了骰子。所有其余的旅行者们都上了岸。

在码头上威尼斯执政官迎上了他们，他询问了，船只前来的地方空气是否健康。向他保证了，船只是从威尼斯来的，而非来自东边。也向执政官出示了威尼斯首领的路引，于是允许有意愿的人全都进入城市和他的城堡。

接过圣婴的西面教堂里安息着公义的长老圣骨，扎拉城以此而闻名。阿尔谢尼和阿姆布罗乔前去拜谒西面。阿尔谢尼在他不朽的圣骨前跪下去，说：

如今可以照*你*的话，释放*你*的仆人安然去世，因为我的眼睛已经看见我的救赎。[①] 你知道吗，西面，我其实不期待能与你的奖赏相比的奖赏。我的救赎包含在乌斯吉娜和婴儿的救赎里。把她们接到自己手里吧，就像你接过圣婴基督一样，然后把她们带到他那里去。这就是我请求和祈祷的实质。

为了不让泪水打湿西面的圣骨，阿尔谢尼用前额触碰了它。然而一滴眼泪还是从睫毛上脱离，落到了圣骨上。有什么办法呢，就让它待在那里吧，阿尔谢尼心想。它会使长老想起有关我的事情。

---

① 参见《圣经·新约·路加福音》第 2 章第 29—30 节。

КД
丁亥

第二天,阿尔谢尼、阿姆布罗乔和两个勃兰登堡的朝圣者在扎拉城的城堡里漫步。在返回船上之前,他们去一个小酒馆里吃午饭。在小酒馆里,代表着威尼斯共和国克罗地亚居民的人们在庆祝着什么。看到穿着旅行服的访客,扎拉城的居民警惕起来。因为土耳其的威胁已经不是空话,他们不排除陌生人会是敌人的密探。随着喝下去的酒越来越多,怀疑变成了确信。最后强化这一确信的是朝圣者们的德语,它立即被当成了土耳其语。庆祝的人一下子站了起来,他们坐着的长凳轰隆一声翻了。阿尔谢尼和阿姆布罗乔总的说来懂斯拉夫话,比其他人更早意识到了所发生情况的意味。但是就连不懂斯拉夫话的勃兰登堡的朝圣者们也明白了,事情变得危险了。一个锡制带把杯子向操着一口听不懂的语言的朝圣者威廉飞去。

阿尔谢尼朝攻击者的方向走了几步,并向前伸出了手。在某个瞬间,好像这个手势安抚住了他们。他们呆住不动了,专注地看着阿尔谢尼的手。阿尔谢尼用俄语对他们说：

我们是朝圣者，正往圣地去。

扎拉的居民觉得这种语言尽管能听懂，但是很奇怪。因为他们的话也已经含糊不清了，所以他们对这种语言抱着应有的耐心态度。他们已经平静些地对阿尔谢尼说：

那么，你画个十字。

阿尔谢尼画了个十字。

风暴重新开始了。它只用了一息所需的瞬间：

他连正确画十字都不会！从土耳其密探那里还值得期待什么别的东西吗？！

阿姆布罗乔试图解释说，天主教徒和东正教徒画十字的方式不同，要求把他们带到威尼斯执政官那里去，但是已经谁也不听他的了。扎拉的居民在讨论该怎么对待抓到的人。在时间不长但是很热烈的争论之后，他们得出了结论，那就是应该把密探吊死。并且扎拉的居民不倾向于将事情押后处理，因为他们都知道，时间是决断的敌人。

他们从酒馆老板那里要来一根绳子。那人一开始没给，因为害怕会把定了罪的人直接吊死在他的酒馆里。等到他得知，绳子在现阶段只是用来捆绑的（因为谁会把人吊在酒馆里呢？），他就高兴地给了，甚至还给抓捕密探的人倒了最后一杯酒，算在酒店的账上。不顾反抗，把被抓的人绑了起来后，他们匆匆忙忙喝了，要知道他们面临的是一件需要时间的麻烦事。已经到了门口，他们又要了一根绳子，而主要的——还有肥皂，关于这个东西，在最后一次、为所有密探之死而举杯时，完全给忘了。

我们将会有多么愚蠢的死亡啊，阿姆布罗乔低声对阿尔谢尼说。

可什么样的死亡不愚蠢呢，阿尔谢尼问。当粗糙的铁器进入肉体，破坏其完美，难道这不愚蠢吗？那个甚至都没有能力在小拇指上造出指甲的人，却破坏着最为复杂的、人理解不了的结构。

在酒馆里做出的判决被决定在港口付诸实施。那里有很多适合的横梁和钩子，而且地方开阔，而这意味着——方便示众，对今后所有的密探都是一个教训。

阿姆布罗乔再次尝试打动扎拉居民的心智。他对他们喊叫，说朝圣者有威尼斯首领发的路引，而且不止一次地建议按照天主教的方式重新画十字，但是一切都是徒劳的。这些人的心智被酒精毒害了。

阿尔谢尼对扎拉居民的不相信人感到惊异。可能（他想），他们这里的确让密探折腾苦了。阿尔谢尼也不排除这些人只是想要吊死个人。

最终阿姆布罗乔的嘴被堵上了东西。商量之后，给所有俘虏把脚解开了，让他们能够行走，手依然是捆着的。如今阿姆布罗乔既不能喊叫，也不能画十字了。

他和阿尔谢尼并排走着，看着走在前面的两个勃兰登堡的朝圣者。尽管发生的事情带有悲剧性，但是他们的样子不能不引人发笑。他们走着，一摇一摆地，捆在背后的手赋予了他们一幅庄严的、几乎是教授的模样。他们还令人想起一对企鹅，欧洲要再过上个十到十五年才会与它们相识。弗里德里希和威廉直到此刻仍然什么都没搞懂，还指望着误会很快就能解开了。阿尔谢尼不想使他们放弃这个信念，阿姆布罗乔也不想，不过，当然了，他也不能。

我的爱，阿尔谢尼在港口对乌斯吉娜说，非常可能，此地正是我路途的终点。但这不是我对你的爱的终点。如果撇开事情令人悲伤的一面，可以高兴的是，我的路在如此美丽的地方结束——有海景，有远处的岛屿和世间的全部壮丽。但是主要的，令我感到高兴的是，我最后的时刻是在公义的长老西面身旁度过的，与我的夙愿不同的是，他的实现了。我很遗憾，我的爱，我来得及做的是这样的少，但是我坚信，如果至善的神现在就把我带走，那么我们没有做完的一切他都会做的。没有这种信，存在的意义便没有了——不管是你的存在，还是我的存在。

太阳已经很低了。它给自己画出一条从港口码头到地平线的路。毫无疑问，它打算在那里，在最远的那个点上落下去。太阳直射阿尔谢尼的眼睛，但是他没有眯缝起眼睛。太阳射进站在圣马尔谷号甲板上的船长的眼睛，于是他转到对面的船舷那去了。从这边船舷上他发现，人们正在把带活套的绳子甩过码头绞车的梁柱。

打算把什么人绞死呢，船长向站在甲板上的人宣布。谁感兴趣，可以看看。

大家全都感兴趣，包括步兵。所有人都朝站在绞车旁的人们那里张望，特别是那个脖子上套上了绳套的人。

这是阿尔谢尼吗，船长不确信地问道。阿尔谢尼！

他转向甲板上的观众，而他们点点头。

那是阿尔谢尼，船长朝扎拉的居民喊起来。他把手在嘴边做成喇叭筒形，于是码头上所有人都听到了他的喊声。这个人是受到威尼斯首领乔瓦尼·莫切尼克本人保护的，任何对他动手的人都会被处死！

扎拉居民停了下来。他们认识船长，于是转向圣马尔谷号，以便确信所听到的话，但是船长已经沿着跳板跑下来了。全体一百二十名步兵都从船舷上望着，掷骰子的游戏到这个时候着实让他们精疲力竭了。

你们听到我的话了吗，船长中途又一次喊道，任何动手的人——会被处死！

然而现在扎拉的居民已经不会对阿尔谢尼动手了。还是在之前他们就开始猜测，自己的指控不完全正确，因而吊他多半是出于惯性。他们没有哪怕一点点缘由停下来，不过现在缘由来了。他们的怒火消失得就和它出现时一样的突如其来。

我们不会再吊死任何人了，扎拉的居民说。你的话给我们讲清了状况，而且解除了所有问题。

船长跑到跟前，从阿尔谢尼身上扯下绳套，又从阿姆布罗乔嘴里掏出了堵塞物。

我和我的同伴威廉至今没弄懂，他们想要我们干什么，朝圣者弗里德里希面向所有的人，激动地高声说。我们想要知道，他们对我们的不满究竟是什么，为什么他们突然就决定吊死阿尔谢尼？在这个人身上我们没有看到任何的罪过。

阿尔谢尼对他们报以感激的鞠躬。阿姆布罗乔笑了，说：

我想起了一个爱尔兰修士，他开玩笑说，东方语言中德语对他而言最为重要。他的玩笑原来是预言性的：你们的语言在这里被当成了土耳其语。

已经到了圣马尔谷号的船舷上，阿尔谢尼问：

告诉我，阿姆布罗乔，你的预见天分告诉过你，我们会得救吗?

最难的,阿尔谢尼,是预见自己的生命,而这——很好。但是对于得救,我自然是抱有希望的。即便不是在这一世,也会是在那一世。

ΚΕ
戊子

西洛可风在两天之后停息了,于是船升起了帆。站在左舷旁,阿尔谢尼对公义的西面说:

荣耀属于你,长老。我想,因为你的祈祷,我等待的时间延长了。那么为了使我的等待不至徒劳,你就再祈祷祈祷吧。

接下来在船的航行路上遇到的大城市有斯普利特和美丽的拉古萨。但是由于风持续有利,所以没有停靠其中的任何一座城市。相比陆地,圣马尔谷号船长更信任水,因而没有极特殊的需要不会靠岸。

进入地中海时,头一次感受到了颠簸。船长请内里虚弱的人靠船舷近一些,因为在颠簸时呕吐的味道会很长时间都无法从船舱里吹散。尽管进入了大海,但圣马尔谷号努力不让海岸从视线中消失。

在科孚岛港湾入口处幸运地绕过了沙嘴，关于这个沙嘴，只要多少与航海有点关系的人全都知道。在距离岛屿半海里的地方停下来，补充了淡水和食品储备。所有这些东西岛民都用平底木船运送过来，而且吆喝着卸到大船上。阿尔谢尼看着水手们如何把运来的货物抬到船舱里去。除了蔬菜，还弄来了二十箱活鸡。无论是水还是蔬菜，都由船长亲自尝了尝味道。活鸡他则摸了摸。喝掉半杯运来的水后，船长说：

淡水完全没有味道，而咸的，令我十分遗憾，不能喝。

在凯法利尼亚岛，船靠上了码头，买了三头牛以替代路上被吃掉了的。在把牛赶进船舱时，一个水手被牛用角挑了起来。阿尔谢尼给水手做了检查，发现尽管血流如注，但水手的伤不重。牛角戳进了臀部的软组织，但没有伤及要害器官。由于伤处的特别，水手再无法躺在吊床上了，于是阿尔谢尼就把他安置在一个大橱柜上。船长谢过阿尔谢尼，对水手说，他现在应该多趴着。水手知道这一点，因为根本就无法以别的方式躺着，但是自己也同样对船长表示了感谢。航行的氛围阿尔谢尼堪称喜欢。

需要说的是，阿尔谢尼也很对船长的心思。船长把阿尔谢尼从死亡线上拉了回来，后续也没有放松对他的注意。一次闲暇时，船长给阿尔谢尼讲述了咸水是如何形成的。原来，在灼热的太阳光线的作用下，它直接从热带海洋中的普通水里蒸发而成，然后从那里以洋流的形式扩散到其他的海洋之中。水所承受的变化，以离阿尔勒不远的埃克斯郡的湖水为例，可以看得很清楚。在冬季寒冷的作用下，这个湖的水变成了冰，而在夏季炎热的影响下，自然地——变成了盐。这证明，绕着地球环航是不可能的，因为环绕它的海洋在北方会冰冻，而在南方会变成盐。

实际上，我们是在冰和盐之间的一个狭窄的过渡带上航行，船长总结说。

阿尔谢尼感谢了船长的信息。除了对救命之恩的感激之情，他对船长还有一份尊重，即对一个能清醒地评估自己能力极限的航海者的尊重。

靠近克里特岛时，船长向在场的人介绍了宙斯劫走欧罗巴的故事。勃兰登堡的朝圣者们抗议并指责船长轻信。船长对他们的反对不予理会，又讲述了他听到的有关牛头怪米诺陶斯、忒修斯和阿里阿德涅引路线的信息。为了更加直观，他甚至吩咐水手拿来一个线团，在桅杆和缆索之间打了个活结，在甲板上把线团倒开。朝圣者们的悲观性评论一直伴随着这些举动。船长则继续用平静得不自然的语调讲着，而任何一个对人情世故多少有点了解的人都很清楚，他的神经已经到了崩溃的边

371

缘。并不懂人情世故的朝圣者威廉说：

这全都是多神教的寓言故事，因此在我们的时代相信它们是可耻的。

船长一句话没说，双手把朝圣者威廉抱起来就朝船舷方向迈了一步。朝圣者威廉，可能是有意为反对多神教而受难，没有进行丝毫的反抗。其余的人则处在离船长有点远的地方，因而来不及帮不幸者的忙：从船长和他手里抱着的朝圣者到船舷之间的距离，本质上而言，非常之短。他们看见威廉已经飞越过船舷了，因为船长的意图就写在他的脸上，并不是秘密。眼看着威廉悬在海的深渊之上。眼看着被它所吞没——所有的人，包括阿尔谢尼。但是他比其他人早一瞬看到这一幕，所以船长刚刚把朝圣者威廉抛到了船舷上空，阿尔谢尼已经站在了他们面前。他竭尽全力揪住了朝圣者，不让他被甩到船舷外面。为威廉的身体而进行的战斗是短暂的，而威廉一如既往地像一个旁观者一样。船长不是一个嗜血的人，所以，当瞬间的盛怒消退了，他就放过了朝圣者威廉。在自己的内心深处，船长对朝圣者并不怀恶意。

看吧，我的爱，这一次我成功地断定了时间，阿尔谢尼对乌斯吉娜说，而这表明，它不是无所不能的。我只在一瞬间断定了时间，但是这一瞬间的价值是一整条人命。

平静了一些之后,船长提议勃兰登堡的朝圣者们上岸,一起去迷宫,照他的话说,那迷宫至今仍然存在。朝圣者们拒绝了,认为这是白白浪费时间,但是站在甲板上的人中间有一个人,来自贝桑松的兄弟让,确证了迷宫的存在。

不久前,在克里特岛上,他和其他的修士们还在那里盘桓了一阵。根据让兄弟的话,迷宫的困难之处与其说是它的岩洞错综复杂造成的,不如说是黑暗,因而,当飞过的蝙蝠把一个兄弟的蜡烛弄灭后,这个兄弟立马迷路了。三天都没能找到他,多亏了多多少少熟悉迷宫的当地居民,受饥饿、焦渴和暂时的神经错乱折磨的兄弟最终被发现了,不过,经过很好的照料,后来神经错乱就好了。迷宫本身没有给让兄弟留下特殊的印象,他觉得就像废弃的采石场。

于是船长再次重复自己对勃兰登堡朝圣者们的建议,但是他们再次否决了它。朝圣者们宣称,采石场他们见过太多了,因为生活就只做了让他们遭遇采石场的事情,但是在任何地方采石都还没有伴随过类似数量的寓言故事。

步兵在抵达克里特岛时下了船。数量不少于一百二十的女人在码头上迎接他们。

这不是在威尼斯送他们的那些女人吗,阿姆布罗乔问。

是的，她们很像，阿尔谢尼回答，但是这是另外一些女人。完全是另外一些。在威尼斯我正好在想，世上没有重复：只存在着相似。

53

己丑

克里特岛之后是塞浦路斯。到达塞浦路斯天已经很晚了，就没有上岸。看到了山脊的轮廓和柏树的树尖。听见了不知名的鸟儿的歌唱，而且其中的一只落到了桅杆上。鸟儿喜欢摇晃着唱歌。

你是谁呀，鸟儿，船长开玩笑地问它。

鸟儿没有作答，唱自己的。短暂地停下来，只是为了梳理一下羽毛。从上面观察着如何补充水和食品储备。等山的轮廓变得明亮了，圣马尔谷号便解缆离岸了。

从早晨起就已经很热了。白天会怎么样，旅行者们都不愿意去想了。寄希望于到了海上会凉爽些，船长赶紧起航了。为了使热蔫了的乘客们振作起来，他与他们分享了自己大量拥有的自然科学知识。望着天上明晃晃的太阳，船长讲了环绕着大气层的和使星球冷却的水。对于这些水是咸的这件事他没有怀疑过。按照他的观念，这里说的是最平常的海洋，由于特定的原因而处于天穹之上了。不然的话为什么，船长问道，在不久之前，英国的人们从教堂里出来，发现了拴着绳子从天上放下来的锚呢，之后从上面传来了想要起锚的水手的声音，而最后，等一个水手顺着拴锚的绳子降下来，刚一落地，他就死了，好像淹死在水里了一样呢？不明之处只在于，位于天穹之上的水是否与我们在其上航行的水相连。对这个问题的回答决定着，要是可以这么说的话，后续航行的安全，因为，要是不明就里地上升到上面的海里，船长（他抹了一把额头上冒出的汗）已经不能给任何人保证，他会成功地重新回到下面的海里。

但是危险在这个早晨离得要近得多。它处于天穹下面，而且源自船长领着圣马尔谷号航行了多年的那片海上。正午过后，炎热被气闷所代替。风住了，桅杆上的帆垂下来。太阳躲进了雾气里。它失去了亮度，在天空中洇开，成了巨大的没有形状的一团。在地平线上出现了阴沉沉的乌云，它们开始迅速地靠近。风暴从东方而来。

船长命令收起帆。他希望风暴会从一旁过去，但是很明白，在最后一刻收帆会来不及的。好像乌云也真的没有朝着船涌过来，越来越多地朝南方偏移过去。因而

375

尽管起风了，而且在浪峰上出现了白浪，但风暴本身在右舷一侧离得很远的地方大作起来。在那里，在船和地平线之间的半途中，阴沉沉的乌云将也是阴沉沉的光线投进海里，于是船长说过的水之相连实现了。在黑蓝色的背景上时不时出现闪电，但是听不到雷声，而这意味着它们的确很远。船舷左侧光亮兀自从天上投下来。圣马尔谷号停在风暴的最边缘上。

由于出现了颠簸，阿尔谢尼感到恶心。做了几个吞咽的动作。把身子探出船舷，无动于衷地看着从他的喉咙里延伸出去的一道液流。液流在下面，海水汹涌之处失去了踪迹。那里泛着泡沫，旋涡在迅速地来回移动。海浪绷紧的肌肉在炫耀。他感觉到身后也有一座巨大的波峰。甚至无须看见它就注意到它缓慢的飞行，就像用后背便能注意到杀手的靠近一样。这是在船舱边上掀起的（阿姆布罗乔抬起了头）第一个大浪。它在甲板上空停住（阿姆布罗乔试图朝阿尔谢尼那边迈出一步），然后冲着阿尔谢尼的后背落下来（阿姆布罗乔试图喊叫），轻松地把他拍离了扶手，朝下冲走。

阿姆布罗乔朝扶手外俯下身。在那里，在下面，除了水什么都没有。渐渐地，阿尔谢尼的脸透过水面显露出来。他的头发在水中四散开来，闪耀着荡漾的光环。阿尔谢尼望着阿姆布罗乔。船长和几个水手朝阿姆布罗乔跑过来。阿姆布罗乔骑坐在扶手上，把另一条腿跨过去，然后蹬离。在飞行的过程中被哽得喘不过气。阿尔谢尼望着阿姆布罗乔。船长和水手们还在奔跑着。阿姆布罗乔被浪埋住了。他游出水面并再次被哽得喘不过气。阿尔谢尼不见了。阿姆布罗乔扎入水中。一个念头从阴沉沉的深处慢慢地朝他迎面升起：海很大，因而他应该找不到阿尔谢尼。即便能找到，那也只有在他沉下去的情况下。只有那时他才有时间找。由于这个念头他对沉下去的恐惧释怀了。恐惧禁锢了他的动作。阿姆布罗乔浮到水面上吸了口气。扎入水里。一只手摸索着船帮滑溜的表面。吸气。扎入水里。一只手触碰到了阿尔谢尼的手。竭尽全力地抓住它。钻出来，并把阿尔谢尼的头托到水面之上。从上面朝他们抛下了用绳索拴着的圆木。阿尔谢尼抱住圆木，人们开始往上拽他。阿尔谢尼跌下来。阿姆布罗乔帮着他重新抓住圆木。圆木从阿尔谢尼的手中滑脱。从船舷上抛下绑着绳梯的圆木。阿姆布罗乔按照秋千的方式把绳梯套到阿尔谢尼腿上。阿尔谢尼抓住绳子。阿姆布罗乔用一只手搂住阿尔谢尼，另一只手抓着绳梯。十双手把他们往上拽。他们在水面上摇摇晃晃。如果把他们撞到船舷上，他们一定会摔死的（他们已经不害怕了）。水手们忧伤的眼睛。浪从船舷上滚落（残余的水从裸露出来的水草和贝壳上流下来），于是整个海洋都随之离去。绳梯悬在出现的深渊之上。下一个浪整个吞噬了船舷，到阿姆布罗乔和阿尔谢尼的腰部。半边天仍旧没有乌云。他们被拽到了甲板上。海在翻涌，但是这还不是风暴。一开始向南刮过去的风暴，明显转变了自己的航向。船长沉默地盯着，一堵阴沉沉的墙如何朝圣马尔谷号的方向而来。这移动是缓慢的，但是坚定不移的。天空明亮的部分变得越来越少了，而远处闪电的亮光开始伴随着雷鸣了。

天色暗下来了。不是像夜里那么暗，因为在夜间的黑暗中有自己的安宁。这是一种令人不安的黑暗，违背法定的昼夜轮换吞噬了光明。它不是均匀的，它成团地翻涌着，由于乌云的密集程度而变浓或消散，而它的边界紧靠地平线，那里有一条细细的带状天际仍然亮着。

阿尔谢尼和阿姆布罗乔被领进了船舱。在下去之前，阿尔谢尼转过头。好像发现了他的动作，闪电打下来，闻所未闻的雷声隆隆响起。随着这声响，天穹裂开来，裂隙顺着闪电那有着无数分枝的根状线条伸展。水从裂隙里喷出来。可能，这就是上面的海吧。

海水也从阿尔谢尼身上喷出来——暂时还没有全部出来。他和阿姆布罗乔被从吊床上甩下来，在地板上滚动。两人都处于半昏迷状态。翻倒的蜡烛熄灭了。阿尔谢尼的肠胃被翻了个里朝外，但他再也没什么可吐的了，现在吐出来的只有胆汁了。他想，如果船翻了，至少他可以停止呕吐了。在那里，在下面，大海寒冷的安宁会环抱他。

在船舱里，阿尔谢尼觉得又黑又闷。两种灾难联起手来并彼此加深着。黑暗的气闷。气闷的黑暗。它们是一个不可分割的实质。阿尔谢尼觉得，他要死了。如果不喘口气，他现在就会死去。对于阿姆布罗乔而言，他是不可见的，他摸索着找到了通往甲板的梯子。在梯子上滑了一跤。手脚并用在上面爬。滑下来，然后重新再爬。他被撞到扶手上。爬到了通往甲板的门那里并打开了它。飓风震撼了他。

他喊叫起来，被眼前所见吓坏了，但是听不到自己的喊声。吓人的不是临头的死亡，而是自然的伟力。飓风从阿尔谢尼的嘴边掠走了喊声，并在瞬间送到了百里之外。这声喊叫只会在还剩下一条细带的无云天际那里才能响起。但是这条窄窄的带子已经是粉红色的了，很明显，夜幕正在降临，因而最后一线天也会消失。于是阿尔谢尼再次喊叫起来，因为正在降临的完全的黑暗带来的是无望。

浪击打着船舷，船上的万物都在震颤，每一次击打后，阿尔谢尼都惊奇，怎么船还是完整的。巨浪一会儿把船托起来，一会儿又从它下面抽身走掉。它向船舷一边栽倒，笨重地，侧面倾向波浪，桅杆几乎要触到它们了。在旋涡里打转，跳起来又扎下去。

阿尔谢尼仍然站在门边。两个水手从他旁边冲上了甲板。他们半弓着身子，把两脚分得很开。双臂张开，好像要拥抱一样。他们在拽一条从桅杆到船舷的绳索，试图把它拉紧，他们自己被绳索拴到桅杆上了。阿尔谢尼不明白他们在做什么，觉得要么像是舞蹈，要么像是祈祷。也许，他们的确祈祷了。

阿尔谢尼看见泛着泡沫的巨浪顺着左侧船舷上来了。别看天黑，浪看得很清楚，它的浪脊在不知哪里来的光亮中翻腾着。这闪光便是最可怕的。浪比甲板要高很多。与巨浪相比，船显得很小，几乎像玩具一般。阿尔谢尼朝水手们无声地呼喊着，让他们逃生，但是他们继续着自己那奇怪的动作。遮上的风帽使他们就像《亚历山大大帝传》中的奇怪生物。而且绳索拖在他们后面，像尾巴一样。

浪没有砸在船上，它只不过把船压在了自己的身下，然后顺着船滑过去了。阿尔谢尼被冲到了下面，因而甲板上发生的事他已经看不到了。醒过来之后，他试图重新爬到上面的出口处。门口站着船长。他在祈祷。甲板是空的。在阿尔谢尼原先从这个地方看到的东西中，缺失了很多。大炮、扶手、桅杆。缺了两个紧绳索的水手。阿尔谢尼想要问船长,他们是否成功逃生了,但没有问。船长感觉到他的存在,扭过头来。朝着阿尔谢尼喊了句什么。阿尔谢尼没有听清他的话。船长俯身紧贴着阿尔谢尼的耳朵喊道:

你见到圣赫尔曼了吗?

阿尔谢尼否认地摇了摇头。

可我看到了。船长把阿尔谢尼的头贴向自己的。我相信,他的祝祷会令我们死里逃生的。

风暴不是说停息了——它不再加强了。船仍旧左右摇晃着,但是已经不那么可怕了。也许,是由于随着夜晚的来临,最后一点光亮也消失了,因而看不见大浪了。现在,船已经不对抗自然力了——而是成了它的一部分。

К3
庚寅

第二天早上,当阿尔谢尼上到甲板上时,太阳在无云的天空中闪耀。吹着轻柔的风。三根桅杆中的两根已经折断,曾经在甲板上的一切都被洗劫一空或者彻底根除。水手和朝圣者们念诵着悼亡的祷告词。他们的手上和脸上都有擦伤。

阿尔谢尼没有看到几张他熟悉的脸。他不知道死去的水手的名字，在他们生前恐怕也没听他们说过超过一两句简单问候的话，但是他们的缺席却是一个大豁口。他明白，从今往后将永远失去他们的问候了。

永远，阿尔谢尼悄声说。

他想起他们最后手舞足蹈的动作。他想象着水手们在海水里游水的样子。在任何风暴都无法企及的深水里。

祈祷之后，船长对聚集在甲板上的人们说：

今晚我见到了圣赫尔曼七次。他像往常一样，以烛焰的样子出现，如果愿意，也可以断定这是一颗明亮的星星。火焰一会儿明亮，一会儿晦暗，有半个桅杆大小，总是在高处。如果你想要，比方说，抓住它，那它就走掉，而要是你一动不动地念诵我们的父，他就会在原地待上一刻钟，最多半个小时，而在他出现之后，每一次风都变得轻一些，而浪小一些。当商船队鱼贯而行时，圣赫尔曼出现过的那艘船会保全下来，而没见过他的——就会沉没或者撞碎。如果出现两支蜡烛，这种情况很少见，那么船一定会毁，因为两支蜡烛本质上不是圣人降临，而是幻象。

这是因为，朝圣者威廉说，魔鬼从来都不会以单独的形象出现，而总是大量出现。

一切宗教的和真正的东西都是唯一的，朝圣者弗里德利赫说，一切魔鬼的和伪造的东西都是多数的。

勃兰登堡的朝圣者们再也没和船长争论，而他对此也很高兴。

阿姆布罗乔若有所思地望着北方。他看到了1865年10月1日白海上的飓风。索洛维茨基修道院的维拉号轮船从安泽尔岛向大索洛维茨基岛航行。它载有来自上沃洛乔克的朝圣者。舢板从船舷上掀落了，而船舱里向外抽水的水泵也坏了。船像一块小木片一样被抛来抛去。朝圣者们感到恶心想吐。风暴令人惊奇的是发生在完全可见的条件下。刮着飓风，但是既没有乌云，也没有雨。因而从右侧船舷可以看到大索洛维茨基岛，状如一个明灭着的白点。朝圣者中的一个人问船长：

为什么我们不直接上岛？

船长眼睛不离舵轮地表明听不到说话人的话。

为什么我们不上岛，反而要离开，朝圣者冲着船长的耳朵喊。

因为我们在抢风而行，船长回答说。不然侧浪能把我们击毁。

维拉号船长的长须迎风飘扬。

由索洛维茨基修士组成的队伍很安静。这是那些连游泳都不会的人的安静。白海的水手们通常都不会游泳。他们也不需要这个。白海的水寒冷如斯，在里面坚持不了几分钟。

圣马尔谷号船长挥泪了，因为特别为死难的航海人而感到难过。船长为他还活着而感谢了上帝和圣赫尔曼。他站在洒满阳光的甲板上，欣赏着清晨长长的、轮廓清晰的影子。深吸一口正在晒干的木头的气味。他真想倒在甲板的木板上，躺着，用脸颊感受它们的粗糙，但是他没有这么做。作为一个船长，他应该控制自己的情绪。船长一般说来不应该多愁善感，他想，不然船队就要暴动了。他做出了决定，用唯一一张保存下来的帆，把船开到最近的岸边。船长没有第二种选择。经过一天安静的航行，圣马尔谷号全身披挂着夕阳的镀金，驶近了约帕港。

КН
辛卯

这是东方。那个阿尔谢尼听说过关于它的很多事，但对它一点确切概念都没有的东方。在普斯科夫他见过来自东方的货物。他甚至在普斯科夫见过东方人，但是这些人在那里已经适应了俄罗斯北方的生活方式，简朴且低调。在普斯科夫，东方人是温和且整洁的。他们说话细声细气，带着莫测高深的笑容。他们身上总是有一股不属于俄罗斯的药草和香料的气味。在约帕他们完全是另外的样子。

围住旅行者的约帕人，大部分是阿拉伯人，喉音很重，吵吵嚷嚷，七手八脚。他们动不动就拉扯行人的衣服，想要引起他们对自己的注意。敞开有窟窿的袍子，锤击着自己的胸膛。用油光锃亮的袖子抹着额头和脖子上的汗。

这些人想要干吗，阿尔谢尼问阿姆布罗乔。

阿姆布罗乔耸了耸肩：

我想，和其他所有人一样，想要的是——钱。

一个阿拉伯人把一头骆驼牵到阿尔谢尼面前，企图把骆驼的缰绳塞到他手里。他用两只手按压阿尔谢尼的手指，但是缰绳还是滑脱了，因为阿尔谢尼没有去握它。阿拉伯人用手指比画着骆驼的价格。每举起一次手，手指的数量都在减少。阿尔谢尼望着这奇怪的动物，而它也望着阿尔谢尼——从上方的某处。这个造物的眼神多么傲慢啊，阿尔谢尼心想。阿拉伯人捶打着自己的胸口，把缰绳终于放进了阿尔谢尼的手里，做出一副要走的样子。

阿尔谢尼不知为什么扯了一下缰绳，于是骆驼若有所思地看了他一眼。以自己的性格而言，它是主人的对立面，看来，主人令它相当疲倦了。阿拉伯人出其不意的消失被它理解为好事，因此都没看向离人的方向。看到阿尔谢尼的手部动作，阿拉伯人重新出现在骆驼旁边并重新比画了它的价格。原先曲起来的手指全部回归了原位。阿尔谢尼乐了。阿拉伯人想了想，也乐了。露出牙齿的还有骆驼。尽管生活条件不易，他们全都善于找到微笑的理由。

约帕的生活实属不易。两个世纪之前被马木留克人变为一堆废墟的城市再也没能重生。它以为数不多的、由于这样或者那样的原因而靠上它港口残迹的船只，来维持着自己幻影般的、几乎是彼世的生存。不，约帕不是一座死城。在其中生活了两天，阿尔谢尼和阿姆布罗乔发现，每到夜晚这里也有自己的事件和激情发生。他们同样发现，在第一个夜晚以自己的活跃令他们吃惊的约帕居民，对静观也不陌生。

正是它决定了约帕人白日间的生活。这些人在土坯房的院子里度过炎热的白天，用萎靡不振的身子捕捉着微弱的海风。他们躺在被捣毁的港口护墙上，观察着渔船和海船（要少很多）如何进港湾。有时候帮助它们卸货。然而，只有在夜晚，约帕的居民才真正是能干和好动的。积攒了一白天的力气和温暖，他们要倾倒在彼此和来者的身上。所有的兜售、交换、谈判和凶杀都在日落前的两个小时里完成。

在第二天太阳落山前的时间里，阿尔谢尼、阿姆布罗乔和其他朝圣者们与阿拉伯人就去耶路撒冷的路途问题达成了协议。朝圣者们被推荐根据自己的选择用半个金币雇用骆驼和驴子。包括阿尔谢尼和阿姆布罗乔在内的许多人都想步行，但是人们对他们说，这样他们会从商队掉队的。

通常商队走得很慢，阿姆布罗乔通过翻译对阿拉伯人说。

通常，但不是现在，阿拉伯人回答说。你甚至都来不及回头，就到地方了。

不言而喻，雇用驴子和骆驼的提议不容讨论。想起雨果兄弟的两头驴子，阿尔谢尼和阿姆布罗乔选择了骆驼。弗里德利赫和威廉则决定骑驴走。

距商队出发还有时间，但是朝圣者们没有回到城里而是留在了码头上。一些人靠着白天里被烤热的石头睡觉了。另一些人在交谈或者在修补长途旅行中损坏的衣服。阿姆布罗乔拿出灯，把钻石嵌进去。他已经在圣地了，因而决定还灯以其原来的美丽。把六块钻石一一放入凹槽底部并用榫舌压住，就像地方行政长官加夫里尔展示的那样。

雇来保护商队的阿拉伯人默默地观察着阿姆布罗乔的工作。要求每个人出一个半金币的保护费，这让朝圣者们觉得非常贵，因为到耶路撒冷的路并不是很远。

路不远，但是危险，阿拉伯人反驳说。这里到处都暗藏着死亡。而为了活命就需要付费。

壬辰

骑上骆驼并不像骑上马那样。阿拉伯人让骆驼跪下，帮着阿尔谢尼坐上去。阿尔谢尼对动物能跪下去大感惊讶，在两座驼峰之间坐好。当骆驼站起身时，阿尔谢尼差点儿没飞落到地上。骆驼的后腿先站直，骑手因此被向前甩过去。站起身后骆驼忧伤地看了阿尔谢尼一眼。他为什么忧伤以及预感到了什么呢？

商队在黎明动身。与阿拉伯人的承诺相反，它走得不慌不忙。朝圣者们的脸反射着沙漠天色渐亮时的全部色调。太阳升起得异乎寻常地快，炎热也以同样的速度代替了凉爽。朝圣者们的脸上布满了汗水和从走在商队前面的阿拉伯马蹄下扬起的沙尘。

走过两个小时的路程，阿拉伯人要求每个人再补给他们一个金币。他们对此的解释是，看见了远处有马木留克人的队伍，而防御马木留克人要额外付钱。就在与他们讨价还价时，一个阿拉伯人纵马向前跑去，说是要探路。每人又给阿拉伯人添了一个金币。

时不时阿拉伯人就落在商队的后面，并商议着什么。他们的行为连同他们见到的马木留克队伍令勃兰登堡的朝圣者们感到了不安，于是他们开始坚持返回约帕。阿拉伯人拒绝返回，至于说到马木留克人，则连忙断定那是他们的错觉，在沙漠里这种幻影常常会尾随着旅行者。于是勃兰登堡的朝圣者，紧随其后的还有其他人，开始要求返还额外付给护送者的金币，但是阿拉伯人也拒绝返还它们。

我有一种不好的感觉，阿姆布罗乔说，但是关于我们的未来我什么确定的东西都说不上来，因为它的事件离得太近了。轻松的路途是别想指望了，毕竟也没人向我们许诺这一点，而且之前也没有。我们在朝圣城靠近，所以我们靠近的阻力也在形成。

都到了离它只剩半天路程的地方了，不进城是很让人抱憾的，朝圣者弗里德利赫说。

摩西还被从远处指给看了应许之地，却没让他进入它呢，朝圣者威廉反驳说。

难道我们中有谁像摩西吗，朝圣者弗里德利赫问。

任何一个寻找应许之地的人都像摩西，阿姆布罗乔说。

阿尔谢尼沉默地看着阿姆布罗乔，他觉得好像阿姆布罗乔的脑袋在他的身子之上稍稍升高了一些。脑袋还在说着话，可是已经明显不属于身子了。阿姆布罗乔的身子被一片混沌所笼罩了。一开始它是半透明的，可后来就完全融化了。其他人的身体透过昏暗显露出来，但是他们的未来不是很清晰。他们也开始摇摆，就像阿姆布罗乔的身子一样，有点显露出自己的透明特点了。阿尔谢尼害怕自己马上就要失去知觉。但是他保住了它。

商队的移动更加缓慢了。一阵阵热风把沙尘朝赶路人的眼睛里刮。骆驼时不时停下来啃一啃骆驼刺，而驴子停下来则没有明显的原因。天空如今像地一样黄，因为太阳占据了它的整个空间。眼睛由于阳光和沙子而流泪，但是泪水在睫毛上就干涸了，来不及落到脸颊上。这就是为什么朝圣者们把马木留克人的队伍当成了太阳和沙子的凝结物。

一开始它真的与太阳的眩光或者沙暴难以分清，而且好像移动得也同样地杂乱无章。然而只是貌似如此。这个风暴直扑商队而来。巴勒斯坦的埃及主人们全速奔袭，就好像知道要找的是什么。当马木留克人靠近了，朝圣者们在他们中间发现了前去探路的阿拉伯人。骑手们把商队围了起来。

马木留克人穿的是挂了棉里子的红色长袍，头上高耸着黄色的缠头。这让马木留克人免遭太阳光的照射，但是明显没能逃开炎热。他们的长袍即使在敞开的空气中也能闻到一股穿了很久的油腻味儿。被马木留克人围住的朝圣者们吸入了这股臭味。阿拉伯人则在远一点的地方聚成一堆，微笑着观察事态。他们没有做出一丁点儿干预的尝试。

马木留克人的头目——绣金的腰带使他很显眼——命令所有的朝圣者都下马。这一点能马上做到的只有那些骑驴的人，其余的人做起来就不那么简单了。坐在骆驼上的来自贝桑松的让兄弟试图爬到地上来，但是没有成功。他抓着驼峰悬在半空。跳呢，让兄弟又害怕，于是他的双腿就无助地在空中乱蹬。马木留克人和阿拉伯人哈哈大笑。一个马木留克人用鞭子照修士的手上抽了一下，于是他就摔到了地上。骆驼惊得嘶吼起来。它开始用前腿敲击地面，一只蹄子落到了躺在地上的让兄弟的脑袋上。这引起了新的一阵哈哈大笑。只有马木留克人的首领几不可见地笑了笑。也许，他的地位不允许他咧开大嘴笑。让兄弟就像一个喝醉了酒的人，双手在尘土里摸索着。他的灰白头发很快就被血浸湿了。

骆驼的主人们朝它们走过去。他们用棍子敲打骆驼的腿，于是它们就跪下膝去。朝圣者们不无艰难地从骆驼上爬了下来，活动着坐麻了的腿。阿尔谢尼本已走近了让兄弟，但是他们一拳头把他打开了。阿尔谢尼感觉到血从他的鼻子里流了下来。被踩晕的修士继续着自己奇怪的动作。试图站起身的他，令人想起后背着地的甲壳虫。他着实让傲然跃马的骑手们开了心，因而不允许任何人终止这种娱乐。

阿尔谢尼看了一眼为首的马木留克人，他感到了恐惧。这个马木留克人的微笑变成了鬼脸。这个鬼脸表达的既不是笑，也不是恨，甚至也不是不屑。在其中，和着额角上鼓起的血管的节拍，搏动着的是一种猎人对自己的猎物不可遏制的欲望。即便是饱着的，猫也会扑向折了翅的鸟儿，因为猫和它的所有先辈就是被这么安排好的，因为鸟儿表现得就像个猎物，而猎人对猎物进行整治的快意要比饥饿更强烈，以及比肉欲更迫切。

伴随着一声淫荡的嗥叫，为首的马木留克人一挥手，一杆长矛就在让兄弟的胸口上摇晃起来。让兄弟抓住长矛，不让它摇晃和穿透他的肋骨，并带着长矛向侧面翻转过去。他也喊叫起来，而这声喊叫让马木留克人达到了一种极度兴奋的状态。马木留克人伸出一只手，于是一杆新的长矛递给了他，而随着新的一声喊叫，他将之投掷了出去，投中了让兄弟的肋部。修士喊叫起来，并且开始在尘土中抽搐，于是马木留克又伸出了手，然后又投出了长矛，投中了他的后背。这一次让兄弟没有喊叫。他猛一痉挛，便咽了气。而阿尔谢尼觉得，死者的脸是阿姆布罗乔的脸。

开始搜查朝圣者们。在让兄弟死后谁也不敢反抗了。马木留克人分成两人一组，把朝圣者们一个一个地带到旁边去。搜查过的人被命令走到商队前面去。

从马木留克人的行事中可以感受到习惯和经验。一开始先翻包，然后转向搜身。马木留克人很清楚地知道钱币藏在哪里。他们豁开包的衬里和双层底，把袖口翻过来，把靴子底撕开。钱在中世纪不是纸质的，所以把它们藏起来非常不容易。

轮到阿尔谢尼了。马木留克人从他这里抢走的只有钱，一刀就从衬里中剜了出来。放在旅行包里的东西他们不感兴趣。冲阿尔谢尼示意，让他和自己的骆驼走到前面去。阿尔谢尼没动地方，因为在地上看到了被砍下来的阿姆布罗乔的头颅。头颅的眼睛凝视着阿尔谢尼。在半张的嘴里能看见舌头。从鼻孔中有血冒出来。阿尔谢尼被往前一搡。阿尔谢尼木呆呆地迈了几步。他一边往前走一边朝后看。无法把视线从阿姆布罗乔的头颅上挪开。

空闲下来的两个马木留克人把阿姆布罗乔带到了一

旁。他们迫使他举起手来，然后进行了搜查。（阿尔谢尼推开了一个押着他的马木留克人，朝阿姆布罗乔的方向迈出了一步。）阿姆布罗乔平静地看着，如何从他的外衣中剜出了金币。他的旅行袋，就像阿尔谢尼的袋子一样，检查得不是特别仔细。已经都放阿姆布罗乔走了，但是走过来的一个阿拉伯人与一个马木留克人交换了一下眼神，朝旅行袋点了一下头。

从阿姆布罗乔的袋子里马木留克人掏出了灯。在正午的阳光下它所有嵌上去的宝石都在熠熠发光。阿姆布罗乔从马木留克人手里抢过灯来，并对通译说了什么。（一边挣脱纠缠他的手，阿尔谢尼一边朝阿姆布罗乔的方向走。）通译一边盯着宝石上流溢的光芒，一边翻译着。马木留克人再次伸手去拿灯，但是阿姆布罗乔挪开了自己的手，不让这人碰到灯。阿姆布罗乔没有看到，一个扎着昂贵腰带的马木留克人从后面骑马靠近，举起了剑，而阿尔谢尼用尽全力拉住了马木留克人的腿。

阿姆布罗乔看见，一个天使连同十字架缓缓地降落在彼得保罗教堂的钟楼上。天使有一瞬间的悬停，校正着落地的精确度，而后将十字架底部慢慢地插入了尖顶上的金苹果之中。完成修复工作后天使回到了原位。在他之上，米-8直升机张开自己的桨叶，造成了下降的气流。在这种复杂的条件下，工业登山运动员阿尔伯特·米哈伊洛维奇·廷基宁用一种由特别坚固的合金制成的螺栓固定住了十字架的底部。登山运动员的长发狂飞乱舞，落到了他的眼睛和嘴巴里。廷基宁后悔的是，在他和天使降落到圆顶上时，把他在旋翼飞机下安装什么时一直戴着的运动帽落在了直升机上。处于恼怒之中，他责怪自己的健忘，也责怪长发，每一次在高空中他都向自己许诺要把它们剪掉，而每一次在地面上又都违背了这一诺言，暗暗地以自己的头发为傲。他真诚地骂着自己，不过，在言辞上没有越过特定的界限，因为天使的在场令他有所克制。虽说有这一切干扰，但是阿尔伯特·米哈伊洛维奇从 122 米的高处能看到很多东西——扎亚奇岛、彼得堡、甚至还有整个国家。他也看到了，在遥远的巴勒斯坦，一个没有镀金的，而是完全真实的天使，把意大利人阿姆布罗乔·弗列加的灵魂带上了天。

宁静书

ā

甲子

习惯上认为，阿尔谢尼回到罗斯是在 15 世纪 80 年代中期。确切得知的是，1487 年 10 月他已经在普斯科夫了，因为那时候他经历过的瘟疫已经开始了。在阿尔谢尼回普斯科夫的时候，一些人都已经把他忘了。这并非因为过去了很长时间（时间过去得并没有那么久），而是由于人类的记忆力很弱，能在其中保留下来的只有亲人。非亲非故的人（阿尔谢尼对于所有人而言就是这种人）则大多数时候在其中是留不下的。离去的人销声匿迹，而且通常人们也已经不会凭借自身的力量去复活他的形象。最好的情形是在照片上看到时回想起来。但是在中世纪没有照片，因而忘却就变成彻底的了。

许多普斯科夫的居民甚至在见到阿尔谢尼时也没有回想起他来，因为没认出来。归来的人既不像来到城市的圣愚，也不像离城而去的朝圣者。阿尔谢尼变了。与非俄罗斯式的晒得黝黑的脸组合在一起，他的浅色头发变得更浅了。一开始会觉得，它们是在东方的骄阳下晒褪色了，然而凑近细看就明白了，阿尔谢尼的头发不再是浅色的了——它们是白的。

阿尔谢尼归来时已经满头白发了。一道疤痕在鼻梁上面贯穿了整个额头，看上去像是深深的愁苦的皱纹。疤痕连同出现在阿尔谢尼脸上的真正的皱纹，给他的脸增添了一种圣像般悲伤的漠然表情。也许，不是白发，不是疤痕，而是这个表情让普斯科夫的人们没有认出阿尔谢尼来。

归来之后，他没有对任何人讲述任何事情。他总体而言很少说话。也许，不像他当圣愚时那么少，但是他如今的话音是那般宁静，就连最深的沉默也不具备这样的宁静。来到地方行政长官加夫里尔处，他说：

祝你平安，地方行政长官。不过请你原谅我。

在阿尔谢尼眼中地方行政长官加夫里尔看到了他的一路艰辛。看到了阿姆布罗乔的死亡。于是什么都没有再问他。拥抱了阿尔谢尼并在他的肩头哭了。阿尔谢尼一动不动地站着。他脖子上的皮肤感觉到了地方行政长官的热泪，但是他的眼睛仍旧是干的。

住到我家里来吧，地方行政长官加夫里尔说。

阿尔谢尼把头一低。对自己住的地方如今他不是很在意。

阿尔谢尼本来想要去找圣愚福马，但是福马此时已经不在人世了。在阿尔谢尼走后不久福马就预言了自己的死期，并及时与所有人告了别。虽然在死亡步步逼近的重压下已经疲惫不堪，但福马仍旧勉力完成了最后一次巡城，最后还向最无耻的魔鬼投掷了石头。而所有的人都知道福马死期将近，因而全城人都跟在他后面，陪伴他最后的巡城。福马的腿在打软，于是人们帮着挪动它们。

死亡的黑暗笼罩了我，光明从我眼中离去了，走完半座城时，福马喊叫起来。

然后因为他什么都看不见了，人们就把石头放进他的手里，而他以最后的气力把它们投向魔鬼，就这样巡视完了后半座城，因为肉体上的失明只是使他的内在视力更加锐利了而已。

洗清完城市的罪孽，福马躺在教堂的门廊上，说：

莫非你们以为，我把它们永久驱逐了？嗯，五年吧，最多——十年。试问，那以后怎么办呢？而现在请你们写下来。一场大瘟疫在等着你们，但是上帝的仆人，从耶路撒冷回来的阿尔谢尼会帮助你们的。而后阿尔谢尼也会离开，因为他需要放弃这座城。那个时候你们就需要表现出精神的坚毅和内在的专注。归根结底你们自己已经不是孩子了。

仔细地盯着，直到一切都记下来了，圣愚福马闭上眼睛便过世了。然后他把眼睛睁开了一瞬并补充说：

又及。让阿尔谢尼记住，基里尔院长的修道院在等着他。完了。

说完这句话，圣愚福马彻底死去了。

乙丑

读完福马的信，阿尔谢尼陷入了沉思。他七天七夜没有离开地方行政长官加夫里尔家提供给他住的那间厢房。也许，他会在里面住得更久一些，但是到了他待在普斯科夫的第八天，关于瘟疫的消息传播开了。地方行政长官走进阿尔谢尼的屋里，说：

这是福马说的事成真了。我们寄希望于**上帝**的仁慈和阿尔谢尼你的大才。

阿尔谢尼面朝圣像而背冲地方行政长官加夫里尔跪了下去。他在祷告，因而搞不清楚，他是否听见了地方行政长官说的话。地方行政长官又站了一会儿工夫，但是他没再重复自己的话，因为猜到，阿尔谢尼即便如此也已经全都知道了。地方行政长官走了出去，小心地不让地板发出咯吱声。第二天结束了祷告，阿尔谢尼也走了出来。

一群人在门口台阶处候着他。他环顾了一下人群，什么都没说。人群也默不作声。它明白，这里什么都无须说。人群还记得福马的预言，知道阿尔谢尼是唯一有能力在已经到来的灾难中进行救助的人。阿尔谢尼则知道，他的能力是有限的，于是人群知道了他的所知，而人群的所知也传递给了阿尔谢尼。他们互相望着，直到人群不切实际的期待一点不剩了，而阿尔谢尼对辜负这些期待的恐惧也消失了。等到这时，阿尔谢尼就从台阶上下来，朝着瘟疫迎面走去。

他挨家挨户地走访和给生病的人们做检查。处理他们的横痃，将捣碎的硫黄放入蛋黄中分发给他们，清洗他们身上的呕吐物以及用桧木碎屑熏他们的住所。于是就连注定死亡的人也不想放他离开自己，因为当他在身边的时候，他们便觉得不那么难受和无望了。他们抓住阿尔谢尼的手，而他都鼓不起勇气从他们的手里摆脱出来，就整夜整夜地和他们一起坐着，直到他们死去。

我觉得，阿尔谢尼对乌斯吉娜说，我回到了许多年之前。我的手中仍旧是那些化脓的身体，而且，你相信吗，我的爱，差不多就是我曾经治疗过的那些人。时间是否倒退了，或者——咱们换个问法——我自己是不是返回了某个出发点？如果是这样，那么我会不会在这条路上遇到你呢？

阿尔谢尼的双手很快记起了早已遗忘了的活计，现在它们在自己处理鼠疫溃疡。看着自己双手的灵活动作，他开始害怕它们的行为会成为例行公事，从而吓跑那种神奇的力量，那股力量经由自己的双手注入病人身上，却与医术没有直接的关系。在治愈人们的时候，阿尔谢尼越发经常地发现，与它们的痊愈有关的正是这种力量，而不是捣碎的硫黄和蛋黄。硫黄和蛋黄没有害处，但是，正如阿尔谢尼已然感到的那样，也没有本质上的帮助。重要的是阿尔谢尼的内在工作，他专注于祷告、同时与病人融为一体的能力。因此，如果病人痊愈了，这也是他阿尔谢尼的痊愈。

如果病人死了，那么与他一起死去的还有阿尔谢尼。因此，感觉到自己是活着的，他就会流泪，并为病人死了而他还活着而羞愧。阿尔谢尼领悟到，死亡的罪责不是疾病的有力，而是祈祷的无力。他开始认为自己是死亡的罪魁祸首，并且每天忏悔，不然罪过的负荷对于他而言便是无力承担的。于是他到每一个病人那里去都像到第一个病人那里一样，仿佛在此之前不曾有过几百个被他检查过的人。他把自己那神奇的力量原封不动地带给生病的人，要知道只有这一点带来了痊愈的希望。

阿尔谢尼与之搏斗的不仅是疾病,还有人类的恐惧。他在城中奔波,说服人们不要害怕。阿尔谢尼一面建议保持警惕,一面预防他们陷入毁灭性的恐慌。他提醒他们,没有上帝的意志,连一根头发都不会从头上掉落,并且号召人们不要闭门不出,不要忘记帮助身边的人。很多人都忘记了。

在瘟疫的头几周,阿尔谢尼心想他一定撑不下来。他累得散了架。他常常没力气走到家,所以就留在病人家里短暂地睡一下。过了一段时间,阿尔谢尼惊奇地发现,他感觉稍微轻松一些了。

好像我正在习惯那种不可能习惯的事情,他对乌斯吉娜说。这再次证明,我的爱,不存在力气不足,只有毅力缺乏。

阿尔谢尼一昼夜只睡两三个小时,但是即便在梦里也无法摆脱围绕着他的痛苦。在彩色的梦里他看到了因病肿胀的病人,他们在请求他医治,而他无能为力,因为他知道,他们已经死了。因此在他的梦里再也不存在幻想了,那是一些真实的梦——关于过往的梦。时间确实倒退了。它没有包含为他准备的那些事件——这些事件是那么重大和具有穿透性。时间绽线了,就像旅行包一样,现在它把自己的内容出示给朝圣者,而他翻检着它,像是头一回这么做。

下

丙寅

主啊，这就是我，以及我在来到你这里之前来得及度过的那段生命，阿尔谢尼在圣墓旁说。还有因你的莫大的恩慈，我还将度过的那段生命。其实我已经不期望能够来到这里，因为就在耶路撒冷城前我被打劫了，而且被剑所伤，而我站在此地，在你面前，我将此视为你的大恩大德。我和我难忘的朋友阿姆布罗乔带了一盏灯给你，是纪念普斯科夫地方行政长官的女儿安娜的，她掉进河里淹死了。如今我两手空空，我既没有灯，也没有了我的朋友阿姆布罗乔，就连我在路上遇到的一队人，也由于我的罪孽而失去了。在这里我要提一下护卫弗拉西，他为了自己的朋友献出了自己的生命。我答应过弗拉西要在你面前忏悔他的罪孽，他本人则躺在波兰的土地上，等待着共同的复活。我们的救主，请赐安宁给前述你的奴仆们，和义人们一道，并让他们都迁入你的宅院，就像所写的那样，忽视他们的罪，不管是自觉的还是不自觉的，无论是行了的还是没有行的，仁慈的主。我用我生命的主要祈祷求告于你，它涉及你的奴仆乌斯吉娜。我不是以她丈夫的权利祈求，因为我不是她的丈夫，尽管本可以是，不要落入撒旦之网。我以她的凶手的权利祈求，因为我的罪在此世和来世将我们联结在了一起。我害死了乌斯吉娜，从而剥夺了她开启、发展你所奠基的东西，并令其闪耀神的光芒的机会。我想要为她献出自己的生命，确切地说——为了我从她那里夺走的那个生命，而把自己的生命献给她。而我无法做到这一点，除非经由死罪，可是谁会需要这样的生命呢？因而我决定用对于我而言唯一可行的办法献出它。我尝试尽我所能地代替乌斯吉娜，并以她的名义做一些善事，一些我任何时候都不会以自己的名义做的善事。我明白，每一个人都是不可替代的，也没有沉醉于特别的妄想，但是，请告诉我，我还能怎样体现自己的悔过呢？糟糕的只是我的劳动成果如此之少和如此不像样子，这使得我除了羞惭，什么都体验不到。而我没有放弃这件事，仅仅是因为其余的一切我做得更差劲。我对自己的道路没有信心，因此我越来越难以前行。沿着未知的道路可以走很久，非常久，但是无法沿着它无尽地走下去。它对于乌斯吉娜而言是拯救性的吗？若是给我哪怕随便一个信号呢，哪怕随便一个希望呢……你知道吗，我其实一直在与乌斯吉娜谈话，给她讲世上发生的事，讲自己的印象，为的是使她在任何时刻对所发生的事情都是所谓知情的。她不回应我。这不是不肯原谅的沉默，我知道她的好心肠，她是不会折磨我这么多年的。大半是她没有机会回应我，也可能，她只是顾惜我，不让我听到坏消息，其实，扪心而论，好消息该是我这种人寄望的吗？我相信，我能以自己的爱救她于死后，但是除了信仰，我还需要这方面的认知，哪怕是一丁点儿。那么救主啊，请给我哪怕是随便一个信号吧，让我知道，我的路没有偏向疯狂，而有了这样的认知便可以沿着最为艰难的道路走下去，随便走多久都不会再感觉到疲累。

你想要什么信号和什么认知，站在圣墓旁的长老问。难道你不知道任何道路都包含着危险吗？任何一条——而如果你意识不到这一点，那么又为什么要走呢？你刚刚说，信仰于你还不够，你还想要知识。但是知识不要求精神上的努力，知识显而易见。信仰需要努力。知识是安静，而信仰是运动。

可是难道义人们所追求的不是安静的和谐吗？

他们是经由信仰而行的，长老回答说。而他们的信仰如此坚定，以致变成了知识。

我只想知道道路的总体方向，阿尔谢尼说。只关涉我和乌斯吉娜的方向就好。

可是难道基督不是总的方向吗，长老问。你还要寻找什么方向呢？再说了，你所理解的道路是什么——不是那留在自己背后的空间吗？你带着自己的问题走到了耶路撒冷，尽管本可以，比方说，在基里尔修道院就提出它们。我不是说长途跋涉没有益处：其中自有意义。不要只学你喜爱的亚历山大，那个有道路，却没有目的人。也不要过分热衷于水平运动。

那热衷于什么呢，阿尔谢尼问。

垂直运动，长老回答，并朝上指了指。

在教堂圆顶的中央有一个圆孔显出黑色，那是留给天空和星星的。看得见星星，但是它们的样子是黯淡的。阿尔谢尼明白，天色渐明。

А

丁卯

时近二月，瘟疫开始消退了。冬天的末尾如此寒冷，鼠疫就这么被冻死了。可是尽管在二月里阿尔谢尼的工作明显变少了，但也正是在二月里他感到，他的力气已经到了极限。与鼠疫斗争的几个月让阿尔谢尼完全筋疲力尽了，再加上春天通常会有的虚弱。早晨起床对于他而言变得越来越艰难了。出门去探望病人时，他在路上要坐下来休息好几次。看到阿尔谢尼的疲惫不堪，百夫长加夫里尔说：

普斯科夫的公民们，他为了治愈人数众多的你们耗尽了自己全部的力气，那么为了上帝你们就爱惜一下他吧。

到二月底，鼠疫完全终止了。所以阿尔谢尼有机会休息了。他睡着了。睡了整整半个月——十五天十五夜。阿尔谢尼知道，在瘟疫期间分发出去的力气，他是从自己的未来透支的，所以现在是在补偿损耗掉的。有时候为了解渴，他醒过来，但是马上又重新睡着了，因此他的眼皮并没有张开。他继续梦到耶路撒冷，还有通往巴勒斯坦的路，还有阿姆布罗乔——完全还是活着的。在第十六天，阿尔谢尼的大梦结束了，于是他感觉到，力气渐渐回到了他的身上。

清醒过来之后，阿尔谢尼明白，春天来了。他习惯于以春天来计年。与其他季节不同，春天的到来更加显著和剧烈。通常阿尔谢尼是等待着它的出现，而现在，他醒来时就已经在春天里了，就像在晴朗的白日里忽然醒来，看到太阳已经很高，细看它投射在地板上的颤抖的眩光，以及光线里蛛网的银白，然后掉下感恩的泪水。阿尔谢尼觉得，根据气味和空气的总体状态，这个春天与他童年时代的某个时候的一模一样，但是他立刻叫停了自己。阿尔谢尼现在完全是另一个人了，因此今年的春天与他童年时的春天没有任何共同之处。与那个春天不同，今年的春天已经不再占满全世界了。它是世界中的一朵美丽的小花，但是阿尔谢尼知道，在这个花园里还有其他的植物。

他在普斯科夫城里走着，马路和着他行走的节拍发出木头的声响。树上的芽孢鼓了起来，而空气中飘动着冬天过后的第一波尘土。走近圣约翰修道院，阿尔谢尼找到墙上的缺口，掩入了墓地。看到墙边上自己那两棵树，眼泪夺眶而出，因为这是已逝的且一去不复返的生活之树。

女院长和姊妹们已然等候在墓地里了。女院长说：

福马的预言具有必然性。这意味着，即便他愿意也无法绕行。因而你，必须到基里尔修道院去——越快越好。

在内城里，地方行政长官加夫里尔只是把两手一摊。他记得福马所说的话，但是在心灵深处指望着阿尔谢尼能在普斯科夫待到推测的世界末日。这样他心里能安生一些。对阿尔谢尼继续待下去的合理性，地方行政长官并不确信。

原则上我们准备接纳他，基里尔修道院传出话来。请转告加夫里尔地方行政长官，让他不要有怨尤，也不要往离去的人车轮里横插一杠,当然,如果说的不是徒步而行的话。

谁会在这般消耗之后让他徒步而行呢,地方行政长官加夫里尔惊奇道。我们肯定要给他装备,以符合他为普斯科夫城和周边地区所立功劳。

给阿尔谢尼提供的是地方行政长官本人的马车,但是他选择了马匹。大车主要是服务于体弱的人,以及妇孺。了解这一点,大家便都明白了,阿尔谢尼是想要像一个男子汉一样骑马。尽管还没有完全复原,但谁也没有试图说服他放弃骑马。地方行政长官加夫里尔只是坚持要给阿尔谢尼一支由五个随从组成的队伍,以防有不可预见的情况发生。在那个不太平的时代,实际上,大多数情况都是不可预见的。

为了给阿尔谢尼送行,普斯科夫的居民差不多倾城而出了。他面色苍白,几乎透明,但是在马鞍上坐得很稳。

道路会彻底治愈他的,圣约翰修道院院长说。道路是最好的药。

通常很持重的地方行政长官加夫里尔没有掩饰泪水。他知道,这是最后一次看见阿尔谢尼了。阿尔谢尼的离去让普斯科夫人觉得有些害怕。让他们感到心安的只是瘟疫结束了,城市重返习惯的生活——如果不是永久,那么至少是近五年。由于可能到来的世界末日,普斯科夫居民已经不去预料新的瘟疫了。

戊辰

在路上阿尔谢尼确实感觉自己好些了。随着田野的波浪和森林的喧响,康复的力量注入了他的身体里。俄罗斯大地的空间是有治愈力的。那时它们还不是无边无际的,不是需要力量,而是赋予力量。马蹄断断续续的敲击声令他开心。他没有回头看自己的旅伴们就知道,在他后面,稍稍落后一点,骑行的是他极其珍贵的朋友阿姆布罗乔,而后是商队,而在商队里的是所有他曾经在某个时候与之告别的人。

骑手们骑得很快。不是因为着急去哪里(阿尔谢尼向永恒行进,这样他还能着急去哪儿呢?),只不过快速的运动符合阿尔谢尼的内心状态,而且使他精神高涨。但是阿尔谢尼的名声比骑手们跑得快。它跑到了他们的前头,把人群迎着他们赶出来。阿尔谢尼下了马。他力图听清所有想要跟他说话的人。

很多人等着疾病方面的帮助。阿尔谢尼把他们领到一旁仔细检查。他在判断是否有能力帮助这些人。如果感觉到有能力，那就帮了。可如果没法帮，就找些能说的鼓励之语。

你的病超出了我的能力，但是上帝的仁慈高于人的能力。祷告吧，不要绝望。

或者：

我知道，比起死亡来，你更加怕疼一些。所以我跟你说，你的离世会很平静，而且你不会被疼痛折磨。

很多人提了一些与疾病无关的问题。他们仅仅是想要和有很多传闻的人说说话。对这样的人，阿尔谢尼就用手触碰一下，没有与他们进行交谈。而他的触碰比任何的话语都更深入。它在问话者的头脑里生出了答案，因为提出问题的人常常也是知道答案的，尽管并不总是能够对自己承认这一点。

最后，还有一大波人，他们什么也不治，什么也不问，因为在每一个民族之中大部分人是健康的和没有问题的。这些人听说，阿尔谢尼的注视本身就是有恩惠的，于是来见他。

阿尔谢尼的中途会见需要时间，这使他的旅途大幅加长。但是阿尔谢尼没有尝试加快自己的行程。

如果我不把所有这些人的话听完，他对乌斯吉娜说，我的路就不能算是走过了。我的欢乐呀，我们的善事将拯救你，可是它们能否显现在你的身上？不，我回答说，不能，只能显现在别人的身上，感谢主，这些人是他派来给我们的。

关于阿尔谢尼的来临，几天之内就已经家喻户晓了，于是居民们提早就决定了他将住在谁家。这些人考虑到阿尔谢尼的最大便利，同样也出于对自身福利的希望。要知道，与阿尔谢尼的名声一道传播开来的还有一种看法，即他在谁的家里逗留，预示主人会有很大的福报。阿尔谢尼则并不总是在人们提议的地方住下，而是从人群中用眼光挑选后，问他：

朋友，你允许我住在你家吗？

于是，被阿尔谢尼选中的人，他们的生活从这天起就发生了改变——至少是在乡亲们的眼里。阿尔谢尼则感觉到他的生活也发生了改变。他还从未体验到这般的力量增长。别看他毫不顾惜自身地帮助着求助者，他的力量却增长得比他消耗的要多得多。他不断地对此感到惊奇。阿尔谢尼觉得，给予他力量的是他遇到的那成百上千的人们。他只是把这力量传递给了最需要它的人罢了。

旅行者们经过阿尔谢尼多年之前从白湖到普斯科夫去时到过的地方。他认出了先前见过的山丘、河流、教堂和房屋。他觉得，他甚至连人们都认出了，尽管对这一点没有确信到底。毕竟人们变化得很快。

阿尔谢尼回想起自己青年时代的悲伤事件，但是他的回忆并不温暖。这已然是一些关于别的什么人的回忆了。他早就怀疑，时间是断断续续的，而它的个别部分之间并无关联，就像在来自鲁基诺村的浅发男孩儿和白发苍苍，几乎是个老头儿的旅者之间——也许，除了名字——没有任何关联一样。实际上，随着生活的变迁，连名字也变了。

在一户富庶的人家中，阿尔谢尼在威尼斯风格的镜子里看见了自己：他真的是老头儿了。这一发现震撼了他。阿尔谢尼完全不是为青春感到惋惜，他早先就感到了，在发生着变化。然而落在镜子里的视线仍旧让他产生了强烈的印象。长长的花白的头发。突出的、令眼球深陷其中的颧骨。他没想到变化会有这般大。

你瞧瞧，我变成了什么样，他对乌斯吉娜说。谁能想到呢。我的爱，这个样子的我你会认不出来的。连我自己都认不出自己来。

阿尔谢尼边走边想，他的身体已经不像早先那么灵活了。不那么坚不可摧了。现在它会感觉到疼痛，不只是在受到打击后，就是没有打击也一样会痛。确切点说，有时候身体觉得自己就像被打了一样。它不是这儿酸痛，就是那儿酸痛，以此来提醒着自己的存在。而早先阿尔谢尼记不得它，因为在救治别人的身体，关心着它们中的每一个，把它们视为承载着魂魄的容器。

有一回，在去基里尔修道院的路途中，他看见了一具魂魄几乎已经出窍的身体。这具身体属于一个耄耋老者，那人望着他，眼睛湛蓝，但没有表情。老头儿是被亲人们领到他跟前的，说是他很虚弱。阿尔谢尼细细端详着长寿者湛蓝的眼睛，惊奇于：在他的灵魂中一切都已经褪色的时候，眼睛却没有褪色。

老人家，你想活下去吗？阿尔谢尼问。

我想死，老头儿回答说。

他早就已经死了，可是身体不放开他，如此你们干吗还抓着个躯壳不放呢，阿尔谢尼对他的亲人们说。你们在他身上所爱的东西已经不在这里了。这一点，正如通常所说的，很明显，亲戚们证实说，他身上没有原先的精气神了。你跟他说：愿您长寿，爷爷。可他呢：你们都滚开……就是这么恐怖的变态。但是我们又能拿他怎么办呢？

什么都不用做，阿尔谢尼回答说。四十天之内一切就都解决了。

果然就这样发生了。老头儿在阿尔谢尼到达圣基里尔修道院那一天没了。

己巳

阿尔谢尼在临近傍晚时来到了修道院跟前，迎接他的人很多。看到修道院的墙，阿尔谢尼记起自己童年时和克里斯托弗的出行。记起夜行的大车和村民们在他头上声音不高的交谈。他想到，爱他的克里斯托弗只剩下了枯骨。他感到高兴的是，现在他靠近了这些枯骨。阿尔谢尼开始感受到它们的亲情暖意。他试图想象克里斯托弗的脸，然而并不能够。

下了马，阿尔谢尼跪下来，亲吻了修道院门口的土地。

在漫长的旅行之后，我的爱，我回家了，阿尔谢尼对乌斯吉娜说。

你的旅程刚刚开始，因诺肯季长老反驳说。只不过现在它将要朝另一个方向走。

阿尔谢尼抬起头，从下朝上看向长老。

我觉得，我认出你了，长老。在耶路撒冷我莫不是和你交谈来着？

非常有可能，因诺肯季长老回答道。

他拉起阿尔谢尼的胳膊，把他领进了修道院的大门。到了修道院里面，长老就说了：

我们通常是在来了七年之后剃度为僧的。但是阿尔谢尼，你的生活我们都清楚，在此之前它也是僧侣式的，所以你似乎不需要额外的考验了。而且总体而言，你是知道的，形势也不允许长时间摇摆不定。如果世界末日真的在等着我们的话，那你最好还是以剃度之身来迎接它。尽管事情兴许能顺利解决也说不定。

长老眨了下眼。

陪伴着他们的人群鼓噪起来。世界末日的问题令人群格外担忧。人们看到两个过着圣洁生活的人在自己的面前，便期待着他们的解说。来的人都知道，阿尔谢尼拥有治愈的天赋，但是不排除他也有预言的天赋。实质上，对于他们而言，关于世界末日的知识要比治愈更加重要，因为在他们眼中，对世界末日临近的确定让治愈变得毫无意义了。

就想问问，世界末日究竟是在什么时候呀，人群喊起来。请原谅我们的直截了当，这对我们很重要，无论是在安排活计方面，还是在灵魂拯救的意义上。我们多次向修道院求证，但是没有得到确切的答案。

因诺肯季长老用严厉的目光环顾了一下人群。

时间和期限不是人该知道的事情，他说。任何一个基督徒每时每刻都应该对末日有所准备，如此你们还要期待什么日期？站在这里的人中，就连最年少的也活不过七十年，嗯，也许是八十年。（年少的人们哭了起来。）而你们在这里看到的人中，百年之后任谁都已经不复存在了。与永恒比起来，这种缓期长吗？因此（长老看了看年少的人们）我对你们说：为你们的罪孽哭泣吧。但是主要的事情——要振作精神和祷告。而且你们得到了一个关心你们灵魂的祈祷者，为此而感到高兴吧。而且与阿尔谢尼告别吧，因为你们得到的是阿姆夫罗西。

说完，因诺肯季长老便领着阿尔谢尼去见修道院院长了。根据习俗，法号从俗名的首字母选取。而阿尔谢尼已经知道了，给他建议的是什么名字，并在心灵深处欣赏着它。

我们给你选的名字是为了纪念米兰的圣徒阿姆夫罗西，因诺肯季长老说。关于你忠诚的朋友也多有耳闻——事情总是这样的——他念这个名字用的是另一种音调。就让这个发音正确的名字[①]也成为对你朋友的回忆吧。从此你将同时过多少种人生呀？

---

① 指"阿姆夫罗西"，它和"阿姆布罗乔"是同一个名字，但发音不同。

根据高级僧侣的祝福，院长确认了阿尔谢尼的新名字。经过七天严格的斋戒，阿尔谢尼剃度为僧侣。

3
庚午

在活着的人中间别再以阿尔谢尼之名找我，而是以阿姆夫罗西之名找我。阿姆夫罗西对乌斯吉娜如是说。你记得吗，我的爱，我同你说过时间的事情？在这里它完全是另一种样子。时间不再向前进，而是走圆圈，因为充实着它的事件是走圆圈的。而事件在这里，我的爱，主要是与祈祷仪式联系在一起的。每天的一点和三点我们追悼彼拉多对我们的上帝耶稣基督的审判，六点——追悼他的十字架之路，九点——十字架受难。而这构成了一昼夜的祈祷仪式的圆圈。然而一周的每一天，就像人一样，有着自己的面目和自己的献祭。周一献给上天的无肉体力量，周二——献给预言家们，周三和周五——献给对耶稣的十字架之死的回忆，周六——献给追悼死者，主要的一天则献给上帝的复活。这一切，我的爱，构成了七天祈祷仪式的循环。而循环中最大的一个是年度循环。它由太阳和月亮确定，我希望，你比我们所有在这里的人都离它们更近。十二节日和圣徒纪念日与太阳的运动有关，月亮则告诉我们复活节和那些取决于它的节日的时间。我想告诉你，我在修道院已经待了多长时间，但是，你知道吗，有点难以集中精神。对此，似乎连我自己都已经不清楚了。时间，我的爱，在这里是非常不可靠的，因为圆圈是闭合的，而且与永恒相等。现在是秋天：这大概是唯一我多多少少能说得准的东西。叶子在掉落，乌云在修道院上空移动。差一点就钩住了十字架。

阿姆夫罗西站在湖岸上，风把细密的水雾覆满了他的脸。他望着因诺肯季长老慢慢地顺着墙朝他走近。法衣盖住了长老的脚，因此看不到他的步伐，因而甚至不能说他是在走。他——是在靠近。

修道院的时间的确与永恒接通着，因诺肯季长老说，但是不与之相等。活人的道路，阿姆夫罗西，不可能是圆圈。活人的道路，即便他们是僧人，也是不闭合的，须知，没有出口的圆圈里，请问，能有怎样的意志自由呢？而且甚至当我们在祷告中追忆事件时，我们也不单单是在回忆它们。我们是在再次体验着这些事件，而它们则再次发生着。

伴随着黄叶旋风，长老从阿姆夫罗西身旁走过，隐没在墙拐弯的地方。墙边的湖岸重新变得阒无人迹了。

犹显荒凉（好像谁都没有在此走过一样），不宜步行。阿姆夫罗西只有伫立不动，才能让他在这岸上的存在变得可能。

你认为时间在这里不是圆圈，而是某种不闭合的形态吗，阿姆夫罗西问长老。

正是如此，长老回答说。爱上几何学后，我把时间的运动比作螺旋。这是一种重复，然而是在某种新的、更高的水平上。或者，如果你愿意的话，可以说是对新的东西的体验，但不是从零开始。带着对原先体验过的东西的记忆。

热力不强的秋阳从乌云背后显露了出来。因诺肯季长老从对面的墙那里现出身形来。在与阿姆夫罗西交谈的时间里，他来得及绕着修道院走了一圈。

长老，你是在转圈啊，阿姆夫罗西对他说。

不，这已经是螺旋了。我和原先一样地走着，伴随着叶子的旋风，但是——注意，阿姆夫罗西——太阳出来了，于是我已经有些不一样了。我觉得，我甚至稍微飞起来了一点。（长老因诺肯季离开了地面，并慢慢地从阿姆夫罗西的身旁飘了过去。）尽管，自然喽，还不是很高。

不是啊，很正常，阿姆夫罗西点头道。主要的是你的解释很直观。

存在一些相似的事件，长老继续说道，但是从这种相似之中产生了矛盾。开启旧约的是亚当，而开启新约的是基督。被亚当吃掉的苹果之甜转变成了被基督喝下的苦胆酒之苦。智慧树将人类引向死亡，而十字架之树赋予人类永生。记住，阿姆夫罗西，重复是为了克服时间以及为了我们的拯救而赐予的。

你想说的是，我会重新遇见乌斯吉娜？

我想说的是，没有不可更改的东西。

辛未

习惯了修道院的生活后，阿姆夫罗西主动请缨到厨房去。那里的差事被认为是修道院最繁重的职责之一。许多人都做过厨房的差事，但是远非所有的人都是心甘情愿的。就连那些自愿去厨房的人也是把那里的劳作视为考验的。阿姆夫罗西则不认为厨房是考验。这样的工作他觉得很称心。

阿姆夫罗西喜欢挑水劈柴。起初由于不习惯，他的手上起了泡。它们破了，在斧柄上留下了深色的湿痕。当他在准备劈柴的时候戴上了手套，泡就消失了。后来他劈柴也不戴手套了，却也已经不起泡了。他手掌的皮肤变粗糙了。并且阿姆夫罗西也已经不那么疲累了。他学会了把斧头准确地砍进木柴的中心，于是它随着一声短促的悦耳的脆响而被劈开。像一朵硕大的木头花的两片花瓣一样绽开。当他没有劈到中心的时候，响声是另外一种。尖细而走调。活儿干得不好的声音。

夜里，当教士们睡了，阿姆夫罗西就着教堂的灯点燃蜡烛，然后用手掌挡着风，带到修道院的院子里。他走得很慢，吸着夜晚清新的空气和蜡烛的蜜香味。蜡烛被手掌遮住，没有照亮阿姆夫罗西，从远处看像是一个独立的存在物。在空中移动着，它把自己的火光带进了厨房。

借由这点火光，大炉子里的火燃起来了。过了不长时间，炉子烧得通红。它变得炽热无比，待在它旁边令人觉得难受。可是阿姆夫罗西却要在炉子上给教士们做吃食。把陶罐放上去，取走，倒水，添柴。火燎了阿姆夫罗西的胡子、眉毛、睫毛。

忍受这火吧，阿姆夫罗西，他对自己说，这火焰将使你免遭永恒之火。

在一些大陶罐里阿姆夫罗西煮着菜汤。他把圆白菜——新鲜的或者腌渍的——放进去，有时是甜菜头或者野生的酸模。加进去洋葱、蒜，并用大麻油调和。煮粥——豌豆粥、燕麦粥的和荞麦粥。荤食日往菜汤里加入煮鸡蛋——一人两个。同时在平底锅里煎教士们在湖里捕的鱼。或者用鱼煮汤。在升天节斋期给教士们吃黄瓜,将它们与蜂蜜一道上。在大斋期的平常日子里上的菜是圆白菜加油、切碎的萝卜、擦成泥的越橘果加蜂蜜,而在周六和周日——黑鱼子酱加洋葱或者红鱼子酱加辣椒。在为教士们服务时,他通常不在饭堂,而是之后在自己的厨房里进餐。阿姆夫罗西吃面包就水,不碰他做好的饭菜。坐在炉火旁。

偶尔赶巧,他在火中看到了自己的脸。一张浅头发小男孩儿的脸,在克里斯托弗家里。小男孩儿的脚边蜷伏着一只狼。男孩儿朝炉子里望着,看到了自己的脸。环绕着它的是花白的头发,在脑后拢成一束。它布满皱纹。尽管如此不相像,男孩儿却明白,这是他自己的映像。只不过是许多年以后的。而且是在另外的环境中。这是坐在炉火旁,看着浅头发小男孩儿的脸,而且不想让进来的人打扰他的那个人的映像。

梅列季兄弟在门口来回转着,并且把一根手指贴近嘴唇,扭头对肩后的什么人悄声说,全罗斯的医生阿姆夫罗西现在正忙着。

让她进来,梅列季,阿姆夫罗西头也不回地说。女人,你想要什么?

我想要活着，大夫。请你帮帮我。

那你是不想死喽？

有些人想要死，梅列季解释说。

我有个儿子，阿姆夫罗西。可怜可怜他吧。

就像这样的？阿姆夫罗西指着炉口，那里在火焰的轮廓里可以看出一个小男孩儿的形象。

公爵夫人，你下跪没用（梅列季很激动，啃着指甲），要知道他不喜欢这个。

阿姆夫罗西的目光从火焰上移开了。走近双膝跪地的公爵夫人，屈膝跪在她的身旁。梅列季后退着走了出去。阿姆夫罗西抬起公爵夫人的下颌，望着她的眼睛。用手背擦去她的泪水。

女人，你脑袋里有个肿瘤。因此你的视力变差了。听力也在减弱。

阿姆夫罗西搂住她的头贴向自己的胸口。公爵夫人听到了他的心跳。老年人困难的呼吸。透过阿姆夫罗西的衬衣她感觉到他贴身佩戴的十字架的凉意。他硬邦邦的肋骨。她自己都觉得奇怪的是，这一切她竟然都察觉到了。在关着的门外面梅列季在劈松明。他面无表情。

信上帝和他圣洁的母亲并求助吧。阿姆夫罗西用干燥的嘴唇碰了碰她的额头。而你的肿瘤会变小。平安地去吧，别再忧伤了。

你为什么哭啊,阿姆夫罗西?

我因为高兴而哭。

阿姆夫罗西无言地向狼转过身去。狼舔着他的泪水。

壬申

在厨房里阿姆夫罗西被给予了流泪的恩赐,于是当他一个人时,泪水不停地冲洗他的脸。眼泪顺着两颊的皱纹流淌,但这些皱纹不够它们流的。于是在这种情况下泪水就给自己开辟了新的道路,因而在阿姆夫罗西的脸上就出现了新的皱纹。

一开始这是悲伤的泪水。阿姆夫罗西哀痛乌斯吉娜和婴儿,而在她们之后——是那些他平生爱过的人。他还哀痛那些爱他的人,因为他认为他的生命没有赠予他们欢乐。阿姆夫罗西还哀痛那些不爱他且有时还折磨他的人,其实,还有那些爱他但也折磨他的人,因为他们的爱就是这么表达的。他哀痛自己和自己的生活,而且不知道,这时能确切地说些什么。希望过乌斯吉娜的生活,让它算作她本人的。这时,他已经搞不清楚,既然他毕竟还没有死,那他的生活又停泊在哪里。最后,他为那些他没能从死神手里救出的人而痛哭，须知这样的人有很多。而后悲伤的泪水被感激的泪水所替代。他为乌斯吉娜没有落入无望的境地，而他，阿姆夫罗西，暂时还活着，能够为她求告，并为她精神上的幸福而劳作，为此他感谢至高无上的主。阿姆夫罗西感激的泪水是由他仍然活着这件事所引发的，而这意味着，他能够完成善事。阿姆夫罗西感谢上帝——为了被治愈的人数量巨大而感谢，为了给他们提供的活着的机会而感谢，而他们本应该已经是死人，而且再也没有能力做善事了。

泪水不仅冲洗了他的脸，还有他的灵魂。平生第一次阿姆夫罗西感觉到他的灵魂平静下来了。阿姆夫罗西的逐步平静不是由普遍的爱敬产生的（他的声誉之隆前所未有），但也不是由垂暮之时的冷漠所至，许多值得尊敬的人晚年都曾被这种冷漠所笼罩。平静是与希望联系在一起的，在修道院里每过一天，这希望在阿姆夫罗西身上便越来越大。现在他对自己道路的正确性不再怀疑了，因为已经确信，走的是一条唯一可行的路。

注视着烈焰，他没有感觉到之前的不安。确切点说，不安仍在，但是关于未来的永恒之火的思索让位给了对过去的回忆。现在他看到的不仅仅是童年了。他看到了自己在普斯科夫的时候和自己的远行。在灼热的火炉旁闭上眼睛，阿姆夫罗西想象着耶路撒冷。

客西马尼园低矮的树木。树干粗壮干枯。树枝梢尖扭曲。弯曲断裂,宛如凝固的叫喊。马路的石板被许多个世纪的朝拜磨得油光水滑。太阳的温暖被它们保留了一整夜。可以躺在它们上面而不怕着凉。阿姆夫罗西在温暖的石板上就寝时就明白了这一点。当再也无处可以过夜时。当他还是阿尔谢尼时。

被马木留克人的马刀砍伤之后,在耶路撒冷城郊有人照料过他。两个犹太老人,他和她。他们惧怕马木留克人,住在耶路撒冷城界之外。他们没有孩子,这一点看他们的脸就很清楚了。他们叫塔德乌什和雅德维加。他们照顾他。不,他们照顾的是将死的弗拉西,而照顾将死的阿尔谢尼的是另外的人。可能是亚伯拉罕和萨拉。老人们总是在照顾着什么人。就这样,濒死的阿尔谢尼活了下来。老人们给了他路上用的燕麦饼、水和一点钱,他就出发去耶路撒冷了。

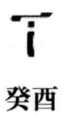

Ϊ

癸酉

生病的人继续来找阿姆夫罗西。他们人数众多,虽说在别的情况下来的人可能还要更多些。造成人潮减少的原因有几个。其中主要的一个是因诺肯季长老，他禁止平白无故打扰阿姆夫罗西。治牙、祛除瘊子以及类似的东西他不认为是来找阿姆夫罗西的正当理由，因为他们会分散阿姆夫罗西对其他更为严重的病情的注意力。

这样的问题，长老宣布，请在原住地解决。

来访者的大量涌入分散的不仅是阿姆夫罗西的注意力。它也妨碍了远离尘世的修道院教士们。除此之外，令很多人感到不安的是，人们常常不考虑祷告、忏悔和拯救的事，而直接去找阿姆夫罗西了。

这些人，管事神甫说，忘记了予以痊愈的不是修道院里的阿姆夫罗西兄弟，而是我们天上的主。

第一个迎接求助者的是梅列季兄弟，决定在每种情况下如何做的便也是他。有些人他立刻就打发回家了，甚至都不会听他们说完。属于这类的是非常之多失去男性力量或者从来不曾有过它的人。梅列季不觉得有恢复它的必要性，宣称以他本人的经验，想要达成相反的情况要困难得多。生活在无子女婚姻中的人构成了例外。只有这类人在应有的祷告之后被梅列季领到了阿姆夫罗西那里。在拜访修道院之后他们的床笫之思便蠢蠢欲动了。然而，孩子出生之后，这些念头因梅列季的祷告而很快便消失了。

因诺肯季长老和梅列季兄弟的严格不是造成找阿姆

夫罗西的人潮没有增多，而反减少了的唯一原因。许多白湖地区的居民没来找他，是鉴于可能的世界末日而认为没有这么做的必要。他们觉得，距可怕的事件所剩的短暂时间是可以忍耐过去的。最坏的结局——不过是个死，因为在许多人看来，死亡时刻的缓期是微乎其微的。然而，也有一些人，他们不仅不想与死亡和解，而且甚至在普遍的终结情况下还想要克服它。正是在他们中间开始散布阿姆夫罗西有不死药的传闻。说是这种万应灵丹貌似是阿姆夫罗西从耶路撒冷带回来的，那时他还是阿尔谢尼。

尽管传闻荒诞不经，它的出现在修道院里却没有令任何人觉得奇怪。

在世界末日的等待中有些人会神经衰弱，因诺肯季长老说。所以在他们期待阿姆夫罗西会有不死药这件事上有自己的逻辑。寻求肉体的长生，不找医生还能找谁呢？

梅列季兄弟试图对其中的很多人解释，说阿姆夫罗西没有任何万应灵药，但是人们不信他的。有些人害怕在需要的时刻灵药不够所有人用的，便在修道院的墙边安顿下来，还给自己建了类似住所的东西。修道院被他们想象成新的方舟，在需要时候有可能接纳他们。

当此类人人数过百的时候，阿姆夫罗西向他们走过来了。他长时间看着他们简陋的住所，而后做了一个跟他走的手势。进了修道院的大门，阿姆夫罗西把他们带进了圣母升天教堂里。就在这个时候，教堂里的礼拜刚结束，因诺肯季长老端着圣餐杯从圣障中门走了出来。早晨的阳光被格状的窗户分割开来。光线还不强。它慢慢地穿过长链手提香炉的浓烟射透过来。一个接一个地吞噬了勉强看得见的微尘颗粒，于是它们——已经在光线之内了——开始在沉静的布朗舞蹈[①]中旋转。当光线在银杯上闪烁时，教堂里变得明亮了起来。这光亮如此耀眼，使得进来的人们眯起了眼睛。阿姆夫罗西一指圣餐杯，说：

不死药就在里面，而且它够所有人的。

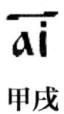

āi
甲戌

一段时间修道院里的抄写员不够用了，于是院长就把阿姆夫罗西从厨房调到了书写室。除了他之外，那里

[①] 指布朗运动，即悬浮在液体或气体中的微小粒子所作的不停顿的无规则运动。

还坐着三个人。要抄写的手稿由因诺肯季长老拿来。手稿书的页面上到处是他那奔放的由此始和到此止。阿姆夫罗西对这些指示奉行不悖。

每天阿姆夫罗西的工作都是从削尖鹅毛笔和给纸张画上线开始的。为了不让抄好的手稿合上，他往上面放了一块小方木。一个窄纸条在手稿上滑动，以防找不到需要的地方。他左手拿着纸条，用右手抄写。纸条向下移动，一行接一行地露出字迹。

然后，一个病了很久的兄弟突然死了。于是一个朋友用海绵给他擦拭了，然后去了将要安放他身体的洞窟，想要看一看那地方，并就此事问问修士圣徒马克。蒙福的人回答他说：你去告诉兄弟，让他等到明天，等我把墓穴给他挖好，那时他再离开生命去享安静。前来的兄弟则对他说：马克神甫，我已经用海绵擦拭过了他死去的身体。你让我对谁说去？马克却又说：你看见了，地方还没准备好呢。我盼咐你，去，告诉死者：有罪的马克对你说——兄弟，再活这一天，而明天你就要到我们敬爱的主那里去了。等我准备好安放你的地方，我就派人去接你。前来的兄弟听了圣徒的话，回到了修道院，正赶上教士们按照习俗在为死者唱诗。于是站到死者旁边说：马克对你说，兄弟，地方还没给你准备好，等到明天吧。所有人都对这话感到惊奇。而当兄弟在所有人面前说出这话时，死者马上睁眼了，他的灵魂回到了他的身体里。然后他睁着眼过了那一天和一整夜，但没对任何人说过任何话。

有一个军士在忏悔之后与一个农人的妻子通奸。在私通之后他就死了。附近修道院的修士们怜悯他，将他葬在修道院教堂里，当时是礼拜的第三个钟头。等到他们唱诗到第九个钟头时，就听见坟墓里传出哀号声：宽恕我吧，上帝的仆人们。挖出棺材，发现了坐在其中的军士。把他从那里拉出来之后，开始详细询问他所发生的事情。他呢，被眼泪呛住，什么也无法讲给他们听，只是请求把他带到主教杰拉斯那里去。然后只是到了第四天他才能给主教讲述所发生的事情。在罪孽中死去时，军士看见了一些骇人的怪物，它们的样子比任何折磨都更加恐怖，而且一看到它们的样子，他的灵魂就开始慌乱不安。他还看到了两个穿着白色法衣的年轻人，于是他的灵魂就飞到了他们的手里。而他们就把他的灵魂托到了空中，领它经过死后的检验，同时还拿着盛有这个军士所做善事的小匣子。对每一件恶事都在小匣子里找到了一件善事，于是他们就把它从那里掏出来，并用它覆盖了恶事。在最后与奸情有关的死后检验中，他的善事不够了。当魔鬼们把他从自己少年时候起所犯下的肉欲的和淫欲的罪孽都搬了出来时，天使们说：他在忏悔前所犯下的一切罪，上帝都宽恕了。对此可怕的敌人回答他们说：这一点是这样，但是在忏悔之后他与农人之妻通奸了，而后立即就死了。听了这些话，天使们很悲伤，就退开了，因为他们再没有能覆盖这宗罪的善事了。于是这时魔鬼就把他抢过去了，然后地裂了，他们把他丢进了一个又狭窄又黑暗的地方。他哭泣着，在那里从三点待到九点，这时忽然看见了两个降临到那里的天使。于是他就开始求他们，想让他们把他带出牢笼，免除这可怕的灾祸。他们则回答他说：你召唤我们也是枉然，因为在世界复活之前，出现在这里的人中任谁都走不出去。可是军士继续哭泣和恳求他们，说，回到地上会为活着的人谋福利。于是这时一个天使就问自己的朋友：你会为这个人担保吗？然后第二个天使回答他说：我担保。于是他们把军士的灵魂带到了棺材那里，并吩咐他进入身体中。灵魂像玻璃珠一样发着光，死去的身体是黑色的，像泥潭一样，还散发着臭气。于是军士的灵魂喊叫了起来，由于身体的污浊而不想进入其中。天使们就对军士说：你不能不用造了孽的身体进行忏悔。于是灵魂就经由嘴巴进入了身体，然后复活了它。听了所讲的这些，杰拉斯主教吩咐给军士吃点东西。这人吻了一下食物，但拒绝吃它。于是吃斋不眠地过了四十天，又是讲述见到的事情，又是转向忏悔，又是提前三天得知自己的死期。这事是值得信赖的神父们为了我们的精神获益而讲述的。

塞奥菲罗斯皇帝是一个圣像毁坏者，皇后塞奥多拉因此而处于极大的悲伤之中。上帝之怒让塞奥菲罗斯患上了难以忍受的病痛。他的颌骨分开了，这样一来便合不拢嘴，因此他的样子怪诞而可怕。皇后呢，就拿起圣母的圣像贴到他的嘴上，于是它便重新合拢了。不久，得了这个病的塞奥菲罗斯就从这个世上消失了。皇后便非常悲伤，因为知道，她的丈夫将和异教徒一道被带去受折磨，就不停地想怎么能够帮助他。她释放了在流放中和在监牢里现有的犯人，并恳求大牧首让所有的主教、牧师和修士职衔都为塞奥菲罗斯皇帝祷告，以使上帝免除他的折磨。大牧首呢，一开始没有听从，但是被皇后的哀求所打动，说：愿上帝的旨意得以实现。他吩咐所有的主教、牧师和修士职衔都为塞奥菲罗斯皇帝祷告。大牧首本人则把所有异教徒皇帝的名字写了下来，并将写好的东西放到了圣索菲亚教堂的饭堂里。然后他们在大斋期的第一周为塞奥菲罗斯祷告。等到了星期五大牧首来取自己写的东西时，那上面所有人的名字都是完整的，而塞奥菲罗斯的名字则被上帝的审判抹去了。而天使对他说：你的求告被听到了，噢，主教，塞奥菲罗斯皇帝已经得到了慈恩，因此你们别再拿这件事去烦扰上帝了。兄弟，惊奇于主，我们的上帝的慈爱吧，领会他的主教们的祷告能够有怎样的奇功吧。惊奇于蒙福的皇后塞奥多拉对上帝的信和爱吧：讲讲这样的妻子，是如何在丈夫死后拯救他的。好好记住，灵魂是唯一的，活着的时间是唯一的，我们不会指望用别人的牺牲来获得拯救。

阿姆夫罗西的手稿目前保存在俄罗斯国家图书馆（圣彼得堡）的白湖基里尔收藏之中。研究它们的研究者们一致认为，写它们的那只手很稳，且字迹圆融。依照他们的看法，这见证着阿姆夫罗西的坚毅和内心的和谐。字母 ерь[①] 那高高的桅杆表明，那时他彻底离开了厨房，而且对身体的食物问题兴趣非常之小了。

ві
乙亥

阿姆夫罗西在忏悔时对因诺肯季长老说：在礼拜时我不能总是注意力集中，有的时候会想一些无关的事情。比方说，昨天回想起关于难以忘怀的阿姆布罗乔的

---

① 即俄文字母 ь。

一个幻象。

如果简短地说，是什么幻象，长老问。

下面就是阿姆夫罗西给长老讲的。

1907年8月30日，马尼亚诺村。少女弗兰西斯加·弗列加，十二岁，其家族可以追溯到阿尔贝托·弗列加——阿姆布罗乔的兄弟，在一种模糊的恐惧感中醒过来。恐惧是从腹部的什么地方升起的。她感到肚子里翻江倒海，从被窝里跳起来就往自家院子里的厕所跑。在那里她感觉变得轻快了些。弗兰西斯加把厕所门稍稍推开了一点，观察着院子里发生的事情。她的奶奶站在早晨颤动的光线里。它透过五针松的树枝投射下来，这是树枝令光线颤动的。奶奶的脸苍白而布满皱纹。弗兰西斯加悲伤地发现，从未见过这样的她。可能，这也是五针松的影响。而也许，奶奶不知道有人在观察她，只是很放松罢了。曾几何时弗兰西斯加已经见过，有人在人前看起来很年轻，而后走过拐角，就一下子变老了。有些东西取决于意志的努力，而一直绷紧意志力是不可能的。弗兰西斯加看到，奶奶是真的老了。她明白，奶奶的老迈会把她带向哪里。女孩儿的胃重新痉挛起来，而泪水从她的眼中流了下来。奶奶隐没在夏季的厨房里。

弗兰西斯加的姐姐玛格丽特从屋里出来，走到院子里。玛格丽特看到厕所占着,就回了屋里。弗兰西斯加的母亲出现了。她的手里是玛格丽特的结婚礼服,她今天出嫁。母亲吹落礼服上看不见的灰尘,然后又进了屋。父亲从街上走进来。在他伸出的手臂里抱着一大束白色的玫瑰。玫瑰插在盛着水的桶里,它们用薄纱包着。父亲的脸在薄纱后面完全看不到。玛格丽特从屋里走出来,请求弗兰西斯加快点。父亲从杯子里喝了一大口水,噗的一声把水喷在了花上。弗兰西斯加想起来了,她今天梦见了一颗被砍掉的脑袋。

玛格丽特刚刚年满十八岁。她要嫁给列昂纳多·安东尼诺。弗兰西斯加已经爱了列昂纳多好几个月了。他像豹子一样柔韧,而且他的名字也总是向弗兰西斯加提示着他的柔韧性。提醒着他有多么的细致——首先是在心灵和头脑方面。有时候她捕捉到列昂纳多忧郁的目光,于是她觉得,他追求玛格丽特只是为了转移视线。只是为了能待在弗兰西斯加身旁。而如果确实如此,那么就无法理解,为什么他要和玛格丽特举行结婚仪式。弗兰西斯加重新哭了起来。

玛格丽特认为,弗兰西斯加故意在厕所里坐这么久,是为了不让她进。她向母亲抱怨。弗兰西斯加模糊地希望,玛格丽特屁滚尿流地去举行结婚仪式。母亲把弗兰西斯加从厕所里拖了出来。她是善意地这么做的,因为知道，明天等待弗兰西斯加的是路途。母亲想要给她哪怕不多的温暖，以备日后所用。弗兰西斯加被天主教女子寄宿学校接纳了，因而她要到佛罗伦萨去。为了在生活中获取某种东西，在马尼亚诺的教区学校里是不够的。弗兰西斯加感到恐惧。

参加婚礼的人们不紧不慢地从山上走下来。他们要从马尼亚诺走到山谷去，那里孤零零地伫立着圣谢昆德教堂。这是一座美丽的十二世纪罗马教堂。这里没有定期的礼拜仪式，但是会为马尼亚诺居民的结婚仪式开启它。走在前面的是缠绕着花瓣，乘坐着新郎、新娘、他们的父母和见证人的马车。缓慢地行驶着，非常缓慢。数量众多的来宾围着他们。路很宽，可以和马车并排走。送亲的队伍朝着摄影师走去，他躲在三脚架撑起的黑色披风下面。

戴着高筒帽的驭手在下陡坡时稍稍勒住些马儿。

扬起的风把头纱舒展开来，于是它就在行进着的人们头上像一面虚幻的白色旗帜一样浮动着。树在道路的上空摇晃着，喧响着。成熟的栗子从它们上面飞落到参加婚礼的人们身上。一颗栗子从驭手的高筒帽上清脆地弹了出去。所有人，包括驭手，都笑了。马车的车轮咯吱咯吱地压过掉落的栗子。

圣谢昆德教堂里很冷。这是几个世纪的寒冷，出席的人们由此而多少感到有些恐惧。当然啦，数新娘看上去最是无助。看上去就像一只不小心飞进昏暗墓穴的蝴蝶。神甫微笑着。在弗兰西斯加身后站着胖子西尔维奥。他冲着她的后背喘气。喘着，呼哧着。她用后背感觉到他呼出的温热气息，并因此而感觉愉悦。甚至即便它是从这样一个胖子的鼻孔里发出来的，这是生命的呼吸呀。

与教堂的古旧相比，出席婚礼的人群令弗兰西斯加觉得不值一提。觉得是瞬间过后就会消散的幻象集合，它们会留下教堂（它见识过了多少这样的啊！）单独与永恒相对。弗兰西斯加试图把所有人想象成骷髅的样子。满满一教堂的骷髅，其中有一个——带着头纱。

出来到外面，所有人都眯起眼睛。朝这对年轻人撒着小面值硬币和谷物。参加婚礼的人们返回马尼亚诺。在回去的路上弗兰西斯加来得及给神甫讲了自己的梦。讲血是如何在没有了头的脖颈上冒着泡。如何一股一股地从被砍断的主动脉里冒出来。

我想，这说的是阿姆布罗乔·弗列加，神甫说。恰巧是你梦见他，这不奇怪，因为你们毕竟是亲戚。如果你再梦见关于他的什么事，劳驾把这写下来。实际上，关于阿姆布罗乔·弗列加的事实材料我们至今掌握的还很少。

在村里的空场上摆着酒席。沿着桌子是一溜搭在小凳上的木板。木板上——是盖布。在丰盛的饭食面前，所有人都情绪高涨。所有人都为这对年轻人感到高兴。爷爷路易吉卷着纸烟，用两根手指夹着它，吸着。石头一样硬的老茧让他手指不能回弯。他的脸像泡沫岩。他说，还从未见过这么盛大的婚礼呢。他的话和烟儿一起出来的，感觉充满了古意。

晚上，桌子上摆开了蜡烛。烛光形成的影子在赭石色的面孔上跃动着。有几张桌子吹熄了蜡烛。它们的烟在停滞的空气中长时间浮游着。时不时有一对对的人从桌子旁站起身，然后消失在夜色中。实际上他们没有走远。倚靠着房子温暖的墙壁站着。有时返回来喝上一杯酒。

弗兰西斯加从桌旁站起身。她知道，已经不属于这个世界，因而觉得自己是不幸的。也不知道属于哪个世界。他们在欢庆，而她已经不在这里了。他们在宴饮，而她连一小块食物也咽不下去。弗兰西斯加站到了门洞里，于是就谁也看不到她了。幽暗吞噬了她。这是一种安抚。

不知是谁用手抚过她的脸。不知谁的手指从额头移到鼻子，从鼻子到下巴。弗兰西斯加一动不动。不知是谁抚摩着她的头发。她的后背感受到门把手的凉意，用手摸到它。用尽全力地抓住它。她的嘴唇碰到了他的嘴唇。从门洞的幽暗中走出来，他转过头来。这是列昂纳多。

第二天早晨弗兰西斯加去了佛罗伦萨，从此一次都不曾再回马尼亚诺。天主教女子学校毕业后，二十岁时她嫁给了中尉麦西姆·托蒂。他们搬到了罗马。1915年托蒂中尉上了前线，第一次战斗中他就被打死了。弗兰西斯加生了儿子马尔切洛，是中尉的，那时他已经亡故了。弗兰西斯加一边育儿，一边在大学物理系学习，还在鞋店工作。有时她真想抛下一切到马尼亚诺去。大学毕业后，她得到了物理教师的证书。弗兰西斯加好不容易在拿波里的一个实科中学给自己找到了一份半薪的工作。灾难性地缺钱。为了维持生计，弗兰西斯加返回了罗马并去停尸房工作了。停尸房薪水不赖。在自己当班时为数不多的空闲时间里，她阅读乔伊斯。有时把自己关于阿姆布罗乔的梦写下来。最终，她以"阿姆布罗乔和他的时代"为总标题发表了它们。以记录下来的梦为素材，其他姑且不谈，弗兰西斯加在书里发展了爱因斯坦关于时间相对性的理论。与天才的物理学家的著作不同，此书是用简单易懂的语言写成的，因而获得了极大的成功。弗兰西斯加变得富有且有了名气。她离开了停尸房。在奥斯提亚海岸买了一个独栋别墅，在里面生活了二十八年，一直到死。在最后的一次采访中弗兰西

斯加被问到,她生活中的哪一天比其他的日子更令她难忘。想了想,弗兰西斯加回答说:

这大概是我姐姐玛格丽特婚礼的那天。

丙子

一天,修道院里来了一些莫斯科大贵族弗罗尔派遣的人。大贵族弗罗尔与自己的妻子阿加菲娅结婚十五年了,但是他们没有孩子。尽管他们拜访过很多修道院,也邀请过医术最高明的大夫,大贵族之妻阿加菲娅依旧没有开怀生养。他们的希望渐渐熄灭,而随着创世七千年的临近,有孩子这个愿望本身也熄灭了,因为鉴于可能的世界末日,他的生命预计是短暂和没有快乐的。这就是为什么当有关基里尔修道院神医的消息传到大贵族弗罗尔耳中时,他没有很高兴的原因。

为什么要为了死而生呢,大贵族弗罗尔对自己家里的人说。

所有人不都是为了死而生的吗,人们反驳他说,不一样的人我们暂时还没见过哩。

我告诉你们,以诺和以利亚就是活着被带上天的,大贵族回答说，但是你们确实没见过他们。

知道吗，在生命没有被至高无上的神放弃的时候，就不应该放弃它，他家里的人建议说。

大贵族弗罗尔想了想，便同意了。他说：

你们就到基里尔修道院去，请求阿姆夫罗西修士为赐给我生育之果而祷告。

大贵族弗罗尔派的人上路了，走了二十天。等到第二十一天早晨他们走进修道院的大门时，阿姆夫罗西迎接了他们。什么都没有向来的人问，他就说：

相信你们的路不会白走，上帝会因我们的圣母女王为你们所做的祷告，而赐予大贵族弗罗尔和他的妻子生育之果的。

说着这番话，阿姆夫罗西递给他们两块给大贵族和贵族夫人的圣饼。吻过了赠予者的手，来的人去参加礼拜仪式了。前半天一直屈膝而跪，而之后的半天和一夜休息，缓解旅途的劳累。随着黎明的降临，大贵族弗罗尔的人踏上了归途，它的长度缩短了一半，因为圣饼的香味解了他们的饥饿，而它的形状则消除了他们的疲劳。等他们回到了莫斯科，大贵族第一件事就是向他们问起圣饼。于是他们把圣饼呈给他，然后在两年的时间里他生了两个孩子：先是个男孩儿，然后是个女孩儿。

关于圣饼的事你是从哪儿知道的，大贵族弗罗尔家里的人问他。

于是大贵族就讲了，说是在派去的人们长途跋涉之后在修道院里休息的夜里，他和夫人梦见了一个通体由光塑成的长老，拿着两块圣饼。长老并不开启嘴唇，但他的话语是清楚明白的，他说：

你们会因儿子和女儿而得安慰的。我们则会在这里祈祷今年的复活节前什么事情都不会发生。因为只有在复活节这一天才能希望世界继续存在。

丁且

在七千年复活节的伟大日子里基里尔修道院所有的钟都敲响了。这钟声在白湖大地上回荡，宣告着上帝将自己无边的仁慈呈现给人，而且还给予了忏悔的时间。决定要恢复编写复活节日期计算法，因为在这天之前谁也不知道，七千年的复活节会不会到来。

许多人的眼中流下了感激的泪水。有爱的人得了安慰，因为他们的分离推迟了，没有做完事情的人心安了，因为得到了完成的时间，然而只有等待末日的人不高兴了，因为他们在等待中被欺骗了。

在七千年的复活节这天,阿姆夫罗西对因诺肯季长老说:

长老,我在寻找独处的机会。

知道,因诺肯季长老回答说。有交往的时间,也有独处的时间。

我花了很长时间认知世界,并且在自身之中将它储存了那么多,使得接下来我可以在自己内心里去认知它。

现在,当我们对于世界末日的事多多少少平静下来了,独处的时间就降临了。阿姆夫罗西,准备今年接受苦行戒律吧。

治疗病患成了阿姆夫罗西的准备工作。当事情变得彻底明朗了,即生活在可预见到的未来将继续进行,病患的人潮增长了十倍。在这个人潮中,那些前不久患病的人与那些最近几年一直倾向于忍耐,但因展现出了美好前景而改变了决定的人合流了。

如此数量的拜访者使教士们不安,也影响了他们在祈祷上集中精神。他们中的一些人就此向院长抱怨。

怎么,先前你们就能在祈祷上集中精神了吗,院长问抱怨者。

不能,抱怨者回答说,于是院长对他们的诚实表示了感谢。

但是阿姆夫罗西自己也对所发生事情的正确性感到

疑虑。有时回忆起管事神父说的话，即许多来找他的人想的都是健康的事，而没有思考祷告和忏悔的事。他感到不安，但是因诺肯季长老已经不在身边了。此时因诺肯季长老搬到送终祷告修道室去了，它位于离开修道院的那条路的尽头。

我害怕，我的治疗对他们而言会变成习以为常的事。它不会触动这些人的灵魂，因为他们是机械地得到治愈的。

对于机械性，阿姆夫罗西，你知道什么，因诺肯季长老从送终祷告修道室回答他说。如果你有治愈的天赋，就运用它，要知道它被赐予你是有原因的。当你不和他们在一起时，他们的机械性很快就会过去。而治愈的奇迹，要相信，他们会永远记得的。

戊寅

创世第七千年的 8 月 18 日，阿姆夫罗西在圣母升天大教堂接受了苦行戒律。接受苦行戒律的程序使人想起几年前他剃度为僧时的程序。但是这一次一切都更加庄重和严格。

阿尔谢尼进入教堂,正如应做的那样,是在礼拜的小入祭式时间。进去,从头上摘下了覆盖,从脚上脱了芒鞋。三次一躬到地。眼睛习惯了教堂里的半明半暗,黑压压一大群的出席者们有了面容。在合唱队里站着一个很像克里斯托弗的人。也许,那就是克里斯托弗。

所有人的创造者和病人的医者,主啊,在我没有彻底死去之前,拯救我吧,阿姆夫罗西跟在合唱队后面小声说。

暮夏的风从敞开的门吹进来。火焰在蜡烛上摇曳起来,但是随后便朝着一个共同的方向伸过去,不动了。童年的时候,当他和克里斯托弗一起站在这个教堂里时,火焰的表现一模一样。而这是把阿姆夫罗西与那个时代联系起来的唯一的东西了,因为他本人早就是另一个人了,而克里斯托弗躺在坟墓里。至少被放进了那里。阿姆夫罗西想到,已经不记得克里斯托弗确切长什么样了。这里打哪儿来的克里斯托弗呢?不,这不是克里斯托弗。

你会拒绝尘世和尘世中的一切,就像主所训诫的那样吗?院长问阿姆夫罗西。

我会拒绝,阿姆夫罗西回答说。

他听见门在身后被人关上了,于是烛火回正了。现在火焰纹丝不动。心灵也应该如此,阿姆夫罗西想。虚静，安宁。而我的心灵还一直没有趋于平静，因为在为乌斯吉娜心痛。

院长说：

拿起剪刀，把它递给我。

阿姆夫罗西就把剪刀递给了他，并吻了吻他的手。院长则松开了自己的手，于是剪刀掉到了地板上。

然后阿姆夫罗西捡起了剪刀，又把它呈给了院长，而院长再次把它扔了。

这时阿姆夫罗西重新递上剪刀，而院长第三次扔掉了它。

等到阿姆夫罗西又捡起剪刀时，这一次，所有在场的人都坚信阿姆夫罗西是自愿剃度的。

院长开始剃度了。他从阿姆夫罗西的头上十字交叉地剃下了两绺头发，为的是让他随头发一起放下不相干的思绪。望着地板上的花白发绺，阿姆夫罗西听到了自己的新名字：

我们的兄弟拉夫尔为了圣父、圣子和圣灵剃掉了自己头上的发。让我们为了他说：主啊，怜悯吧！

主啊，怜悯吧，教士们回应着。

8月18日，阿姆夫罗西接受大苦行戒律的日子，是圣殉教士弗罗尔和拉夫尔节。

因诺肯季长老从送终祷告修道室里说：

451

拉夫尔是个好名字，因为从今以后你以之为名的这种植物是有治愈功效的。它是长青的，它标志着永恒的生命。

我再也感受不到我生活的一致，拉夫尔说。我曾是阿尔谢尼，乌斯京，阿姆夫罗西，而现在成了拉夫尔。四个彼此并不相像、有着不同的身体和不同的名字的人度过了我的生活。在我和来自鲁基诺村的那个浅头发男孩儿之间有什么共同之处呢？记忆？但是我活得越久，我的回忆就越让我觉得是臆想。我不再相信它们，因而它们也就不能把我同那些在不同时间曾经是我的人联系在一起。生活让人想起马赛克，而且散成碎片。

成为马赛克——这还不意味着散成碎片，因诺肯季长老回应道。只是在近处时会觉得，每一个单独的小石子与其他的没有关联。在它们中的每一个里面，拉夫尔啊，都有某种更为重要的东西：对那个在远处关注着的人的向往。向往那个能够一下子把所有的小石子都囊括的人。正是他用自己的目光把它们集合起来。拉夫尔啊，在你的生活中也是如此。你把自己融化在了上帝之内。你毁坏了自己生活的一致，拒绝了自己的名字和自己的个性。但是在你生活的马赛克里也有那将所有单独的碎片凝结起来的东西——这便是对他的向往。在他之内它们必将重新汇聚。

己卯

在接受苦行戒律三周之后，拉夫尔离开了修道院去寻找自己的送终祷告修道室。这是拉夫尔自己的内在追求，但是从院长和教士们这方面，它也没有招致反对。

说来也怪，随着拉夫尔的离去，他们感觉到了一种切实的轻松，因为期盼治愈的人潮破坏了修道院的固有生活。尽管只给有特别准许的来人开门，但在墙下等候的人群不可能不妨碍到修士们。

对来找拉夫尔的人们，无论是教士们还是院长都尽力以理解对待。他们记得上帝的话，立在山顶的城市藏不住，点燃的蜡烛不会放到器皿底下，而是放到烛台上，而它会照亮屋子里的所有人。在群居的修道院里，这光就是另一回事了，它对于那些认为修道院的力量首先在于共同祷告的人而言，可能显得太过耀眼了。看起来，他便是如此。

拉夫尔走出修道院时只带了一块面包头。人们试图迫使他拿更多东西，因为不清楚，在新的地方等待他的是什么，但是拉夫尔说：

如果在那个地方上帝和他圣洁的母亲会把我忘了，那么我活着又有什么用呢？

于是拉夫尔出发去寻找那个他的灵魂会觉得安宁的地方。他在秋天潮湿的树林里穿行，不去记路的方向。他不需要这么做，因为他没有预计返回。他明白，他的行动是另一个更为重要的离去的开端。

拉夫尔踏着半腐的树枝走着，它们在他的脚下折断，没有发出脆响。清晨黄叶上覆着白霜。到了中午，霜变成了细小的水珠，它们在太阳的照射下清冷地闪着光。拉夫尔从黑色的林湖里饮水。而且每当他向水面躬身的时候，都有一个老态龙钟、戴着斗式僧帽、双肩上有白色十字架的长老的影像从深处朝他浮起。拉夫尔抬眼望向被树枝分割成网状的天空，然后指着湖中的长老对乌斯吉娜说：

大概，这是我，因为再没有谁会在此留下倒影。我在继续以你为生，因而看到的你是容颜未改的，但是你呀，我的爱，可能已经认不出我了。

有时，拉夫尔觉得这倒影他已经见过了，那是很多年以前，但是，是在什么时候以及在什么场合下见到的，却无论如何也想不起来了。可能，拉夫尔想，那是在梦里吧，因为梦在呈现影像时并不关心是否恪守了假定性的东西，而这些东西之一就是时间。

每天，拉夫尔从他携带的面包头上掰下一点，但是它这时却并没有变小。惊异于这一情况，他问因诺肯季长老：

长老，你听我说，也许，我在吃东西这件事只是我的错觉吗？

你是个成年人，而且还是个医生，判断事情却像个小孩子，长老生气了。那你来说说看，没有饮食机体如何能够活下去？根据什么生物学法则？明摆着，你是以最最自然的方式在吃。而面包头每天都在长分量，这就是另一回事了，不然你也不能如此轻松地应付下来。

拉夫尔继续自己的行程，因为因诺肯季长老的解释而安下心来。路上，他看到了很多不错的地方，但是没有一个得到他的青睐。根据自己内心的感觉，每一次他都明白，这还不是他漫游的终点。一些地方太过狭窄。那里的树木彼此相连，几乎密不透风，因而，在拉夫尔看来，能挤走任何在此落脚的灵魂。相反，另一些地方太过宽阔了，它们的空旷需要很大的努力去内化，亦即用灵魂将之变成自己的。克里斯托弗的文献中有一篇曾说过，俄罗斯人征服了许多空间，但是他们无法将这些空间内化。作为一个俄罗斯人，拉夫尔害怕事件的这种转变。

他漫游了很多天，多到他在森林里某些部分的树上认出了自己砍的记号。一天夜里，他梦到一个地方，在山岗上。这是一块林间空地，被高高的松树围着。空地的边缘上长着灌木丛，在其稠密处可以看见一个石洞。太阳的光线在松树的树干间无拘无束地穿行，使这个地方明亮而安宁。

早晨醒来，拉夫尔便朝这个地方出发了。他走着，内心没有犹疑，像一个认路的人那样，迈着矫健的步伐走着。在白天就要结束时，拉夫尔到达了渴求之地。它正是他在梦里见到的那个样子。念完感恩祈祷，拉夫尔亲吻了找到之地并说：

这是我永世的居所，我要在这里住下来。

说：

请接纳我吧，荒原，就像母亲接纳自己的孩子那样。

捡了些干树枝，薅了些草，把它们铺在石洞里。然后躺在那里睡觉，安睡得就像在真正的房子里一样。在梦里他也是幸福的，因为知道，这是他最后的家。

31
庚辰

拉夫尔用几天的时间来修建自己的新住所。他住进的石洞就是两块巨石，其上还覆盖着一块更大的石块。

石块的一个面触到地上，形成了第三面倾斜的墙。第四面墙就由拉夫尔自己动手建造了。工具嘛，他只有一把从修道院带出来的刀。

发现不远处有倒树的树干，拉夫尔试图把它们拖向石洞。他甚至都没有朝最粗的树干走过去。当他用双臂抱住一个中等粗细的树干并试图把它从原地移开时，他连这一点都做不到。平复了一下心跳，拉夫尔思量起失败的原因——是树太沉呢，还是他太老了，然后断定，到底还是他太老了。

在这种情况下，他只好着手去拽被大树倾倒时压断的幼树的细干。把这些小树拖到巨石跟前，他把它们的下部埋进土里，而将上部压向石头不平整的表面。而树干彼此之间则用旋花编成的粗绳连接在一起。树干间的缝隙填充了草和地衣。拉夫尔甚至成功地用树枝做了一扇门。门不是挂在合页上，而只是靠在那里，但是就御寒而言不亚于真正的门。

建完墙后，拉夫尔明白了，细树干在这里是最合适的，因为粗树干彼此间不会这么紧密地贴合。他对乌斯吉娜说：

人力所能逮的东西就是最好的。而力所不逮的东西，我的爱，是无益的。

用地上东一块西一块的石头，拉夫尔垒了一个灶

457

台。明白衰老已至,他再没指望自己身体的气力。为了保存身体的生机,在最冷的日子里,拉夫尔开始在灶台里生火。后来,在新地方住惯后,开始每周生一次火取暖。每周六他借助火镰和火绒生火,火镰和火绒总是放在他在天棚下面发现的一个凹处保持干燥。拉夫尔从早到晚生着火取暖,望着潮湿的烟气从他捡来的树枝上慢慢地被吸到门洞外面去。在生火取暖的一天之间,洞里的石头吸收了够他用到下周六的暖意。差不多总是够的。如果石洞提早冷透了,拉夫尔便忍着,而不会更改定好的日子。

拉夫尔爱上了自己的住所。它抵御着寒冷的北风,而且显得出乎意料地宽敞。在最接近入口的部分可以站直身子。而在花岗岩石板向下倾斜之处则需要弯腰。有时候拉夫尔忘记了悬伸的石块,而把头重重地磕在了它上面。抹去涌出的眼泪时,他责怪自己骄傲以及不愿意低头。微笑着,很高兴这迫使自己学会谦恭的教训是如此之轻微。

拉夫尔明白,对待他就像对待孩童一样。自童年时代起他头一回感到如此安宁。这是我永世的居所,他在心里重复道,并惊奇于自己的寝室之深邃。他觉得他听见了地下的水源。天上云朵的呼吸。在先前的生活中他身上也发生了许许多多事情,但是横竖都是发生在众人面前的。而现在他完全是一个人。

他不觉得孤独,因为他没有感觉到自己是被人们所遗弃的。他曾经遇到过的所有人他都能感知到,就像他们全都在场一样。他们在他的心灵里继续着安静的生命——不管是去了另一个世界的,还是仍旧活着的。他记得他们全部的言语、语调和动作。他们的旧话生成了新话,它们与最近的事件和拉夫尔自己的言语相互作用。生命在自己全部的多样性里继续着。

它杂乱无章地进行着,一如由百万微粒构成的生命该有的那样,但是同时,在其中也能看清某种共同的趋向。拉夫尔开始觉得,生命在朝着自己的开端运动。不是朝着上帝创造的普遍的生命开端,而是朝着他本人的开端,普遍的生命随之也对他敞开了。

拉夫尔的思绪,先前被近些年的事件所占据,如今越来越多地开始转向他生命的最初年月。走在秋天的树林里,他有时会在自己的手里感觉到克里斯托弗的手。它是粗糙而温热的。从下面朝上看着克里斯托弗,拉夫尔终于记起,他是在哪里见过倒映在湖水里的脸了。这是克里斯托弗的脸。在他衰老之日由爷爷传给孙子的。

克里斯托弗领着他,顺着野兽走的小路走,时不时停下来歇口气。他讲解着在这个时节昏昏欲睡的药草以及被霜冻打过的根茎的特性。讲解着飞往南方避寒的鸟儿的路途，讲它们在他乡艰难的生活和神奇的返回本领。

拉夫尔，返回不仅是鸟儿的特性，也是人的，有一次克里斯托弗说。生命中应该有某种完整性。

为什么你叫我拉夫尔呢，拉夫尔问。你认识我时我还是阿尔谢尼呀。

有什么区别呢，克里斯托弗回答说。那你记得你也想要成为鸟吗？

记得。我那时候飞了不长时间……

男孩儿累了时，爷爷把他放进肩后的袋子里。他驮着他回家，而由于克里斯托弗有节奏的步伐，男孩儿的眼睛黏在了一起。他梦见，他变成了一只预言生死的白羽鸟。背负起别人的疫病，他飞入云端，把它们在大地上空吹散。醒来已经是夜里了，在自己的床铺上。听着石洞的角落里水在有节奏地滴落。

辛巳

快到十一月时，拉夫尔从修道院拿的面包头明显开始融化。拉夫尔发现了它的融化，但是这没在他心里引起不安。他明白：如果他在尘世上还有某种意义的话，糊口之粮就会适时地赐给他。事情果然就照他想的来了。

一天早晨，拉夫尔听见石洞旁有小心翼翼的脚步声。他走到外面就看见了一个手里拿着一条面包的人。

我是磨坊主吉洪，给你带来了面包，那人说。

他的衣服满是面粉，他年纪在三十岁左右。躬身施礼后，磨坊主吉洪把面包递给了拉夫尔。拉夫尔默默地接过它，也躬身施礼。

第二天，他返回来，牵着妻子的手，她瘸得厉害。

磨盘砸到了我的脚，从此我就不能用它落地了，磨坊主的妻子说。我的身体也一天不如一天了。

如果不是丈夫把你抱在手上，你拖着这样的脚如何能到这里来呢，拉夫尔问。即便是健康的人也不是谁都能走到我的密林里来的。

这也不是那么难，磨坊主吉洪说，因为，拉夫尔，你的密林离鲁基诺村步行总共一个半小时。到林子里来的人们见过你，现在村子里的人全都知道你住在这里。

拉夫尔认真地看了看来人。他明白了，他多天的路途实际上并不是那么的长。而且他在自己的路途中迷路了，但是最终来到了他应该来的地方。

拉夫尔，帮帮我们，磨坊主吉洪说，你说她拖着只病脚在磨坊里能当个什么帮手啊。

泪水顺着磨坊主妻子的双颊淌下来，因为她知道，说的不是她的脚，而是她的命。拉夫尔示意她除去包裹着受伤的脚掌的帕子。当她做完这件事，拉夫尔在她的脚边蹲下来。她的脚掌是肿的，而且开始溃烂了。他着手慢慢地触摸。磨坊主吉洪背过脸去。拉夫尔用双手挤按脚掌，于是磨坊主妻子大哭起来。他重新把帕子缠在了受伤的地方。

不要哭，女人，拉夫尔说。你的脚会长好的，然后你会回到磨坊的活计上，成为你丈夫的帮手。

然后一切都会和以前一样吗，磨坊主的妻子问。

不，不是一切都会像以前一样，拉夫尔回答说，因为世上没有什么是重复的。而且我想，你也不想这样。

于是他们躬身施了礼就走了。

从那天起鲁基诺村的人就开始来找他了。看到苦行修士拉夫尔帮助了磨坊主妻子，他们明白，他也不会拒绝他们的。听了磨坊主讲的，拉夫尔如何接受了他的面包以及如何深鞠躬感谢了他，他们开始给他带去食物。而每一次，他们带来它，拉夫尔都请求他们不要这么做。但他们仍然要么给他带来面包，要么是煮萝卜，要么是装在瓦罐里的燕麦粥。从磨坊主的讲述中料到，类似的礼物不会坏事。此外，在鲁基诺村人们早就认为，只有付费的劳动才能带来结果。即便这是疗救的劳动。

462

明白了拒绝是不可能的，拉夫尔开始与鸟儿和动物们分享食物。他把面包掰成两半，然后张开手臂，于是鸟儿落到他的手臂上。它们啄食面包并且在他温暖的肩膀上休息。燕麦粥和煮萝卜通常是熊吃了。它怎么都找不到睡觉的洞穴，这损害了它的生命。

熊来到拉夫尔这里，抱怨严寒、食物匮乏和自己总体上的无处安身。在最寒冷的日子里拉夫尔放它进石洞取暖，要求客人不要在睡觉的时候打鼾以及不要让他从祷告中分神。拉夫尔建议它将他们的邻里关系视为临时措施。在十二月底熊还是给自己找到了洞穴，于是拉夫尔松了口气。

ति

壬午

从这个冬天开始，拉夫尔失去了对飞驰向前的时间的计算。现在他感觉到的只是封闭的环形时间——一天、一周、一年的时间。他知道一年之中的所有星期天，但是对年的计数却被他毫无希望地丧失了。有时候人们告诉他，现在是哪年，但是他立马就把这一点忘记了，因为早已不认为这样的知识是重要的了。

在他的记忆里，事件再也不与时间相关联。它们平静地沿着他的生命四下漫流，排成一个特殊的、与时间无关的序列。其中有些事件从经历的深处浮现出来，有些则永远沉入这深处，因为它们的经验不导向任何地方。经历本身逐渐失去了清晰度，越来越变成善和恶的普遍思想，失却了细节和色彩。

在时间的标识之中，越来越频繁地出现在脑海里的是有一次这个词。这个词令他喜欢的是它克服了时间的诅咒。而且确定了所发生的一切的唯一性和不可重复性——有一次。有一次他明白了，这个标识完全够用了。

（有一次）他们把诺夫哥罗德的女贵族伊丽莎白带到了拉夫尔的石洞前。许多年以前她滑了一跤，把头磕在了石头上。自此她的视力变差了，而过了一段时间她只能看见物品的轮廓了。在来拉夫尔这里之前不久，女贵族伊丽莎白甚至连轮廓也看不见了。

当拉夫尔从自己的石洞里走出来时，她说：

用你从泉源中取的水给我涂抹一下眼睛吧，让我再次复明吧。

拉夫尔惊异于来者的信念，便按她说的那样做了。于是她立刻看见了拉夫尔的脸部轮廓，以及他背后陪她来的人的动作。女贵族伊丽莎白开始用手指指着他们，叫出他们的名字。她还说出了长在拉夫尔的石洞周围的草和花的名称。有时候她会犯错,因为她的眼中仍然有浑浊体,但是那时她已经看得见主要的东西——光了。她时不时抬起头,不用眯缝眼睛地看向夏日明亮的太阳,而她的眼睛不疼了,而且一直看不够太阳。到初秋的时候女贵族伊丽莎白的视力完全复原了。

(有一次)上帝的仆人尼古拉被锁链捆着,给带到了拉夫尔处。带他来的是十个人,因为人少无法拉住他以及控制他的行动。尼古拉个头不高,但是附在他身上的魔鬼给了他狂暴的力量。他的样子很可怕。尼古拉怒吼着,哀号着,啃咬着自己的锁链,露出在铁上弄断的牙齿。他的嘴唇上冒出血沫。他怪异地翻着眼睛,只能看到眼白。在他的额角和脖子上青筋暴起。他身上几乎没穿什么衣服,因为给他穿上的一切都被他撕成了碎片。然而,别看天气寒冷,他并不觉得冷:附在他身上的异己力量烧灼着他。

放开他,拉夫尔对抓着尼古拉的人们说。抓着的人们你看着我,我看着你。迟疑了一会儿,他们抛下了锁链,退离了尼古拉的身旁。一片寂静。尼古拉已经不哀号也不挣扎了。他半躬着身子站着,直视着拉夫尔的眼睛。他的嘴巴半张着。从嘴里晃晃悠悠地流下稠糊糊的涎水。拉夫尔朝尼古拉迈出了一步,把手放到了他的头上。有一会儿工夫他们就这么站着。拉夫尔的眼睛是闭上的,而双唇却在翕动。两个人的脑袋慢慢地靠近了,直到拉夫尔的额头触到了尼古拉的额头。

我以我们的救主耶稣基督的名义命令你们离开上帝的仆人尼古拉,拉夫尔大声说。

正说着这些话,尼古拉向拉夫尔伸出了双手,仿佛想要拥抱他。他的身体软瘫下来。尼古拉慢慢地委顿于地,弄得锁链叮当作响。他躺在拉夫尔脚边的雪地上,但是谁都不敢走近他。尼古拉的眼睛是睁着的,就像死人一样,但是他没有死。

它们离开了他,他的魂魄在康复的途中,拉夫尔说。在夜晚过去之前让他缓口气,早上就让他去参加圣餐礼。

于是人们将尼古拉带回了鲁基诺村,然后他不省人事地躺过了这天的末尾和整整一夜。等到清早他睁开眼睛,眼中闪耀的已经是理性的光芒了,就像捧着圣像的人一样。尼古拉还很虚弱,因为随着魔鬼一道从他体内离开还有他所拥有的那股地狱般的力量。

凭借周围人和他自身的祈祷,尼古拉奋力走到了教堂并行了圣餐礼。领受完圣餐,他感觉自己好多了,因为新的强健与基督的血肉一道进入了他体内。在众人的陪同下,尼古拉从教堂直接去了拉夫尔的石洞。

拉夫尔迎着他们走出来并无言地祝福了他们。所有人都跪在拉夫尔面前，因为看到，这个人的力量比魔鬼的力量要强。然后所有人都问尼古拉，当他们把他送往拉夫尔的石洞时，他为什么那么对抗，还以超出人类可能具有的力气大喊大叫，这是为什么。而尼古拉这时则回答他们说：

你们打我，强迫我到这里来，而魔鬼也打我，不让我这么做，所以我不知道听你们谁的。这边也打，那边也打，我就加倍叫喊呗。

于是大家都对所发生的事情感到惊奇，并传扬天上的上帝和他在地上的明灯拉夫尔。

K
癸未

在大饥荒之年，失去童贞的少女阿纳丝塔霞来到了拉夫尔这里。她哭着向拉夫尔叩拜，并说：

我感觉到我肚子里有了，但是我没有丈夫，不能生。要知道当孩子出生时，人们会称他是我的孽子。

那你想要什么呢，女人，拉夫尔问。

你自己也知道的，拉夫尔，我想要什么，但是我害怕对你说出这一点。

我知道，女人。那么其实你也是知道的，我的回答是什么。你说说看，那为什么你还是到我这来了呢？

因为如果我去找鲁基诺村的神婆，那么所有人都会知晓我的罪孽。而你只是祷告一下，我的孽果就会如同它进入时那样，从我的体内出来。

拉夫尔的目光顺着松树的树梢抬起，并消失在铅色的天空中。他的睫毛上凝结着雪花。林间空地被初雪覆盖了。

我不能为此而祈祷。祈祷应该有确信不疑的力量，否则它就不起作用。而你在请求我为杀人而祈祷。

阿纳丝塔霞慢慢地起身。在一根倒木上坐下，用拳头撑着脸颊。

我是孤儿，而现在是饥荒的年月，因而我养不活孩子。你怎么就不明白呢？

保住孩子，一切都会安排妥当的。你就相信我好了，我知道这一点。

你是在既害我，也害他。

拉夫尔在倒木上坐下来，和阿纳丝塔霞并排。在她的头上摩挲了几下。

我恳求你。

阿纳丝塔霞扭过脸去。拉夫尔跪下去并把头贴在阿纳丝塔霞的脚上。

我会每时每刻都为你和他祈祷的。就让他成为我老年的孩子吧。

你拒绝我,是因为你害怕毁了自己的灵魂吗,阿纳丝塔霞问。

我怕是已经将它毁了,拉夫尔小声地说。

走的时候,阿纳丝塔霞回头看了看拉夫尔,而他在哭泣。于是她可怜他了。

Ka

甲申

冬天很寒冷。从天上飘落下来的不是雪花,而是粉尘。白色的闪亮的粉尘,沉积在树上和灌木丛上。实际上,灌木丛已经不见了。起初它们变成了雪堆,而然后,就连雪堆也消失在落到树林上的无边无垠的雪盖之下了。早在初冬时,拉夫尔就对乌斯吉娜说:

我觉得,我的爱,这是我得以度过的冬天之中最寒冷的一个冬天了。而也许,问题只在于我的身体已经没有能力对抗困难了。为了让它不要提前与灵魂分离,我试试一周生两次火取暖吧。

但是一周两次给石洞取暖这件事在拉夫尔这里没有弄成。他储备的树枝消耗得很快，而在深雪之下找树枝是很困难的事情。趟着齐胸的积雪，拉夫尔走到最近的树跟前去折它们的树枝，但是这需要很大的努力。把一两根树枝带回石洞，他很久都无法缓过气儿来。拉夫尔无力地跌到床铺上，被胸腔里的咳嗽挤压着，他的呼吸恢复得很艰难。节省着柴火，他开始频繁但少量地生火取暖。这样的取暖不能令石头热透，因而石洞里总是冷的。

要见底的还有食物，那还是在大雪之前从鲁基诺村时不时给拉夫尔送来的。先前给他带吃食来的时候，他拒绝了它，说他这儿还有许多自己的存货。夏秋时节，他这里确实有很多的草和根茎，足够吃饱了，但是它们被埋在了雪下，现在是难以企及的。由于雪太深的缘故，病人们也不再来了，相应地，也不再给他带吃食来了。在这个艰难的时候把他给忘了——不是心怀恶意之人的那种残酷的遗忘，而是艰难困苦之人的那种不得已的遗忘。雪与饥饿联结在一起，没有谁是好过的。

到了严冬，拉夫尔已经几乎不出石洞了。他节省着自己残存的力气和温暖。在石洞深处的角落里，他有一次找到了被他曾几何时从修道院带出来的面包头的残余。

这个面包，也许，不是最新鲜的，拉夫尔对乌斯吉娜说，而且它也所剩无几了，但是，你知道吗，如果不敞开肚皮吃的话，这够一段时间吃的了。在类似于我的这种情形之下，主要的，我的爱，是不任性。

解决了饮食的困难后，拉夫尔也找到了取暖的可能性。他开始想有关耶路撒冷的事情。

拉夫尔从早到晚在它洒满阳光的街道上徜徉，而且甚至在入睡时，也感受着逐渐冷却的石头的气息。抚摩着它们粗糙的表面。石头将自己的温暖送给拉夫尔冻僵的双手，于是他便不再觉得冷了。二月的第三天在橄榄山上他遇见了因诺肯季长老。长老的脸晒得黝黑，这就表明了，他在耶路撒冷已经不是第一天了。长老一指圣殿山并小声地唱起歌来，以此代替问候：

主啊！如今可以照**你的**话，释放仆人安然去世。[①]

因诺肯季长老唱着，光着脑袋，于是温暖的2月风摇曳着他的白发。空气中浮游着圣地的昆虫和从常有人坐的地方揪断的草的叶条。它们与耶路撒冷古老的尘土混合在一起，朝站着的人们眼中扑落。因诺肯季长老的睫毛上闪着泪光。他已经闭上了嘴巴，但他的歌声仍然在汲伦溪谷上空传响。望着他，拉夫尔想，想必义人西

---

① 参见《圣经·新约·路加福音》第2章第29节。

面在其生命的三百六十一岁时就是这个样子吧。

今天原本就是义人西面的忌日啊,因诺肯季长老笑了笑,而你忘了这件事还是怎么的?如何能不在这里歌颂解脱呢,对我而言它如今降临了。

我明白了这一点是根据你走近时的样子,拉夫尔说。你做得非常超脱。就像个一切该见的都见过了的人。说实话,没料到在这里遇见你,虽说我们若非在这里,还能在哪里告别呢?

因诺肯季长老拥抱了拉夫尔。

别难过,拉夫尔,因为你被困在时间里的时日不长了。

他们站在山顶。拉夫尔眼看着从长老的肩膀后面飘过来一片乌云,从中却不会洒下一滴雨来。

КВ
乙酉

春天时情况变得很明朗了,那就是在已经到来的这一年里的饥荒仍旧不会结束。五月底,当禾本植物从土里冒出来,而果树的花朵刚谢的时候,一场最大的严寒来袭。它是在温暖的日子里到来的,只肆虐了一夜。已经生长和开花的一切都在这一夜损毁了。

鲁基诺村有过各种各样的不幸,但是谁都不记得有过像五月这样的严寒。村里的磨坊主把它比作是魔王的呼吸,能将所触碰到的一切都冰冻起来。这个比喻令很多人看清了所发生事情的真正本质,给推断指引了方向。很显然,这样的东西不会是事发偶然的。

寻找原因没用很长时间。到了春天,尽管古代俄罗斯的衣服很肥大,孤女阿纳丝塔霞有了身孕这件事无论对谁都已经不是秘密了。当灾祸发生的时候,人们问她谁是孩子的父亲,但是她拒绝回答。于是人们便不再问她了,因为对鲁基诺村的所有人而言,答案已然不言自明了。孩子的父亲就是那个呵气成冰,毁了每一种禾苗和每一种树木果实的人。这里的出路只有一个,但任谁都没有说出来,这个出路是什么,因为不说大家也都知道,该怎么做。

在六月的一个明朗的夜晚,阿纳丝塔霞破败的农舍被从四面点着了。鲁基诺村的居民谁都没有睡觉,然而也谁都没有去农舍灭火。许多人在哭泣和祷告,因为尽管阿纳丝塔霞与不洁的力量有关联,他们还是可怜她。许多人觉得,一个没有父母独自过活的姑娘,即便成了魔王轻而易举的猎物,那么这其中的过错不只是她的,也是环境的。只是对于救鲁基诺村于饥馑的担忧将这些人禁锢在了他们所特有的软心肠里。为了不让阿纳丝塔霞从里面冲出来,他们围住了她的农舍,用手掌捂住了耳朵,为的是不去听她濒死的喊叫。在火焰的噼啪声里他们也没有听见喊叫声。

等到农舍烧光了,最胆大的人鼓起勇气在灰烬中翻掘,想要用杨木橛子戳到阿纳丝塔霞的残留。没有找到烧死者的任何痕迹,村民们更加确信了她的罪名,因为无辜的人总应该会留下点什么的。于是所有人都认定阿纳丝塔霞消失了,就像烟消散了一样;死了,就像蜡在火面前融化了一样;死了,在爱着上帝并以画十字的手势护佑着自己的人们面前。

然而阿纳丝塔霞没有消失。明白事情会走到哪一步,在火灾之夜她悄悄地跑出了鲁基诺村。恶心和头晕增加了她出逃的困难,但是主要的是肚子——孩子在其中翻来覆去。主要的困难在于她无处可跑。在整个世上,她只有一个拉夫尔长老,预言过事情会有一个顺利的结局。而他的预言(阿纳丝塔霞边走边胡乱抹着面颊上的眼泪),看来,并没有变为现实。

被迎面飞过来的树枝划伤了脸和手,阿纳丝塔霞在自己的心里骂着长老,因为他拒绝帮助她,而且就差把他称作自己倒霉事的罪魁祸首了。等到后半夜她快要走近拉夫尔的石洞时,愤怒离开了她的心,而力气离开了她的身体。她已经既没有责备，甚至也没有眼泪了。粗重地喘着气，阿纳丝塔霞瘫倒在地上，叫了一声拉夫尔。她呕吐了。

拉夫尔双手端着水盆走出了石洞。他给阿纳丝塔霞洗了洗脸和手。

他们企图烧死我，阿纳丝塔霞悄声说。他们以为我肚子里有了魔王的种。

拉夫尔沉默不语地看着阿纳丝塔霞。他的眼睛饱含泪水。

你到底是为什么默不作声呀，阿纳丝塔霞喊道。

拉夫尔把手放到她的额上，于是阿纳丝塔霞感觉到了清凉。

КГ
丙戌

拉夫尔把自己的石洞分成两半。他和阿纳丝塔霞捡树枝，用旋花编成的绳子把它们联结在一起，在石洞里建了一堵内墙。在外墙上开了一个阿纳丝塔霞可以使用的入口。入口处堵上一扇树枝做的门，在树枝里编入了蕨类植物。石洞的第二扇门他们努力做得不易察觉。

在有阳光的日子里，阿纳丝塔霞在石洞外散步，而拉夫尔就站在从鲁基诺村往他这里来的小径上。他在石洞前的林间空地上接待病患，等他们走了就知会阿纳丝塔霞。

最好不让他们见到她，拉夫尔对乌斯吉娜说。你永远都不知道这些人脑子里想的是什么：在他们的脑子里，我的爱，还有那么多的黑暗。

和我说说话吧，阿纳丝塔霞请求拉夫尔。一直都不说话，我受不了。

好，我和你说话，拉夫尔回答。

病人又给拉夫尔带来了食物，但是已经比原先少很多了，因为附近的乡村在闹饥荒。而且他们已经习惯了拉夫尔拒绝酬劳了。只是如今拉夫尔不拒绝了。他治疗病人并感激地收下带来的东西。病人们觉得奇怪。他们说，在先前富足的年月拉夫尔什么都不拿他们的，而如今，在饥馑的时候，却给什么拿什么，包括肉食。病人们忧伤地注意到，就连苦行者都被困难改变了，并非朝着好的方面。他们稍有反感，但是没有形之于色。拉夫尔把健康和生命还给了他们，没有这些的话，食物便是无益的。

拉夫尔什么都没对他们解释。他知道，阿纳丝塔霞需要良好的饮食，就很注意地留心这件事。

我还从未吃得这么好呢，阿纳丝塔霞说。

现在不仅是你在吃，还有你的小男孩儿，拉夫尔回答她说。

你从哪儿知道的，这是个男孩儿？

拉夫尔长时间地看着阿纳丝塔霞。

我这么觉得的。

有一天，拉夫尔对乌斯吉娜说：

看来，我的爱，我要教会她识字，就像曾经——你记得吗？——教过你那样。也许，以后她就有机会读到那在鲁基诺村没有人会告诉她的东西了。

拉夫尔开始教阿纳丝塔霞识字。阿纳丝塔霞学得很轻松，令人吃惊。拉夫尔没有书，但是有桦树皮，他在其上书写让阿纳丝塔霞读的东西。但是更多时候他在地上用棍子写。为了写上新的，就把旧的抹掉。有时候也不抹掉。

来找他的人们见到了这些文字，但是没有猜到它们是为谁写的。只是努力不踩到它们。他们不知道，写在地上的究竟是什么，但是他们晓得，斯拉夫字母是神圣的，因为能够表示神圣的概念。非斯拉夫字母他们没有见过。夸张地跨着大步，在所写的字周围踮着脚尖走过去。义人阿尔西比德被问道：人的最佳生活时间是多少年？而阿尔西比德回答说：在他没搞明白死比活更好之

477

前。走过去了，到底也没读出来与阿尔西比德的谈话。他们朝拉夫尔鞠躬并祝愿他长寿。

但愿不要如此，拉夫尔无声地回答他们。

在睡觉前，阿纳丝塔霞求他讲点什么。拉夫尔想要讲讲自己去耶路撒冷的旅行，却无法回想起它。他长时间地想着，回忆着《亚历山大大帝传》。拉夫尔一晚接一晚地给阿纳丝塔霞讲着马其顿王的远行，讲他见到的野人和他与波斯王大流士的交战。阿纳丝塔霞对亚历山大的生活事件抱着同情的态度。它们使阿纳丝塔霞本人的生活退至一旁，于是她安静地睡着了。而亚历山大躺在骨天之下的铁地上。他心情苦闷。他不明白，他全部的远行是为了什么。还有所有的征战是为了什么。而且他还不知道，他的帝国将在一时之间分裂。阿纳丝塔霞睁开了眼睛，但还没醒，出声道：

亚历山大的生活多奇怪啊。它的历史目的是什么呢？

拉夫尔目不转睛地望着阿纳丝塔霞的眼睛，在其中读出了自己本人的问题。俯身凑近睡者的耳朵，拉夫尔悄声说：

生活没有历史目的。或者它不是主要的。我觉得，亚历山大只是在死到临头才明白了这一点。

一大清早，他们被嘈杂的嗓音弄醒。拉夫尔从石洞里出来,就看见了鲁基诺村的男人们。他们手持干草叉和木橛子。拉夫尔默不作声地看着他们。一时之间他们也沉默着。他们的脸布满豆大的汗珠,而头发贴在额头上。他们急忙赶来的。他们还在粗重地喘息着。

铁匠阿韦尔基说:

长老,你知道的,去年发生了饥荒。而原因就是少女阿纳丝塔霞与魔王的关系。

拉夫尔盯着自己的面前看,但是搞不懂他看见了什么人没有。

我们把阿纳丝塔霞烧死了,铁匠阿韦尔基继续说,但是饥荒并未停息。这说明什么,长老?

拉夫尔把眼睛转到铁匠身上。

这说明,你们的脑袋里一片黑暗。

长老,你说得不对。这说明我们没有烧死她。

我们甚至没找到她的尸骨,磨坊主吉洪叹着气说。

拉夫尔朝吉洪的方向走了几步。

你的妻子健康吗,吉洪?

是的,上帝仁慈,磨坊主回答道。

在衬衣的下摆上他发现了面粉的痕迹,便开始拍打它们。

人们看见阿纳丝塔霞在这里,铁匠阿韦尔基说。看见她走进了你的修道室……长老,我们知道她在这里。

来人看向铁匠阿韦尔基,而不朝拉夫尔看。

我不许你们走进我的修道室,拉夫尔的嗓音响起。

对不起,长老,但是我们身后是我们的家人,铁匠阿韦尔基小声说。所以我们一定要进你的修道室。

他慢慢地走向石洞,然后隐没于其中。石洞里传出一声喊叫。须臾,铁匠阿韦尔基来到外面。他抓住阿纳丝塔霞,揪着她的头发。它们像亚麻穗一样缠绕在他红色的拳头上。阿纳丝塔霞喊叫着,企图咬住阿韦尔基的大腿。阿韦尔基打得她的脸磕向膝盖。阿纳丝塔霞没声了,垂挂在阿韦尔基的手臂上。她的大肚子轻轻地晃动着。站着的人们觉得,那肚子马上就要与阿纳丝塔霞分离,然后从那里面出来的是那个最好不要去看的人。

她被魔王掌控了,站着的人们喊着。

他们用这喊叫声来给自己打气,因为不敢走近阿纳丝塔霞。他们被抓住她的铁匠的勇气所震撼。

魔王掌控了你们,拉夫尔说,他透不过气来,因为你们在犯下无法救赎的罪孽。

阿纳丝塔霞睁开眼睛。它们满是惊恐。在她那倒置的脸上它们是如此可怕,致使所有人都不由后退了。有一瞬间恐惧也慑住了铁匠阿韦尔基。他把阿纳丝塔霞从自己这里丢到一旁去了。她躺在地上,在他和拉夫尔之间。他抱着膀,猛然朝拉夫尔转过身说:

她没说出自己孩子的父亲，因为他不在凡人之中！

阿纳丝塔霞用胳膊肘撑起身子。她不是在喊叫，她是在发出嘶哑声。这嘶哑声飞了好半天才传到站着的人们耳朵里。

这就是我孩子的父亲！

她闲着的那只手指着拉夫尔。

所有人都没声了。晨风停了，树也不再沙沙作响。

这是真的吗，人群中有人问。告诉我们，她是在撒谎。

拉夫尔抬起头，用迟缓的褪了色的目光环视着所有的人。

不。这是真的。

所有人都长出一口气。松树的树冠重新开始摇晃，而云彩又开始漂移了。铁匠阿韦尔基的嘴唇上闪过一丝微笑：

咳，原来是这么回事啊……

阿韦尔基的微笑几不可见，因而这给它增添了一种特殊的淫秽意味。

人之常情，磨坊主吉洪冲着什么人的耳朵说。绝对是人之常情。这就是这样的领域，正如通常所说的，没有谁是保过险的。

来的人悄悄地在林子里消散了。他们的干草叉和木橛子变成了灌木丛的枝丫。他们的嗓音逐渐消失了。它们已经与尖利的鸟叫分不清了。与树干的相互摩擦分不清了。拉夫尔出神地倾听着这种消失。他坐着，把脸颊贴在一棵老松树的树干上。它的树皮由单个的、仿佛是贴上去的小方块组成。小方块多皱而粗糙，有些上面覆盖着苔藓。蚂蚁沿着它们上上下下地跑着。在苔藓里乱爬。在拉夫尔的胡子里。蚂蚁不愿意区分他和这棵松树，而他理解它们。他自己也能感觉到自己树木化的程度。这已经开始了，而且这一点很难对抗。再来一点点，他就已经回不来了。阿纳丝塔霞生机勃勃的嗓音将他从树木的领域中拉了出来。

你不得不对他们说了不实之词。

声音组成了话语。不实之词。不得不对他们说了。

难道我对他们说了不实之词？

在接下来的日子里，拉夫尔的修道室附近出现了很多闲逛的人。关于他和阿纳丝塔霞的消息瞬间传开了，所以现在附近的居民都过来了，为的是看一看他们。就连生活的窘境都挡不住好奇的人们，因为在许多人那里，目睹别人堕落的愿望要比饥饿更加强烈。在中世纪，轰动一时的事情很少，而拉夫尔身上发生的事情，毫无疑问，是其中之一，因为这涉及一个义人的堕落。

远近村庄的居民倒不是对所发生的事情感到高兴，只不过是他们荒唐的、在背叛和纠纷之中被玷污了的生活令他们如今感到好过了一点点。他们明白，在这类事件的背景下对他们的要求便不高了。许多人话里话外甚至同情拉夫尔，同时指出，飞得高不可避免地面临跌得深的危险。因此，今后他们不打算飞这么高也就不足为奇了。

一周过后，人流急剧减少。现在，来访者较先前没有被任何事情投下阴霾的时日少了许多。很明显，饥馑时期也在这里面扮演了自己的角色：在这种时候人们更少考虑健康的问题。

这里还有另外一个原因，大概，是最重要的。在所发生的这一切之后，很多人对拉夫尔的治愈能力失去了信心。其实一直都很明了的是，与通常的医生相比，他的能力不是只建立在对人体的了解上面的。拉夫尔不是治疗——他是治愈，而治愈与经验无关。拉夫尔的天赋为最高的力量所鼓舞，其动机是弃绝私利和对亲近者空前的和无可匹敌的爱。谁也料想不到（说话的人此时冲着拳头窃笑了一阵），这种爱采取了这样的形式。人言的好意在于，只承认值得尊敬的人有治愈的权利。而拉夫尔再也不是这样的人了。

人们依照旧习还是来找他，但是来也是不那么信赖了，而且基本上都是小毛病。拉夫尔不得不越来越经常地对付牙疼和除去瘊子。有时也会碰到严重一些的病症，但是生病的人自己也弄不明白，是否值得把这样的病托付给不可靠的人之手。

这些天发生了更糟糕的事：拉夫尔明白，已经无法应对甚至是最简单不过的病症了。他感觉到从他的手中再也发不出治愈的力量了。

任何治愈的产生首先源自对它的信任，拉夫尔对乌斯吉娜说。他们不再信任我了，而这，我的爱，中断了我和他们之间的联系。现在我无法帮助他们了。

于是泪水打湿了他的脸颊。

他们还继续给他带来的那一丢丢东西，拉夫尔给了阿纳丝塔霞。令拉夫尔高兴的是，他从修道院带出来的面包头仍然没有吃完。他带着感激和激动品尝着它。

自八月初起，已经没有人来找拉夫尔了。这并不令他感到惊讶。大家都明白，治愈的能量枯竭了，因而认为去拜访拉夫尔是徒劳无益的。有些人，也许，原本还会来找他的，但是普遍的情绪也传递给了他们。他们在鲁基诺村听说了拉夫尔的事，在这之后，去找他便有点儿不自在。他们害怕显得幼稚，或者更加令人不快——被人看成是纵容罪孽的人。

拉夫尔感到很孤独。他躲避世界时没有体验过孤独，因为没有被抛弃的感觉。现在是世界躲避他，而这完全是另一回事了。拉夫尔很不安。他看到，阿纳丝塔霞分娩的时间临近了。而他不知道，他应该怎么做。

阿纳丝塔霞也很不安。他感觉到拉夫尔的焦虑，但是不明白焦虑的原因。令她很惊讶的是，伟大的医者拉夫尔对待接生——责任重大，但总的来说也是很平常的事——竟如此不安。拉夫尔几次建议她去鲁基诺村生产，在那里会有接生婆为她接生，但是阿纳丝塔霞坚决地拒绝了。她不知道在鲁基诺村等待她的会是什么。她惧怕回到那里去。

有些日子，她害怕跟拉夫尔待在一起。有时阿纳丝塔霞觉得，他的神志模糊不清了。时不时地拉夫尔会叫她乌斯吉娜。他对她说，不该拒绝接生婆的帮助。如果她害怕去村里，应该把接生婆叫到这里来。拉夫尔浑身冒汗，发抖。她还从未见过他这样呢。

阿纳丝塔霞听着说给乌斯吉娜的话，并在一个晴朗的八月的早晨说"行"。她不会去鲁基诺村，但是同意从那里给她请来一个接生婆。拉夫尔把她的一只手按到自己的胸膛上。阿纳丝塔霞听到他的心脏跳得极快。她觉得她分娩的时刻临近了。

长年以来，拉夫尔头一次离开了自己的隐居地。他沿着那些来找他求助的人们踩出的小径走着。现在需要帮助的是他自己。而他没谁可以派去求助，因为再也没谁到这里来了。拉夫尔一边走，一边想着，他不在，阿纳丝塔霞会感觉怎么样。他努力加快脚步，但是他的呼吸在扰乱他。在进鲁基诺村之前，拉夫尔停了一会儿，深呼吸着。闭着眼睛呼吸着。他已然觉得好些了。抑制着心跳，他进了村。

人们出现在房门口。他们无声地围着拉夫尔。目不转睛地看着他。甚至在所发生的一切之后，鲁基诺村的居民仍无法相信他的到来。也就基里尔修道院的到来能有同样的成效。拉夫尔指着树林对村民们说话。

在吹来的一阵风里，他的话没有被听见。他在请求帮助。他的嘴唇翕动着。村民们知道，他在请求帮助，但是没有帮助。接生婆现在外出了。打从出生就哪儿都没去过，而现在走了，事情就是这么赶巧。而且没有谁能够代替她。完全没有。这里的问题不在于他们不愿意。

拉夫尔环顾着人群，然后在它面前跪下去。他什么都没说。所有说出的话已经进入了他所救治过的人的耳朵里。他请求他们的慈悲，这种慈悲这么多年来他自己一直在给予他们。许多人哭了，因为他们的心不是石头做的。一切事情安排得就是这么不近人情，但是他们能做什么呢？扭过头去抹眼泪。从上面朝下看着来者。拉夫尔的身形在他们眼中摇晃着，改变着形状和轮廓。起身。离开。

拉夫尔没有立刻明白过来，他是在走向田庄。脚还记得这条路。多少次他和克里斯托弗一起踩出了它。他是否希望在这里遇见他？好像克里斯托弗早就死了。如此之早，以至于对什么都无法确信了。不，当然，死了并且躺在墓地里：是他自己用羊皮袄盖住了他的坟头。既然如此，那他为什么要朝他走去呢？

克里斯托弗在原地，在自己的坟墓里。所有过去的这些年他都在此度过。他的坟墓在围墙边的浓荫里仍然可以猜得出。当然，如果这是他的坟墓的话。而克里斯托弗的房子没了。正如克里斯托弗预见的那样，在房子的地点上伫立着一座教堂。在墓地里教堂比房子重要，其实墓地本身就是房子。

教堂的门是开着的。在进入它里面之前，拉夫尔吸了一口八月的气息。仔细看了看白桦树没有黏性的树叶。被初黄碰过的，有些厌倦了夏天的树叶。护栏上是太阳的反光点。蜘蛛若有所思地下滑。这是回家，可是他的家变成了大家的家了。

教堂里点着蜡烛。从圣障中门里走出了阿利比，基里尔修道院的院长。他的手里是圣餐杯。

你来了，拉夫尔？

我来了。

因诺肯季长老死了，所以今天不能迎接你了。(阿利比迎着拉夫尔慢慢地移动着。)因此关于这件事拜托了我。

拉夫尔身后是暖风的沙沙声。蜡烛的火焰摇晃着，于是圣像生动起来了。行过圣餐礼后，拉夫尔说：

你知道吗，我也有一个请求。当我离开我身体的时候，不要特别为它搞仪式，我用它造了孽。把绳子拴在脚上，然后把它拖到沼泽密林里让野兽和爬虫去啃噬。就这些。

站在教堂的门口，拉夫尔注视着阿利比悲伤的脸。

这是我的遗嘱，拉夫尔说。而它应当被完成。

拉夫尔回到自己的石洞里是晚上了。产妇开始阵痛了。他将她安置到石洞里的床铺上，然后准备为新生儿清洗的水。准备切断新生儿脐带的刀。在石洞前的林间空地上升了火。拉夫尔很平静。而且在自己的双手中重新感觉到了力量。

阿纳丝塔霞（阿纳丝塔霞吗？）不想躺在黑暗的石洞里，所以她请求给她在林间空地上弄个床铺。拉夫尔看向天空。天空中没有乌云。明亮的云朵，被日落染了色——不会有雨。他给她在林间空地上弄了个床铺。她脸朝石洞躺下。石洞的两个入口让她想起一双大眼睛，睁开的，盛满昏暗。石洞就像脑袋。她请求帮助她朝另一面翻过身去。现在她望向树林。树林又高又好。舒适。安静。

别离开我，她请求拉夫尔。

我在这儿，我的爱，拉夫尔回答。我们在一起。

他把她的手掌握在手里，于是一股清凉注入了其中。他把她的疼痛握在手里。一滴接一滴地吸收。间或站起身，为的是往火堆里添些树枝。在已经降临的黑暗中，她能看到的只有他的脸。它被火堆的火焰照亮。他皱纹的起伏是活动的。火堆噼啪作响并向外迸着火星。火星直飞上了松树的树冠。有些熄灭了。有些飞得更高，要混迹于第一波星星之中。她的眼睛倒映着火堆的闪光。

拉夫尔的手在她的肚子上。

这样好过点儿吗？

好过点儿。

她喊叫。整个林子都和她一起喊叫。

再忍一下下，我的爱。完全是一下下。

她忍着。然后仍旧喊叫。

拉夫尔的手感觉到了孩子的头。它好像粘到了他的手上，缓缓地出到外面来了。肩。肚子。膝盖。脚后跟。拉夫尔割断脐带。用温水清洗婴儿。

这就是他，我的爱。

他把孩子给她看，在他脸颊上的褶皱里闪着泪光。在火堆的反光下，男孩儿异乎寻常地粉红。也许，他身上的血还没有完全被洗干净吧。男孩儿将肺叶吸饱了空气，然后喊叫。这声喊叫被她完完全全一点不剩地吸了进去。她把婴儿贴近胸口。他的眼睛半闭着。许多天以来她头一回感到心安。她睡着了。在柔软又暖和的草上拉夫尔把新生儿包裹在一块干净的布里。把他抱在手上。拉夫尔也安心了。

一大早，阿纳丝塔霞被冻醒了。火堆已经燃尽。拉夫尔背靠松树半坐着。他手里抱着婴儿。孩子呼吸平稳。在拉夫尔的怀抱中他很温暖。把孩子从拉夫尔的手上抱过来，阿纳丝塔霞把一只乳房塞给他。孩子醒过来，贪婪地哑吧起来。拉夫尔的眼睛是闭着的。太阳的第一束光线落在他的眼帘上。光线穿透晨雾。松针闪亮。阴影斜长。空气浓郁，因为苏醒的树林气味尚未散去。地衣很软。充满活物，它们的家——是树叶，而生活——是在白天。阿纳丝塔霞在拉夫尔面前屈膝跪下去，长时间地望着他。用嘴唇触碰他的手。手是凉的，但是还不冷。阿纳丝塔霞在拉夫尔近旁坐下。靠紧他。阿纳丝塔霞知道，拉夫尔死了。她还在梦里时就明白了这一点。

我把你的死错过了，阿纳丝塔霞对拉夫尔说，但是我的孩子为你送行了。

罗斯托夫、雅罗斯拉夫和白湖大主教约拿沿着涅罗湖岸走着。他总是在晨祷前在这里散步。这是世界上最深的湖，但是其中清澈的水只是在表层。深一些的地方多淤泥，掉进去的人，它谁都不放过。这一点约拿知道。他欣赏着湖的深度，清楚它的危险。他不怕深渊，向他得到的名字①看齐，但是他不建议教民们离开硬地。看到在湖面上滑行的人，约拿很吃惊。

在水上行走的人，你是谁？大主教约拿问。

上帝的仆人因诺肯季。向你报告上帝的仆人拉夫尔的死讯。

你在那里小心点深处，约拿摇着头。

看因诺肯季的笑容约拿明白，他的建议是多余的。挂着这个微笑，因诺肯季出现在别尔姆和沃洛格达主教皮吉里姆清浅的梦里。他通知他拉夫尔的死讯。

你求他们先不要把他下葬，皮吉里姆主教对因诺肯季说。

别担心，主教，因诺肯季回答说，因为他们不会安葬他。

---

① 约拿这个名字意为"有忍耐力的"。

阿纳丝塔霞抱着孩子往鲁基诺村走。村民们聚集在她的周围。阿纳丝塔霞对他们说了拉夫尔的死讯。她宣布，她孩子的真正父亲是磨坊主吉洪，他严禁她把这件事说出来，用弄死她相威胁。

如果消息属实，村民们对吉洪说，你最好承认，因为在这种情况下诋毁一个义人的好名声，那在最后审判的时候你面临的惩罚可不会轻。

有那么一段时间磨坊主吉洪没有承认。他保持着沉默，在地上的和天上的审判之间选择着。权衡完一切后，磨坊主吉洪说：

我当着大家的面承认，在饥荒的时候我表示愿意提供面粉，将阿纳丝塔霞奸污，也承认，害怕败露，以弄死她相威胁了，虽然，如果仔细想想，谁会信她的话呢？我堕落的原因我认为是少女的青春和鲜嫩，其实，也是我自己的夫人的衰败状态，她曾在已故的拉夫尔处治疗过。

修道院院长阿利比来到了鲁基诺村。他很阴郁。在主教们到来之前，阿利比没有吩咐动拉夫尔的身体。做完礼拜仪式后，他没有让年过七岁的村民们去行圣餐礼。村民们很不安。阿利比走了。

拉夫尔去世的消息闪电般传开了。这一点首先在鲁基诺村感受到了，很快这里就没有一间农舍里有地方了。附近的村庄里也没有地方了。前来的人们在附近搭起了窝棚。因为是夏季时节，一些人就在露天过夜。大家都知道，在安葬义人的时候会出现奇迹。

残的、盲的、瘸的、聋的、哑的和带鼻音儿的都聚集到了一起。从各个地方，其中也包括很远的地方，带来了虚弱无力的人。领来了发狂的人，用绳子捆着或者用链子锁着。无能为力的丈夫、不孕的妻子、未出嫁的老姑娘、寡妇和孤儿乘车赶来了。不结婚的黑僧侣和结婚的白僧侣、基里尔修道院的同道、大大小小的公爵领地的公爵们、大贵族、地方行政长官和千人团总抵达了。聚集起来的有那些曾经被拉夫尔治好的人、听说过他很多事迹但从未见过他的人、想要看一看拉夫尔是在哪里以及怎么生活的人，还有那些喜欢民众大汇集的人。见证了所发生的事情的人们觉得，整个俄罗斯大地都聚集起来了。

拉夫尔的身体继续躺在石洞入口处的松树底下。它没有腐烂的迹象，但是守护它的人戒备着。每个小时他们都走近身体，嗅一嗅它发出的气味。他们的鼻孔因为尽心竭力而轻颤，但是捕捉到的只有草和松树球果的芳香。守护者们惊奇的欢呼声响彻林间空地，但是在心灵深处他们自己坚定地相信，一切就该如此。

自创世以来的7028年——自基督诞生以来的

1520年8月18日，当前来的人数达到了十八万三千人，拉夫尔的遗体被从地上抬起来，小心地抬着穿过树林。移送伴随着鸟儿的临葬哀鸣。死者的遗体很轻。十八万三千前来的人们在树林边上等候着。

当拉夫尔的遗体从密林中出来时，所有人都屈膝跪下了。一开始是看见他的人们，而后——一排接一排——是所有在后面的人。遗体被主教们和僧侣们接过去。他们把他举在自己的头上，于是人群就像海一样，在他们面前让出路来。他们的路通往在克里斯托弗家的原址上建造的教堂。在那里进行安魂祈祷。几万人无言地在外面等候着。

人群听不到教堂里的祈祷。一开始它也听不到阿利比院长在教堂门廊上所说出的话：他在宣读拉夫尔的遗嘱。但是这些话被阿利比说出来了。它们在人群中扩散，就像因扔到水里的石子而起的圆圈那样。片刻之后人的海洋沉寂了，因为面临着某种见所未见的情况。

在完全的安静中拉夫尔的遗体被抬着穿过人群。在绿色草地的边缘，它被放在草上。草轻柔地环绕着拉夫尔，表达着将他整个接纳的意愿，因为他们彼此不是外人。在这片草地上克里斯托弗给死者指出过天上的和地上的根基的相似之处。

拉夫尔的脚被绳子拴住了，绳子留出了两个头。人群中能听到喊叫声。有人扑过去扯绳子，但是他马上被扭住并拖进了人群里。如果从上面看，站着的人们就是好多小点儿见所未见的聚集，而且只有拉夫尔有着长度。

走近绳子一端的是罗斯托夫、雅罗斯拉夫和白湖大主教约拿。走近绳子另一端的是别尔姆和沃洛格达主教皮吉里姆。他们屈膝跪下并无声地祷告。把绳头儿抓在手里，亲吻了它们，然后挺直了身子。同时画十字。他们法衣的前襟和胡尖同向飘动。他们匀称的身形同样被风吹走了样，因为二者都朝右扩展了。他们的工作是两位一体的。目光朝上望去。

大主教约拿几不可见地点点头，于是他们迈出了自己的第一步。无边无际的人群跟着他们重复了这一步。人群无边无际的叹息声盖过了风声。拉夫尔胸前的双手抖动着，然后张开来，好像准备拥抱。人们紧跟在遗体后面。手指依次拨弄着青草，仿佛依次拨弄着念珠。眼帘在颤动，因此所有的人都觉得，拉夫尔准备醒过来了。

在主教们背后能听见压抑的恸哭。恸哭声每时每刻都在变大。它们过渡为连成一片的号啕，在整个有人烟的空间上空冲撞着。约拿和皮吉里姆沉默地继续他们的行动。他们的眼泪被风带向草地的另一端。

拉夫尔柔和地在草地上滑动着。第一个跟在他后面的是普斯科夫地方行政长官加夫里尔。他头发花白，老态龙钟，因而被人架住手臂搀着走。他差不多是被拖着，但是他仍然活着。加夫里尔后面走着的是诺夫哥罗德大贵族弗罗尔和妻子阿加菲娅及孩子们。他们的数量每年都在增加。再往后是女贵族伊丽莎白，她已经复明了，还有神志健全、记忆清明的上帝奴仆尼古拉。而在他们身后是很多复明的人和恢复神志的人。在行进队伍的最后，可以看见来自但泽的商人济戈弗里德，他出现在这里是因为生意上的事，还有为自己的行为而感到羞惭的铁匠阿韦尔基。

你们到底是一个怎样的民族啊，商人济戈弗里德说。一个人治愈你们，把自己的一生都奉献给了你们，你们却折磨了他一生。而当他死了，你们把绳子绑在他的脚上，拖着他，还一边淌眼泪。

你在我们的土地上已经一年零八个月了，铁匠阿韦尔基回答说，可是对这片土地上的事情仍旧什么都没弄懂。

那你们自己弄懂了吗，济戈弗里德问。

我们？铁匠望着济戈弗里德，陷入了沉思。我们自己，自然，也弄不懂。